경건한 쓰레기

이진경 지음

1986

엠 오 디

독자가 행복할 수 있는 글쓰기
- 이진경의 『경건한 쓰레기』를 읽고

전 감리교신학대학교수(구약학), 대한성서공회 번역담당 부총무, 총무(CEO) 역임
민영진

글쓰기

이 책의 저자 이진경(이하 저자)은 이 책 중간쯤에서 〈타인의 고통〉으로 우리 한국 독자에게 익숙한 미국의 비평가이자 소설 작가인 수전 손택(Susan Sontag)의 글쓰기를 소개한다. 그녀는 글쓰기에 대해 다음과 같은 말을 남겼다고 한다. "만약 글쓰기가 고작 나 자신을 표현하는 행위라고 생각했다면 나는 타자기를 내다 버렸을 것이다. 글을 쓴다는 것은 그보다 훨씬 더 복잡한 행위다. 작가는 마치 운동선수처럼 매일매일 훈련해야 한다. 좋은 상태를 유지하기 위해 나는 오늘 무엇을 했던가?" 저자는 그녀의 글쓰기 행위를 "보통의 사람들과 달리 그녀는 자신의 글쓰기를 단지 자신을 표현하는 것을 넘어 더 높은 가치에 다다르고, 그것으로 자신과 타인에게 선한 영향력을 끼치는 것으로 이해하고 있었던"(185쪽) 것으로 보고 있다. 그래서 저자는 작가들이 글쓰기 훈련을 중단하는 법이 없고, 작품을 집필하는 단계에서는 몸과 정신이 최상의 상태를 유지할 수 있도록 몸가짐이나 행동을 삼간다고 설명을 덧붙인다.

글 읽기

나는 이 책(376쪽)을 꼬박 사흘 동안 읽었다. 감히 정독했다고는 말 못해도, 이 책을 읽는 동안 조금도 지루함을 느낄 수가 없었고, 129꼭지 이야기가 해학적이면서도 암시적, 교훈적, 심지어는 비의적(祕義的) 의미까지 내포한 진술이어서, 내 느낌이나 소견, 저자와의 대화 등을 독서 카드 30여 쪽에 따로 적어가면서 읽어야 했고, 미처 알지 못하던 정보를 만났을 때는 달리 인터넷에서 검색하여 보충 설명을 들어야 했기에, 지체하는 시간이 좀 오래 걸렸다. 이 책을 읽는 동안 책이 독자를 환대했기에 나는 무척 행복했다.

편집, 저자, 차례

다 읽고 나서야, 나는 이 책이 수필집인지, 명상록인지, 자서전인지, 회고록인지, 설교집인지, 그 문학적 장르를 쉽게 규정할 수 없는 작품인 것을 알았다. 책 제목이 〈경건한 쓰레기〉다. 섬찟하다. 합성되기 어려운 형용사와 명사의 조합이다. "몽상가와 이방인으로 세상을 살아가고 싶은 비정년 교육노동자. 그리고 종교인. 현재는 협성대학교 교목 및 교수로 기독교 관련 과목 등을 가르치고 있다."라고 하는 저자의 자기소개도 예사롭지 않다. "1부 신념의 거짓말" 안에 40꼭지의 글, "2부 경건한 쓰레기" 안에 역시 39꼭지, "3부 세습 삼총사" 안에 24꼭지, "4부 사랑의 정체" 안에 26꼭지 모두 129꼭지의 글 제목도 하나같이 범상(凡常)하지 않다. 아마 상상력이 풍부한 독자라면 저자의 글로 곧바로 가기 전에 목차에 적힌 꼭지 제목만 보고 미리 내용을 상상해 보는 놀이를 혼자서 즐길 수도 있을 것이다. 편집 형태를 살피면, 거의 매 꼭지 글 끝에 짧은 성경 구절이 박스 안에 담겨 있다. 박스 인용이 없는 꼭지는 이미 본문 안에서 성경 본문이 다양한 여러 문맥 안에서 인용되고 설명된 경우다. 인용된 성경 본문만 훑어보면 독자에 따라서는 익숙한 본문일 수도 있다. 그러나 꼭지 글 내용을 읽고 나서 마지막으로 박스 안에 제시된 성경 인용구를 읽어보면, 현실과 말씀을 연결하는 저자의 기발한 본문 선택에 감탄을 금치 못할 것이다. 아니, 감탄보다는 본문의 재발견이 신기해서, 이 저자 누구지, 물으면서 저자에 대한 궁금증이 더해질 것이고, 그만큼 이 저자의 글 속으로 빠져들어 가게 될 것이다.

진단과 처방

129꼭지의 글은 하나같이 21세기 한국개신교를 자성(自省)하는 글들이다. 성경 말씀에서 치유의 가능성을 찾고 있다. 독자 친화적 글이다. 듣기 거북한 훈계도 아니고, 따분한 설교는 더욱이 아니다. 신변잡기도 아니고, 현학적 신학 이론도 아니다. 자기 자랑, 남 욕이 없다. 한국 사회에서 외면당하는 한국 기독교, 기독교 문화, 기독교 신앙과 신학을, 진지하게 생각하자고 독자를 초청한다. 성경을 사랑하고 교회를 아끼고 기독교 문화를 변호하고 반성하고 걱정하는 글이면서도 애정이 깃들어 있기에 일반 기독교 독자의 반감을 불러일으키지는 않는다. 기독교 독자가 아니라도 이 저서를 통해서 한 종교로서 기독교가 지닌 특징, 한국 근대사에서 기독교의 역할, 한국 교회의 좌절과 희망을 쉽게 이해할 수 있을 것이다.

저자는 즐겨보는 영화나 드라마, 틈틈이 읽는 소설, 화가의 그림, 때로는 상업광고의 문구, 가수의 노래 가사에서 우리가 당면한 문제의 해답 실마리를 찾아 독자와 함께 나눈다. 그가 인용한 성경 본문 100여 곳 외에도, 그가 인용하면서 해설한 국내외 소설은 12편에 이르고, 그가 인용한 국내외 영화는 24편이나 된다. 저자가 문학 작품을 분석하고 감상하고 평가하고 우리 문제 해결에 적용하는 솜씨는 기성 평론가의 경지를 웃돈다. 그의 영화 평론을 그 방면에 문외한인 내가 수준급이라고 평가하면 오히려 저자에게 큰 실례가 될 것 같다. 이 책을 통해 나 자신이 저자에게서 소설과 영화의 감상법을 배웠다. 독자들과의 소통에 소설이나 영화 매체를 활용하는 것이 얼마나 효과적인가를 새삼 깨우친 것은 나로서는 의외의 소득이었다. 화가 역시 어느 철학자나 사상가나 신학자 못지않게 인류가 겪는 역사적 곤경을 고발하고 해석하고 영향을 미치고 공헌하는지를 저자에게서 배울 수 있었다.

성경의 번역과 해석

종전의 〈구역〉(1911)에서부터 시작하여 〈개역〉(1938)을 거쳐 〈개역한글판〉(1961)이 "그러므로 내일 일을 위하여 염려하지 말라. 내일 일은 내일 염려할 것이요, 한 날 괴로움은 그 날에 족하니라."(개역 마 6:34)라고 하여, 이 말이 결과적으로 사람이 "매일 매일 염려하고 살라"는 말이 되고 말았는데, 한 세기 가까운 이런 오랜 오역이 〈개역개정판〉(1998)에서 "그러므로 내일 일을 위하여 염려하지 말라. 내일 일은 내일이 염려할 것이요, 한 날의 괴로움은 그 날로 족하니라."(개정 마 6:34)라고 바로잡은 것을 평가해 준 것, 한때 우리말 성경 번역과 개정에 참여했던 한 사람으로서 감사하지 않을 수 없다(271쪽).

"'먹보와 술꾼'은 지상에서의 살아생전 예수님의 별명이었다. 다른 곳도 아니고 바로 성경에서 전하는 예수님의 별명이었다. 이것을 우리말 번역이 '먹기를 탐하고 포도주를 즐기는 사람'(마 11:19; 눅 7:34)이라고 완곡하게 번역한 것은 성서의 헬라어 원문의 표현과는 다르다. 원문은 '먹기를 탐한다'든지 '포도를 즐긴다'든지 하는 서술적 묘사가 아니라 각각 분명한 한 단어, 즉 적절하게 번역할 때 '먹보'와 '술꾼'으로 번역될 단어로 표현하고 있다."라고 한 저자의 이 언급(360쪽, 요약하여 인용)은 우리말 성경 번역의 한계를 잘 지적한 것이다. 참고삼아 말하면, 우리말 최초의 신약전서 번역 로스역(1887)은 예수님의 별명을 "식츙"[식충(食蟲)]과 "주긱"[주객(酒客)]이라고 번역하였다. 이런 식의 번역이 이어지지 않은 것이 아쉽다.

"내가 너희를 돈주머니와 자루와 신발이 없이 내보냈을 때에 너희에게 부족한 것이 있더냐? 하지만 이제는 돈주머니가 있는 사람은 그것을 챙겨라. 또 자루도 그렇게 하여라. 그리고 칼이 없는 사람은 옷을 팔아서 칼을 사라."(눅 22:35-36). 저자는 그의 글 "오해"(318~319쪽)에서 이 본문을 인용하면서, 제자들이 예수의 이 말을 오해한 것을 지적한다. 제자들은 "칼이 없는 사람은 옷을 팔아서 칼을 사라"는 자기들의 스승이 은유적으로 한 말을 문자 그대로 듣고 자기들이 가지고 있던 칼 두 자루를 꺼내어 스승에게 보이며 "여기 칼 두 자루가 있습니다."라고 말한다. 우리의 저자는, 스승의 말을 이해하지 못한 제자들을 향해 예수께서 하신 말씀 "족하다."(눅 22:38)는, 칼 두 자루면 그것으로 충분하다는 뜻이 아니라, 현재의 맥락에서는 체념과 절망을 뜻하는 말이기 때문에, "됐다"라고 번역할 것을 제안한다(318쪽). 설득력이 있는 귀한 제안이다. 극히 드문 예이긴 하지만, 영어 번역 New American Bible(1970)은 여기 "족하다."(It is enough!)는 "예수께서 제자들이 세상으로부터 당할 적대행위에 직면하여 적절히 준비해야 한다는 뜻으로 칼을 사라고 비유로 한 말을, 제자들이 문자적으로 들어 오해했을 때 제자들에게 한 말"이라는 각주를 단다. New English Translation(2001)은 "족하다."(It is enough!)라는 말에 "제자들이 스승의 말을 오해하자 스승이 토의 종결을 선언한 것"이라는 각주를 단다. 그렇다면 "자, 그만하자!"라는 번역도 가능할 것 같다.

추 천 서 문

대한감리회 정암교회 장로
복상규

신약학자인 저자는 목사님 가정에서 태어나 연세대학교 경제학과를 졸업하고 독일에서 신약학 전공으로 박사학위를 받으셨습니다. 그리고 지금은 협성대학교에서 교수와 교목으로 재직 중에 계십니다. 교수님이 가르치시는 학생들을 우연히 만날 기회가 있어 학생들에게 교수님에 대해 물어보았습니다. "어떤 교수님이세요?" 친구 같다 합니다. 행동이 예측된다 합니다. 닮고 싶다 하며 이야기하고 싶다 합니다. 특히 성경 원어에 대한 깊은 이해와 폭넓은 지식을 통하여 결국에는 지성으로 이끌어 가시는 교수님의 강의와 삶의 모습이 지성의 길을 시작하는 학생들의 표본이 된다고 말하기를 주저하지 않았습니다.

하나님은 늘 우리에게 "네가 어디에 있느냐?"하며 관계를 촉구하시지만 정작 우리는 그 방법을 알지 못합니다. 그러기에 그저 무시하거나 도피하는 것이 우리의 모습입니다. 그러므로 그 목소리를 연결해주는 중계인의 역할이 요청됩니다. 사실 하늘이란 먼 곳도 미래도 아니며 일상의 숨겨진 다른 차원임을 알 때 우리는 하늘과 땅이 하나 되는 모습을 보게 될 것입니다. 그렇다면 어떻게 하나님 나라에 동참 할 수 있을까요? 우선 우리가 가져야 할 생각은 우리가 살고 있는 이곳이 하나님의 공간이라 생각하는 것입니다. 이 첫 번째 관점이 하나님을, 세상을, 자신을 바라보는 관점을 바꾸어 줄 것입니다. 이어서 질문은 "어떻게 천국에 가는가?"에서 "하나님이 어떻게 이 세상을 구해 내실 것인가?"로 바뀔 것입니다.

지금은 각자의 소신대로 사는 세상입니다. 종교도 자기 일에만 신경 쓰는 종교가 되었고, 믿음도 진리도 자기 뜻대로 믿게 되었습니다. 자신을 성경적 그리스도인이라고 믿고 있지만 실제로는 성경을 거의 이해하지 못하는 그리스도인, 포장되고 왜곡된 성경 이야기가 아닌 진정한 성경 이야기를 하면 불편해하는 그리스도인, 교회는 무조건적인 죄의 용서와 구원열차의 티켓을 판매하는 곳이라 생각하는 그리스도인, 결국 하나님은 우리들 삶에 초대되지 않았고 나 자신이 모든 것을 이끄는 주체가 되고 말았습니다. 끊임없이 말씀 안에 산다고 하면서도 하나님의 정의는 꿈에 지나지 않는다 생각하고, 권세와 능력과 돈과 명예를 포기하는 것은 바보짓이라 하면서 주님 말씀처럼 온유한 자, 애통해 하는 자, 의에 굶주린 자, 화해를 이루는 자는 결국 바보가 되고 말았습니다. 은혜 안에 살고 있다고 늘 고백하지만 아무 생각 없이 이래도 은혜 저래도 은혜라 하는 우리의 무기력한 모습을 하나님은 바라지 않으실 것입니다. 하나님은 우리가 생각하고 판단하면서 실제로 결정을 내리는 진짜 인간이 되기를 바라실 것입니다.

먼저 올바르게 이해할 필요가 있습니다. 올바른 이해란 다른 것을 이해 할 줄 아는 능력을 전제합니다. 양극단에 가 보아야만 전체를 이해할 수 있듯이, 내 생각을 절제할 줄 알고 다른 생각을 이해하려 애써야할 것입니다. 성경은 우리를 죄인이라 말하지만 본래의 뜻은 빚진 자의 뜻이 강할 것입니다. 어머니에게 진 빚, 밥 한 그릇, 호흡 한 숨, 한 줌 빛, 내가 하지 않은 것은 모두가 빚진 것입니다. 맞습니다. 어제까지 빚지고 살았지만 오늘부터는 빚 갚으며 살아야 하겠습니다. 부끄럽지 않게 살아야 하겠습니다.

사실 진리와 멀어지는 것은 편리함과 아름다움의 유혹이기에 무미건조하고 즐거움이 없는 진리의 모습은 우리를 다가갈 수 없게 만듭니다. 그러나 진리를 향한 깨달음과 실천이 얼마나 우리를 즐겁고 행복하게 하는지 주님은 가르치고 계시며 결국 그 길이 나에게 오는 길이라 말씀하십니다.(평양냉면을 처음 먹을 때 그 밍밍함과 슴슴함은 이걸 왜 먹나 생각하게 했지만 먹는 횟수가 거듭될수록 그 깊은 맛이 입안을 행복하게 하듯이 예수님의 잔칫상이 그렇지 않나 생각해 봅니다.) 또한 늘 하시는 예수님의 가르침은 나를 찾고 싶으면 자신을 잃어버리라 하십니다. 일상의 중심에 나를 놓지 말고, 하나님을 주인공으로 놓아 생각하며, 하나님의 형상으로 살아가는 법과 악에 대응하는 법을 익혀가며, 헛된 것 같지만 결코 헛되지 않음을 가슴속 깊이 간직하고, 우리의 생각과 하는 일이 마침내 완성될 하나님의 일부가 될 것임을 믿고, 지금 오늘부터 시작해야 합니다.

신약학자로서 저자는 예수의 말을 되찾는 데 노력하고 있습니다. 어찌되었던 교회가 세상에 나온 것은 예수님의 삶으로부터였지만 예수님의 말과 행동은 초대교회의 상황에 따라 새롭게 이해되고 해석되어 갔습니다. 그리고 이후 오늘날의 신학과 교회의 뼈대를 만들어 나갔지만 라틴어와 헬라어의 언어 간극은 서방교회와 동방교회로 나뉘지는 원인이 되기도 했습니다. 교회가 발전하면서 이질적 사상들의 처리, 신자 수의 증가로 인한 교회의 질서와 신자들의 윤리문제, 예수 재림에 대한 다양한 생각 등, 복잡한 문제들로 인한 대립과 갈등이 교회 안에서 신학과 제례, 예배의 다양성으로 드러나고 말았습니다. 저자는 깊이 있는 원어 해석으로 번역으로 가려졌던 진정한 예수의 말을 찾아가며 그의 비유 속에서 진정한 마음을 읽어 내려 애씁니다. 결국 이러한 예수의 마음이 그의 삶의 바탕이 되어 어떠한 상황과 어떠한 질문 앞에서도 우리의 고개를 끄덕이게 만드는 근원이 되는 것이 아닌가 생각하게 됩니다.

이제 우리가 찾아야 할 것은 멀리 떨어져 계시는 하나님을 다시금 초대하는 일입니다. 이 책은 스쳐가는 생각들을 정리한 단편들이지만 신학적 논쟁에 매이지 않은 현실 속 소재들을 통하여 우리가 세상 속에서 어떻게 하나님 나라에 참여하는지, 내가 사는 삶이 어떤 의미가 있는지, 하나님 세상과 인간의 의미를 우리 삶 속에서 어떻게 녹여 내는지에 대한 생각으로 이끌 안내서가 될 것입니다. 하나님은 세상 속에 갇혀 계신 분도 아니고 세상을 자신 안에 가두어 두지도 않으십니다. 사람을 성전이라 함은 사람이 하늘과 땅을 잇는 도구이기 때문일 것입니다. 예수님이 하늘과 땅을 하나로 모으셨듯이 우리도 하늘과 땅을 잇는 역할을 감당해야 할 것입니다. 하나님이 바라는 세상은 바다와 산이 기뻐하는 세상일 것입니다. 우리는 자연의 폭력을 걱정하지만 그 시작은 우리 인간의 불의일 것입니다. 완성된 세상, 모든 것이 제자리를 찾은 세상, 자연과 인간이 공존하며 환호하는 그런 세상을 만들기 위해 우리의 작은 일상이 일생이 되어야 할 것입니다. 이 책이 그 일을 위한 도움이 되리라 믿어 의심치 않습니다.

시작하는 말

이 책은 2014년 4월부터 2018년 7월까지, 그러니까 만 4년 동안 〈당당뉴스〉와 〈바이블25〉에 칼럼으로 실렸던 글들을 추리고 모아 만든 것입니다. 흩어져 있던 작은 글들이 이렇게 근사한 책의 꼴을 갖추게 된 것은 전적으로 우연히도 같은 교회에서 신앙생활을 하고 계신 복상규 장로님 덕분입니다. 그러므로 무엇보다 먼저 이 자리를 빌려 장로님께 감사의 인사를 드리는 것이 마땅합니다.

여러 권유에도 불구하고 매주 칼럼으로 나간 글들을 한 권의 책으로 만들어 세상에 내놓는다는 것에 대해 사실 큰 부담이 있었습니다. 매주 나가는 글이야 스쳐 지나가면 그만이지만 책이라는 무게는 한 번 손에 든 사람에게 어떤 식으로든 유용해야 한다는 생각 때문이었습니다. 많이 부족한 신앙의 글들을 너무나 좋게 봐주신 장로님의 적극적인 권유와 도움이 없었더라면 감히 책으로 낼 엄두는 내지 못했을 것입니다.

그리하여 부끄럽게도 글이 책의 모양을 갖추고 세상에 나오게 되었습니다. 저의 작은 신앙의 단상과 고민들이 누군가의 신앙에 도움이 될 수 있다면, 흔들리는 신앙을 잠시나마 지탱해줄 수 있고 본향으로의 지친 걸음을 조금이라도 도울 수 있다면, 아마 그것보다 더 큰 기쁨은 없을 것입니다.

목차

1부 신념의 거짓말

2부 경건한 쓰레기

3부 세습 삼총사

4부 **사랑의 정체**

1부

신념의 거짓말

하나님이 나를 믿으신다

누구에게나 권할 만한 A. J. 크로닌의 〈천국의 열쇠〉는 교회 정치와는 거리가 멀었던, 매우 인간적이기에 아웃사이더로 살아갈 수밖에 없었던 사제 프랜시스 치점의 일생을 그린 소설이다. 이 유명한 소설은 원작과는 사뭇 다르긴 하지만 그럼에도 꽤 재미있었던 흑백영화로 제작되기도 했다. 아마도 가장 큰 차이점은 소설에 묘사된 보잘것없는 치점 신부의 외모와 영화에 나온 배우의 외모일 것이다. 젊은 그레고리 펙이라니, 그렇게 잘생긴 목사나 신부가 과연 현실세계에 있을까?

소설의 여러 부분이 그랬지만 내 마음을 가장 크게 울렸던 장면은 중국 선교의 과정에서 치점 신부가 그의 절친이자 철저한 무신론자인 의사 윌리 탈록과 함께 페스트와 치열히 싸우던 중 그만 탈록이 페스트에 걸려 세상을 떠나게 된 장면이었다. 죽음을 앞두고 탈록과 치점은 다음과 같은 대화를 나눈다. "이상하지, 아직도 신이 믿어지지 않아." "그게 무슨 상관인가? 하느님께서 자네를 믿을 텐데." "이 사람아 무리하지 말게.. 나는 회개하지 않아." "인간의 괴로움, 그게 다 회개하는 행위라네." 천국으로 보내려고 들볶지 않아줘서 고맙다는 말을 마치고 탈록은 숨을 거둔다.

신뢰와 믿음. 사람 사이에서 이것은 언제나 상호작용을 필요로 한다. 일방적인 믿음과 신뢰는 의미가 없다. 나는 너를 믿고, 너는 나를 믿는다. 이렇게 믿음으로 너와 나는 하나가 된다. 그런데 우리는 이 사람 사이의 간단한 법칙을 신과 인간 사이에는 적용하지 않는 경향이 있다. 즉, 우리는 언제나 하나님을 향한 우리의 믿음만을 말한다. 하나님을 믿느냐 믿지 못하느냐, 이것이 문제다. 사도신경의 시작이자 그 명칭이 된 'Credo'는 '나는 믿습니다'라는 뜻이 아니던가. 우리는 우리를 믿으시는 하나님을 생각해본 적이 없다.

어쩌면 이것은 신과 인간의 관계를 주종관계로 이해하고 신을 주(Lord)로 부르는 전통 때문일 것이다. 하나님은 성도들의 경배를 받으시고, 기도를 받으시며, 믿음을 받으시는 '주인님'이시라는 것이다. 그러나 이것이 하나님과 인간의 관계를 이해하는 전부일까? 언젠가 예수님은 이렇게 말씀하신 적이 있으셨다. "너희는 내 친구다. 이제 내가 너희를 더 이상 종이라고 부르지 않겠다." 육신이 되신 하나님께서 이렇게 말씀하신 것이다. "너희는 내 친구다." 그리고 친구 사이에 중요한 것은 신뢰, 서로를 향한 신뢰다. 따라서 이 말씀으로 예수님은 우리를 향해 이렇게 말씀하고 계시는 것인지도 모른다. "나는 너를 믿는다."

하나님이 인간을 창조한 이유에 대해 신학자 도로테 죌레보다 더 아름답게 설명한 사람이 있을까? 치점 신부처럼 역시 평생을 신학계의 비주류로 살았던 독일의 이 여성 신학자는 남성 신학자들은 상상도 할 수 없었던 인간 창조의 이유를 말해주었다. 거의 모든 사람들, 특히 남자들이 자신들에게 익숙한 주종관계 속에서 신과 인간의 관계를 이해하고 하나님은 예배와 섬김을 받기 위해서 인간을 창조한 것이라고 말할 때, 도로테 죌레는 이렇게 말했다. "하나님이 인간을 창조한 이유는 하나님께서 외로우셨기 때문이다. 하나님은 사랑할 대상이 필요하셨다." 이 말로 신학자는 사실 여부를 설명한 것이 아니라 하나님과 인간의 관계를 다르게 볼 수 있는 눈을 열어준 것이다.

하나님은 우리를 믿으신다. 우리의 약함에도 불구하고, 우리의 타락과 범죄에도 불구하고, 그분은 우리를 믿으신다. 그것이 그분의 사랑이다. 신앙은 바로 이 하나님의 믿음에 대한 우리의 응답이다. 나를 신뢰하는 친구를 향한 신뢰, 바로 그것이다.

"너희는 내 친구다."(요 15:14)

생명과 무덤 사이

아주 먼 옛날, 이런 농담이 있었다. 서울에서 택시를 잡으며 손님이 행선지를 밝힌다. "아저씨, 제주도요." 다들 미친놈 취급하며 떠나버릴 때 한 기사아저씨가 친절하게도 이렇게 말했다는 이야기. "손님, 제주도는 건너편에서 타셔야 됩니다." 더 이상 우습지도 않은 이 이야기가 신기하게도 그대로 영상화된 영화가 있었으니 그 제목은 〈도쿄택시〉였다.

밤에는 아마추어 록 밴드의 리드 보컬, 낮에는 라멘가게 사장으로 살아가고 있는 일본인 주인공 료. 라멘가게 단골손님인 한국인 스튜어디스를 짝사랑하고 있는 료에게 어느 날 한국 방문의 기회가 주어진다. 그가 속한 밴드가 한국에 열리는 락페스티벌에 참여하게 된 것이다. 그러나 기쁨으로 들떴던 밴드 멤버들은 곧 경악스런 사실에 접하게 된다. 료는 비행기공포증이 있어 비행기를 탈 수 없었던 것이다. 홀로 남겨진 료는 도쿄에서 손을 들고 택시를 잡으며 말한다. "서울이요."

말도 안 되는 이 상황에 손님제일주의 철칙으로 무장한 20년 경력의 베테랑 택시기사 야마다가 등장한다. 서울로 가겠다는 료에게 그는 이렇게 반문한다. "비행기보다 비쌀 텐데 괜찮으시겠어요?" 이때부터 영화는 두 일본인의 눈으로 본 한국의 풍광(風光)과 문화를 유쾌하게 풀어놓기 시작한다. 재기 넘치는 여러 에피소드 중 가장 기억에 남는 에피소드: 택시는 마침내 서울에 도착한다. 이미 한밤중이라 두 사람은 어느 산 어디쯤 잠시 차를 멈추고 도시의 야경을 내려다보며 대화를 나눈다. "왜 이렇게 무덤이 많은 걸까?" - "왠지 빨갛고 예쁘네요."

유쾌하게 영화를 보던 중 이 장면에서 그만 가슴이 덜컥 내려앉았다. 그렇다. 이 이국사람들의 눈에 무덤으로 보였던 것은 다름 아니라 도시의 밤하늘 아래를 뒤덮은 교회의 빨간 네온사인 십자가였던 것이다. 기독교인이 1%도 안 되는 나라에서 온 사람들에게 교회의 표지인 십자가로 뒤덮인 야경은 분명 낯설고 이국적인 풍광임에 틀림없다. 그 빨간 십자가의 정체를 모르는 것도 당연하다. 묘지에서나 볼 수 있는 십자가니 그렇게 보는 것도 당연할 밖에. 그러나 이 말을 듣는 순간, 무지로부터의 말이 저도 모르게 본질을 드러내고 만 것 같은 그런 충격을 받고 말았다.

지금 이 땅에서는 죽음을 이긴 부활과 생명을 상징하는 십자가, 그래서 기독교의 상징이자 교회의 상징이 된 십자가가 무덤을 가리키는 십자가가 되어버린 것은 아닐까? 그 표지 아래 모이는 사람들은 생명을 누리며 살아가는 사람들이 아니라 이미 죽어버린 시체처럼 누워 썩어가는 사람들인 것은 아닐까? 참으로 아이러니한 상황이 아닐 수 없다. 생명을 상징하는 십자가가 죽음을 상징하는 무덤의 십자가가 되어 버렸다면, 그 건물 속에 있는 것이 생명과 활력으로 가득 찬 인간이 아니라 죽은 사람들뿐이라면.

예수께 나를 따르라는 말을 들었지만 마침 아버지의 장례를 치러야 했던 사람은 이렇게 말했다. "먼저 아버지의 장례를 치르게 해 주십시오." 그러자 예수는 이렇게 말씀하셨다고 한다. "죽은 사람들에게 죽은 자를 묻게 하고 당신은 가서 하나님 나라를 전파하십시오."(눅 9:60) 죽은 사람들에게 죽은 자를 묻게 하라, 이 말로 예수는 살았으나 죽은 사람들에 대해 말씀하신다. 살아도 살아있지 않은 삶이 있다는 것이다. 생물학적으로는 살아있으나 결국에는 죽어있는 삶이. 나는, 살아 있는가?

주위를 돌아볼 일이 아니다. 이 땅의 밤하늘을 수놓은 빨간 십자가가 부활과 생명의 십자가가 될지, 무덤의 십자가가 될지는 바로 나에게 달려있기 때문이다. 싸움은 아직 끝나지 않았다. 나 또한 예수께 따르라는 명령을 들었으나, 지금 이 순간 여전히 머뭇거리고 있기 때문이다. 생명과 무덤 사이, 이것은 미래의 이야기가 아니다. 지금, 바로 여기의 문제다.

"내가 너희에게 진리를 말한다. 죽은 사람이 하나님의 아들의 음성을 들을 때가 올 것인데 그 때가 바로 지금이다. 그 음성을 듣는 사람들은 살 것이다." (요 5:25)

기도와 주문

　"배우자를 위한 기도는 아주 구체적이어야 해요." 흔히 듣는 말이다. 생김새, 직업, 성격, 신앙 등등 모든 것을 세밀하고 구체적으로 기도해야만 제대로 된 배우자를 만날 수 있다고들 한다. 단지 배우자를 위한 기도뿐이랴, 우리가 일상에서 드리는 대부분의 기도는 이렇게 세밀하고 구체적이다. 그런데 이런 식의 기도의 모습, 기도라기보다는 왠지 주문을 닮았다.

　언젠가 빵부터 내용물, 소스까지 일일이 고객이 골라야 하는 샌드위치가게의 주문대 앞에서 당혹스러웠던 적이 있었는데, 우리가 하는 기도의 모습은 우습게도 이 샌드위치를 주문하는 모습과 지독히도 닮은 듯하다.

　"주님, 키는 180 정도면 좋겠습니다." - "빵은 호밀빵으로 해주세요."
　"직업은 의사였으면 좋겠구요." - "양상추는 많이 넣어주세요."
　"가난이나 편부모가정에서 자라 모난 성격이 아니었으면 좋겠어요." - "피클은 빼주세요."

"하나님, 제가 열심히 신앙생활하고 있는 거 아시죠?" - "계산은 일부는 현금으로 할게요."

"제 기도에 응답해주신다면 남은 생도 주님만을 위해 살겠습니다." - "나머지는 신용카드로 결제해주세요."

이상한 일이다. 하나님께서는 우리의 머리카락까지 다 세고 계신다는데도, 먹고 사는 문제는 염려하지 말라 하시는데도, 뭐가 필요한지 이미 다 알고 계신다는데도, 혹시 못 들으실까 중언(重言)을 하고 잘 이해하지 못하실까 부언(復言)을 해가며 우리는 끊임없이 필요한 것들을 하나님께 아뢴다. 그러는 사이 우리의 기도는 어느덧 주문으로 바뀌고 말았다.

시인 이문재는 스스로 기도를 배워나갔던 과정을 시로 쓴 적이 있다. 다음은 그가 쓴 시 〈화살기도〉의 뒷부분이다.

[...] 여배우를 만나고 난 뒤 얼마 안 되어, 또 다른 기도법을 얻어들었습니다 마흔이 넘어 소설을 쓰기 시작한 노작가분이 화살기도라고 있다는 것이었습니다 남편과 아들을 거의 동시에 잃고 실어증에 걸리기까지 했던 노작가분은, 당신이 간절히 원하는 그 무엇이 있으면 때와 장소를 가리지 말고 화살을 날리듯이 하느님께 외치라는 것이었습니다 저 좀 살려주세요, 내 아이를 걷게 해주세요, 처럼 단순할수록, 그리고 강렬할수록 화살기도는 효험이 있다는 것이었습니다

수많은 생을 살아온 여배우와 또 수많은 삶을 꿰뚫어온 노작가로부터 기도하는 법을 제대로 전수받은 것이었는데, 전에도 말씀드렸다시피, 저에게는 하늘로 쏘아야 할 화살이 너무 많아서 탈이었습니다 제가 하늘로 쏘아올린 첫 화살기도는 이랬습니다

하느님, 저로 하여금 이 많은 화살들을 버리게 해주세요

　"하나님, 저로 하여금 이 많은 화살들을 버리게 해주세요." 다행히도 시인의 기도 걸음마는 기도를 주문으로 바꾸는 오류를 범하지 않았다. 그것이 무슨 이름을 가진 기도이든, 우리의 기도가 궁극적으로 도달해야 할 지점은 가진 욕망을 하나님께 아뢰는 것이 아니라 가진 욕망을 내버리는 것일 게다. 예수께서 보여주신 기도의 본도 결국 자신의 욕망을 꺾는 것이 아니었던가. 욕망은 흔히 비전의 옷을 입고 나타나고, 욕심은 자주 하나님의 뜻을 옷 입고 나타나 나를 속이기 일쑤다. 잠시라도 조심하지 않으면 기도가 주문으로 변하는 건 순식간이다. 그러니 기도를 멈추어서는 안 된다. 하나님을 향한 욕망의 화살촉을 더 이상 벼리지 않겠다는 기도를, 하나님을 향한 내 수많은 화살들을 버리겠다는 기도를.

> "먼저 아버지의 나라와 아버지의 의를 구하여라. 그러면 이 모든 것들이 너희에게 덤으로 주어질 것이다." (마 6:33)

한 책의 사람

　　유학을 하겠다고 독일로 떠나 그곳에서 처음 주일을 맞던 날, 지금까지 소중한 인연을 지켜오고 있는 목사님을 그분이 섬기시던 교회에서 예배로 만났다. 예배가 끝나고 담소를 나눈 후 헤어질 무렵 그분은 당시 한국에서는 구할 수 없었던 독한대조성경을 선물로 주셨다. 독일어와 한글이 2단으로 나란히 서 있는 하드커버의 갈색 성경은 독일어로 신학을 공부해보겠다 결심하고 이제 막 낯선 땅에 발을 디딘 젊은 신학생에게 신기하고 귀한 선물이 아닐 수 없었다. 두꺼운 책표지를 넘기자마자 만난 하얀 여백, 거기에는 주인을 닮은 정갈한 글씨로 다음과 같이 쓰여 있었다.

　　"이진경님께 드립니다. 독일에서 함께 만나 서로 기쁨 얻게 되길 바랍니다. '한 책의 사람'이길."

　　신선하고 근사한 단어가 대뜸 마음을 사로잡았다. 한 책의 사람이라... 정말 멋진 말이네. 말 그대로 정말 그렇게 살고픈 생각이 들도록 만드는 말이잖아.

나중에 알고 보니 이 근사한 말은 목사님의 창작품은 아니었다. 이 '한 책의 사람'(homo unius libri)이라는 말은 목사님이 소속되어 있는 교단인 감리교의 창시자 존 웨슬리가 늘 마음에 품었던 말이었다고 한다. 창시자의 이 말은 그 목사님의 가슴에도 큰 울림과 결심으로 남아있었던 모양이다. 존 웨슬리, 옥스퍼드 출신의 이 인텔리 그리스도인 목사가 문자 그대로 평생 달랑 성경 한 권만 읽고 살았던 것은 아니었다. 그럼에도 그는 자신의 소원을 '한 책의 사람이 되기를 간절히 원한다'는 말로 표현했다.

한 책의 사람이 된다는 것은 무슨 뜻일까? 아마도 한 책의 사람이 되고 싶다는 마음은 앞으로는 성경 이외의 세속적인 책은 그 어떤 것도 읽지 않겠다거나, 이 성경을 생애를 걸고 철저하게 연구하겠다거나, 평생 성경을 몇 독(讀) 하겠다는 결심의 마음과는 분명 그 방향이 다를 것이다. 한 책의 사람이 결코 성경 외골수의 인간을 뜻하지는 않을 것이다.

오히려 '한 책의 사람'이라는 말은 다음의 상들을 떠올리게 한다. 갈증을 해소해주는 샘물, 소중한 친구와 만나는 단골 찻집, 피곤한 영혼의 쉼터, 인생의 나침반, 나태를 꾸짖는 질책, 불의를 벌하는 채찍... 한 책이 의미하는 바는 모든 사람에게 다를 수 있다. 그러나 한 가지는 분명하다. 내가 만약 '한 책을 가장 중요하다고 여기는 사람'이 아니라 '한 책의 사람'을 말한다면, 나는 그 책이 지니는 기원의 신성함이나 내용의 훌륭함과 완벽함을 말하는 것이 아니다. 나는 이 땅의 삶을 함께 할 나의 반려자, 나의 사랑하는 책을 말하고 있는 것이다.

시류를 이기지 못한 책들이 책꽂이의 구석진 자리로 밀려가는 동안에도 추억을 듬뿍 머금은 갈색 성경은 언제라도 손이 닿는 상석을 여전히 당연한 듯 차지하고 있다. 그리고 이따금씩 우연히 시선이 마주칠 때마다 책은 열심히 처음 만났을 때의 마음을 상기시켜준다. 한 책의 사람이길. 그 책의 바람처럼 언젠가 한 책의 사람이었으면 좋겠다.

"주님의 말씀은 내 발의 등불이요, 내 길의 빛입니다."(시 119:105)

단풍의 비밀

끝날 것 같지 않던 열기도 다가선 서늘한 기운을 피할 수는 없었나 보다. 드디어 공기는 보다 더 투명해지고, 바람은 찬 기운을 실어 나르며, 나뭇잎들은 울긋불긋 색깔을 입은 채 거리를 달려가는 계절이 되었다. 차창 밖으로 끝없이 이어지던 하나의 푸른색이 이제는 노랑 빨강 주황빛으로 서로를 구별하여 질주한다. 모든 이파리들이 단풍으로 물드는 가을이 왔다.

그러나 단풍으로 '물든다'는 표현은 과학적으로만 보자면 바르지 못한 표현이다. 단풍에 숨은 비밀은 다음과 같다. 여름 동안 나무는 나무의 양분을 만드는 광합성 프로젝트에 들어간다. 이때 광합성을 돕기 위해서는 엽록소가 필요한데, 바로 이 엽록소가 모든 나뭇잎이 푸른색을 띠도록 만드는 것이다. 여름 내내 열심히 광합성을 하던 나무는 가을을 맞아 문득 태양빛이 짧아짐을 감지한다. 이제 생존을 위협하는 겨울이 오고 있는 것이다. 그러면 나무는 추위에 맞서 생존하기 위해 버티기에 들어갈 준비를 한다. 광합성 프로젝트를 멈추고 모든 나뭇잎을 떨어뜨리고 양분을 줄기와 뿌리 쪽으로 모은 후 나무는 성장을 멈추고 버틴다.

단풍은 바로 이때 광합성을 멈추는 과정에서 생긴다. 광합성에 필요했던 엽록소를 해체하는 과정에서, 즉 푸른색을 버리는 과정에서 단풍이 생겨나는 것이다. 그러니까 정확하게 말하자면 단풍은 푸른색이었던 나뭇잎이 노랑 빨강으로 '물드는' 것이 아니라, 그 반대로 원래의 노랑 빨강의 나뭇잎이 이제 푸른색을 버리고 제 색깔을 '드러내는' 과정인 것이다. 우리가 물든다고 생각했던 단풍의 아름다운 색깔은 엽록소로 인해 변하기 전의 제 색깔이었던 것이다.

변하는 것이 아니라, 드러나는 것이다. 추운 겨울, 생존이 급박한 계절이 오자 나뭇잎들은 푸른색을 버리고 속속 제 색깔을 드러내기 시작한다. 이 모양은 어쩌면 이리도 인생을 닮았을까? 모든 것이 원만하고 편안한 시절에는 다 좋은 사람들인 것만 같더니, 어렵고 힘든 시절이 닥쳐오면 사람들은 드디어 이기적인 제 색깔을 드러내고 만다. 그러니 험한 세월과 힘겨운 때가 반드시 나쁜 것만은 아니다. 이때에야 비로소 진짜가 드러나니까.

상록수(常綠樹), 즉 항상 초록빛을 지니는 나무들은 겨울이 와야 과연 그 색깔이 원래 푸르렀음을 알 수 있다. 상록수는 그렇게 눈보라 몰아치는 혹독한 겨울에 자신은 원래 그러했음을, 언제나 한결같았음을 만천하에 알린다. 추위를 눈치 채고 재빠르게 초록을 버리는 수많은 나뭇잎들과는 달리 그들은 묵묵히 자신의 색으로 그 고통의 시간을 버틴다.

지금 이 시간, 온 천지가 겨울이다. 국가도 교회도, 온 세상이 겨울이다. 모든 것을 차디차게 얼려버리는 추위는 모든 것으로부터 따스한 숨결을 앗아가려 한다. 이 절체절명의 순간, 오직 원래 푸르렀던 자들만이 그 푸름을 버리지 않을 것이다. 그러기에 이 절박한 추위는 기회이기도 하다. 이때에야말로 우리는 우리 주위의 그 누가 늘 푸른 나무였는지 확인할 터이고, 나아가 나 자신 또한 과연 원래 푸른 나무였는지 확인할 수 있을 테니까. 이 가을, 옷깃을 여미고 뒹구는 단풍의 낙엽을 바라보며 나는 나의 색깔을 묻는다.

"우리 주 예수 그리스도를 변함없이 사랑하는 모든 사람에게 은혜가 있기를 빕니다."(엡 6:24)

"재난을 만나야 할 때는 재난을 만나는 것이 좋다.
죽어야 할 때는 죽는 것이 좋다."

　　일본의 유명한 선승으로 스가와라 지호라는 선사가 있다. 어느 날 그는 아내와 어린 자식을 남기고 세상을 떠난 마을 사람의 아내를 위로 하기 위해 그녀의 집을 방문했다. 마침 여인은 코감기에 걸려 연신 코를 흘렸던 모양이다. 선사는 우연히 여인이 밥을 짓던 중 콧물이 줄줄 밥으로 떨어지는 것을 보고 말았다. 심지어 혼자 오줌을 질펀하게 싸며 놀던 아이가 밥주걱을 가지고 노는 모양도 보았다. 독경이 끝난 후 여인은 아이가 가지고 놀던 주걱으로 밥을 퍼 식사를 권했다. 이때도 콧물은 밥으로 떨어졌고 심하게 비위가 상한 선사는 배탈을 핑계로 식사를 거절했다.

　　일주일 뒤, 선사는 다시 그 집을 찾았다. 그런데 이번엔 여인이 단술을 대접하는 것이 아닌가. 말끔히 감기가 나은 여인과 오줌도 안 싸고 방긋방긋 웃는 아이를 보며 선사는 좋은 기분에 단술을 여러 잔 마셨다. 그 모습을 보고 여인이 말했다. "선사님, 선사님이 지난주에 못 드신 밥이 너무 많아 그걸로 단술을 만들었습니다. 맛있으시면 더 드세요." 비위가 뒤틀렸으나 이미 때는 늦었다. 그러나 선사는 곧 깊은 깨달음에

도달하여 다음과 같은 말을 남겼다고 한다. "재난을 만나야 할 때는 재난을 만나는 것이 좋다. 죽어야 할 때는 죽는 것이 좋다."

어렸을 적 언젠가 아버지가 당연히 내게 주었어야 할 것을 주지 않았던 적이 있었다. 구체적으로 그것이 돈이었는지 다른 무엇이었는지는 기억나지 않지만, 그것은 정말 아버지로서는 아무런 부담 없이 내게 줄 수 있었고 주었어야만 하는 그런 성질의 것이었다. 어처구니없어 하던 내게 아버지는 말했었다. "세상에는 생각대로 안 된다는 일도 있다는 걸 알려주려는 거야." 그때는 말도 안 된다고 생각했었지만 자라면서 보니 세상이 그렇기는 했다. 세상은 내 맘대로 돌아가지 않았고, 여전히 내 맘대로 돌아가고 있지 않다.

세상은 마음대로 돌아가지 않는다. 전도자의 말처럼 '빠르다고 해서 달리기에서 이기는 것은 아니며, 용사라고 해서 전쟁에서 이기는 것도 아니더라. 지혜가 있다고 해서 먹을 것이 생기는 것도 아니며, 총명하다고 해서 재물을 모으는 것도 아니며, 배웠다고 해서 늘 잘되는 것도 아니더라. 불행한 때와 재난은 누구에게나 닥친다. 사람은 그런 때가 언제 자기에게 닥칠지 알지 못한다. 물고기가 잔인한 그물에 걸리고 새가 덫에 걸리는 것처럼, 사람들도 갑자기 덮치는 악한 때를 피하지 못한다.'(전 9:11-12)

한 해를 마무리하며 겪었던 일들을 돌이켜본다. 좋은 일도 물론 많았으나, 그 못지않게 나쁜 일들도 충분히 많았다. 어느 해라고 특별할 것 없이 우리네 삶은 늘 그렇기 마련이다. 그리고 삶의 지혜와 신앙의 경건이라는 것은 생의 기쁨 속에서가 아니라 언제나 삶의 어두운 곳을 통해 드러난다.

내게 닥쳐오는 어두움을 내가 어떻게 만나는가의 모습이 결국 내 신앙의 참모습을 보여준다. 불행에 닥쳐, 나는 전전긍긍하기만 한 것은 아니었을까? 재난을 만나야 할 때는 재난을 만나는 것이 좋고, 죽어야 할 때는 죽는 것이 좋았을 텐데 말이다.

"하나님을 사랑하는 사람들, 곧 하나님의 뜻대로 부르심을 받은 사람들에게는 모든 일이 서로 협력해서 선을 이룬다는 것을 우리는 압니다." (롬 8:28)

좋은 인간관계

인간관계에 대한 청소년들의 고민을 소설형식으로 다룬 청소년 교양서 〈우리 친구 맞아?〉라는 책에는 다음과 같은 장면이 등장한다. 한 작가의 강연회에 참석한 주인공 여중생 리나는 용기를 내서 다음과 같은 질문을 한다. "어떻게 하면 성공과 행복을 얻는 데 도움이 되는 더 바람직한 인간관계를 맺을 수 있을까요?" 그러자 작가는 주인공이 생각지도 못했던 대답을 들려준다. "저는 사람들이 자신의 부족한 부분을 타인에게서 찾거나 타인을 통해 채우려 하는 걸 그만두기만 해도 인간관계가 훨씬 바람직해질 거라고 믿습니다. [...] 내가 변화하든 다른 사람을 변화시키든 아니면 본래 훌륭한 누군가에게 접근하든 간에 인간관계를 맺어서 내가 더 성장하겠다고 하는 생각도 욕심입니다. [...] 학생이 인간관계를 수단으로 보니 자동적으로 그런 생각이 녹아들어갔겠죠." 예기치 못한 대답에 우리의 주인공 리나는 허를 찔리고 만다.

사람은 누구나 좋은 인간관계를 원한다. 그리고 그리스도인들에게 이러한 소망은 기도제목 속에 고스란히 반영되어 나타나기 마련이다. 우리는 자주 기도한다. 내가, 또는 내가 사랑하는 사람이 좋은 배우자, 좋은 친구, 좋은 동료, 좋은 상사, 좋은 선생님, 좋은 목사님, 좋은 동역자 등을 만나기를. 그러나 이 모든 소원은 책 속의 작가가 지적했듯이 모두 자신의 욕심에 기인한 것일지도 모른다. 이들과의 좋은 관계와 교제를 통하여 내가 더 성장하겠다는 욕심, 그들에게서 좋은 무엇을 가져다 내 부족한 부분을 채우려는 욕심. 만일 그렇다면 결국 좋은 인간관계에 대한 소망 역시 책 속의 주인공 리나처럼 인간관계를 수단으로 생각하기 때문인 것이 된다.

우리는 누구나가 원하는 소위 '좋은 인간관계'를 조금은 다르게 생각해야 할 필요가 있다. 그리스도인이라면, 좋은 인간관계라는 말을 통해 나에게 이익이 되는 타인과의 좋은 관계를 생각할 것이 아니라, 나 자신이 좋은 인간이 되어 타인과 맺는 관계를 생각해야 하지 않을까? 나로 인해 좋은 관계가 되는 그런 인간관계를 말이다. 그렇다면 우리의 기도제목도 조금은 방향이 달라져야한다. 좋은 친구를 만나기보다 내가 좋은 친구가 될 것을 기도하고, 좋은 배우자를 만나기보다 내가 좋은 배우자가 될 것을 기도하고, 좋은 신도나 목사님을 만나기보다 내가 좋은 신도와 목사가 될 것을 기도한다면, 또 그렇게 되도록 애쓴다면 세상의 모든 인간관계들은 지금보다 더 나아지지 않을까?

"자기도 모르게 이익을 따지며 접근하면 그런 생각이 행동으로 다 드러나게 마련입니다. 하지만 상대방은 내 욕심을 채워주기 위해서 존재하는 사람이 아니기 때문에 부담을 느끼겠죠. 그렇게 긴장과 불안이 흐르는 관계가 바람직할 수 있을까요?" 소설 속 리나는 앞의 대답 이후 작가로부터 연이어 이런 대답을 받았다. 혹시나 인간관계 속에서 불안과 긴장을 느끼고 있다면 역시 이유는 욕심일지 모른다. 수시로 우리의 기도를 살피자. 언제나 기도는 내용이 아니라, 방향이 문제다.

"그러므로 무엇이든지 사람들이 너희에게 해 주기를 바라는 대로 너희도 그들에게 그렇게 해 주어라. 이것이 율법이요 선지서니라."(마 7:12)

세 겹줄은 끊어지지 않는다?

"혼자 싸우면 지지만 둘이 힘을 합하면 적에게 맞설 수 있다. 세 겹줄은 쉽게 끊어지지 않는다." 전도서의 유명한 구절이다. 혼자서는 어렵지만 힘을 모으면 이길 수 있다. 뭉치면 살고 흩어지면 죽는다. 얼마 전 탐관오리들을 혼내주던 의적을 그린 영화에서도 그런 말을 했었다. "뭉치면 백성이요 흩어지면 도적이라." 사람들은 언제나 함께 함의 힘, 공동체의 힘을 믿는다. 그러나 단지 함께라고 해서, 심지어 뜻을 같이 한다고 해서 무조건 강해지는 것은 아니다.

인류의 엉뚱하고 기발한 실험들을 다룬 책 〈매드 사이언스 북〉에는 협력과 관련한 흥미로운 실험 하나가 등장한다. 1883년 프랑스의 농학자 막스 링겔만은 스무 명의 학생을 선발해 줄다리기 실험을 했다. 링겔만은 한 사람에게 처음엔 혼자 밧줄을 잡아당기게 하고, 다음에는 사람을 늘려가며 여러 명과 함께 밧줄을 잡아당기게 했다. 그리고 각각의 상황에 따른 힘을 측정했다. 과연 개인의 힘 100과 또 다른 개인의 힘 100이 만나 협력하면 200, 아니 그 이상이 나올 수 있을까? 인간이란 혼자일 때보다 둘일 때 더 큰 힘을 내는 존재로 여겨지니 두 사람의 합력은 시너지 효과를 가져와 개개인의 힘을 합친 것보다 훨씬 높지 않을까?

그러나 실험 결과는 정반대였다. 다른 사람들과 함께 줄을 당길 때의 힘이 혼자 줄을 당길 때보다 약했던 것이다. 즉, 혼자 당길 때의 힘을 100%라고 한다면 두 사람이 함께 당길 때는 각각의 사람이 93% 밖에 힘을 쓰지 않았다. 사람이 늘어남에 따라 전력을 다하지 않는 게으름의 경향은 더욱 뚜렷하게 나타났다. 피실험자들은 세 사람일 때는 85%, 네 사람일 때는 77%, 심지어 여덟 사람일 때는 혼자 힘의 50% 밖에 쓰지 않았다. 심리학자들은 이렇게 집단작업에 투여된 전체 역량이 각 개인의 역량의 합에 미치지 못하는 사회적 태만의 경향을 실험자의 이름을 따 '링겔만 효과'라고 부른다. 저자는 Team이라는 단어와 관련된 독일 유머를 소개하며 이야기를 마쳤다. Team: Toll, ein anderer macht's. (까짓것, 딴 놈이 하는데 뭐!)

이 '링겔만 효과', 즉 나태하게 남의 노력에 편승하게 되는 중요한 이유 중 하나는 놀랍게도 함께 줄을 당길 때는 개인의 기여가 공개되지 않기 때문이라는 사실이다. 결국 자신이 드러나지 않으면, 자신의 공이 드러나지 않으면 열심을 내지 않고 대충 묻어간다는 말이다. 아하, 인간은 이리도 명예지향적이다. 남이 알아주지 않으면 결코 전력을 다하지 않는다. 그러니 공동체가 커지는데도 일의 효율이 그만큼 더 증가하지 않는다면 한번 쯤 링겔만 효과를 의심해볼 필요가 한다. 그런데 만약 그런 경우라면, 교회는 이 문제를 해결하기 위해 더 열심히 개인의 공로를 알아주고, 더 많은 상을 안기고, 고래도 춤추게 한다는 칭찬을 더 자주 사용해야 할까? 그럴 리가! 이때 공동체는 정신을 차리고 다시 그리스도의 마음을 상기해야 할 것이다. 자기를 비워 종의 형체를 가지셨다는 그리스도의 그 마음을 말이다. 자기를 드러내려는 욕심이라면 세 겹줄이라도 당해낼 재간은 없다.

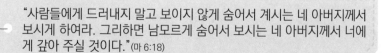

"사람들에게 드러내지 말고 보이지 않게 숨어서 계시는 네 아버지께서 보시게 하여라. 그리하면 남모르게 숨어서 보시는 네 아버지께서 너에게 갚아 주실 것이다." (마 6:18)

빛과 아편

　유물론자요, 공산주의 혁명가이자, 마르크스주의의 창시자인 카를 마르크스는 종교를 비판하며 다음과 같은 유명한 말을 남겼다. "종교는 아편이다." 독일 철학자 프리드리히 니체의 "신은 죽었다"와 쌍벽을 이루는 이 말은 일찌감치 종교를 공격하는 가장 유명한 말이 되었다. 그리고 마르크스를 추종했던 레닌은 이 말을 인용하면서 종교란 단지 지배계급이 백성을 억압하기 위한 수단이라며 극단적으로 종교를 비판하기도 했다. 그런데 마르크스의 이 한 문장이 포함된 문단을 전체로 읽어보면 사뭇 다른 어조를 발견하게 된다.

　"종교적 고통은, 현실의 고통의 표현이자, 현실의 고통에 대한 저항이다. 종교는 억압된 피조물의 탄식이며, 심장 없는 세상의 심장이고, 영혼 없는 현실의 영혼이다. 이것은 인민의 아편이다. 인민에게 있어서 환각적 행복인 종교를 버리라는 것은, 곧 현실의 행복을 지향하라는 것이다. 현실에 대한 환각을 버리라는 요구는, 환각을 필요로 하는 현실을 포기하라는 것이다. 말하자면, 종교에 대한 비판은 곧 종교라는 후광을 업은 속세에 대한 시초가 되는 비판이다."

확실히 종교를 비판하고 있기는 하지만 마르크스의 비난은 무턱대고 내지른 비난처럼 들리지 않는다. '종교는 인민의 아편'이라는 말 앞에 그는 흥미롭게도 종교를 다음과 같이 설명하고 있는 것이다. "종교는 억압된 피조물의 탄식이며, 심장 없는 세상의 심장이고, 영혼 없는 현실의 영혼이다." 억압된 피조물의 탄식, 심장 없는 세상의 심장, 영혼 없는 현실의 영혼. 세상 속의 종교를 과연 이보다 더 적절하게 표현할 수 있을까? 그런 종교가 고작 환상을 심어주는 아편에 불과하다는 마르크스의 비판은 어찌 보면 지금도 기시감이 느껴질 정도로 그리 낯설지 않은, 당대의 종교 실상에 대한 비판이었다.

그로부터 약 40년 후, 영국의 성공회 사제인 찰스 킹즐리는 당시의 교계를 비판하면서 마르크스의 '아편'을 성경에 적용했다. "우리는 성경을 단지 조금 특별한 경찰 교본인 양, 짐 나르는 짐승에게 과다적재를 견디게 하려고 투여하는 아편인 양, 가난한 자들을 통제하기 위한 책인 양 사용해 왔습니다." 이 말로 사제는 인간에게 참 자유를 주어야 할 성경으로 오히려 교인들을 억누르고 통제하던 교회의 작태를 통렬히 비난했던 것이다.

시편의 기자는 성경이 주는 기쁨과 의미를 묵상하며 이렇게 고백한 적이 있다. "주님의 말씀은 내 발의 등불이요, 내 길의 빛입니다." 예나 지금이나 성경은 우리에게 빛이 될 수도 있고, 아편이 될 수도 있다. 만일 더 이상 성경을 읽고 마음이 찔리지 않는다면, 성경이 안일한 내 삶을 송두리째 흔들지 않는다면, 내가 그 안에서 단지 세속적 희망을 확인할 뿐이라면, 성경은 더 이상 나를 자유롭게 하는 참 진리가 아니라, 나를 환상에 취하고 하고 현실에 안주하게 만드는 아편이 될 수밖에 없다. 그래서야 되겠는가. 종교는 심장 없는 무자비한 세상의 심장이어야 하고, 성경은 진창을 밟으려는 내 발을 지켜주는 등불이어야 하는데.

"주의 말씀은 내 발의 등불이요, 내 길의 빛입니다." (시 119:105)

그런데 당신의 나라에서는?

우리나라에서는
해가 바뀔 때나 한 가지 일이 끝날 때나
생일 날에 좋은 사람에게 좋은 운을 기원해야 합니다
우리나라에서는
순진한 인간은 행운을 필요로 하기 때문입니다

아무에게도 상처를 입히지 않는 사람 그 사람이
차에 깔리게 되는 것이 우리나라입니다
그리고 재산은 다만 죄악에 의해서만이 획득되는 것입니다

점심 한 끼라도 얻어먹기 위해서는
위급할 때 국가를 건설할 만큼의 용기가 필요하고
죽음에 직면하지 않고는 아무도
비참한 사람을 구해줄 수 없습니다

거짓말을 하는 사람은 추켜 올려진답니다
그런데 진실을 말하는 사람은

호위를 필요로 한답니다 그러나 그런 호위는
어디에도 없답니다.

묵혀놓고 잊고 있었던 시를 다시 만나게 되는 계기가 있다. 왜곡된 현실에 대해 가차 없이 풍자와 비판을 휘둘렀던 20세기 독일의 시인이자 극작가 베르톨트 브레히트의 시 〈그런데 당신의 나라에서는?〉 같은. 거대한 혼란을 일으키고 있는 바이러스와 지독한 기시감을 일으키는 컨트롤타워 부재의 대응 상황, 시민을 지켜주는 것이 국가가 아닌 행운인 현실, 실수였을까? 집계에서 누락된 재벌 계열 병원의 이름... 불행하게도 시는 그 오랜 시간에도 불구하고 결코 낡지 않았다.

하나님의 법을 따라 사는 우리에게 세상 국가와 정부는 도대체 왜 필요한가? 세상 정부를 따를 필요가 없지 않은가? 로마서 13장은 처음 그리스도인들이 우리는 이 세상에서 무정부주의자가 되어도 괜찮지 않느냐는 질문에 대한 바울의 대답이었다. 바울은 조세제도를 포함하여 선한 공공의 질서를 유지하고 치리하는 공권력을 하나님의 질서 아래에서 이해했다. 그러니 그리스도인이라면 마땅히 하나님의 질서 아래에서 선한 일을 시행해야 하는 공권력이 그 소임을 다하도록 감시하고 견제해야 할 의무가 있다. 가시나무가 활개 치지 못하도록. 어쩌면, 지금이 가장 그래야 할 때가 아닐까?

"그래서 모든 나무들은 가시나무에게 말하였습니다. '네가 와서 우리의 왕이 되어라.' 그러자 가시나무가 나무들에게 말하였습니다. '너희가 정말로 나에게 기름을 부어 너희의 왕으로 삼으려느냐? 그렇다면 와서 나의 그늘 아래로 피하여 숨어라. 그렇게 하지 않으면 이 가시덤불에서 불이 뿜어 나와서 레바논의 백향목을 살라 버릴 것이다.'"
(삿 9:14-15)

윤초(閏秒)

올해 7월 1일은 다른 날과는 다른 아주 특별한 날이었다. 왜냐하면 이 날은 다른 모든 날보다 1초가 더 긴 날이었기 때문이다. 이른바 윤초(閏秒) 때문인데 7월 1일에는 한국시간으로 오전 8시 59분 59초와 9시 0분 0초 사이에 1초를 더 삽입했던 것이다. 윤초란 현재 기준시간으로 사용하고 있는, 3천년에 1초 정도의 오차밖에 나지 않는 세슘 원자시계에 비해 실제 지구의 자전 공전 속도가 여러 가지 요인으로 느려지거나 빨라지기 때문에 특정한 날에 1초를 삽입하거나 빼서 둘 사이의 오차를 보완하는 것이라고 한다. 과학적 설명이야 그렇지만 어쨌든 불변하고 고정적이며 정확하다고 믿었던 시계라는 시스템에 뭔가 틈이 생겼다고 생각하니 왠지 신비롭고 독특한 느낌이다.

1초. 아주 짧은 이 시간은 누군가에게는 아무 의미도 없는 시간일 수도, 그러나 누군가에게는 온 우주의 존폐가 걸린 시간일 수도 있다. 그 1초가 모든 사람에게 갑자기, 난데없이 주어졌다. 어쩌면 기적이나 초월이 인간에게 다가오는 방식도 이와 같지 않을까? 전혀 예상치도 못한 어느 때 어딘가에서 갑자기 쑤욱 나타나버리는, 마치 이때를 기다리며 이제껏 영원 속에 숨어 있었다는 양 그렇게 느닷없이 우리 앞에 나타나는 것이 아닐까?

"어제는 역사이고, 내일은 미스터리이며, 오늘은 선물입니다. 그것이 오늘을 'present'라고 부르는 이유입니다"라는 유명한 말을 남긴 역사가 앨리스 모스 얼은 다음과 같은 아름다운 말도 남겼다. "매일 좋을 수야 없지만, 좋은 일은 매일 일어난다."(Every day may not be good, but there is something good in every day.) 나도 모르는 사이 내 일생에 1초가 덧대어진 것처럼 행복한 일은 나도 모르게 매일 일어나고 있는지도 모른다. 다만 내가 그것을 알아채지 못했을 뿐인지도 모른다. 네 잎 클로버의 꽃말은 행운이지만 세 잎 클로버의 꽃말은 행복이라는, 믿거나 말거나 속담 같은 이 통속적인 말 또한 행복이 얼마나 흔한지, 그러나 틸틸과 미틸의 파랑새처럼 그렇게 가까이 있음에도 얼마나 알아채기 힘든지를 잘 말해준다.

어쩌면 천국도 이 윤초와 닮지 않았을까? 하나님의 복음, 즉 기쁜 소식을 선포하신다며 예수께서 "하나님의 나라가 가까이 왔다"(막 1:15)고 선언하셨을 때, 이 말은 가까이는 왔으나 아직 도착하지는 않았다는 뜻이 아니었다. 그랬다면 기쁜 소식일 리가 없으니까. 오히려 이 말은 완료형 문법이 가리키는 대로 이미 가까이 와 있다, 즉 우리도 모르는 새 이미 손에 잡힐 만큼 가까이 와 있다는 뜻이었다. 그러니 지금 누구나 다 누릴 수 있다는 뜻이었다. 하지만 누구에게나 주어진 그 작고도 결정적인 1초처럼, 모든 소중한 것의 운명이 다 그런 것처럼, 누구에게나 주어진 이 천국은 어떤 이에게는 아무 관심도 얻지 못한 채 잊혀지고 버려져 있을 것이고, 어떤 이에게는 죽음과 죽임을 이길 생의 의미가 되고 있을 것이다. 지금 나는 어느 쪽에 속해 있는 것일까?

"보아라, 하나님의 나라는 너희 가운데에, 너희 안에 있다." (눅 17:21)

"악에 대항하고 있다는 사실이
너를 선한 자로 만들지는 않는다."

정의로움과 정의감은 다르다. 그리고 정의감만큼 위험한 감정도 없다. 무언가 옳다고 믿는 일에 개입하게 되었을 때, 심지어 자기희생을 감수하면서까지 그 일을 도모하기 시작했을 때 사람은 정의감에 휩싸이기 쉽다. 한 번 이 기분에 들게 되면 나 자신은 한없이 멋있어 보이는 반면 이 일에 뛰어들지 못한 타인은 한없이 비겁하고 나약해보인다. 이럴 때 헤밍웨이의 처방은 필연적이다. "악에 대항하고 있다는 사실이 너를 선한 자로 만들지는 않는다."(Being against evil doesn't make you good.)

의로운 사람과 의로운 일을 행하는 사람은 다르다. 정의로움은 의로운 사람의 것이다. 의로운 사람은 그의 일상이 의로움이기에 자신이 관여하게 되는 정의로운 일에 일희일비하지 않는다. 그러나 어쩌다 의로운 일에 개입하게 된 사람은 자신이 행하게 되는 정의로운 일에 흥분하기 시작한다. 착각하지 말아야 한다. 그는 그 일로 의로운 사람이 되는 것이 아니라 의로운 기분, 즉 정의감에 사로잡힌 사람이 되는 것이다. 그가 진정 선한지는 그가 무엇을 행하는지와 상관이 없다. 그가 아무리 선하고 정의로운 일을 행한다고 할지라도 그 일이 그를 선하게 만들거나 정의롭게 만드는 것은 아니다.

언젠가 교역자들의 모임에서 자신이 부당한 대우를 받는다며 그 일을 바로잡겠다 성토하는 사람을 본 적이 있었다. 그는 '정의'라는 말을 섞어가며 끝까지 싸우겠노라 열변을 토했다. 그런데 그가 바로잡겠다던 일은 공교롭게도 그의 이익과 직결되는 일이었다. 그리하여 유감스럽게도 그의 말과 행동은 정의롭게만 들리지 않았다. 그가 겪은 부당한 처분은 분명 작은 악이었을 것이다. 그러나 그 작은 악과 싸우며 정의를 내세웠던 그를 선하다고 할 수 있을까? 악에 대항하고 있다는 사실이 사람을 선한 자로 만들지는 않는다.

그러니 뭔가 정의로운 일을 하게 될 때, 또는 불의를 당한 약자를 도울 때 나를 사로잡게 될 정의감에 항상 주의를 기울여야 한다. 조금이라도 부주의했다가는 훌륭하고 선한 인간이 된 것 같은 기분에 빠져들 것이 분명하다. 그리고 정의감은 쉽사리 교만으로 이어진다. 바알의 선지자들과 대결하여 극적인 승리를 이끌어냈던 엘리야는 자기밖에 보이지 않았다. 세상에 하나님을 위하는 사람은 자기뿐인 것 같았고, 정의를 위해 싸우는 사람은 자기뿐인 것 같았다. 그는 하나님께 이렇게 말했다. "주님의 예언자라고는 나만 홀로 남았습니다."(왕상 18:22) 이 건방진 정의감에 대한 하나님의 대답을 우리는 잘 알고 있다. "너 말고도 7,000이 있다."

남들은 구원시킬지언정 자신은 구원의 길에서 멀어지게 하는 이 정의감에 빠지지 않기 위해서는 어떤 마음가짐을 지녀야 할까? 만약 불의에 피해를 입은 누군가를 돕는 일이라면 돕는 자리의 특권을 기억하는 일이 우선은 도움이 될 것이다. 누군가를 도울 수 있다는 것은 필연적으로 도움을 받는 피해자보다는 나은 형편에 있다는 것을 의미한다.

그와는 달리 도움을 주는 특권의 자리에 있는 나를 보고 느끼는 미안한 마음, 빚진 마음, 부끄러운 마음. 정의감에 홀려 교만에 빠지지 않게 하는 유일한 마음은 어쩌면 이 마음들뿐일 것이다.

> "어떤 사람이 아무것도 아니면서 무엇이 된 것처럼 생각하면 그는 자기를 속이는 것입니다."(갈 6:3)

복수와 증오

　복수와 증오는 어떻게 다를까? 탈무드는 그 둘에 관한 이야기를 이렇게 들려준다. 한 사람이 어떤 사람에게 낫을 빌리러 갔다. 그러나 낫을 빌려달라는 청을 받은 사람은 이를 매몰차게 거절하고 만다. 그런데 마침 낫을 빌리려 했던 사람에게는 말이 있었다. 그리고 얼마 지나지 않아 이번에는 낫을 빌려주기를 거절했던 사람이 오히려 말을 빌리러 온다. 그때 말 주인이 말한다. "네가 낫을 빌려주지 않았으니 나도 말을 빌려주지 않겠다." 이것은 복수다. 그러나 말 주인이 오히려 말을 빌려주면서 말한다. "너는 나에게 낫을 빌려주지 않았지. 하지만 난 네게 말을 빌려주겠다." 이것은 증오다.

　이 유대인의 지혜는 어쩌면 다음과 같은 것을 말하고 싶었는지도 모른다. 복수란 단순히 받은 행동을 그대로 되갚아주는 것이다. 네가 낫을 빌려주지 않았으니 나도 말을 빌려주지 않겠다는 단순한 등가. 이렇게 복수는 자기가 받은 그대로를 상대방에게 돌려주는 것, 그 이상을 넘어서지 않는다. 그러나 증오는 다르다. 증오는 자신이 받은 행동을 치욕으로 여긴다. 그리고 이 치욕을, 이 모멸감을 결코 잊지 않는다. 더 나아가, 기회가 되는 대로 자신이 받은 모멸감을 반드시 상대방에게 각인시킨다. 네가 내게 낫을 빌려주지 않았다는 사실을 강렬하게 각인시키기 위하여, 단지 그 이유를 위하여 말을 빌려주었던 저 사람처럼.

살아간다면 누구나 알게 되듯이 복수가 복수로 그치는 경우는 거의 없다. 되로 주고 말로 받는다는 속담이 딱 어울리게 복수는 의례히 모멸감을 거쳐 증오로 이어지게 마련이다. 그리고 이 증오는 그 대상을 넘어 결국 자신의 영혼 역시 망가뜨리고 만다. 그래서 예수께서는 이렇게 말씀하셨는지도 모른다. 사람들이 눈은 눈으로 이는 이로, 이렇게 복수를 말하지만 그건 안 될 소리다. 그러다가는 증오에 빠지고 말 테니까. 그러니 누가 네 오른쪽 뺨을 치거든 차라리 왼쪽 뺨마저 돌려 대어라.(마 5:38-39) 자신에게 죄를 짓는 형제를 일곱 번쯤 용서해주면 되겠느냐는 베드로의 질문에도 주님은 그 일곱에 칠십을 곱한 만큼도 용서해줘야 한다고 하셨다.(마 18:21-22) 당연히 "최대한 490번까지만!"이라는 말은 아닐 것이다. 증오가 너를 삼키지 못하도록 결코 너 받은 치욕을 마음에 담아두지 말라는 말씀일 것이다.

"그는 굴욕을 당하고 고문을 당하였으나 아무 말도 하지 않았다. 마치 도살장으로 끌려가는 어린 양처럼, 마치 털 깎는 사람 앞에서 잠잠한 암양처럼 끌려가기만 할 뿐 아무 말도 하지 않았다."(사 53:7) 선지자의 말처럼 주님은 스스로 본을 보이셨다. 사도 바울 역시 스승의 길을 따르며 이런 말을 남겼다. "악에게 지지 말고 선으로 악을 이기십시오."(롬 12:21)

대기는 지금 증오로 가득 차 있다. 자신이 받은 모욕을 증오로 돌려주려는 지도자들도 드물지 않고, 선을 위해 싸우는 이들조차 악을 악으로 이기다보니 결국 싸움에는 이기고 악에게는 지는 일도 드물지 않다. 이 공기를 깨끗하게 만들, 치욕을 고스란히 자신의 몸으로 받아 자신에게서 증오의 고리를 끊을 자는 지금 어디에 있는 것일까?

"그러하므로 우리도 진영 밖으로 나가 그에게로 나아가서 그가 겪으신 치욕을 짊어집시다."(히 13:13)

빈자리

　말을 함에 있어 소리와 소리 사이에 침묵이 없다면 말의 혼잡함과 시끄러움은 얼마나 대단할까? 끊임없이 이어지며 쏟아지는 소리 속에서 말의 의미를 찾아내기는 거의 불가능할 것이다. 아니, 말과 말 사이에 침묵이 없다면 말이란 것은 애당초 성립조차 되지 않았을 것이다. 소리와 소리 사이의 침묵이 나눠진 소리에 의미를 더한다. 이렇게 소리의 빈자리는 의미를 만드는 자리다.

　빈자리는 소리에서만 중요한 것이 아니다. 물건과 물건들이 빈자리 없이 빼곡히 차있는 모습을 볼 때 그것이 무엇이든 그것은 얼마나 답답하게 보이던가. 비단 물건만이 아니다. 사람과 사람 사이만해도 그렇다. 사람과 사람 사이에도 반드시 넉넉한 빈공간이 필요하다. 사람과 사람은 가까이 있다고 해서 좋은 것만은 아니다. 적절한 빈 공간이 있어야 비로소 관계의 의미가 살아난다. 마치 소리 사이의 침묵처럼.

　독일에서 가족으로 비자를 받기 위해서는 반드시 살 집의 월세계약서를 함께 제출해야 했었다. 그리고 이때 담당공무원이 가장 까다롭게

본 것 중 하나가 바로 방의 크기였다. 단칸방에서 여러 명이 살기도 하는 우리네 문화와는 달리 독일에는 1인당 필요한 최소한의 방 넓이가 법으로 정해져 있었다. 따라서 만약 계약한 집의 넓이가 가족 수에 따른 최소 넓이에 미치지 못하면 절대로 비자를 받을 수 없었다. 돈이 없어서 더 큰 집을 빌릴 수 없다는 핑계도 통하지 않았다. 주거생활에 있어서 모든 사람은 침범 받아서는 안 될 최소한의 필요 공간이 있어야 한다는 원칙이었다.

하나님이 세상을 창조하셨을 때 책상 앞에 앉아 스탠드의 불을 켜신 후("빛이 있으라.") 본격적으로 일을 전개하신 처음은 바로 빈자리를 만드신 일이었다. "물 가운데에 궁창이 있어 물과 물로 나뉘라." 허공(虛空)이 생겼다. 하나님은 물과 물 사이에 빈자리를 만드셨던 것이다. 그리고 빈자리를 통해 나눠진 물들은 각각 의미를 지니기 시작했다. 이렇게 공간의 빈자리는 의미를 만드는 자리였다.

글을 읽을 때 우리는 흔히 행간(行間)을 이야기하곤 한다. 행과 행 사이의 빈자리. 소중하고 고귀한 의미들은 바로 이 빈자리에 놓여 있기 일쑤다. 그리하여 글을 잘 쓰는 사람이란 바로 이 행간으로 말할 수 있는 사람이라 해도 과언이 아니다. 빈자리로 말할 수 있는 사람, 침묵으로 말할 수 있는 사람, 지혜란 이런 종류의 것이리라.

세상은 점점 빈자리가 좁아져가는 느낌이다. 말과 말 사이의 거리가, 사람과 사람 사이의 거리가, 시간과 시간 사이의 거리가, 공간과 공간 사이의 거리가 심하게 좁아져버린 것처럼 보인다. 모든 것이 조급하고 답답하다. 친밀의 거리를 넘어 침범하는 사람들로 숨이 막혀버릴 지경인 것이 우리의 모습은 아닐까? 침묵과 허공을 삶 속에 두는 연습이 필요해 보인다. 그제야 삶은 의미를 지니기 시작할 것이니.

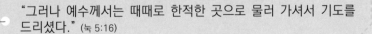
"그러나 예수께서는 때때로 한적한 곳으로 물러 가셔서 기도를 드리셨다." (눅 5:16)

형식과 본질

한 불자와 지혜로운 스님 간의 질의응답을 들은 적이 있다. 불자는 물었다. "스님, 아침에 일어나는 게 너무 힘들고 곤란한데 새벽예불을 꼭 드려야 하나요? 부처님은 어디나 계시고 언제 어디서나 기도를 들으실 수 있는 것 아닌가요?" 그러자 스님은 대답했다. "물론입니다. 부처님은 어디나 계시니 일하다가도 기도를 드릴 수 있고 아무 때나 기도를 드려도 됩니다." 질문을 한 불자는 이 대답에 매우 만족했을 터였다. 그러나 지혜로운 스님은 다음의 말을 덧붙였다. "그런데, 다른 사람은 몰라도 당신은 꼭 새벽예불을 드려야 합니다. 그것이 당신의 마음에 거리끼고 있다는 사실 때문이죠." 지혜로운 스님의 지혜로운 대답에 나는 그만 신선한 충격을 받았더랬다.

새벽기도, 주일성수, 십일조. 하나님은 어느 때나 계시니 꼭 새벽에만 만날 수 있는 것은 아니지 않느냐, 오히려 매순간 하나님을 생각하고 드리는 기도야말로 참 기도가 아닌가? 하나님은 또한 교회라는 장소에만 매여 계신 분이 아니니 주일에 무조건 교회를 나가야만 하는 것은 아니지 않느냐, 오히려 다른 곳에서라도 하나님의 뜻을 실천하는 것이 참된 예배가 아닌가? 십의 십이 다 하나님 것인데 하나님이 무슨 거지도 아니고 십의 일을 구걸하는 분이 아니지 않느냐, 오히려 모든 재물을 하나님의 뜻에 맞게 경영하도록 애쓰는 것이 참된 십일조가 아닌가? 모든 것이 다 형식일 뿐이고 형식보다는 본질이 더 중요하다고 말하며 사람들은 이렇게 항변하곤 한다. 사실 위의 주장은 모두 맞는 말이다. 맞는 말이지만, 만약 새벽기도와 주일성수와 십일조가 당신의 마음을 어지럽혀 그런 말을 하고 있는 것이라면 나는 저 스님의 말을 빌려 이렇게 말하고 싶다. 다른 사람은 몰라도, 당신은 꼭 이것들을 해야 합니다. 이것들이 당신의 마음에 거리끼고 있다는 사실 때문이죠.

사람들은 흔히 말한다. "표현이 뭐 중요해 마음이 중요하지." "형식이 뭐 중요해 본질이 중요하지." 그러나 표현 없는 마음이 어떻게 상대방에게 전해지며, 형식 없는 본질이 어떻게 확인될 수 있을까? 형식과 본질에 관하여 프랑스의 대문호이자 〈레 미제라블〉의 저자인 빅토르 위고는 다음과 같은 말을 남겼다. "형식은 표면에 나타난 본질이다."

이번 주 재의 수요일을 시작으로 사순절이 시작되었다. 재의 수요일에 목사와 사제들은 신도들의 머리에 재를 뿌리거나, 성수를 갠 재로 이마에 십자를 그어준다. 이 재는 지난해 종려주일에 사용했던 종려나무 잎을 태워 만든 것이다. 목사와 사제들은 다음과 같이 말하며 이 예식을 행한다. "사람아, 흙에서 왔으니 흙으로 돌아갈 것을 생각하여라."(창 3:19) 통회와 참회를 위한 시작은 이처럼 내가 누구인지, 나의 본질은 무엇인지를 뼈저리게 아는 것으로부터 시작하는 것이다. 그리고 사순절 기간 동안 우리는 금식을 하기도 하고, 절제를 하기도 하며, 금욕을 하기도 한다. 누군가는 말할지도 모른다. 왜 이때만이냐, 일 년

365일이 다 그래야 하는 것이 아니냐, 이 모든 것은 결국 다 형식 아닌가? 이에 대한 우리의 대답은 다시 이것이다. 맞다. 이 모든 것은 다 형식이다. 그리고 형식은, 표면에 나타난 본질이다.

"이렇게 말한 사람도 있을 것입니다. '당신에게는 믿음이 있지만 나에게는 행동이 있소. 나는 내 행동으로 내 믿음을 보여 줄 테니 당신은 행동이 따르지 않는 믿음이라는 것을 보여 주시오.' 당신은 한 분이신 하느님을 믿고 있습니까? 그것은 좋은 일입니다. 그러나 마귀들도 그렇게 믿고 무서워 떱니다." (약 2:18-19)

초안(草案)

어떤 글이나 안건을 정식으로 작성하기에 앞서 처음으로 잡아본 생각이나 안건을 초안이라고 한다. 이 초안의 뜻을 국립국어원의 표준국어대사전을 찾아보면 다음과 같이 설명되어 있다. "애벌로 안(案)을 잡음. 또는 그 안. '첫 안'으로 순화." 첫 안이기도 하니까 사람들은 보통 초안 속에 들어있는 한자 '초'는 당연히 처음 초(初)일 것이라고 생각한다. 그런데 초안에 들어있는 '초'는 처음 초가 아니라 뜻밖에도 풀 초(草)다. 그러니까 초안은 처음의 안이 아니라 풀의 안, 즉 풀처럼 흔들리는 안이라는 뜻인 셈이다. 결국 초안이 처음의 안을 뜻하는 것임은 분명하나 초안(草案)이라는 말로 강조하고 싶은 것은 그 안(案)이 처음의 것이라는 사실이 아니라 그것이 풀처럼 흔들린다는 사실인 셈이다. 첨언하자면 초벌로 쓴 원고를 뜻하는 초고(草藁) 역시 풀 초(草)를 사용한다.

초안(草案). 첫 안으로서의 풀 같은 생각. 이 한자어는 마치 다음과 같이 말을 건네는 것 같다. "처음의 것이 흔들리는 것은 당연한 거야. 그러니 시작을 너무 겁먹지 마. 처음에 완전한 것을 해내야 한다거나, 처음부터 잘해야 한다는 부담을 버려. 처음은 언제나 풀처럼 흔들리는 것이니까." 무엇인가를 새롭게 시작하게 될 때, 그리고 그것이 중요한 것일

수록 우리는 시작에 큰 어려움을 느끼곤 한다. 한 번도 해보지 못 했다는 사실에 대한 걱정, 잘 해낼 수 없을 것 같다는 자신감의 결여, 실패에 대한 두려움, 보란 듯 멋지게 시작해보고 싶다는 욕심, 예를 들자면 이와 같은 모든 것들이 처음을 어렵게 한다. 그러나 초안의 한자가 보여주듯 초안은 언제나 풀과 같이 흔들리는 것이다. 처음은 언제나 풀처럼 이리저리 흔들려도 괜찮다는 생각만 해도 우리의 모든 시작은 한결 수월하고 편해지지 않을까?

시작이 반이다, 첫 단추를 잘 끼워야 한다. 처음에 관한 익숙한 속담들이다. 처음이 가장 중요하고, 이 처음이 잘못되면 결국에는 낭패를 본다는 생각에 익숙한 우리는 처음에 대해 너무 진중하고 심각하게만 생각하고 있는지도 모른다. 처음이 중요하다는 말이 결코 틀린 말은 아니겠지만 어쩌면 우리는 경우에 따라 시작과 처음을 좀 더 편안하고 느슨하게 생각할 필요도 있다. 이것은 신앙에서도 마찬가지다.

"누구든지 그리스도 안에 있으면 그는 새로운 피조물입니다. 옛 것은 지나갔습니다. 보십시오, 새 것이 되었습니다."(고후 5:17)

하나님은 우리에게 늘 처음을 선사하신다. 그리고 우리는 이 처음을 잘 시작해야 한다는 부담감으로 지나치게 신중하기보다는, 오히려 좀 더 담대하고 적극적으로 시작에 임할 필요가 있다. "실패하면 어때, 어차피 하나님은 또 다른 처음을 선사하실 수 있는 분이신데." 어쩌면 우리에게 필요한 것은 하나님에 대한 이런 종류의 신뢰와 담대함일지도 모른다. 걱정, 근심, 두려움으로 시작조차 못 한 사람의 예를 우리는 하나 알고 있다. "주인님, 나는 주인이 굳은 분이시라 심지 않은 데서 거두시고 뿌리지 않은 데서 모으시는 줄로 알고 무서워하여 물러가서 그 달란트를 땅에 숨겨 두었습니다. 보십시오, 여기에 그 돈이 있으니 받으십시오."(마 25:24-25) 우리는 그의 말로 또한 잘 알고 있다. 초안(草案). 어차피 처음은 흔들리기 마련이다. 그러니 두려워하지 말고, 염려하지 말고, 마음껏 흔들리며 시작해보자.

"오, 거룩한 단순함이여!"

　　체코의 신학자 얀 후스는 가톨릭 사제 중 처음으로 신도에게 포도 주잔을 허락한 것으로 유명하다. 이 일을 포함한 여러 가지 개혁적 행동으로 결국 얀 후스는 화형을 당했으나 체코의 국민들은 오늘날까지 그를 국민영웅으로 삼아 그의 순교일을 공휴일로 삼고 프라하 광장에 그의 동상을 세워 그의 정신과 용감한 행동을 지금까지 기리고 있다. 얀 후스가 화형을 당했던 해 1415년은 종교개혁이 일어나기 약 100년 전이었다. "나는 비록 지금 거위처럼 타죽지만 100년 뒤 백조 같은 사람이 나타날 것이다." 종교개혁자 이전의 개혁자로 불리는 얀 후스가 죽기 전에 남겼다는 이 말을 사람들은 과연 100년 후에 나타난 루터에 적용시켰고 그로부터 종종 루터는 백조로 상징되곤 했다는 말도 전해진다.

　　얀 후스가 남긴 거위와 백조의 이야기는 제법 잘 알려져 있지만 그가 최후에 남긴 말과 관련해 잘 알려지지 않은 일화가 또 하나 있다. 이 장면은 그가 막 화형을 당하고 있을 때의 일이었다. 한 나이든 농부가 얀 후스를 태우고 있는 불 속에 열심히 장작을 나르고 있었던 모양이다. 나무를 나르고 있는 그를 향해 화형틀에 묶인 얀 후스는 이렇게 외쳤다고 한다.

"오, 거룩한 단순함이여!"(O sancta simplicitas.)

단순함, 간소함, 소박함은 분명 신앙인들이 삶 속에 지녀야 할 원칙이 아닐 수 없다. 특별히 물질적인 것과 관련하여서라면 더 이상 말할 필요도 없다. 그러나 얀 후스가 농부를 향해 외쳤던 '단순함'은 결코 그런 의미에서의 단순함이 아니었다. 말하자면 그는 천진함 또는 순진함을 지적하고 있었던 것이다. 전후의 맥락을 전혀 고려하지 않고 무조건 명령만 따르는 열성, 머리를 내려놓고 손과 발만으로 뿌듯하게 느끼는 신앙의 자부심, 얀 후스는 바로 이런 단순함을 조소하고 있었던 것이다. 하나님을 위한다는 신앙의 확신에 가득 차 하나님의 진리를 대변한 사람을 불태우는 일에 열심을 내는 신도라니, 이 얼마나 거룩한 단순함이란 말인가!

"책임 있는 자리에 있는 사람이 순진한 것은 죄악입니다." 아주 오래전 정리해고에 관한 한 기자의 글에서 읽었던 이 글귀는 지금도 깊은 인상으로 남아 있다. 지금도 우리는 드물지 않게 책임 있는 사람들의 '몰랐다'는 변명을 듣게 된다. 하지만 책임 있는 자리에서 순진했다는 것은 결코 변명이나 핑계가 될 수 없다. 자신이 정말로 순진한 사람이라면 애초에 책임 있는 자리에 가 앉지 말았어야 했고, 지금이라도 당장 그 자리에서 내려와야 마땅하기 때문이다. 악으로 둘러싸인 세상에서 순진하다는 것은 자신과 타인에게 얼마나 위험하고 무서운 일인가.

"오, 거룩한 단순함이여!" 유감스럽게도 얀 후스의 일성은 오늘도 변함없이 유효하다. 하나님의 일을 한다며 하나님의 사람을 불태우는 일이 오늘이라고 없을까? 위대한 성 사도 바울마저도 하나님을 향한 열성으로 스데반을 향해 날아드는 돌을 마땅히 여기셨는데 하물며 나라고 안전할까. 그러니 끊임없이 주위를 둘러보고 나를 둘러싼, 나를 포함한 세상의 악함을 똑똑히 알아야 한다. 악으로 둘러싸인 세상에 순진한 것만으로는 부족하다. 아니, 위험하다. 기억해야 한다. 눈먼 열심보다 위험한 것은 없다. 어리석은 순진보다 해악스러운 것은 없다.

"보아라, 내가 너희를 내보내는 것이 마치 양을 이리 떼 가운데로 보내는 것과 같다. 그러므로 너희는 뱀과 같이 슬기롭고 비둘기와 같이 순진해져라."(마 10:16)

"기복 = $"

　이웃 종교에 소란스런 일이 벌어졌다. 한국 불교에 귀의한, 현각 스님이라 불리는 푸른 눈의 미국인 스님이 그 주인공이다. 대한불교조계종 소속으로 25년째 승려 생활을 하고 있는 이 백인 스님은 하버드대학출신이라는 사실로 더욱 유명해졌고, 자신이 쓰고 엮은 여러 저서로 일반에도 꽤 알려진 유명 스님이었다. 그러던 그가 갑자기 실망한 한국 불교와 인연을 끊겠다고 폭탄선언을 한 것이다.

　얼마 전 서울대에 왔던 외국인 교수들이 줄줄이 떠난다는 신문기사가 있었다. 현각 스님은 이 기사를 인용하면서 불교계도 다를 바 없다고 자신의 심정을 토로했다. 그는 한국에서 활동하는 외국인 스님들은 조계종의 '데커레이션'(장식품)일 뿐이라고, 이것이 자신이 25년 동안 경험한 것이라고 슬퍼했다. 이 일과 관련하여 자신의 페이스북에 어눌한 한국어로 글을 쓴 현각 스님은 그 끝을 이렇게 맺었다. "한국 선불교 전세계 전파했던 누구나 자기 본성품을 볼 수 있는 열린 그 자리는 그냥 기복 종교로 귀복시켰다. 왜냐하면 기복 = $. 참 슬픈 일이다…"

한국 불교를 떠난다는 그를 보며 사람들은 그의 실망의 이유로 다음의 것들을 지적했다. 한국불교의 상명하복식 유교 관습, 국적과 남녀의 차별, 신도 무시, 그리고 기복신앙. 이 푸른 눈 스님의 한국불교로부터의 퇴장이 씁쓸한 이유는 이것이 단지 이웃 종교만의 문제가 아니라 고스란히 우리 교회의 문제이기도 하기 때문이다.

무조건식 상명하복의 왜곡된 유교문화는 목사들 사이에, 목사와 신도 사이에, 또 신도들 사이에서 자주 목격되는 현상이다. 성직 자체에서의 성차별과 사역의 역할 분담과 관련된 남녀의 차별은 여전히 심각하며, 신도들을 무시하고 신도 위에 군림하려고 하는 사역자의 태도 역시 유감스럽게도 그리 드물지 않다. 기복신앙이야 말하면 입만 아플 지경이니, 어쩌면 이렇게 한국불교의 문제점들은 한국기독교의 문제점들과 닮아 있을까? 결국 다른 종교의 문제가 아니라 같은 한국 사람의 문제라고밖에는 달리 설명할 길이 없다.

숭고한 종교의 진리가 단순한 기복 종교로 변질되었다는 그의 비판은 우리에게도 뼈아프다. 그리고 "왜냐하면 기복 = $"라는 그의 말은 우리에게도 변명의 여지가 없다. 한국어에 완전히 숙달되지 않았기에 단순하고 다소 어눌하게 표현된 그의 말은 오히려 사태의 본질을 더욱 명확하게 밝혀주고 있다. "기복 = $". 기복은 곧 돈이라는 현각 스님의 말에 따르자면 '기복 종교'는 곧 '돈 종교'라는 말이 된다. 돈 종교, 어쩌면 이 단순한 상스럽고 저속한 표현이야말로 지금의 문제적 기독교를 가장 직설적으로, 가장 정확하게 표현하는 말이 아닐까?

푸른 눈의 승려는 그나마 자신이 환멸을 느낀 곳을 버리고 떠날 곳이라도 있어서 다행이다. 그러나 갈 곳 없는 우리에게는 어떻게든 살려야 할 교회이고 종교다. 그러니 '기복'이라는 수식어를 어떻게든 종교라는 단어로부터 떼어내도록 하자. 종교는 그저 종교로 충분하다. 진리는 복잡하고 현란한 수식어조차 필요로 하지 않는다. 현란한 수사(修辭)를 필요로 하는 것은 오직 거짓말뿐이기 때문이다.

"수천 마리의 양이나 수만의 강줄기를 채울 올리브기름을 드리면 주님께서 기뻐하시겠습니까? 너 사람아, 무엇이 착한 일인지를 주님께서 이미 말씀하셨다. 주님께서 너에게 요구하시는 것이 무엇인지도 이미 말씀하셨다. 오로지 공의를 실천하며 인자를 사랑하며 겸손히 네 하나님과 함께 행하는 것이 아니냐!"(미 6:7-8)

예와 아니오

　흔히 "나치 경례를 거부한 남자"(Guy Who Refused To Give A Nazi Salute)라는 제목으로 알려진 역사적 사진이 있다. 사진의 주인공은 아우구스트 란트메서(August Landmesser), 그는 히틀러 집권 당시 함부르크 조선소의 노동자였다. 1936년 그가 일하던 조선소에서 군함이 완성되고 히틀러가 진수식에 등장했을 때 모든 사람들은 오른 손을 앞으로 내미는 나치식 경례를 히틀러에게 바쳤다. 그런데 바로 이때 수많은 군중을 찍은 사진 속에서 유일하게 팔짱을 끼고 경례에 동참하지 않은 사람이 있었으니 그가 바로 아우구스트 란트메서였다. 란트메서는 1931년 일자리를 얻기 위해 나치당에 가입했었으나 1935년 유대인 여성과 약혼한 후 나치당을 탈당했다. 그 후 유대인 아내로 인한 많은 핍박이 있었고, 아내뿐 아니라 란트메서 자신 역시 강제수용소에 수감되었으나 그는 끝까지 아내를 배신하지 않았다. 그의 아내는 결국 처형되고 말았다. 험난한 인생사 속에서도 사랑과 신념을 배신하지 않았던 란트메서는 공개적인 장소에서 유일하게 히틀러에 대한 경의를 거부했던 자신의 행동으로 그렇게 역사가 되었다. 그는 '아니오'라고 말해야 하는 자리에서 유일하게 '아니오'라고 말했던 사람이었다.

예와 아니오에 관하여 예수께서는 이런 말씀을 하신 적이 있다. "너희는 '예' 할 때에는 '예'라는 말만 하고, '아니오' 할 때에는 '아니오'라는 말만 하여라. 이보다 지나치는 것은 악에서 나오는 것이다."(마 5:37) 예 할 때는 예, 아니오 할 때는 아니오, 이보다 지나치는 것은 악에서 나온다는 주님의 말씀. 하지만 이 단순한 주님의 말씀을 따르기가 얼마나 어려운지 우리 모두는 잘 알고 있다. 일반적으로 아니오라고 말하는 상황은 예라고 말하는 상황보다 쉽지 않고, 게다가 그것이 특별히 다수의 사람이 예라고 말하는 자리에서라면 그 어려움은 절정에 달한다. 모두가 암묵적으로 동의하는 상황에서, 여기서 아니라고 말한다면 분명히 모두의 불편한 이목을 끌게 되는 상황에서, '아니다'라고 말하기는 얼마나 어려운지.

하지만 예수님은 분명히 말씀하셨다. "아니오 할 때에는 아니오라는 말만 하여라." 더 나아가 그렇게 하지 못 하는 상황에 대해 예수님은 뜻밖의 말씀을 하신다. 우리는 우리가 아니오라고 말하지 못하는 것을 대개 용기가 없어서이기 때문이라고 생각한다. 그런데 주님은 달리 말씀하신다. "이보다 지나치는 것은 악에서 나오는 것이다." 그것은 그저 용기가 없는 것이 아니라 악으로부터 기인한 것이라고. 언제나 그렇듯 예수님의 말씀엔 가만히 있으면 중간은 간다는 식이 없다. 선을 행하지 않는 것은 악을 행하는 것이고, 생명을 구하지 않는 것은 생명을 죽이는 것이라는 말씀처럼(막 3:4) 우리 주님은 언제나 극단적이시고, 그리하여 그리스도인의 윤리에는 중간지대란 없다.

나치 경례를 거부한 남자는 모두의 신념에 반하는 자신의 신념을 지켰다. 그 대가를 분명히 알고 있었을 터였지만 그래도 그는 분명히 '아니오'라고 말했다. 아닌 것은 아니기 때문이다. 아닌 것은 아니라고 말하는 단순함, 어쩌면 이것이야말로 언젠가 언급했던 얀 후스의 부정적 예에서와는 다른, 진정 긍정적인 의미에서의 거룩한 단순함일 것이다. 우리의 삶이 갖추고 회복해야 할 그런 단순함일 것이다.

"나의 형제자매 여러분, 무엇보다도 맹세하지 마십시오. 하늘이나 땅이나 그 밖에 무엇을 두고도 맹세하지 마십시오. 다만, '예' 해야 할 경우에는 오직 '예'라고만 하고, '아니오' 해야 할 경우에는 오직 '아니오'라고만 하십시오. 그렇게 해야 여러분은 심판을 받지 않을 것입니다."(약 5:12)

토론의 목적

    독일식 교육을 받고 자란 아들이 며칠 전 신문기사에서 '토론대회 우승'에 관한 기사를 읽었던 모양이다. 아들은 그 기사를 읽은 얘기를 하면서 "독일과 한국이 이렇게나 다른가요?"라며 말을 꺼내기 시작했다. "한국에서는 토론의 목적이 이기는 거라고 가르치는 모양인데 독일에서는 토론의 목적을 타협점을 찾기 위한 것이라고 가르쳐요. 토론의 목적이 논쟁으로 이기는 게 아닌데 토론대회라니..." 이기기 위한 토론과 타협점을 찾기 위한 토론, 아들의 말은 한동안 머리를 떠나지 않고 많은 생각을 하게 만들었다. 곰곰이 생각해 보니 내가 겪었던 모든 토론은 항상 그런 식이었다. 상대방이 꼼짝 못할 논리를 펴서 상대방을 제압하고 결국 모든 것이 내 뜻대로 결정되고 진행되도록 만드는 것이 목적인 토론. 어느 집단에서든 마찬가지였다. 심지어는 교회에서도, 목회자들의 모임에서도 사정은 다르지 않았다. 모두가 토론은 이기는 것이 목적이라고 생각하니 토론을 할 때마다 기를 쓰고 이기려 든다. 토론의 목적으로 타협점을 찾을 생각은 애초에 하지도 못 했으니 그 어떤 경우에도 토론을 통해 타협점에 이르지 못한 것은 어찌 보면 당연한 일인지도 몰랐다. 타협과 절충이란 쌍방이 어느 정도 내 것을 포기할 마음과 자세가 있을 때에만 가능한 일이다. 상대방과 나의 이익이 다른 것은 당연하다. 그러니 토론은 이 이익의 부대낌을 인정하고 나는 어디까지 포기하고 상대방은 어디까지 포기해야 둘의 이익의 합이 최고가 될 것인가를 고민하는 자리여야 했다. 독일의 아이들은 어려서부터 이렇게 배우며 자라고 있겠구나 생각하니 그들이 만들어가는 세상에 부러움과 씁쓸함이 동시에 밀려왔다.

이스라엘의 처음 왕 사울의 말년은 비극적이었다. 그러나 그에게 기름을 부었던 사무엘은 끝까지 그에 대한 애정을 놓지 못했다. 결정적으로 사울과 선을 그었을 때조차 사무엘의 마음은 완전히 사울을 버리지 못했다. "사무엘이 죽는 날까지 사울을 다시 가서 보지 아니하였으니 이는 그가 사울을 위하여 슬퍼함이었다."(삼상 15:35) 사무엘의 이런 태도는 단지 자신의 손을 통해 임명된 왕의 몰락에 대한 미련이 아니었을 것이다. 처음 사울을 만났을 때 사무엘은 이 미래의 왕과 밤이 맞도록 이야기를 나누었다.(삼상 9:25-27) 무슨 말을 나누었을까? 아마도 이스라엘의 첫 왕이 어떠해야 하는지에 관한 것이 아니었을까? 더 이상 보이지 않는 하나님을 의지하기보다 보이는 인간적 힘을 의지겠다고 왕을 바라는 이스라엘 백성을 비난했던 사무엘은 분명 하나님의 입장을 취했을 것이다. 그리고 어쩌면 사울은 그럼에도 불구하고 현실적으로 왕이 필요한 상황을 역설했을지도 모르겠다. 어쩌면 그 옥상의 긴긴 밤은 둘 사이에 격렬한 토론이 벌어지고 마침내 절충과 타협이 이끌어졌던 밤이었을지도 모른다. 이 모든 것이 상상이기는 하지만, 그 토론과 타협이 앞으로 두 사람의 평생을 이어줄 질긴 애정의 끈으로 작용했던 것이 아닐까? 둘의 입장은 분명코 달랐을 것이다. 그러나 그 둘은 어떤 식으로든 결국 타협과 절충을 이루어냈을 것이다. 그러기에 그 격한 토론이 끝나고 난 후에도 둘 사이엔 증오가 아니라 애정이 자리 잡을 수 있었을 것이다. 승리는 적을 만들 뿐이지만 타협과 절충은 동지를 만든다. 우리 사회에서, 또 우리 교회에서 이제는 승리를 위한 토론이 아니라 타협을 위한 토론이 서서히 시작되었으면 좋겠다.

숨겨진 보물

첫 번째 이야기: 어떤 사람이 엄청난 보물이 숨겨져 있다는 보물 창고가 있다는 사실을 알아내고 오랜 세월 그곳을 찾으려고 애썼다. 그리하여 결국 찾아냈으나 이번엔 창고의 열쇠가 없었다. 그는 또 오랜 세월 끝에 상인방에 나 있는 쥐구멍에서 그 열쇠를 찾아냈다. 하지만 커다란 기대와 함께 창고를 열었던 그는 그 안에서 아무것도 발견할 수 없었다. 다시 오랜 세월이 흐르고 난 후에야 그는 깨달았다. 알고 보니 그 창고가 바로 보물로 지어진 창고였다는 것을.

두 번째 이야기: 모리스 마테를링크의 동화극 〈파랑새〉. 나무꾼의 두 어린 남매 치르치르와 미치르는 크리스마스 전날 밤 꿈을 꾼다. 꿈속에 나타난 요술쟁이 할머니의 부탁을 받고 남매는 요정들과 함께 행복의 파랑새를 찾아 멀리 여행의 길을 떠난다. 죽음의 나라를 두루 살피고, 또 과거의 나라를 빙 돌아다니고, 남매는 그렇게 세상을 누빈다. 그러나 그 어느 곳에서도 그들은 파랑새를 찾지 못한다. 그러다가 자기 집에 돌아와 집 문에 매달린 새장 안에서 그 파랑새를 발견한다는 이야기.

세 번째 이야기: 그리스어로 진리를 '알레테이아'(aletheia)라고
한다. 어느 유명한 철학자가 설명한 것처럼 이 단어는 부정을 뜻하는
'아'(a)에 감춰진 것 또는 망각을 의미하는 '레테'(lete)를 결합하여 만
든 단어다. 즉 진리란 감춰진 것을 들추어내고 잊힌 것을 일깨우는 것
을 뜻한다. 없는 것을 애써서 발견하는 것이 아니라 이미 있으나 단지
감추어져 있는 것을 발견하는 것이 진리를 찾는 길이라는 말이다. 눈
에 가려진 것을 없애는 것이 진리를 발견하는 길이다.

세 이야기의 공통점은 전 생애를 걸고 얻고자 애쓰는 가장 귀한
것, 가장 소중한 것은 눈에는 가려져 있으나 이미 그 자리에 있다는 점
이다. 신앙의 원리도 결국은 이와 같다. 신앙은 무엇을 얻기 위한 노력
이 아니라 이미 얻은 것을 알아차리는 것이다. 불안 가운데 도움을 위
해 드리는 기도 역시 무엇을 얻어내기 위해서가 아니라 이미 하나님이
함께 하심을, 하나님의 계획 가운데 모든 일이 선을 이루기 위한 과정
안에 있음을 알기 위한 것이다. 그리하여 성경은 '눈이 밝아지는' 예
를 여러 곳에서 보여준다. 엠마오의 두 제자는 예수께서 떡을 주실 때
에야 비로소 눈이 밝아져 주님을 알아보았고(눅 24:31), 사라의 등쌀에
쫓겨난 하갈은 하나님께서 눈을 밝혀주셨을 때에야 비로소 샘물을 발
견할 수 있었으며(창 21:19), 이스라엘을 저주하려다 도리어 축복한 발
람은 하나님이 눈을 밝히셨을 때에야 비로소 손에 칼을 빼들고 자신을
막아선 하나님의 사자를 볼 수 있었다(민 22:31).

하나님의 은혜는 늘 이런 식이고, 신앙은 이미 주어진 것을 깨닫는
것이다. 도움이든, 구원이든, 천국이든, 그 무엇이든, 이미 주어져 있
다는 것을 깨닫는 것이다. 하나님은 손에 떡을 들고서 달라고 간청해
야만 겨우 내주는, 말을 잘 들어야만 내주는 그런 심술궂은 아버지가

아니다. 이미 주신 것이 단지 눈에 보이지 않을 뿐이다. 그러니 우리는 다만 눈을 열어주시기를 기도해야 할 것이다. 보석으로 지어진 창고를 보지 못한 채 비어있는 창고만 보고 절망에 빠져 있지 않으려면.

> "그렇게 말한 다음에 엘리사는 기도를 드렸다. '주님, 간구하오니, 저 시종의 눈을 열어 주셔서 볼 수 있도록 해주십시오.' 그러자 주님께서 그 시종의 눈을 열어 주셨다. 그가 바라보니 온 언덕에는 불 말과 불 수레가 가득하여, 엘리사를 두루 에워싸고 있었다." (왕하 6:17)

시작해야 하는 것은 나 자신이다.

1989년부터 1992년까지는 체코슬로바키아의 마지막 대통령으로, 체코와 슬로바키아가 분리된 1993년부터 2003년까지는 체코의 초대 대통령으로 재직했던 바츨라프 하벨, 그는 1989년 체코슬로바키아의 민주화를 이룬 비폭력 무혈 혁명인 '벨벳 혁명'을 이끌었던 주역이었다. 이 유명한 '벨벳 혁명'이라는 명칭 역시 그의 연설에서 나온 것이었다. 단순히 존경받는 정치가일 뿐 아니라 동시에 문학가이기도 했던 하벨은 그답게 이런 아름다운 시를 남겼다.

시작해야 하는 것은 나 자신이다.

일단 내가 시작해야 하리. 일단 해 보아야 하리.
여기서 지금, 바로 내가 있는 곳에서,
다른 어디서라면
일이 더 쉬웠을 거라고
자신에게 핑계 대지 않으면서,
장황한 연설이나

과장된 몸짓 없이,
다만 보다 더 지속적으로
나 자신의 내면에서 알고 있는
존재의 목소리와
조화를 이루어 살고자 한다면.
시작하자마자
나는 홀연히 알게 되리.
놀랍게도
내가 그 길을 떠난
유일한 사람도
첫 사람도
혹은 가장 중요한 사람도 아니라는 것을.
모두가 정말로 길을 잃을지 아닐지는
전적으로
내가 길을 잃을지 아닐지에 달렸다는 것을.

　세월이 혼탁하면 혼탁할수록, 나이가 들면 들수록, 우리는 올곧이 내 길을 가기보다는 점점 더 남들의 길을 엿보고 주저하면 눈치를 보는 경향이 있다. 이 길이 맞는 걸까? 주위에 아무도 보이지 않는데? 나만 너무 앞서 있는 건 아닐까? 이런 고민에 빠진 우리를 향해 하벨은 그의 시를 통해 이렇게 말한다. 당신을 둘러싼 그 모든 혼란은 당신이 일단 걸음을 내딛는 순간 홀연히 분명해질 것이다. 예수께서도 역시 우리를 향해 "의미를 파악해라." 또는 "깨달아라."라고 말씀하시지 않으셨다. 그분은 매우 단순하게 "나를 따르라."고 말씀하신다. 아마도 그 말은 곧 이런 의미일 것이다. "네가 마침내 걷기를 시작하여 네 발자국을 내 발자국에 겹치는 첫 순간, 네 신앙의 고민과 관련된 모든 것이 홀연 분명해질 것이다. 그러니 믿고, 따라오라." 세월이 혼탁하고 주변의 모든 것이 흔들릴 때 들어야 할 주님의 목소리는 바로 이것일 것이다.

누군가 '나를 따르라'고 말했다면 그것은 그렇게 말하고 있는 자가 계속 움직이고 있다는 사실을 전제로 한다. 만일 그렇지 않다면 그는 단지 '나에게 오라'고만 말했을 것이기 때문이다. 그렇다면 나를 따르라는 주님의 말은 이렇게도 풀어볼 수 있을 것이다. "나 항상 움직이노니, 나 있는 곳에 너 있으라." 주님의 명령은 과거에 붙들려 있지 않고 오늘도 여전히 우리를 향한다. 그러니 우리가 해야 할 일 또한 명확하다. 예수께서 어디로 움직이고 계실까에 주의를 기울이는 일. 사실 예수께서 어디에 계실지는 그다지 어려운 추측도 아니다. 그분은 부당하게 일자리를 빼앗겨 먹고 살 길이 막막한 사람들, 일하다 죽을병에 들었어도 치료할 돈조차 배상받지 못하는 사람들, 법의 보호를 받지 못하고 오히려 부당하게 교도소에 갇힌 사람들, 사회에서 배척 받아 혐오의 대상이 되는 사람들과 함께 계실 것이 분명하기 때문이다.(마 25:35-36) 모든 것이 차가운 이 계절, 주님은 지금도 끊임없이 그들을 향해 움직이고 계실 것이다. 그리고 주님은 우리를 향해서도 말씀하실 것이다. "나 항상 움직이노니, 나 있는 곳에 너 있으라." 그렇다면, 시작해야 하는 것은 나 자신이다. 만일 내가 움직이시는 주님을 놓쳐 길을 잃어버린다면 하벨의 시의 마지막 구절처럼 나로 인해 모두가 길을 잃을지도 모르기 때문이다.

역사는 결코
단순하게 반복되는 것이 아니다.

역사를 살아가고 돌아보며 가슴 아프게 느껴지는 사실은 모든 것이 계속 반복되는 것처럼 보인다는 점이다. 특별히 질곡의 역사를 살아가고 있는 중이라면 이런 인상은 더욱 더 지울 수가 없다. 영원히 갈 것 같은 악한 권력이 결국에는 소멸하나 그 뒤를 이어받은 선한 권력도 곧이어 재빨리 뒤따라 온 다른 악한 권력에 속절없이 자리를 내주곤 한다. 악하고 무능한 지도자는 시대를 막론하고 때만 되면 튀어나오는 것처럼 보인다. 오신다는 주님은 아직 오시지 않고 세상은 평화를 원하지만 전쟁의 소문은 더 늘어나기만 한다. 이 모든 인간 고통에 두려움만 가득 찰 뿐이고 그 지겨움은 끝도 없다. 끝도 없는 지겨움을 가져오는 이 역사의 무한 반복, 역사를 지켜보며 허무주의에 빠지지 않기란 여간 어렵지 않다.

이런 허무주의는 어렵사리 얻은 역사의 승리조차 마음대로 즐기지 못하게 한다. "잠시 후면 또 악이 득세하고 말 텐데 뭐." 힘겹게 성취한 승리에 채 도취되기도 전에 이런 체념이 이미 얻은 승리 위에 벌써 어두운 그림자를 드리우기도 하다. 그러나 과연 그런 것일까? 주님이

다시 이 땅에 오시기 전까지 역사는 다람쥐 쳇바퀴 돌 듯 그렇게 무의미하게 반복만 되고 마는 것일까? 역사가 발전한다는 믿음은 헛된 소망을 품은 이들의 허상일 뿐일까? 아니, 그렇지 않다. 역사는 결코 단순하게 반복되는 것이 아니다. 언젠가 함석헌 선생은 역사의 발전에 대하여 다음과 같이 말한 적이 있다. "역사는 결코 꼭같은 것을 영원히 되풀이 하는 것은 아니다. 그것은 어디까지나 산(生) 것이기 때문에 그 운동은 그저 되풀이 되풀이 끝없이 하는 운동이 아니요, 자람이다. 생명은 진화한다. 적게 보면 되풀이하는 듯하면서 크게 보면 자란다. [...] 그러므로 역사의 운동은 차라리 수레바퀴나 나선의 운동으로 비유하는 것이 좋다. 수레의 바퀴는 밤낮 제자리를 돈 것 같건만 결코 제자리가 아니라 나간 것이요, 나사는 늘 제 구멍을 돌고 있는 것 같은데 사실은 올라가는 것이다."

함석헌 선생의 말처럼 역사는 마치 소용돌이치며 아래로 파고드는 나선운동과도 같다. 그저 돌고 도는 것이 아니라 돌면서 파고드는 것이다. 그렇게 역사는 생물(生物)처럼 자라고 하나님의 종말을 향하여 나아간다. 그렇다면 역사 속에서 하나님의 정의를 실현시키려 애쓰는 싸움 역시 부질없는 반복일 수 없다. "예수께서 그들에게 말씀하셨다. '사탄이 하늘에서 번갯불처럼 떨어지는 것을 내가 보았다.'"(눅 10:18) 이미 하나님께서 예수 그리스도를 통하여 결정적으로 승리하신 사탄과의 전쟁 앞에서 이제는 그 잔당들과의 국지전투만 남아 있을 뿐이다. 남은 사탄의 잔당들은 더욱 더 발악할 것이고, 그러니 이 싸움 또한 힘겹지 않을 리 없다. 그러나 명심할 것은 우리는 이미 이긴 승리 속에서 싸우는 사람들이라는 사실이다.

"내 안에 여전히 있는 이것은 마치 이미 얻은 승리 앞에서 타격을 입고 혼란에 빠져 퇴각하는 부대와 비슷한 것일까?"〈나는 누구인가?〉라는 시 속에서 자신의 갈등과 나약함을 숨김없이 고백했던 본회퍼 목사님은 그럼에도 '이미 얻은 승리'라는 말을 놓치지 않았다. 그리하여 그는 하나님 앞에서의 불안과 흔들림을 이렇게 끝맺을 수 있었다. "내가 누구이든, 당신은 나를 아시오니, 오 하나님, 나는 당신의 것입니다!" 우리 역시 하나님의 이 승리한 전쟁을 잊지 말도록 하자. 그러니 지금은 이제 막 이룬 정의의 작은 승리를 마음껏 기뻐하고, 다시 마음을 가다듬어 남은 싸움을 계속해보자. 주님은 지금도 오고 계시다. 그러니 우리도 마중을 가자. 예수께서 이미 승리하신 전쟁에 우리의 작은 힘을 보태면서, 나선처럼 파고들어 자라나는 하나님의 역사를 믿으면서, 주님의 오심을 맞는 우리가 되자.

그 선한 힘에 고요히 감싸여

1월 1일을 저만치 보내고 우리는 우리만의 새해를 또 한 번 맞는다. 이번에 맞는 새해는 지난해와는 얼마나 다를까, 과연 다를 수는 있을까, 변함없는 걱정과 염려 속에서도 우리는 또 변함없는 희망과 기대로 새해를 다시 맞는다. 최근에는 유난히 본회퍼 목사님의 새해 시에 가락을 붙인 노래가 자주 소개되고 전해지고 불렸다. 메신저프로그램이나 소셜네트워크를 통해 직접 받은 것만도 족히 서너 번, 심지어는 놀랍게도 이 글을 쓰고 있는 동안에도 독일어 노래에 한글 번역을 붙인 동영상을 전달 받았다. 〈그 선한 힘에 고요히 감싸여〉(Von guten Mächten treu und still umgeben)라는 제목으로 알려진 이 노래는 본회퍼 목사님이 1944년 12월 19일 베를린의 감옥에서 쓴 시다. 전체 7연의 시 중 한글로 개사된 노래는 1연과 2연을 주가사로, 7연을 후렴으로 하여 다음과 같이 불리고 있다.

(1절) 그 선한 힘에 고요히 감싸여 그 놀라운 평화를 누리고, 나 그대들과 함께 걸어가네 나 그대들과 한 해를 여네.

(2절) 저 촛불 밝고 따스히 타올라 우리의 어둠 살라 버리고, 다시 하나가 되게 이끄소서 당신의 빛이 빛나는 이 밤

(후렴) 그 선한 힘이 우릴 감싸시니 그 어떤 일에도 희망 가득, 주 언제나 우리와 함께 계셔 하루 또 하루가 늘 새로워.

이 시는 흔히 잘못 알려진 것처럼 처형 직전 강제수용소에서 쓴 것은 아니다. 본회퍼는 종전을 얼마 앞둔 1945년 4월 9일 새벽 처형되었고 그 장소는 플로센뷔르크 강제수용소였기 때문이다. 하지만 1943년 4월 5일 체포되어 2년간 수용소를 전전하던 중 머무른 베를린 감옥에서라고 해서 본회퍼 목사님의 마음이 처형 직전과 달랐던 것은 아니었다. 실패로 돌아간 1944년 7월 20일의 히틀러 제거 작전 여파로 본회퍼는 본인이 곧 처형될 것이라는 사실을 예감하고 있었다. 그리고는 약혼녀에게 편지를 쓰면서 어쩌면 다시 못 볼 부모와 형제들에게 전하는 성탄 겸 새해 인사를 시로 남겼던 것이다. "요 며칠 밤사이에 떠오른 구절들입니다." 본회퍼는 그렇게 약혼녀에게 전하며 이 유명한 시를 남겼다. 이 시는 여러 작곡가들에 의해 멜로디가 붙고 독일 교회가 애창하는 찬송가가 되었다. 그 중 가장 유명한 멜로디가 지그프리트 피츠(Siegfried Fietz)에 의해 1970년 작곡된 멜로디로 그가 직접 부른 동영상과 함께 요즘 우리가 듣게 되는 바로 그 멜로디이다.

이 시는 본회퍼가 쓴 신학과 관련된 모든 글 중 최후의 글이기도 하다. 죽음을 앞둔 인간 본연의 정직함과 순박함과 강인함, 신앙인 본연의 믿음과 소망과 사랑이 고스란히 드러난 시는 지금 또 하나의 새로움을 여는 우리에게 변함없는 감동을 준다. 여기 독일어 원래의 그 처음과 마지막 연을 우직하게 직역으로 번역해 본다.

"선한 힘들에 믿음직스럽고도 고요히 감싸인 채, 놀랍도록 기이하게 지켜지고 위로 받은 채, 나는 당신들과 이 날들을 살아가려 하고, 당신들과 새로운 해 안으로 걸어가려 합니다. 선한 힘들에 놀랍도록 기이하게 보호 받은 채, 우리는 위로 가운데 앞으로 오게 될 것을 기대합니다. 하나님은 우리와 함께 계십니다. 저녁과 아침에, 그리고 너무나도 분명히, 새로운 모든 날에."

눈을 가린 정의의 여신

#판결 1. 한 어머니가 노래방에서 성추행을 당했다는 고등학생 딸의 말을 듣고 취업상담교사를 흉기로 찔러 숨지게 했다. 오후에 카페에서 만나 대화를 나누다 격분하여 교사를 찔렀던 것이다. 목을 크게 다쳐 병원으로 가던 교사는 길에 쓰러져 병원으로 옮겨졌으나 결국 숨졌고, 어머니는 사건 1시간 후 자수했다. 변호인은 우발적으로 저지른 범행이라고 선처를 호소했으나 바로 어제 법원은 징역 10년을 선고했다.

#판결 2. 한 30대 남자가 헤어지자는 동거녀를 때려 숨지게 했다. 남자는 숨진 여인을 동생 소유의 밭에 시멘트를 부어 암매장했다. 경찰 수사에 덜미를 잡혔으나 그는 끝까지 범행을 부인하다 유골이 발견되어 마침내 자백했다. 이 살인사건에 대해 법원은 1심에서 징역 5년을 선고했다. 며칠 전 2심이 열렸고 재판부는 이 5년을 3년으로 감형했다. 우발적으로 범행임을 고려하고 유가족과 합의를 봤다는 것이 양형의 이유였다.

살해 후 암매장 사건에 대한 양형의 이유 중 유가족과의 합의는 실로 충격적이었다. 민사사건도 아닌 형사사건에서 합의가 판결에 영향을 미칠 수 있다는 사실을 처음 경험했던 것이다. 특히나 이 사건은 살인사건이었다. 형사사건에서 국가는 죽은 자를 대신하여 법정에 범인을 고소한다. 이 순간 국가는 죽은 자의 억울한 목소리를 대변하는 것이다. 그런데 아무리 가족이라 할지라도 이 자리에서 당사자가 아닌 사람의 목소리가, 합의가 판결에 영향력을 발휘할 수 있다는 사실은 적지 않은 충격이었다. 도대체 어떤 종류의 합의였을까? 새롭게 알게 되는 부조리가 이 세상에는 아직도 이렇게도 많다.

정의의 여신을 뜻하는 유스티티아(Justitia)는 그리스신화 속 정의의 여신 디케의 로마식 버전이다. 한 손에는 검을 들고 한 손에는 저울을 든 정의의 여신은 중세를 거쳐 아이템을 하나 더 추가하게 되는데 바로 눈을 가린 안대다. 검과 저울이 상징하는 바는 명징하다. 정의는 준엄하게 심판해야 하며, 또한 공정하게 심판해야 한다는 의미일 것이다. 중세시대에 추가된 안대는 처음 도입되었을 때에는 부정적인 의미에서였으리라고 추측된다. 그러나 권력자들의 구미에 맞춰 제멋대로 집행된 법에 대한 풍자와 조롱의 의미로 시작되었을 이 안대는 이후 점점 더 긍정적인 의미로 발전되어 오늘날 정의의 여신의 핵심적 요소가 되었다. 그 발전된 현대적 의미는 바로 이것이다. 정의는 결코 사람을 보고 판단하지 않는다. 그가 권력자이든, 부자이든, 정의는 그가 누구인지에 의해 판결을 굽히지 않는다. 이런 의미로 현대의 정의의 여신은 눈이 가려진 채 검과 저울을 들고 서 있다. 사실 이 가린 눈은 준엄한 검과 공정한 저울보다 정의와 관련하여 훨씬 더 결정적이고 본질적이다. 법의 정의란 결국 적용의 공평함 그 이상도 그 이하도 아니기 때문이다. 뿌리 깊고 지독한 성차별을 떠나서는 생각할 수 없는, 적용의 공평함을 상실한 판결을 바라보며 길 잃고 상처 받은 정의를 떠올리지 않을 수 없다.

　"너희는 또한 가난한 사람의 송사라고 해서 치우쳐서 두둔해서도 안 된다."(출 23:3) 정의에 대해 말씀하시면서 성서의 하나님 역시 판결에 있어 적용이 공평해야 함을 명령하신다. 심지어 죄인이 가난한 사람이라 할지라도, 정의는 연민으로도 굽혀서는 안 된다는 것이다. 누구에게는 되고 누구에게는 안 된다면 그것은 이미 정의가 아니며, 정의를 넘어선 사랑 또한 이미 사랑이 아니다. 더 나아가 믿음으로 얻어지는 의를 말할 때조차 우리는 의의 공평무사(公平無私)함을 잊어서는 안 된다. 하나님의 정의가 부디 강물처럼 이 땅에도 흐르기를.

"재판할 때에는 공정하지 못한 재판을 해서는 안 된다. 가난한 사람이라고 하여 두둔하거나 세력이 있는 사람이라고 하여 편들어서는 안 된다. 이웃을 재판할 때에는 오로지 공정하게 하여라."(레 19:15)

피라미드 꼭대기와 모빌 한가운데

"맥, 나는 여러 가지를 나열한 목록 중에서 첫 번째가 되고 싶은 게 아니라 모든 것의 중심이 되고 싶은 거예요. 내가 당신 안에서 살 때 우리는 당신에게 일어나는 모든 것을 함께 겪으면서 살 수 있어요. 나는 피라미드의 꼭대기보다 모빌의 한가운데가 되고 싶어요."

윌리엄 폴 영의 소설 〈오두막〉은 세상의 악과 하나님의 전지전능하심 사이의 모순을 숙고하는 신정론(神正論, theodicy)과, 신 존재 양식으로서의 삼위일체(三位一體, the Trinity)라는 심각하고 무거운 주제를 환상과 상징으로 직관적이고 아름답게 풀어낸 기독교소설이다. 소설의 한 대목에서 주인공 맥은 오두막에서 만난 하나님과의 대화 가운데 위와 같은 대답을 듣게 된다. 이것은 신앙인들은 하나님을 최우선 순위에 두어야 하지 않느냐는 맥의 질문에 대한 하나님의 대답이었다.

모든 것에서 하나님을 우선순위에 두어야 한다는 신앙의 법칙에 익숙한 우리에게 맥의 질문에 대한 하나님의 대답은 우리가 우선순위를 말할 때 놓치고 있는 것, 보다 정확히 말하자면 잘못 생각하고 있는 것을 그대로 드러내어 보여준다. 우선순위라는 말은 어떤 의미에서든 위계나 경중을 따지는 일이며, 그 말에 따라 시간이든 일이든 가장 중요한 부분에 하나님을 둔다는 의미는 의도치 않게도 결국은 하나님을 '부분'에 할당해버리고 마는 일이 되고 말기 때문이다.

이 이야기는 어쩌면 십일조에 대한 논란을 통해 가장 잘 이해하기 쉬울지도 모르겠다. 실제로 서양 여러 나라의 교회들은 십일조를 하지 않는다. 그들은 음식을 포함한 정결에 관한 구약의 여러 규정들을 현재의 교회가 문자적으로 지키지 않는 것처럼 십일조 역시 문자적이 아닌 영적인 의미로 이해하고 있는 것이다. 그러나 대부분의 한국교회는 십일조를 문자적 의미로 실천한다. 그것에 대한 성서적 근거와 이에 대한 논란은 지금도 현재진행중이라고 할 수 있다. 과연 십일조를 해야 하나 하지 않아도 되나? 어쩌면 우선순위에 대한 위의 대답은 이 질문에 대한 다른 차원의 대답이라고 해도 좋을 것이다.

십일조를 해야 한다는 주장 중 가장 일반적인 것 중 하나는 성경에 따라 십의 일은 하나님의 것이니 마땅히 하나님께 돌려야 한다는 것이다. 어쩌면 구약의 태도를 반영한 이 설명은 일견 충분해보일지도 모르지만 실상은 심각한 오해를 불러일으킬 만한 설명이다. 그렇다면 하나님의 몫 십의 일을 제외한 십의 구는 내 것이라는 말인가? 신약에 나타난 예수님의 급진적 태도를 반영해 보자면 십일조에 대해선 이런 설명이 더 어울릴 것이다. "십의 일이 아니라 십의 십 모두가 하나님의 것이다!" 만일 십일조가 십의 십 모두가 하나님의 것이라는 고백의 상징으로서의 의미가 아니라면, 십일조의 실천은 결코 율법의 의미 이상을 넘어서지 못할 것이다.

소설 〈오두막〉에 등장한 하나님의 대답은 우리에게 마땅한 깨달음을 선사해준다. 하나님은 우리의 부분을 원하시는 분이 아니라 우리의 전부를 원하시는 분이라는 깨달음을. 이러한 의미에서 신앙의 우선순위라는 말은 재고되어야 마땅하다. 마치 십일조에서처럼 우선순위라는 말은 여러 부분 중 하나를 의미해서는 안 된다. 설령 그것이 가장 높고 가장 중요하다 할지라도 말이다. 피라미드 꼭대기가 아닌 모빌의 중심, 하나님에게 마땅한 자리는 바로 여기다.

"내가 진정으로 너희에게 말한다. 헌금함에 돈을 넣은 사람들 가운데 이 가난한 과부가 어느 누구보다도 더 많이 넣었다. 모두 다 넉넉한 데서 얼마씩을 떼어 넣었지만 이 과부는 가난한 가운데서 가진 것 모두 곧 자기 생활비 전부를 털어 넣었다." (막 12:43-44)

"내 생각엔…"

독일 생활 중 인상 깊었던 일 하면 빼놓지 않고 기억나는 사건이 하나 있다. 목회를 하던 한인교회에는 몇몇 독일인들이 가끔씩 예배에 참석하곤 했는데 오늘의 이야기는 바로 그렇게 인연을 맺게 되어 지금도 연락을 주고받는 독일인 친구에 관한 이야기다. 독일인들은 쉽게 친구를 맺거나 처음부터 격의 없는 만남의 방식을 선호하지 않는 경향이 있다. 신중하고 내성적이랄까? 그런데 또 한편으로는 일단 맺은 친구 관계에 있어서는 평생 동안 충성을 지키는 경향도 있다. 나보다 나이가 많은, 약간은 엉뚱하고 유머 넘치는 이 독일인 친구는 지금까지 꼬박꼬박 메일로 독일의 뉴스며 자신의 근황 등을 열심히 전하고 계시다.

그와 교회에서 대화를 나누던 중 지금은 내용이 기억나지 않지만 꽤 새로운 것을 그가 말했었다. 나는 그의 말에 놀라며 "정말 그래요?" 하고 반문했다. 그러자 그는 약간 정색하는 듯한 태도를 취한 후 지금까지도 잊지 못하고 있는 말로 내 질문에 대답했다. "내 생각에는 그래요." 나는 그의 말하는 방식에 큰 충격을 받았다. 그의 말은 내가 여태껏 해왔고 들어왔던 모든 말의 방식을 돌아보게 만들었기 때문이다. 내가 들어왔고 해왔던 방식의 말은 대개가 이런 식이었다. "그건 이래.", "A는 B야."라는 식의 단정적인 말투. 한국에서 들었고 했던 말의 방식은 거의가 이런 식이었다. 그런데 그 친구는 내 앞에서 전혀 듣도 보도 못한 대화의 방식, 말의 방식을 시전한 것이다. "내 생각엔 그래.", "나는 그렇게 생각해."라는 말의 방식을.

그의 대화 방식은 한마디로 관용적 태도의 말하기 방식이라고 할 수 있었다. "내 생각엔..."으로 시작되는 말은 그러니 뒤이어 등장하는 말의 내용은 나의 생각이라는, 따라서 다른 사람은 다르게 생각할 수도 있고 경우에 따라 내가 틀릴 수도 있다는 타인에 대한 인정과 내 의견에 대한 겸손을 모두 담은 말의 방식이다. 독일인 친구의 말에 충격을 받은 것은 바로 이 태도 때문이었다. 그 이후로 나는 내가 하는 모든 말 앞에 "내 생각엔..."이라는 말을 놓으려 애쓰고 있다. 그리고 그러면 그럴수록 특별히 한국인들이 말하는 방식이 얼마나 단정적인지도 더욱더 선명하게 의식되곤 한다. 한국은 독특하게도 존댓말과 반말이 있는 여러 나라 중 거의 유일하게 나이에 따라 한쪽은 반말 한쪽은 존댓말을 사용하는 나라다. 친구라는 말도 오직 동갑에게만 적용되는, 나이가 우선시되는 왜곡된 장유유서의 나라, 언어 권력에서 우위에 있는 사람들에게 이 언어의 단정적 경향이 더욱 강하게 드러나는 것은 어쩌면 당연한 일인지도 모른다.

보수적인 교단에서 타 교단의 목사를 이단으로 정죄하고자 하는 초유의 사태를 바라보며, 민감한 신학적 사안들에서 단정적인 말들을 칼 같이 쏟아내는 모습들을 바라보며, 나는 저 독일 친구의 말을 다시 한 번 떠올린다. 그 모든 말과 태도가 "내 생각엔..."이라는 말로 시작된다면 모든 것이 이렇게까지 파괴적이지는 않았을 텐데,라는 생각과 함께. 사도신경을 원어로는 'Credo'(크레도)라고 한다. 사도신경이 바로 이 단어로 시작되기 때문이다. 이 credo는 라틴어로 '나는 믿는다.'

라는 뜻이다. 사도신경의 모든 내용은 결국 '내가' 믿는 내용이다. "다른 사람들은 어떨지 모르겠지만, 나는 다음과 같이 믿습니다."로 시작되는 것이 사도신경의 본질이라는 것이다. 이처럼 신앙은 언제나 주관적 확신의 문제다. '나의' 하나님이고, '나의' 신앙이며, '나의' 믿음이다. 다른 사람의 것에 주제넘게 왈가왈부할 일이 아니다. 우리는 어디에서나, 그곳이 사회이든 교회이든, "내 생각엔..."이라는 말의 습관을 배울 필요가 있다.

"베드로가 예수께 물었다. '주님, 이 사람은 어떻게 되겠습니까?' 예수께서 말씀하셨다. '그것이 너와 무슨 상관이 있느냐? 너는 나를 따라라.'"(요 21:21-22)

"신념은 거짓말보다
더 위험한 진리의 적이다."

"신념은 거짓말보다 더 위험한 진리의 적이다." 프리드리히 니체가 〈인간적인, 너무나 인간적인〉에 쓴 말이다. '신념'이라고 번역된 독일어 Überzeugungen은 '확신'이라고도 번역될 수 있는 단어니 니체의 말은 다음과 같이 번역될 수도 있다. "확신은 거짓말보다 더 위험한 진리의 적이다." 도대체 니체는 왜 확신이나 신념이 진리의 적이 된다고 주장하는 것일까?

어쩌면 이것은 진리의 성격과 관련 있는지도 모른다. "나는 길이요 진리요 생명이다."(요 14:6) 진리와 관련하여 예수께서 하신 이 말씀은 곰곰이 씹어보면 당시나 지금이나 상당히 충격적인 말씀이다. 모름지기 진리란 언제나 '불변의'라는 수식어가 의당 그 앞에 따라붙는 것처럼 결코 시간과 공간에 따라 변하지 않는, 늘 한결같이 고정된 그 무엇이라고 생각되어 왔기 때문이다. 그런데 예수님은 스스로 인간이시면서 인간인 자신을 진리라고 칭하고 계신 것이다. 끊임없이 움직이고 변화하는 인간, 그러한 자신을 예수께서는 진리라고 선언하신다. 이것은 진리에 대하여 사람들이 지니고 있었던 기존의 생각에 던지는 결코 작지 않은 충격이었다. 주님의 말씀대로라면 진리란 고정되어 고착된 무엇이 아니라 마치 바람처럼 끊임없이 움직이는 그 무엇인 셈이다. 어디로부터 와서 어디로 가는지 알 수 없는 바람과도 같은, 아니 바람 그 자체인 영처럼(요 3:8), 진리 또한 자유롭고 역동적이며 변화무쌍한 성격을 지니고 있는 것이라고 주님께서는 말씀하고 계신 것이다.

그러나 신념이나 확신은 그것과는 다른 종류의 것이다. 국어사전은 신념(信念)을 다음과 같이 설명한다. "굳게 믿는 마음." 확신(確信) 역시 비슷하다. "굳게 믿음. 또는 그런 마음." 보다 선명하게도 확신이라는 한자어 속에 들어 있는 確은 다름 아닌 '굳을 확'이다. 그러니까 신념이나 확신은 굳은 마음, 굳어진 마음인 셈이다. 물론 굳은 마음이 나쁘기만 한 것은 결코 아니다. 많은 경우, 특히 유혹이나 시험과 관련되어서 이 굳은 마음은 보석 같은 빛을 발하는 귀한 자산이 된다. 그러나 유혹이나 시험이 아니라 진리와 관계할 때 이 굳은 마음은 가장 나쁜 악들을 쏟아내기 시작한다.

AD 391년, 테오도시우스 황제의 칙령과 함께 핍박당하던 기독교는 마침내 핍박하는 기독교로 바뀌고 말았다. 영화 〈아고라〉는 힘을 사용하여 교리에 어긋난 자들에게 폭력을 가하는 기독교 타락의 이 시점을 그리스의 마지막 수학자요 철학자였던 히파티아라는 여인의 일대기와 엮어 보여준 영화다. 영화 속에서 히파티아는 기독교 주교가 되어 돌아온 자신의 애제자가 자신에게 개종을 강요하자 다음과 같이 대답한다. "시네시오스, 넌 네가 믿고 있는 것에 대해 의문을 제기하지 않아. 혹은 그럴 수 없거나. 하지만 난 그래야만 해." 진리의 끝자락이라도 맛볼 수 있다면 죽어도 좋다던 이 철학자는 결국 확신에 가득 찬 기독교 광신도들에 의해 처참하게 살해되고 만다.

확신과 신념으로 가득 차 정죄에 여념 없는 지금 한국의 기독교계를 바라보면서 나는 이스라엘백성들이 하나님을 위한다는 확신으로 예수를 십자가에 못 박았다는 사실을 떠올리지 않을 수 없다. 파스칼의 다음 말이 무섭도록 다가오는 요즈음이다. "사람들은 종교적 신념이 있을 때 더욱더 철저하게 기쁨에 넘쳐 악을 행한다."

"내가 너희에게 새로운 마음을 주고 너희 속에 새로운 영을 넣어 주며 너희 몸에서 돌같이 굳은 마음을 없애고 살갗처럼 부드러운 마음을 줄 것이다."(겔 36:26)

말의 표정

　몇 해 전 세상을 떠난 신경학 전문의 올리버 색스(Oliver Sacks)는 신경과 뇌의 장애가 일으키는 신기한 증상들을 자신이 겪었던 병례를 중심으로 소개하는 여러 권의 저서를 집필했다. '의학계의 계관 시인'이라 불릴 만큼 문학적 소양이 뛰어난 의사였던 그의 책은 늘 베스트셀러에 오르곤 했는데, 그의 유명세는 단순히 그가 소개한 신기한 증상들 때문이 아니었다. 그의 모든 저서들은 환자들에 대한 그의 애정, 끝내 회복이 불가능하더라도 환자들의 삶 속에서 존엄을 지켜주려는 그의 숭고한 노력을 고스란히 담고 있다. 그의 저서들이 지닌 이러한 특징은 독자들을 인간 본질에 대한 성찰로 이끌었고, 그와 그의 저서들은 지금까지도 수많은 독자들의 사랑을 받고 있다. 그의 작품 중 〈깨어남〉(Awakenings)은 로버트 드 니로와 로빈 윌리암스 주연의 〈사랑의 기적〉(Awakenings)이라는 영화로 제작되기도 했다.

　그의 대표작으로는 뭐니 뭐니 해도 그가 경험한 여러 병례들을 모아 놓은 〈아내를 모자로 착각한 남자〉를 꼽을 수 있는데 그 중에 나오는 '대통령의 연설'은 언어상실증 환자들에 관한 흥미로운 일화를 담고 있다. 그것은 언어상실증 환자들이 병동에서 배우출신 미국 대통령의 연설을 단체로 시청하고 있었을 때 일어난 일이었다. 대통령은 배우출신답게 빼어난 화술과 수려한 매너로 감동적인 연설을 선사했다. 그런데 그 연설을 들은 언어상실증 환자들은 거의 대부분 폭소를 터뜨렸던 것이다. 대체 무엇 때문일까? 언어능력을 상실한 환자는 그 반대급부로 어투, 화자의 표정, 말의 빠르기, 말의 리듬과 멜로디, 억양과 음조를 파악하는 능력이 더욱 발달하게 된다. 쉽게 설명하자면, 전혀 모르는 외국어라도 대충 눈치로 의미를 올바르게 파악할 수 있는 경우가 있는데 언어상실증 환자들의 경우는 이때 그 '눈치'가 고도로 발달한 경우와 비슷하다고 할 수 있을 것이다.

올리버 색스는 언어상실증 환자들이 화자의 표정이나 몸짓, 태도에 나타나는 거짓과 부자연스러움을 일반인과 비교할 때 더욱 민감하고 정확하게 파악한다고 설명한다. 그러니까 이 환자들은 일반인들이 감동을 받았던 대통령의 연설에서 단어와 문법구조가 완전히 배제된 다른 요소들만을 통하여 대통령의 말이 우스꽝스러운 거짓말이라는 것을 간파했던 것이다. 역설적이게도 단어의 의미를 파악하지 못했기에 그들은 더욱 말의 진실에 다가갈 수 있었던 것이다.

일상생활에서도 말은 의미보다 표정이 중요할 때가 더 많다. 들리는 말은 표정이 있지만 쓰인 글은 표정이 없다. 그리하여 문자는 언제나 말보다 더 큰 오해를 실어 나르기 마련이다. 따라서 진정으로 이해하기 위해서 우리는 말의 뜻과 더불어 말이 지닌 표정에 더 주의를 기울여야 할 필요가 있다. 이것은 성경을 읽을 때도 마찬가지다. 우리는 주로 의미에 치중해서 성경을 읽고 해석하려고만 한다. 그러나 정작 중요한 것은 말의 의미보다 표정이 아닐까? 이것에 대한 대표적인 예로는 아마도 예수께서 검을 사라고 하신 명령에 보인 제자들의 반응과 이에 대한 주님의 대답을 들 수 있을 것이다.(눅 22:35-38) 검을 사라는 주님의 비유적 말씀에 제자들은 실제로 검을 두 자루 꺼내며 말했다. "여기 검 두 자루가 있습니다." 이를 보고 주님은 말씀하셨다. "족하다." 이 족하다는 말이 칼이 두 자루니 우린 충분해,라는 뜻일 리가 없다. 어쩌면 이 말은 제자들의 몰이해에 대한 주님의 실망과 넋두리 같은 말일 것이다. "됐다.", "그만 하자."에 가까운. 다행히도 말씀은 육신이 되었다. 그리하여 인간은 하나님의 말씀이 짓는 표정을 보고 느낄 수 있는 축복을 얻었다. 그러니 말씀의 뜻을 넘어 이제는 그 표정에도 조금 더 주의를 기울여보자. 말씀의 진실에 더 가까이 다가갈 수 있도록.

오고 있는 그

교회의 달력은 대림(待臨)절 혹은 강림(降臨)절로부터 시작된다. 임하거나(臨) 내려오는(降) 주체는 물론 예수 그리스도시다. 내일이 바로 그 대림절 첫 번째 주일이니 오늘은 교회의 달력으로 마지막 날이 되는 셈이다. 크리스마스를 품고 있는 대림절이다 보니 모든 행사는 대개 이천 년 전 이 땅에 내려오신 예수님의 탄생에 맞추어져 있다. 그러나 대림절은 처음 이 땅에 오셨던 예수님의 강림만을 축하하고 기념하기 위한 절기가 아니다. 대림절은 이 땅에 오신 그리스도를 새기면서 이 땅에 다시 오실 그리스도의 강림도 고대하는 절기다. 그러므로 대림절이 교회력의 시작이라는 것은 우리 그리스도인들은 다시 오실 그리스도를 기다리고 있는 사람들이라는 정체성을 되새기며 교회의 한 해를 시작해야 한다는 사실 또한 의미한다.

"마라나 타!" 안식일 회당에 예배를 드렸던 예수의 처음 제자들은 주님이 부활하신 다음 날에도 다시 모여 주님이 명하신 성찬을 나누며 주님의 죽으심을 기억했다. 그리고 그들은 그 자리에서 늘 이 말을

했다. "마라나 타!", "주여, 오시옵소서!" 처음 기독교 공동체 예배의
정체성은 바로 이 말, 재림에 대한 기다림의 말이었다.

개인적으로 성만찬에 숨어 있던 재림에 대한 고대를 분명하게 알게
된 것은 한 독일교회의 성만찬을 참석했던 경험으로부터였다. "주 예
수께서 잡히시던 밤에…"로 시작되는 성만찬 제정사는 성만찬의 핵심
을 구성한다. 그리고 이 제정사는 대개 떡을 거쳐 포도주에 이르러 "마
실 때마다 나를 기념하라."에서 끝난다. 그런데 내가 참석했던 독일교
회 성만찬의 집례 목사님은 회중을 향해 들고 있던 포도주 잔을 내려놓
으며 늘 한 절을 더 읽으셨다. "너희가 이 떡을 먹으며 이 잔을 마실 때
마다 주의 죽으심을 '그가 오실 때까지' 전하는 것이니라."(고전 12:26)

"그가 오실 때까지!" 이제껏 참여해 왔던 그 무수한 성만찬 속에서
나는 그동안 이 결정적인 말을 잊고 있었다는 사실을 마침내 깨달았
다. 어쩌면 성만찬을 행함에 있어 가장 본질적이 되어야 할 이 말을. 성
만찬의 유래를 전하는 바울의 말은 처음 기독교 공동체의 성만찬 속에
담긴 절절한 '마라나 타'의 외침에 그대로 이어져 있었다.

"호산나, 다윗의 자손이여! 찬송하리로다, 주의 이름으로 오시는
이여! 가장 높은 곳에서 호산나!"(마 21:9) 유대인들에게 메시아는 미래
에 '오실 이'가 아니라 '오시는 이', 즉 지금 '오시고 계신 이'였다. 다
시 오실 메시아 역시 '오실 이'가 아니라 '오시는 이'다. 실제로 재림과
관련하여 우리말로 '오실 이'로 번역한 모든 성경의 표현 역시 '오시는
이'로 번역하는 것이 문법적으로나 내용적으로나 더 적절하고 올바르
다. 주님은 미래 언젠가에 오실 분이 아니라 지금 현재에도 오고 계시
고 있는 분이시기 때문이다.

대림절은 현재진행형으로 오고 있는 그분을 맞이하는 절기다. 주님의 첫 오심을 기념하는 것 역시 마침내 다시 오실 주님을 확신하기 위해서이다. 그러므로 대림절의 마음은 기다리는 마음이라기보다는 맞이하는 마음에 더 가까울 것이다. 지금도 점점 더 가까이 다가오고 계시는 주님을 맞이하는 마음, 대림절의 참 의미는 아마도 거기에 있을 것이다.

"이 모든 계시를 증언하시는 분이 이렇게 말씀하셨습니다. '그렇다. 내가 곧 가겠다.' 아멘. 오십시오, 주 예수님!"(계 22:20)

다가오는 은혜 앞에서
지나간 모든 은혜는 무효다.

"지나간 모든 끼니는 닥쳐올 단 한 끼니 앞에서 무효였다." 군을 통솔하는 지휘관으로서 절대적 식량부족에 직면한 군 병력의 끼니를 해결해야만 했던 이순신 장군의 절박한 마음을 작가 김훈은 그의 작품 〈칼의 노래〉 속에서 이 서늘한 한 문장으로 표현했다. 그 앞뒤의 문장을 함께 늘어놓으면 뜻은 더욱 선명해진다. "끼니는 어김없이 돌아왔다. 지나간 모든 끼니는 닥쳐올 단 한 끼니 앞에서 무효였다. 먹은 끼니나 먹지 못한 끼니나, 지나간 끼니는 닥쳐올 끼니를 해결할 수 없었다."

흔히 우리는 무언가를 반복하거나 계속하면 시간과 함께 뭔가가 쌓인다고 생각한다. 그러나 모든 것이 반드시 그런 것은 아니다. 아무리 매일 매순간을 반복해도 마치 저 끼니처럼 늘 새로운 모습으로 다가오는 현실도 분명히 있다. 이런 현실 가운데 어쩌면 경건이나 은혜 같은 신앙의 현실도 포함되어 있는 것은 아닐까?

경건이나 은혜가 반복되고 계속되면 우리는 그런 것들이 우리 삶 속에 점점 쌓여간다고 생각하곤 한다. 그러므로 신앙생활이 오래오래 지속되면 우리는 소위 신앙의 연륜이 쌓였다고 서로를 향해 칭송을 돌리는 것이다. 결국 신앙과 관련된 것들이 우리 안 어딘가에 쌓여있다는 믿음은 쉽사리 안심과 자만으로 이어지곤 한다. 그러나 정말 그런 것일까? 받아온 은혜나 지속된 경건이 쌓여 있으면 앞으로 닥칠 신앙의 위기를 그 쌓인 것을 통하여 극복할 수 있는 것일까? 아니, 어쩌면 신앙과 관계된 것들은 매 끼니 같은 것일지도 모른다. 닥쳐올 끼니 앞에 지나간 모든 끼니가 무효이듯이, 우리는 매일 매순간 새로운 은혜와 경건이 필요한 것인지도 모른다. 지나간 모든 경건과 은혜는 다가오는 경건과 은혜 앞에서 모두 무효인지도 모른다.

어쩌면 은혜의 가장 확실한 성경의 상징은 '만나'일 것이다. 매일매일 새롭게 내리던 만나는 말 그대로 끼니였다. 지나간 모든 만나는 닥쳐올 만나 앞에서 무효였다. 방랑하던 이스라엘 백성은 과연 내일도 만나가 내릴지 알 수 없었다. 그래서 처음에 그들은 만나를 쌓아두려고 했다. 그러나 만나는 결코 쌓이지 않았다. 쌓여있던 모든 만나는 썩어서 무효가 되었기 때문이다. 은혜는 바로 이런 종류의 것일 것이다. 쌓여있던 은혜로 영혼의 끼니를 해결하는 것이 아니라 매일매일 새로운 은혜로 영혼의 매 끼니를 해결해야 하는 종류의 것 말이다. 이 만나를 이어받아 주님은 우리에게 이렇게 기도하라고 이르셨다. "우리에게 매일 단 하루치의 양식만을 주시옵소서."

내 안에는 무언가가 다른 사람보다 많이 쌓여 있다는 삶의 태도를 우리는 꼰대라고 부른다. 만일 쌓아온 은혜로 앞으로의 신앙생활을 영위하고, 또한 그것으로 교회 안에서 인정받겠노라고 털끝만큼이라도 생각한다면 나는 바로 신앙의 꼰대일 것이다. 쌓인 경건이나 은혜가 앞으로의 영적 삶을 올바로 경영할 수 있게 해주는 것이 아니다. 매일매일 새롭게, 오늘은 오늘의 은혜와 오늘의 경건이 필요하고, 내일은 내일의 은혜와 내일의 경건이 필요하다. 다가오는 은혜 앞에서 지나간 모든 은혜는 무효일 테니까.

"형제자매 여러분, 나는 아직 그것을 붙들었다고 생각하지 않습니다. 내가 하는 일은 오직 한 가지입니다. 뒤에 있는 것은 잊어버리고 앞에 있는 것을 향하여 몸을 내밀면서 그리스도 예수 안에서 하나님께서 위로부터 부르신 그 부르심의 상을 받으려고 목표점을 바라보고 달려가고 있습니다." (빌 3:13-14)

미리 봄

독일 작가 미하엘 엔데의 동화 〈모모〉에는 흥미로운 탈출 장면이 등장한다. 인간들에게서 시간을 빼앗아 그 빼앗은 시간으로 연명하는 회색인간들은 자신들의 음모를 눈치 챈 신비한 소녀 모모를 잡으려 혈안이다. 그러자 시간의 주인 호라 박사는 모모를 구하기 위해 자신이 기르는 거북이 카시오페이아를 모모에게 보낸다. 카시오페이아의 사명은 모모를 잡기 위해 거리를 날뛰고 있는 회색인간들을 피하면서 모모를 안전하게 호라 박사에게 인도하는 것이다. 모모를 만난 거북이는 모모에게 자기를 따라오라고 신호하고는 앞장서 걷기 시작한다. 수많은 회색인간들이 모모를 잡으려고 모든 거리에 흩어져 수색 중인데 도대체 느릿느릿 걷는 거북이는 어떻게 모모를 호라 박사에게 데려갈 수 있을까? 비결은 바로 카시오페이아의 예지능력에 있었다. 시간의 주인을 섬기는 거북이답게 카시오페이아는 미래를 내다볼 수 있었던 것이다. 그런데 그 시간이 고작 딱 30분, 예지능력치고는 지나치게 짧은 시간이지만 30분을 미리 볼 수 있는 능력은 회색인간들을 따돌리기에는 충분했다. 느릿느릿 아슬아슬하게 회색인간들을 따돌리며 마침내 카시오페이아는 모모를 호라 박사에게 데려다주는 데 성공한다.

신앙의 표현 중에 '섭리'라는 말이 있다. 섭리(攝理), 가늠하기 어려운 한자어 속에서 우리는 그 의미에 대해 대략 하나님의 뜻, 계획, 다스림 등의 방향을 떠올리곤 한다. 그리하여 특별히 '하나님의 섭리'라고 하면 하나님의 뜻과 계획대로 일이 이루어지는 것을 의미하는 것처럼 이해한다. 과연 사전에도 기독교에서의 섭리란 "세상과 우주 만물을 다스리는 하나님의 뜻"이라고 나와 있다. 섭리라는 한자어를 구성하는 한자어 둘 다 '다스리다'는 뜻을 지니고 있으니 아마도 대부분의 사람들이 이런 식으로 섭리를 이해하는 것도 무리는 아닐 것이다.

그런데 이 심히 어려워 보이는 한자어와 달리 섭리를 가리키는 서양의 단어는 매우 간단하다. 예를 들어 섭리를 영어로는 providence라고 한다. 이 단어의 근원이 되는 라틴어 providentia를 살펴보면 이것은 다시 두 개의 단어로 나뉘는데 그것은 각각 '미리' 또는 '앞서'를 뜻하는 'pro'와 '보다'를 뜻하는 'videre'이다. 이렇게 풀어놓고 보면 섭리를 가리키는 서양어의 의미는 매우 간단하다. 즉, 그것은 단순히 '미리 본다'는 뜻인 것이다. 그러므로 '하나님의 섭리(攝理)'라는 거창한 한자어와 함께 표현된 것의 본질적인 의미는 '하나님의 미리 보심'과 다름없다.

우리 삶 속에 일어나는 하나님의 섭리를 하나님의 미리 보심이라고 이해해보면 섭리라는 말이 조금은 덜 복잡하게, 심지어 정겹게 다가오는 듯한 느낌마저 든다. 마치 반 시간을 미리 보면서 모모를 이끌었던 저 거북이처럼 하나님께서 우리의 삶의 과정을 미리 보시고 무언가를 마련하고 도모하신다고 생각하면 왠지 안심이 된다고나 할까? 개인을 넘어 역사 속에서 일어나는 하나님의 섭리에서도 이 세상이 하나님의 미리 보심 속에서 운행되고 있다고 믿으며 살아간다면, 우리는 희망과 위로를 좀 더 가까이 곁에 두고 살아갈 수 있을 것이다. 나아가 우리는 하나님의 미리 보심을 의미하는 섭리는 은혜와도 잇닿아 있다고 말할 수 있을 것이다. 미리 보시고 조정해놓으시는 하나님의 섭리는 분명 하나님의 은혜일 테니 말이다. 동화 속에서는 고작 반 시간의 미리 봄도 주인공의 목숨을 구하는 데 충분했다. 하물며 모든 시간과 그 경계조차 넘어 미리 보시면서 우리를 인도하시고 이끄시는 하나님의 미리 봄은 얼마나 놀랍고, 얼마나 든든하며, 얼마나 믿음직스러울까.

수준 차이

한 작은 연주회를 다녀왔다. 독일의 같은 도시에서 공부하고 신앙 생활도 함께 한 인연으로 모인 음악가들이 특별히 사역자들을 위로하기 위해 연주 자리를 만든 것이다. 팀 이름은 〈안음〉, 안아준다는 뜻이라고 소개했지만 분명 평안한 소리라는 뜻도 있을 것이다. 아담하게 작은 연주홀의 대관부터 연주회 후 다과까지 모든 것을 연주자들이 부담하여 준비한 음악회는 심지어 무료 초대이기까지 했다. 연주회의 성격상 이 위로의 연주회는 다소 격식 없이 아이들도 함께 관람할 수 있었다.

연주회의 분위기는 느슨했으나 연주는 결코 느슨하지 않았다. 유럽에서 제대로 공부하고 돌아온 젊은 음악가들의 실력을 고스란히 맛볼 수 있었던 훌륭한 연주회였다. 그들은 모두 프로다웠다. 돈을 받지 않는다고 해서 적당히 설렁한 연주를 들려주지 않았던 것이다. 최선을 다한 연주에 두 시간이 어떻게 가는지도 모르게 흘렀다. 그런데 이 작고 아늑한 연주회 중 작은 소동이 하나 일어났다. 한 곡이 끝난 후 모두들 깊은 감명 가운데 침묵 속에서 다음 곡을 기다리고 있을 때 어디선가 갑자기 어린 아이의 작은 혼잣말이 들려왔던 것이다. "시끄러워."

묵직한 감동이 그 소리에 화들짝 달아났다. 시끄럽다니, 민망하고 작은 웃음들이 일었다. 작은 홀이었기에 아이의 소리는 모두에게 닿았다. 연주자들에게도 예외는 아니었다. 소리에 예민한 연주자들에게 이 사태는 어쩌면 상당히 불쾌할 수도 있었을 것이다. 하지만 아이의 소리를 들은 바이올린 주자는 세련되고 친절하게 역시 피식 웃으며 다음 곡을 이어나갔다.

이어지는 연주를 들으면서 아이의 시끄럽다는 말을 생각해보았다. 아이에게는 이 멋진 연주가 충분히 시끄러웠을 수도 있었을 것이다. 피아졸라의 곡을 처음 들으며 단박에 감명 받을 아이가 세상에 몇이나 되겠는가. 그러다가 생각은 서서히 다른 깨달음에 가 닿았다. 음악적 수준이 낮은 사람에게 수준 높은 음악은 그저 소음으로 들릴 것이다. 예술적 수준이 낮은 사람에게 고차원적 현대 미술은 말도 안 되는 장난처럼 보일 것이고, 문학적 수준이 낮은 사람에게 깊이 있는 영화나 소설의 감상은 지루하기 짝이 없는 고문일 것이다. 그렇다. 내 수준이 바닥이면 아무리 훌륭한 것도 내게는 쓰레기로 보일 것이다.

"내가 가는 곳에 너희는 오지 못할 것이다."(요 8:21) 예수님이 이 말씀을 하시자 유대인들은 서로 말했다. "내가 가는 곳에 너희는 못 온다니, 자살이라도 하겠다는 건가?" 이것은 수준 차이가 이해를 가로막는 분명한 예다. 유대인들은 예수님의 영적 수준에 미치지 못 했고, 그러기에 예수님의 상징을 액면 그대로, 문자적으로 받아들여 곡해했다. 수준이 바닥이면 천하 귀한 보석도 돌멩이로 보이는 법이다. 아름다운 진주도 단지 먹을 수 없는 쓰레기로 보이는 법이다.

그러니까 유치하거나 말도 안 되는 것처럼 보이는 현상이, 특히나 신앙과 관련되어 옳지 않다고까지 여겨지는 사태들이, 사실은 실상이 그래서가 아니라 내 영적 수준이 바닥이라 내게 그렇게 보일 수도 있다는 점을 우리는 늘 명심할 필요가 있다. 이것은 신앙과 교리에 관련된 판단에 있어서 우리가 더욱 조심해야 할 이유이기도 하다.

"거룩한 것을 개에게 주지 말고 너희의 진주를 돼지 앞에 던지지 말아라. 그들이 발로 그것을 짓밟고 되돌아서서 너희를 물어뜯을지도 모른다."(마 7:6) 이 말 속의 '너희'가 항상 나라는 법은 없다. 혹시 나는 아직 개나 돼지의 수준일 수도 있고, 그렇다면 섣부른 행동은 오히려 거룩한 것에 해를 끼치는 결과를 낳게 될 것이다. 수준의 차이는 가장 아름다운 음악도 시끄럽게 들리게 만든다. 감히 섣불리 내 수준을 높다 여기지 말자. 그것이 신앙과 관련된 것이라면 더욱 더.

"어떤 사람이 아무것도 아니면서 무엇이 된 것처럼 생각하면 그는 자기를 속이는 것입니다."(갈 6:3)

침묵의 죄

한 지인의 글을 통해 엘리 위젤의 〈나이트〉라는 작품을 알게 되었다. 소설은 제2차 세계대전 당시 유대인들이 겪었던 나치 강제수용소 생활의 참상을 그린 내용이다. 지인은 아마도 수용소에서 한 소년이 교수형을 당하는 장면을 인용했던 것 같다. 죽어가는 소년을 보고 하나님은 어디에 있는가 묻는 질문에 대해 소설 속 주인공이 "하나님이 어디 있느냐고? 여기 교수대에 매달려 있지."라고 속으로 대답하는 장면.

이 소설은 엘리 위젤 자신이 열다섯 살에 수용소로 이송되고 그 안에서 가족을 잃은 경험을 바탕으로 쓴 자전적 소설이라고 한다. 언젠가 읽어봐야겠다고 생각하다가 중고책방에서 책을 구해 책상에 놓아두었다. 그렇게 한동안 책상에 놓인 채로만 있던 책을 훑어나 볼까 싶어 한가하게 집어 들고 펼쳐 읽기 시작한 순간, 무언가 묵직한 것으로 얻어맞은 듯한 충격을 받았다. 그것은 목차를 지나고 만난 첫 페이지의 첫 문장 때문이었다. "어제 침묵을 지킨 사람은 내일도 침묵을 지킬 것이다." 이렇게 강렬한 문장의 시작이라니, 이것은 내 삶의 미지근한 태도를 준엄하게 꾸짖는 말처럼 들렸다.

세상의 모순과 불의는 직접적인 피해자가 아니라면 보려고 애쓰지 않는 한 대개 잘 보이지 않는다. 나아가 그런 모순과 불의의 구조에서 일말의 이익이라도 보고 있는 입장이라면 이 불의는 더더욱 의식조차 되지 않는 경향이 있다. 많은 남성들이 성평등 운동에 직면했을 때 여성들이 겪는 차별을 인지조차 못하는 것도 아마 이런 이유에서일 것이다. 잘못된 것들은 똑똑히 쳐다보려고 애써야만 보이는 종류의 것이다. 보지 않으려고 노력해서 보이지 않는 것이 아니라, 가만히 있으면 보이지 않는다.

그러나 더 심각하고 결정적인 문제는 원해서든 우연히든 불의를 보고 알고 난 후에 일어난다. 문제를 알게는 되었지만 그것이 잘못되었다고 말하기는 어려운 상황이 너무나 많기 때문이다. 문제의 원인이 나보다 훨씬 더 큰 권력이라거나, 문제를 제기하는 순간 너무나 큰 삶의 변화를 감수해야 한다거나, 때로는 적잖은 피해까지 예상해야 하는 상황이라거나, 이런 여러 가지 사정들이 아닌 것을 아니라고 말 못하게 만들곤 한다. 그리하여 우리는 대부분 이 장면에서 침묵을 지킨다. "안 됐지만 별 수 없지. 어쩌겠어. 여기서 나서면 나까지 다칠 텐데." 언제나 이런 마음으로 자신을 합리화하면서.

엘리 위젤의 일갈은 마틴 니묄러 목사의 저 유명한 시 〈나치가 그들을 덮쳤을 때〉를 떠오르게 한다. "나치가 공산주의자들을 덮쳤을 때, 나는 침묵했다. 나는 공산주의자가 아니었기에. 그들이 사회민주당원들을 가두었을 때, 나는 침묵했다. 나는 사회민주당원이 아니었기에. 그들이 노조원들을 덮쳤을 때, 나는 침묵했다. 나는 노조원이 아니었기에. 그들이 유대인들을 덮쳤을 때, 나는 침묵했다. 나는 유대인이 아니었기에. 그들이 나를 덮쳤을 때, 나를 위해 항의할 이들은 아무도 남아 있지 않았다." 엘리 위젤의 말처럼 어제 침묵을 지킨 사람은 내일도 침묵을 지킬 것이다. 그리고 침묵의 죄는 결코 가볍지 않을 것이다.

"잘 들어라. 그들이 입을 다물면 돌들이 소리 지를 것이다."(눅 19:40)

때

며칠 비가 내리는 봄이 계속되고 있다. 처음 비가 오기 시작한 날, 그날 비는 한밤중에 시작되었고 무척이나 강했다. 깊이 든 잠을 깨워 어둠 속에서도 어렴풋이 그 소리를 들을 수 있게 만들 만큼 비는 그렇게 강하게 내렸다. 꿈결에 들리는 빗소리에 지레 이제 막 피기 시작한 봄꽃 걱정이 들었다. 아, 이제 막 예쁘게 피기 시작했는데, 내일이면 우수수 떨어져버렸겠구나..

그리고 밝은 아침. 의례 떨어졌을 꽃잎을 아쉬워하며 밖으로 나가 나무들을 올려다 본 순간 놀라운 장면이 내 앞에 펼쳐졌다. 꽃잎은 하나도 땅으로 떨어지지 않았던 것이다. 이럴 수가, 어떻게 이런 일이.. 이상하고 신비롭게 단단히 가지에 붙어있는 작은 꽃잎들을 보며 그 아침 작은 깨달음에 도달했다. 떨어뜨리는 것은 시련이 아니라 때라는 지혜에.

꽃잎은 떨어지지 않았던 것이다. 아직 때가 되지 않았으니. 때가 이르기까지 꽃들은 힘차고 강하게 생명력을 제 안에 품고 있을 터였다.

그리하여 아무리 강한 바람이라도, 아무리 강한 빗줄기라도 그 생명력을 이길 수는 없었던 것이다. 그러나 언젠가는 질 때가 이르리니 그때 꽃잎은 바람 한 점 없는 날이라도, 그 어떤 무게가 제 위에 더해지지 않더라도, 그만 속절없이 스스르 떨어져 내릴 것이다. 꽃잎은 결코 때를 이길 수 없을 테니까.

삶 또한 그런 것이 아닐까? 무너지게 하는 것은 흔한 착각처럼 견디기 어려운 시련이나 역경이 아닐지도 모른다. 무너지게 하는 것은 그저 때일 뿐이고, 때가 모든 것을 결정하는 것일지도 모른다. 그러니 때가 되면, 때가 되어야, 무너지는 것이다.

개인의 삶에 있어서 이것은 묘하게 절망적이면서도 묘하게 희망적인 전망이다. 그 어떤 노력에도 때가 되면 속절없이 무너질 수밖에 없다는 측면에서는 절망적일 수 있겠으나, 때가 되기 전에는 결코 무너지지 않으리라는 희망을 동시에 품고 있기 때문이다. 그렇다. 그런 것이다. 때가 오기 전까지는 나는 무너지지 않을 것이다. 그 어떤 압박에도, 그 어떤 시련에도.

역사에 있어서도 이 믿음은 절망적인 것처럼 보이나 역설적으로 희망이다. 때가 이르기 전까지는 그 어떤 변화도 보이지 않는 단단한 벽처럼 보일지라도, 영원히 지속될 것 같은 아름다움을 품은 꽃잎들이 때가 되면 하룻밤 비에 우수수 떨어져 내리는 것처럼, 그렇게 갑자기 한순간에 무너져 내릴 것이다. 마치 저 옛날 여리고의 성처럼. 그렇게 갑작스럽게. 그렇게 예고 없이. 바위를 향해 던져진 계란은 단지 바위를 더럽히는 데 그치지 않고 때가 되면 그 바위를 부술 것이다.

신앙은 때가 하나님께 달려 있다고 고백한다. 나의 때가, 역사의 때가, 세상만사의 때가 하나님의 손 안에 달려 있다고 고백한다. 바꾸어 말하자면 그런 믿음이 바로 신앙이다. 예수께서는 늘 때를 의식하며 사셨다. 때가 이르지 않으면 메시아조차 죽고 싶어도 죽을 수 없음을 그분은 늘 가슴에 새기고 계셨다. "때가 이르지 않았다." 그 말로 그분은 늘 자신의 삶을 가늠하셨다. 우리 또한 이 말로 우리의 삶을 가늠해야 할 것이다.

"모든 일에는 다 때가 있다. 세상에서 일어나는 일마다 알맞은 때가 있다." (전 3:1)

철저한 수동

얼마 전 가톨릭 성구점에서 탁상용 십자고상을 하나 구입했다. 개신교 교인들에겐 다소 낯선 십자고상(十字苦像)이란 말은 십자가에 예수 그리스도가 달려 있는 조형물을 뜻하는 말이다. 가톨릭 십자가는 개신교 십자가와 달리 대개 예수 그리스도가 십자가에 달려 있는 형상의 십자가다. 혹자는 가톨릭은 그리스도의 고난을 강조하고 개신교는 그리스도의 부활을 강조는 신학적 차이 때문에 그리되었다고 말하기도 하지만, 아마도 이것은 성상숭배를 반대했던 개신교 전통과 더 관련이 있을 것이다. 어찌 되었든 바울이 말했던 '십자가에 달린 그리스도'를 좀 더 가까이 삶 속에 두고자 하는 마음에 단촐한 십자고상을 하나 구입했던 것이었다.

그런데 이 무슨 우연인지, 바로 직후에 심히 자존심 상하는 어떤 일을 겪게 되었다. 무시당했다는 기분에 깊이 상처받은 후 마침 눈에 들어온 책상 구석의 십자고상을 바라보면서 고난당하신 주님을 생각해보았다. "그래, 주님이 당하신 무시에 어디 감히 비할 만하겠어? 참자. 참자." 한창 이런 생각을 하고 있던 차에 문득 마음에 걸리는 것이 있었다. "가만있자, 참다니? 참는다는 건 결국 내가 참는다는 거 아닌가. 내가 한다? 뭔가 방향이 틀린 것 같은데?" 무언가를 참는다는 것이 여전히 내 의지의 문제, 나 중심의 사고라는 생각이 들었다. 그러면서 '고난'이라는 단어 자체를 곰곰이 생각해보았다.

고난, 특히 그리스도의 고난을 영어로는 passion이라고 한다. 이 단어는 라틴어 passio(파씨오)로부터 온 말이다. 그리고 이 라틴어의 동사형 patior(파티오르)는 '당하다', '견디다'라는 뜻이다. '수동형'을 뜻하는 영어 passive 역시 passion과 마찬가지로 patior로부터 나왔다. 그렇다면 '고난'이라는 번역은 오해를 불러일으키는 번역일지도 모른다는 생각이 들었다. '고난'이라는 단어는 우선적으로 '고통'을 떠올리게 만들기 때문이다. '고난을 당하셨다'고 말할 때조차 우리는 자동적으로 그리스도께서 겪으신 '고통'에 초점을 맞춘다. 고난 대신 수난(受難), 즉 받을 수(受) 자를 쓴다 해도 사정은 크게 달라지지 않는다. 그러나 passion의 본질은 고통이 아니다. 그 단어와 함께 제일 먼저 떠올려야 하는 것은 '당함', 철저한 당함이다.

passive라는 뜻처럼 그리스도의 고난은 철저한 수동성에 그 본질이 있다. 의지적으로 참는 것이 아니라 자신에게로 오는 모든 치욕과 고통을 그저 당하도록 허락하고 받아들이는 수동성, 이것이야말로 그리스도 고난의 본질이다. 그러나 유감스럽게도 우리말 '고난'은 원래의 단어가 지녔던 이 수동성을 실어 나르지 못한다. 그리스도의 고난이 아니라 그리스도의 당함, 무력하고 철저한 당함. 진정한 그리스도 고난의 비밀은 어쩌면 바로 이 철저한 수동성에 있을 것이다.

그리고 보면 주님의 지상의 삶 역시 수동성의 연속이었다. 고난이든 죽음이든 영광이든, 그분은 모든 것이 자신에게 오도록 하셨고, 자신에게서 일어나게 하셨다. 부활과 관련하여 대부분의 우리말 성경이 적절치 못하게 번역한 능동태 '일어나셨다' 역시 이에 해당하는 헬라어 원어는 수동태인 '일으킴을 당하셨다'이다. 주님은 언제나 철저한 수동성을 사셨고 이 수동성 뒤에는 언제나 하나님이, 하나님의 뜻이 있었다. 그러니 주님의 고난을 따르는 길은 무엇일까? 그것은 바로 주님의 당하심을 따르는 것일 것이다. 그런즉 그리스도를 따르는 그리스도인의 최종 목표는 참는 것이 아니다. 그저 당하는 것이다.

"바로 이것을 위하여 여러분은 부르심을 받았습니다. 그리스도께서는 여러분을 위하여 고난을 당하심으로써 여러분이 자기의 발자취를 따르게 하시려고 여러분에게 본을 남겨 놓으셨습니다."(벧전 2:21)

뿌리와 날개

언젠가 아내의 생일에 멀리서 공부하고 있는 아들이 메시지를 보 낸 적이 있다. 엄마 아빠를 다 잊은 것 아니냐는 엄마의 농에 아들은 부모와 자식에 관한 괴테의 한 격언을 전해줬다. "아이들은 부모로부 터 두 가지를 받아야 한다. 그것은 뿌리와 날개다."(Zwei Dinge sollen Kinder von ihren Eltern bekommen: Wurzeln und Flügel.) 저는 이 두 가지를 받았는데 어찌 부모님 생각을 안 하겠습니까,라며 아들은 능청 을 떨었다.

아들을 통해 알게 된 괴테의 이 말은 특별히 한국적 상황을 떠올리 게 만들었고, 부모 자식 관계에 대하여 여러 가지를 생각하게 해주었 다. 아마도 한국의 부모들은 뿌리를 주는 것에 있어서는 세계 일등일 것이 분명하다. 이 험난한 세상에서 살아갈 사랑하는 자녀에게 어떻게 든 단단한 근거를 마련해주기 위해 희생을 마다않고 전력을 다하는 것 이 한국의 부모가 아니던가. 병적일 만큼 과열된 자녀교육의 예는 들 어도 들어도 끝이 없을 것이다. 그런데 뿌리에 관해서는 이렇게나 대 단한 한국적 열기가 날개와 관련해서는 놀랄 만큼 전무하다시피 하다.

개인적으로 마음에 들지 않는 TV 프로그램이 하나 있는데 그것은 나이든 어머니들이 성년을 훌쩍 넘긴 아들들의 사생활을 관찰하며 참견하는 프로그램이다. 아들들의 나이가 마흔이 넘었는데도 끊임없이 그 삶에 참견하는 모습을 보면 이건 뭔가 잘못돼도 한참 잘못된 것이 아닌가 생각이 들곤 한다. 자연 속에 사는 거의 모든 동물들은 성체가 되면 부모를 떠난다. 서양에서도 아이들은 성년이 되면 대개 부모를 떠난다. 그래서 서양의 아이들은 성년이 되면 법적으로 집을 떠날 수 있다는 기대에 그 날만을 손꼽아 기다리기도 한다. 그런데 한국의 부모들은 유독 자녀들을 품에서 떠나보내는 일을 거의 하지 않으려 한다. 그리하여 한국의 아이들은 나이가 서른이 되든 마흔이 되든 여전히 서른이 된 아이, 마흔이 된 아이, 쉰이 된 아이로 남는다.

"창조 때로부터 사람을 남자와 여자로 지으셨으니 이러므로 사람이 그 부모를 떠나서 그 둘이 한 몸이 될지니라."(막 10:6-8) 결혼식 때마다 듣는 이 유명한 말씀은 예수께서 창세기의 하나님 말씀(창 2:24)을 다시 인용하신 것이다. 성인이 된 남녀 두 사람의 결혼의 본질은 '부모를 떠나는 것'이라고 예수님은 말씀하신다. 그러므로 결혼을 시키는 부모의 마음은 남의 자식을 새 식구를 들이는 것이 아니라 내 자식을 내보내는 것이어야 한다. 성인이 되면 품에서 떠나보내는 것, 그것은 자연의 섭리이자 하나님의 뜻이다.

그러므로 모든 부모는 아이들에게 달아줄 날개를 늘 마음에 품고 아이들을 대해야 마땅하다. 그들이 받아야 할 것은 뿌리만이 아니라 날개도 함께이기 때문이다. 날개를 달아주지 않는 부모는 자식을 불행하게 만들고 스스로도 불행하게 만든다. 애정이라는 이름하에 자식의 삶에 참견하고 싶은 마음을 내려놓는 것은, 자식의 판단과 결정이 마음에 들지 않더라도 그저 존중하고 받아들이는 것은, 결코 쉽지 않을 것이다. 그러나 어쩌면 그것이야말로 아이들에게 날개를 달아주는 유일한 길일 것이다. 부모란 자식을 실패하지 않도록 만드는 존재가 아니라, 실패한 자식이 잠시 쉬어갈 수 있는 언덕 같은 존재여야 한다. 우리가 기념하는 어린이날이란 이렇게 뿌리와 날개를 동시에 다짐하는 어른의 날이 되어야 할 것이다.

"나는 아이가 젖을 뗄 때까지 기다렸다가 젖을 뗀 다음에 아이를 주님의 집으로 데리고 올라가서 주님을 뵙게 하고 아이가 평생 그 곳에 머물러 있게 하려고 합니다."(삼상 1:22)

자기희생이라는 안대

　그 이름만으로도 많은 것을 보증해주는 스티븐 스필버그의 최근 영화 《더 포스트》는 베트남전을 둘러싼 미국 정부의 거짓을 폭로했던 당시 언론의 활약상을 그린 영화다. 영화는 언론의 자유를 권력으로 짓누르려는 닉슨 정부와 이에 맞서 용감히 국가의 위선을 드러낸 언론인들의 이야기를 골격으로 하고 있으면서도 한편으로는 여성으로서 이 사태의 중심에 선 〈워싱턴 포스트〉지의 사장을 조명하는 여성주의 영화이기도 하다. 메릴 스트립이 연기한 사장 캐서린과 톰 행크스가 연기한 편집장 벤의 갈등과 협력, 의도치 않게 주어진 언론이라는 절대적 권력 속에서 편견과 차별을 뚫고 마침내 이뤄낸 한 여성의 각성과 함께 영화는 베트남전에 대한 미국 정부의 허위와 언론의 올바른 역할에 대한 여러 가지 정보와 많은 성찰을 제공한다.

　새겨볼 만한 교훈도 많았지만 유달리 마음을 끈 장면은 여사장과 편집장이 마침내 정부의 금지명령에도 불구하고 신문 발행을 감행키로 결정한 직후의 짧은 장면이었다. 남편으로부터 이야기를 전해들은 벤의 아내는 캐서린의 용기에 놀라움과 경의를 표시한다. 자기도 용감하지 않냐며 농담을 하는 남편에게 아내는 지극히 부드러운 언어로 당신은 잃을 것이 없는 사람이라는 사실을 깨닫게 한다. 직장에서 해고되어도 다른 직장을 구할 수 있을 것이고, 이 일로 평판도 높아질 것이라고. 그리고 아내는 캐서린에 대하여 다음과 같이 덧붙인다. "케이는 자기가 생각지도 못 한 자리에 앉게 됐어요. 그녀의 자리를 많은 사람들이 인정하려 하지 않았고, 자신의 능력은 계속 의문시되면서, 자신의 의견은 묵살이 되고, 자신을 자리에 없는 사람 취급하면서 무시당하기 일쑤고, 그런 일이 오랫동안 일어나면서 어쩔 수 없는 현실이라는 걸 깨닫게 되죠. 그러니 이런 결정을 내리는 데 있어서 그녀 인생의 모든 것이었던 회사와 재산을 걸었다는 건 정말 용감한 일이라고 생각해요." 아내의 말을 듣고서 비로소 이 남성 편집장은 자신의 동료이기도 한 여성 사장이 감행한 희생이 무엇인지를 비로소 깨닫게 된다.

정의감 속에서 자기희생을 감행하는 사람은 자신의 주위에서 함께 일하고 있는 사람들의 희생은 잘 보지 못하는 경향이 있다. 옳은 일을 하고 있다는 고양된 감정에 휩싸여 자기 자신을 근사한 인간으로 음미하고, 자신이 치르는 희생에 대하여 영웅적 비애감에 젖어 있는 사람, 그런 사람에게 다른 사람의 사정이 눈에 들어올 리 없다. 세속적인 일뿐 아니라 신앙과 관련된 일, 교회와 관련된 일을 하는 사람들도 예외는 아니다. 그 일이 뭔가 사명을 닮은 일이라면 더욱 더 그러하다. 희생을 치르면서 하나님의 명령과 뜻을 수행하는 자신은 얼마나 대견한가, 이런 생각에 충만한 사람들은 결코 다른 이의 희생과 애씀을 보지 못한다. 그들은 자기희생이라는 안대에 스스로 눈이 가려진 눈 먼 사람이 된다. 특별히 많은 힘과 결정권을 지닌 사람들 중에서 우리는 이렇게 눈 먼 자들을 더 많이, 더 쉽게 발견한다.

"내가 내 모든 소유를 나누어줄지라도, 내가 내 몸을 불사르기 위하여 내 몸을 넘겨줄지라도, 사랑이 없으면 내게는 아무런 이로움이 없습니다."(고전 13:3) 자기희생이 자기 자신에게는 무익할 수도 있는 상황을, 아니, 더 나아가 독이 될 수도 있는 상황을 사도는 이미 이렇게 우리에게 경고한 바 있다. 자기를 비우신 그리스도, 넘어지지 않는 길은 오직 그분뿐이다.

"이와 같이 너희도 명령을 받은 대로 다 하고 나서 '우리는 쓸모없는 종입니다. 우리는 마땅히 해야 할 일을 하였을 뿐입니다' 하여라."
(눅 17:10)

내가 그것의 이름을 불러 주었을 때,
그것은 나에게로 와서 죄가 되었다.

　　우연히 불교에서 진행하는 문답프로그램을 방송에서 들은 적이 있다. 질문자인 불교신자의 질문은 때마침 새벽예불, 그러니까 기독교로 말하자면 새벽기도에 해당하는 질문이었다. 꼭 새벽예불을 드려야 하느냐, 일터에서나 가정에서나 아무 때 아무 자리에서나 부처님께 마음으로 올리는 것이 다 부처님이 들으시는 올바른 기도 아니냐, 그렇다면 꼭 새벽시간에 맞춰 절에 가 기도를 바칠 필요는 없지 않느냐, 말하자면 이런 요지의 질문이었다. 아하, 이것 참 상황이 우리 기독교와 비슷하네, 대답하는 스님은 대체 어떤 대답을 할까? 궁금하게 기다리고 있을 때 스님은 천천히 대답을 시작했다. "맞습니다. 언제 어디서 기도를 드리던 상관없지요. 부처님은 언제나 어디서나 들으시니 꼭 새벽예불에서만 기도를 드릴 필요는 없습니다." 흠, 좀 평범한 대답인 걸, 하고 생각하는 순간 스님은 뜻밖의 마지막 말을 덧붙였다. "그런데 다른 사람은 몰라도 '당신은' 반드시 새벽예불을 참석해야 합니다. 당신에게는 그것이 마음에 걸려있기 때문이죠. 다른 사람은 어떻든, 당신은, 꼭, 참석해야 합니다." 이 지혜로운 대답은 한동안 내내 마음에 머물러 있었다.

그러고 보면 사도 바울도 이와 비슷한 말씀을 하신 적이 있다. 그것도 죄에 대해서. 그리스도인으로서 어떤 것을 하지 말아야 하는지, 또는 해야 하는지, 하는 질문은 대개 죄와 연관된 질문이다. 우리를 둘러싼 많은 것들 속에서 과연 어떤 결정이, 어떤 행동이 죄일까? "믿음에 근거하지 않는 것은 다 죄입니다."(롬 14:23) 놀랍게도 바울은 어떤 것을 특정하여 죄를 말하지 않는다. 로마서 14장은 우리가 흔히 담배를 피우는 것이 죄인가 아닌가, 술을 마시는 것이 죄인가 아닌가, 등에 대하여 논쟁을 할 때와 비슷한 상황 속에 주어진 바울의 권면이라고도 할 수 있다. 이 상황에 대해 바울은 죄에 대한 어떤 객관적인 기준을 제시하지 않는다. 죄인지 아닌지의 기준은 오히려 철저히 주관적이다. "내가 주 예수 안에서 알고 또 확신하는 것은 이것입니다. 무엇이든지 그 자체로 부정한 것은 없고 다만 부정하다고 여기는 그 사람에게는 부정한 것입니다."(롬 14:14)

객관적인 죄가 아닌 주관적인 죄. 그러나 주관적인 죄에 관한 치명적인 문제점은 자신 이외의 다른 사람은 이를 알 도리가 없다는 점이다. 어떤 행동이 내 마음에 걸리는지 아닌지는, 내 욕심과 이기적 동기를 위한 것인지 하나님을 위한 것인지는, 오직 나만 알 수 있을 뿐이다. 똑같은 행동이나 결정이 죄가 될 수도 있고, 죄가 되지 않을 수도 있다. 누가 보기에도 죄가 아닌 결정이 나의 하나님 앞에서는 죄일 수도 있고, 누가 보기에도 죄인 행동이 나의 하나님 앞에서는 죄가 되지 않을 수도 있다. 어느 시인의 말처럼 그 어떤 행동이 내게로 와 죄가 되는 상황이랄까? 하지만 인간은 이런 불확실성은 신앙 안에 두기를 두려워하는 존재다. 어쨌든 언제 어디서나 유효한 바른 결정을 제시해야 한다는 강박에, 교회를 보호하고 교인을 보호해야 한다는 생각에, 어떻게든 죄를 정하는 객관적인 기준들을 확보하려고 한다. 자유는 불안하고, 통제 불가능하며, 위험하기 때문이다.

주관적인 죄의 기준을 자신 안에 담고 살았던 사람이 이 땅에 있었을까? 있었다. 그 사람은 바로 우리와 같은 인간으로 이 땅의 삶을 사셨던 우리 주님이시다. "세례자 요한이 와서 빵도 먹지 않고 포도주도 마시지 않으니 너희가 말하기를 '그는 귀신이 들렸다' 하고, 인자는 와서 먹기도 하고 마시기도 하니 너희가 말하기를 '보아라, 저 사람은 마구 먹어대는 자요, 포도주를 마시는 자요, 세리와 죄인의 친구다' 한다."(눅 7:33-34) 죄와 관련하여 이렇게나 자유롭게 보였기에 주님은 위험분자로 낙인 찍혀 결국 죽임을 당하셨다. 예나 지금이나 사람은 진정한 자유를 두려워하며 이를 감당치 못한다. 죄와 관련하여, 특히나 정죄가 그 드센 힘을 과시하는 지금, 우리는 어쩌면 조금 더 용기를, 자유에 대한 용기를 낼 필요가 있는지도 모른다. 자유는 언제나 불안하고 위험하나 거기에는 참 생명이, 죽임을 넘어선 살림이 있으니 말이다.

"주님은 영이십니다. 주님의 영이 계신 곳에는 자유가 있습니다."
(고후 3:17)

내가 싫어하는 것이 나다.

"얼마든지 먹을 수 있게 되고 나서야 나는 바나나를 좋아하지 않는다는 사실을 깨달았다." 『사는 게 뭐라고』라는 제목의 에세이 모음집 속에서 사노 요코는 바나나에 얽힌 자신의 경험담을 이렇게 들려주었다. 70년대 우리나라에서는 바나나가 무척 귀했다. 바나나는 구하기도 힘든 과일이었고 귀한 선물로 들어왔을 때에야만 겨우 맛볼 수 있는 진귀한 상품이었다. 그러던 것이 80년대에 들어서면서 가격이 내려가더니 바나나는 이제 사방에 널린 값싼 과일의 대명사처럼 되어 버리고 말았다. 사정은 일본도 마찬가지였던 것 같다. 작가는 어렸을 때 부모님께서 이질에 걸린다며 늘 바나나를 반쪽씩만 주셨던 기억을 떠올린다. 이질은 아마도 귀한 음식을 아껴 먹으려는 의도에서 일본인들이 만들어낸 가짜 소문 같은 것이었던 모양이다. 그러면서 작가는 어릴 적 바나나의 향기를 '천국의 향기'로 생각했던 것, 죽기 전에 바나나 한 개를 온전히 다 먹어보는 것이 소원이었던 기억을 떠올린다. 그러다가 바나나가 저렴해져 마음껏 먹을 수 있게 되면서부터 이질에 대한 소문도 사라졌고, 마침내 작가는 결정적인 사실을 깨닫게 되었던 것이다. 바로 자신이 바나나를 좋아하지 않는다는 사실을.

사노 요코의 이 짧은 말은 꽤 깊은 인상을 남겼다. 내가 동경하고 누리고 싶은 그것을 나는 정말로 좋아하는 것일까? 어쩌면 나는 지금 내가 좋아하고 있는 대상을 정말로 좋아하는 것이 아니라 어떤 제한적인 상황 때문에, 실상은 좋아하지도 않으면서, 좋아한다고 믿고 있는 것은 아닐까? 그러니까 내가 지금 좋아한다고 믿고 있는 것은 사실 착각이 아닐까? 작가의 경험담은 소위 내가 좋아한다고 생각하고 있는 것들에 대해 여러 가지 생각이 들게 만들었다. 어쩌면 나는 그것이 무엇이든 내가 현재 좋아하는 그것을 작가의 경험에서처럼 단지 충분히 누려보지 못해서, 또는 주변의 영향 때문에 좋아한다고 착각하고 있는지도 모른다.

좋아한다는 감정이 이렇게나 불확실함에도 불구하고 우리는 대개 내가 무엇을 좋아하는가에 관심을 갖고 살아가는 경향이 있다. 내가 좋아하는 것에 꿈이라는 이름을 붙이기도 하고, 내가 좋아하는 것이 뭘까 고민하고 찾아 나서기도 한다. 그러나 긴 세월을 살아가면서 보니 삶에서 정작 중요한 것은 무엇을 좋아하는가보다는 무엇을 싫어하는가에 달려 있다는 사실을 깨닫게 된다. 예를 들어 도덕과 관련된 부분에서, 그가 누구를 좋아하는가보다 그가 누구를 싫어하는가가 더 결정적으로 그가 누구인지를 보여준다. 인간관계와 관련된 부분에서 역시 좋아하는 대상이 얼마나 많이 일치하는가보다 싫어하는 것이 얼마나 많이 일치하는가를 통해 그 사람이 나와 얼마나 잘 맞는가를 확인할 수 있다. 그러므로 살아가면서 정작 주의하고 신경을 써야 할 점은 내가 무엇을 좋아하는가가 아니라 내가 무엇을 싫어하는가일 것이다.

한마디로 표현해보자면, 내가 좋아하는 것이 내가 아니라, 내가 싫어하는 것이 곧 나다. 내가 무엇을 하는가가 아니라, 내가 무엇을 하지 않는가가 곧 나다. 내가 어떤 것을 선택하는가가 아니라, 내가 어떤 것을 선택하지 않는가가 곧 나다. 내가 어떤 사람을 싫어하는지가 나의 인간관이며, 내가 어떤 생각을 싫어하는지가 나의 가치관이며, 내가 어떤 삶의 태도를 싫어하는지가 나의 인생관이다. 삶의 복잡한 문제들을 만날 때, 무엇을 해야 하는가보다 무엇을 하면 안 되는가를 기준으로 생각하면 의외로 문제들이 간단하게 풀리기도 한다. 난처한 상황 속에서 역시, 좋은 게 좋은 거라는 선택보다 아닌 건 아닌 거라는 선택이 우리를 더 올바른 길로 이끌어주기도 한다.

그런 면에서 보자면 예수님처럼 싫은 것이, 싫은 사람이 분명한 분도 없었다. 그분은 위선과 가식을 행하는 자들을 싫어하셨고, 교만과 탐욕으로 가득 찬 사람들을 미워하셨다. 그리하여 예수는 그들의 면전에서 그들을 책망하시고, 그들에게 화를 선포하시기도 했다. 주님은 결코 모든 사람들을 좋아하지 않으셨으며, 모든 사람들에게 좋은 사람이 아니었다. 그리고 마침내 예수는 그분이 싫어한 사람들로 인해 그 운명이 결정되고 말았다. 이러한 주님의 삶은 우리에게 다음의 사실을 분명하게 말해준다. 신앙에서 역시 결정적인 것은 내가 누구를 좋아하는가가 아니라 내가 누구를 싫어하는가라는 사실을.

"주님께서는 정의를 사랑하시고 불법을 미워하셨습니다."(히 1:9)

2부

경건한 쓰레기

누구나 각자의 길로 천국에 가야 한다

그러니까 30년이 지난 셈이다. 고등학교 때 같은 반이었으나 그리 존재감이 크지 않았던 고교동창을 다시 만났다. 친구는 어엿한 화가로 단단하게 자라나 있었다. 우연히 페이스북을 통해 다시 연결된 그가 자신의 개인전 전시회에 초대 문자를 보냈고 나는 기꺼이 그의 작품 전시회에 아들을 데리고 갔다. 뒤풀이 저녁식사 자리는 다른 이들과 서먹할까 염려되어 참석하지 않으려 했으나 친구의 간곡한 부탁으로 자리를 함께 했다. 다행히도 그 자리는 친절하고 사람 좋은 그의 지인들 덕에 기분 좋은 이야기 자리로 이어졌다. 대화 중 우연히 옆에 앉으신 분께서는 아들이 독일학교를 다녔다는 얘기를 들으시고 계속해서 독일과 한국의 교육 차이, 학생들의 차이 같은 것들을 아들에게 물으셨다.

"한국 청소년들과 독일 청소년들은 어떤 점에서 제일 다르다고 생각해요?" "한국 학생들은 멋에 신경을 많이 쓰는 것 같아요." "그건 좋은 거 아닌가요?" "아, 그러니까 좋은 의미에서가 아니라 한국 청소년들은 남과 많이 비교하고, 뭐랄까 허세 같은 게 좀 있는 것 같아요. 독일 애들은 그런 건 없는 편이죠." 대강 이런 대화를 나누면서 그분은 마지막으로 이런 확인의 말을 하셨다. "그러니까 독일 사람들은 남들이 뭐라 하든 신경을 안 쓴다는 거죠?" 그러자 아들은 뜻밖의 대답을 했다. "남들이 뭐라 하질 않죠." 옆에서 아들의 대답을 듣는 순간, 잠시 머리가 멍해졌다. 남들이 뭐라고 하든지 신경을 쓰지 않는 것이 아니라 남들이 뭐라 하지를 않는다니... 결정적인 차이였다.

우리는 너무나 비교에 익숙해 있다. 심지어 교육마저도 상대적 비교를 가장 중요한 가치로 내세우고 있으니 아이들에게는 남이 무엇을 하는지가 가장 중요한 것이 되었고, 무슨 수를 쓰든 남보다 한 걸음만 더 앞에 있으면 된다는 생각에 사로잡히게 되었다. 극심한 스트레스와 분노, 쓸데없는 열등감과 우월감, 억눌린 절망감. 이것이 우리 자신과 우리 아이들의 삶과 영혼을 짓누르는 감정들이다. 한 나라의 교육이 자기 한계와의 절대적 싸움이 아니라 타인과의 상대적 싸움을 장려하고 있으니 지금 이 사회가 겪고 있는 대부분의 충격적인 비극은 이미 시간문제였던 셈이다.

저술시기로나 복음서의 배열로나 제일 마지막 복음서인 요한복음은 예수님의 마지막 말씀을 흥미롭게도 다음과 같이 기록하고 있다. "그게 너와 무슨 상관이냐? 너는 나를 따라라!" 주님이 평소에 사랑하시던 저 제자는 어떻게 되냐고 묻는 베드로에게 하신 예수님의 이 대답은 4복음서를 맺는 주님의 최후의 말씀이 되었다. "그게 너와 무슨 상관이냐?" 요한복음이 이 말씀을 주님의 마지막 말씀으로 둔 것이 과연 우연일까? 이 말씀은 자신을 타인과 비교하지 말라는, 남들에 대해 말하지 말라는, 타인을 신경 쓰며 인생을 살아가지 말라는 준엄한 주님의 마지막 말씀인지도 모른다. 남을 보지 말고, 단지 내 등만을 보고 따라오라.

후세 독일인들이 '프리드리히 대왕'이라고 부르는, 우리의 세종대왕에 비견될 만한 프로이센 왕국의 국왕 프리드리히 2세는 다음과 같은 말을 남겼다. "누구나 각자의 길로 천국에 가야 한다." 원래는 종교의 자유를 천명하기 위한 말이었다지만 이 말은 요한복음에 나타난 주님의 마지막 말과도 잘 어울린다. 너는 내 등만 보고 따라와 네 길을 걸어 천국에 이르라.

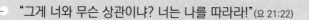

"그게 너와 무슨 상관이냐? 너는 나를 따라라!"(요 21:22)

중립(中立)

"인간의 고통 앞에서 중립을 지킬 수는 없다!" 한국을 방문한 교황은 중립을 지켜야 하니 달고 있던 세월호 추모 리본을 떼는 것이 좋겠다는 사람에게 단호하게 말했다. 당연한 것을 당연하게 말한 이 교황의 태도에 카톨릭의 이미지는 즉시 상종가를 쳤다. 그러나 교황이 바티칸으로 돌아가자마자 한국의 추기경은 정치적 논리에 빠져들고 싶지 않다며 세월호 유가족들이 양보해야 한다고 말해버렸다. 기독교인의 비정치적 태도를 장려하고 합리화시켜 온 저 유명한 고전적 인용구, '가이사의 것은 가이사에게 하나님의 것은 하나님께'라는 말과 함께. 한껏 고양되었던 카톨릭의 이미지는 그만 다시 제자리로 내려오고 말았다.

한국 사람들은 대체로 '중립'을 긍정적인 것으로 이해하는 경향이 있다. 중립을 우리말사전에서 찾아보면 대략 다음과 같은 뜻이 등장한다: 어느 편에도 치우치지 아니하고 공정하게 처신함. 한자 그대로 中立을 풀이해도 가운데 서는 것인데다가 심지어 공정하게 처신한다는 뜻까지 포함하니 중립은 한없이 긍정적인 뜻이 아닐 수 없다. 그러나 서양인들은 이 '중립'이라는 개념을 우리와는 전혀 다른 방식으로 이해한다.

중립을 의미하는 영어단어 'neutral'은 라틴어 'neutrum'으로부터 온 말이다. 여기서 'neutrum'은 'ne'와 'utrum'의 합성어로, 'utrum'은 '둘 중 하나'라는 뜻이며 'ne'는 영어의 not과 같은 부정어이다. 다시 말해 'neutrum'은 문자적으로 '둘 중 그 어느 것도 아니다'라는 뜻인 것이다. 서구인들은 정확하게 이 개념으로 '중립'을 이해한다. 중립은 둘 사이의 가운데에 서는 것이 아니라 둘 중 그 어느 편에도 서지 않는다는 뜻인 것이다. 이 말의 냉정함을 가장 잘 보여주는 예는 아마도 영세중립국이라는 말로 중립을 국가의 정체성으로 삼은 스위스의 정치적 태도일 것이다. 나치 시대에 스위스는 나치의 박해를 피해 알프스를 넘어 스위스 국경을 넘어온 자들을 그대로 다시 나치에 넘겨주었던 것이다. 옳고 그름에 상관없이 어느 편에도 서지 않는 서양인들의 중립에는 바로 이런 냉정함이 담겨 있다.

고통 앞에서 중립을 지킬 수 없다는 교황의 말은 이 서구적 중립의 맥락에서 이해될 때 그 뜻이 보다 확실해진다. 힘의 균형이 무너지고 이미 어느 한 편이 다른 한 편을 억압하는 상황, 즉 정의가 문제가 되는 상황에 중립이란 있을 수 없다. 어느 편에도 치우치지 않고 가운데 서서 공정하게 처신하는 일로서의 중립이 가능한 것은 오직 두 편이 동일한 힘의 균형을 유지하고 있을 때뿐이기 때문이다. 강자가 약자를 억압하는 상황에서의 중립이란 결국 강자를 편드는 일이라는 자명한 사실을 미국의 인권운동가 하워드 진은 그의 자전적 에세이의 제목을 통해 다음과 같이 명료하게 말한 적이 있다. "달리는 기차 위에 중립은 없다."

성경은 하나님을 언제나 편드시는 분으로 소개한다. 하나님은 언제나 사회적 약자인 고아와 과부, 이방인을 편드셨다. 하나님의 정의란 결국 하나님의 약자 편들기가 아니던가? 빈민의 아버지라 불렸던 아베 피에르 신부는 천국에 대한 가장 아름다운 말 중 하나를 남겼다. "세 사람이 있는데 그들 중 가장 힘센 자가 가장 힘없는 자를 착취하려 할 때

나머지 한 사람이 '네가 나를 죽이지 않고서는 이 힘없는 자를 아프게 하지 못할 것이다'라고 말하는 날, 하늘나라는 이미 이 땅에 있다." 중립? 달리는 기차 위에 중립은 없다.

"그 분은 권세 있는 자들을 권좌에서 끌어내리고 비천한 자들을 높이 셨습니다."(눅 1:52)

1%의 영감

"천재는 1%의 영감과 99%의 땀으로 이루어진다." 학교와 집에서 늘 들으며 자라왔던, 저 유명한 발명왕 에디슨의 말이다. 이 말로 사람들은 스스로와 자녀들에게 천재가 되기 위해서는, 즉 성공하기 위해서는 영감보다 노력이 더 중요하다고 말한다. 성공을 위해서는 열심히 땀 흘리며 끈기 있게 노력해야 한다고. 마침내 전구를 발명해내기 위해 거의 2,000번의 실패를 경험했던 사람이니, 에디슨이 이처럼 끈기 있는 노력을 중요시한 것은 당연한 것처럼 보인다. 그러나 놀랍고도 재미있는 사실은 노력이 중요하다는 이 해석은 에디슨의 본래 의도와는 완전히 다른 철저한 곡해라는 점이다. 이 말로 에디슨이 하고 싶었던 말은 바로 다음과 같은 말이었다고 한다. "그러니 아무리 노력해도 1%의 영감이 없다면 아무런 소용이 없다."

영감을 뜻하는 inspiration은 그 단어의 라틴어 근원을 살펴보자면 '안으로 들이마시는(in) 숨(spiratio)'을 의미한다. 이처럼 영감이란 내 안으로부터 형성되어 나오는 것이 아니라 내 밖으로부터 주어지는 것이다. 따라서 이 영감이라는 것은 인간의 노력으로 닿을 수 있는 영역이 아니라 신의 영역에 속한다. 그러기에 동양인들은 이 서양의 말 inspiration에 영감(靈感), 즉 '신령스러운 예감이나 느낌'이라는 뜻의 한자어를 부여하고 있는지도 모른다.

인간은 언제나 자기 자신을 중심에 두고 생각하는 습관에서 벗어나기 어렵다. 승부가 갈리는 운동을 하다 보니 질 때마다 열심히 패인을 분석하는 사람들을 흔히 보게 되는데, 그런 사람들은 대개 승부에 진 원인을 유독 자기편에서만 찾는 경향이 있다. 내가 진 이유는 이것저것을 잘못하고 실수해서 게임에 졌다는 식이다. 이런 사람들은 상대방이 나보다 더 잘해서 내가 졌다는 간단한 진실을 전혀 알아채지 못한다. 성공적인 결과를 위한 모든 것이 자기 안에 다 있다는 착각 속에 있기 때문이다. 자기 땀의 100%면 모든 것이 해결될 수 있다는 믿음, 이 믿음은 결국 그 어떤 인간의 노력으로도 닿을 수 없는 1%를 결코 보지 못한다. 아무리 애를 쓰고 노력해도 모자란 1%가 반드시 있는데도 말이다.

이런 착각은 신앙에서도 흔하게 일어난다. 원하지 않은 결과, 실패, 좋지 않은 일을 당하면 내가 신앙생활을 게을리 해서 그렇게 되었다는 식으로 쉽게 생각하는 사람들이 있다. 이런 생각은 일견 깊은 신앙심처럼 보이기도 한다. 그런데 곰곰이 따져보자. 결국 무슨 말인가? 내가 열심히 기도하고 신앙생활을 열심히 했다면 모든 일이 다 순조롭게 풀렸을 거란 말이 아닌가? 아하, 결국 성공과 실패는 내게 달려 있었다는 말이 아닌가? 교만은 자주 겸손의 옷을 입고 등장하고, 이렇게 겸손의 옷을 입고 나타나는 교만을 알아채기란 정말 쉽지 않다.

우리를 잠식하는 신앙의 교만을 막을 수 있는 유일한 길은 어쩌면 인간의 영역 밖으로부터 까닭 없이 주어지는 1%를 볼 수 있는 능력일지도 모른다. 내 모든 노력으로도 닿을 수 없는 그것에 닿게 만드는 1%, 보이지 않는 세계, 초월의 세계로부터 신비롭게 선물로 주어지는 이 1%가 없다며 과연 무엇이 가능할까? 그러나 우리의 수고와 노력 속에 1%로 숨어계신 하나님은 투명인간처럼 잘 보이지 않는다. 그럼에도 드물게 이 1%를 보는 사람들이 있다. 그리하여 그들은 언제나 모든 끝에 다음과 같은 고백을 덧붙인다. "모든 것이 은혜입니다."

"너희는 가만히 있으라. 그리고 내가 하나님인 것을 알라." (시 46:10)

폭력을 품은 평화

　'평화'라는 단어를 품고 막 태동하려는 한 모임에 다녀왔다. 그들은 앞으로의 한국 교회를 평화를 누리고 평화를 전하는 교회로 만들겠다는 아름다운 꿈을 꾸고 있었다. 그들은 분명히 주님의 평화를 꿈꾸고 있었다. 예수께서 주시겠다던 평화는 당시 '팍스 로마나'로 대변되는 제국의 평화와는 확연히 다른 평화였다. 그 평화는 힘의 우위로 획득되고 유지되는 평화가 아니라, 전복된 힘의 질서 아래 분배의 정의가 실현된 평화였다. 그러나 그래서일까? 평화를 말할 때마다 우리는 철저하게 폭력이 배제된, 완벽하게 힘과 무관한 그 무엇을 생각하곤 한다. 그러나 과연 주님의 평화에는 그 어떤 성격의 폭력도 들어있지 않은 것일까?

　"그리스도는 우리의 평화이십니다." 이렇게 말을 시작한 에베소서의 기자는 다음과 같이 말을 맺는다. "그분은 유대 사람과 이방 사람 사이를 가르는 담을 자기 몸으로 허무셔서 원수 된 것을 없애셨습니다." (엡 2:14) 그리스도의 평화는 중간에 막힌 담을 폭력적으로 헐어버리는 것으로부터 시작되었다는 것이다. 사람과 사람 사이를 가르는 분리의 담을 부숴버리는 것으로부터 평화는 시작되었다. 담을 부수는 폭력이 평화를 만드는 바로 그 자리에 있었다.

평화가 중간에 막힌 담, 사람 사이를 가르는 담을 헐어버리는 것이라는 것은 무슨 뜻일까? 어쩌면 그것은 평화란 구분된 둘 사이에 조화로운 관계를 유지시키는 소극적인 행동이 아니라, 구분 자체를 파괴해버리는 적극적인 행동이라는 것을 뜻하는 것일지도 모른다. 그렇다면 부자와 가난한 자 사이의 평화는 둘 사이의 분란을 조정하거나 다툼을 중재하는 것으로 이루어질 수 없다. 부자와 가난한 자 사이의 평화는 둘 사이를 가로지는 담을 헐어버릴 때에야 비로소, 다시 말해 더 이상 부자와 가난한 자의 구분이 없을 때에야 가능하다는 말이다.

유대인과 이방인의 구분이 없어야, 남자와 여자의 구분이 없어야, 주인과 노예의 구분이 없어야 진정한 하나님의 평화는 가능하다. 사람 사이를 가르는 담을 부숴야 비로소 하나님의 평화는 가능한 것이다. 힘으로 인한 구분의 담이 엄연히 존재하는 한, 여전히 존재하는 구분 속에는 오직 거짓 평화만 존재할 뿐이다. 교회라고 예외일 리는 없다. 목사와 평신도 사이를 가르는 담이 존재한다면 교회에 평화가 있을 자리는 그 어디에도 없다.

날카로운 칼이 그 자체로 나쁜 것이 아니라 경우와 사람에 따라 선용되고 악용될 수 있는 것처럼, 폭력도 그 자체로 악한 것은 아니다. 평화를 이루기 위해서도 불가피하게 폭력은 필요하다. 힘을 가진 자들은 그 힘을 독점적으로 향유하기 위해 높다란 벽을 쌓고 끊임없이 타인을 분리시킬 것이기 때문이며, 평화란 오직 이 벽을 부숴버리는 것으로만 가능해질 것이기 때문이다. 전쟁이 없는 상태만으로 평화가 아닌 것처럼, 갈등이 없는 상태가 곧 평화는 아니다. 아니, 어쩌면 진정한 평화는 분쟁을 통해서만 비로소 얻어질 수 있는 것이리라. 평화는 이렇게 어쩔 수 없는 폭력을 제 안에 품는다. 그러니 반대로 그 어떤 갈등도 없는 평화라면 오히려 거짓 평화일 가능성이 크다. 예수께서 몹시도 싫어하셨던 그 거짓 평화 말이다.

"너희는 내가 세상에 평화를 주려고 온 줄로 생각하지 말아라. 평화가 아니라 칼을 주려고 왔다."(마 10:34)

빈자리

며칠 전 집단 따돌림으로 고통 받는 청소년들에 관한 다큐를 보았다. 가해자들에 대한 깃털 같이 가벼운 처벌, 다시 시작되는 피해자들의 공포, 입 밖으로 흘러나오는 욕을 참으며 생각했다. 7,80년대라고 학교폭력이 없었던 것은 아니지만 그때만 해도 조직적이고 지속적인 악의 양상은 아니었는데, 왜 이지경이 되었을까? 어쩌면 그들에게 강요된 지독히도 가파르고 빠른 삶이 그들의 마음속에서 모든 배려심을 앗아가 버렸기 때문일지도 모른다는 생각이 들었다. 증폭되고 첨예화된 경쟁, 과도한 학업량으로 지금 청소년들의 마음엔 그 어떤 여유도 없다. 대한민국의 모든 초중고생들은 터지기 직전까지 바람을 넣어버린 풍선과도 같다. 그들은 늘 바쁘고, 늘 스트레스에 가득 차 있고, 그래서 늘 욕을 입에 달고 산다. 건드려만 봐라, 그들은 늘 이런 마음이다.

1973년 프린스턴 대학의 심리학자 존 달리와 대니얼 뱃슨은 종교와 이타성에 관한 흥미로운 실험을 진행했다. 일군의 신학생들에게 선한 사마리아인 비유를 중심으로 설교를 준비하게 하고는 이 설교를 녹화하기 위해 다른 건물로 이동하도록 한 것이다. 그리고 실험자들은 그 건물 입구에 도움이 필요해 보이는 사람을 배치했다. 과연 신학생들은 자신들의 설교를 얼마나 실천했을까? 유감스럽게도 절반 이상이 아파보이는 남자를 지나쳤다. 실험을 약간 수정해 가능한 한 빨리 녹화 장소로 가야 한다고 요청하자 이번엔 고작 10%의 신학생들만이 쓰러진 사람을 도와주었다. 실험의 주제는 종교와 이타주의의 관계였으나 이 실험은 또 다른 흥미로운 지점을 보여주었다. 그것은 처음 50%에 육박했던 선행이 두 번째 실험에서 10%로 떨어진 이유가 마음의 문제가 아니라 단지 그들이 바빴기 때문이라는 사실이었다. 자신의 책〈괴짜 심리학〉에 이 실험을 언급한 리처드 와이즈먼은 이 경향을 이렇게 설명했다. "빠른 삶의 속도가 사람의 배려심을 어떻게 앗아가는지 등을 잘 보여준다."

독일생활에서 부러웠던 것은 사람들의 여유와 친절이었다. 고3들조차 오후 서너시면 다 집으로 오고, 학원은 없다. 모르는 사람들도 마주치면 늘 인사하고, 깜빡이만 켜면 모든 차들은 다 양보해준다. 자동차 경적 소리를 들은 적도 없었다. 독일인들은 다 그런 줄 알았던 선입견은 마침내 베를린에서 깨졌다. 이 대도시에서는 경적 소리가 난무했고 운전은 난폭했다. 각박한 환경에서라면 그들도 마찬가지였던 것이다. 결국 사회 전체에 배어있는 배려심은 사회적으로 합의되고 보장된 여유에 기인한 것이었다. 그들을 사람답게, 배려심 깊게 만든 것은 인성이 아니라 제도였던 것이다.

여유란 마음의 빈자리를 의미한다. 어찌 보면 신앙 역시 마음의 빈자리를 만드는 것이다. 하나님은 빈자리에만 머무르실 수 있기 때문이다. 아이들의 마음속에 어떤 빈자리도 없으니 하나님께서 활동하실 여지 또한 있을 리 없다. 아이들의 마음속에 하나님이 움직이실 빈자리를 만들 책임, 이것은 당연히 어른들의 몫이다. 제도에서든 개인의 마음에서든 마음의 빈자리는 저절로 생기는 것이 아니라 애써서 만들어야만 하는 종류의 것이다. 그러니 빈자리를 만들기 위해서는 마치 신앙이 그러하듯 결단이 필요할 것이다. 모든 사람들이 폭주할 때 나는 손해를 감수하고서라도 멈추겠다는 결단, 세상에서의 뒤처짐을 대가로 생명의 숨을 들이마시겠다는 결단, 하나님께서 거하실 빈자리를 원한다면 바로 그것이 필요할 것이다.

"너는 많은 일에 다 마음을 쓰며 걱정하지만, 실상 필요한 것은 한 가지뿐이다." (눅 10,42)

물 반 컵의 미덕

누구나 아는 것처럼 반 잔이 채워진 물컵은 보는 사람의 마음에 따라 '반밖에'가 되기도 하고 '반이나'가 되기도 한다. 실상(實狀)보다는 심상(心狀)이 더 중요하다는 말이다. 숫자와 관련된 이 비슷한 이야기는 성경에도 자주 등장하는데 그 중 하나가 바로 열왕기상 19장에 등장하는 바알에게 무릎 꿇지 않은 7,000명에 관한 이야기이다. 하나님을 위해 싸우는 사람이 이젠 나 하나밖에 없지 않느냐는 불평 섞인 절망의 외침이 싸움에 지친 엘리야의 입에서 흘러나왔을 때, 하나님은 그에게 이렇게 말씀하셨다. "아직 바알에게 무릎 꿇지 않은 자 칠천이 있다!" 7,000, 묘하게도 이 숫자는 엘리야의 교만을 꾸짖는 동시에 엘리야의 외로움을 위로하는 숫자가 되었다. 자만하지 마라. 너만이 아니라 너 말고도 칠천이나 있다. 외로워하지 마라. 너만이 아니라 너 말고도 칠천이나 있다. 분명히 하나의 실상이었지만 이 묘한 숫자는 신비롭게도 선지자의 교만과 절망을 모두 아울렀다.

사람들은 흔히 말한다. 물질만능주의와 함께 교회는 시들고 타락하여 진정한 목회자도 드물고 진정한 그리스도인도 드문 그런 시대가 도래했다고. 옛날 옛적 '목사'라는 이름만으로 신용과 진실이 보증되던 시절도 있었다고 들었다. 보릿고개를 넘던 가난한 시절 '그리스도인'이라는 이름만으로 아무 담보도 없이 쌀 한 되를 외상으로 얻을 수 있었다는 전설도 들었다. 그러나 이제 더 이상 그 단어들은 제 하나로는 부족하게 되었다. 목사 앞에는 '좋은', '욕심 없는', '진실한' 등의 수식어가 붙게 되었고, 그리스도인도 사정은 다르지 않게 되었다. 늘어나는 지저분한 수식어만큼 목사나 그리스도인 같은 단어들은 그 자체로 변별력을 잃은 의미 없는 단어가 되고 말았다. 그래서 모두들 진정한 그리스도인이 적다고 한탄한다. 그러나 냉정히 생각해보자. 언제 진정한 그리스도인이 많았던 시대가 있었던가? 인구 전체가 그리스도인이었던 서양의 중세시대는 말할 수 없이 참혹한 죄악의 시대였다. 소위 '기독교국가'라는 것은 천국보다는 지옥에 가까웠음을 역사는 증명하지 않았던가.

언제나 그랬다. 예수께서 들려올리신 이후, 모든 시대와 공간을 지나도록 진정한 신앙인은 늘 소수였다. 저 묘한 7,000처럼 아무리 많은 것처럼 보여도 고작 칠천뿐이었고, 아무리 없는 것처럼 보여도 든든한 칠천은 항상 있었다. 그러니 교회가 망한 것처럼 보이더라도 절망은 아직 이르다. 이 혹독히 추운 겨울은 바알에게 무릎 꿇지 않은 자들의 모습이 마침내 드러나는 계절일 뿐이니까. 그러기에 문제는 예나 지금이나 나 자신에 관한 것이다. 나는 과연 이 7,000에 들어있는 것일까? 시대를 욕하기는 쉽고 빠르나, 그 속에 있는 자신의 책임을 찾고 묻는 일은 어렵고 느리다. 절망을 토로하고 분노하는 일조차 때로는 교만일 수 있고, 때로는 책임회피일 수 있다. 두려움과 수치를 잃어버린다면 타락은 한 순간이다. 그러니 하나님께서 건네시는 물 반 컵의 미덕을 잊지 말도록 하자. 물은 언제나 반 컵이며 실상보다는 심상이다. 절망은 오히려 쉽다. 절망이니 희망이니를 따지기 전에, 무릎 꿇지 말아야 할 자신을 먼저 돌아보아야 하지 않을까?

"또한 내가 이스라엘에 칠천 명을 남겨 두었는데, 그들은 한 번도 바알에게 절한 적이 없고 바알의 우상에게 입을 맞춘 적이 없는 사람들이다."(왕상 19:18)

들음의 부재

　'소통의 부재'라는 말이 넘친다. 정치, 경제, 종교, 사회 전체를 아우르며 어디서나 빠짐없이 '소통의 부재'가 메아리친다. 작금에 벌어지는 모든 문제들은 모두 이 '소통의 부재' 때문이라는 것이다. 현재의 문제가 소통의 부재 때문이라니, 그렇다면 예전에는 소통에 아무 문제도 없었다는 말인가? 천만의 말씀이다. 소통은 예전에도 여전히 부재했다. 아니, 사정은 더욱 심했다. 나의 지난 시절을 돌이켜 봐도 권력자와 국민 사이는 잔인하게 일방적이었고, 부모와 자식 사이에는 말이 없었으며, 스승과 제자 사이의 소통은 언감생심이었다. 그렇다면 지금 사람들이 말하는 '소통의 부재'라는 현상의 정체는 대체 무엇일까? 어쩌면 지금의 문제는 '소통의 부재'가 아니라 '들음의 부재'라고 해야 더 정확할지도 모른다.

　소통의 부재가 아니라 들음의 부재. 누구나 자기 말만 하고자 하는 세상에서 아무도 남의 말을 들으려하지 않는다. PR은 Public Relation의 약자이면서도 더 이상 대중 속에서의 관계를 뜻하지 않고 알리고 드러내는 행위만을 뜻한다. 이 약자의 운명처럼 사람들은 관계를 생각할 때마다 끊임없이 자기를 드러내는 일만 생각한다. 그리고 이에 걸맞게 모든 관심과 훈련 역시 말하는 것에 집중된다. 사랑이라면 결정적인 것은 고백이 된다. 교육이라면 프레젠테이션이다. 그러나 채 고백 못한 사랑이 수줍게 풍성한 열매를 맺기도 하고, 말하지 못한 마음이 신비하게 제 길을 찾아 목적지에 닿기도 한다. 말하기만 중요한 세상에서, 듣기만 하고 가만히 있으면 바보취급 받는 세상에서, 내 말을 들어줄 사람이 없는 것은 지극히도 당연한 일이다.

심지어 들음의 부재는 하나님과의 관계마저도 잠식해버린 듯하다. 기도는 대화라고 배웠으면서도 기도는 더 이상 들음을 포함하지 않는 것처럼 보인다. 수없이 많은 말들을 하나님을 향해 쏟아내는 것, 만약 우리의 기도가 그것뿐이라면 우리의 기도는 도대체 얼마나 빈약하고 가엾을까. 우리는 들음을 회복해야 한다. "쉐마, 이스라엘!" 손에 매고, 이마에 붙이고, 문에도 붙이고, 앉으나 서나, 들으나 나나 끊임없이 되뇌어야 하는 결정적 신앙 고백인 신명기 6:4-9의 말씀은 "쉐마!", 즉 "들어라!"라는 말로 시작되었다. 예수께서도 말씀하셨다. "귀 있는 자는, 들어라!"(마 13:9) 문제는 들음이다.

무엇보다 들음은 비움을 뜻한다. 마음이 내 생각으로 가득 차 있는 한, 다른 이의 말이 들어올 자리는 없다. 그러니 듣기 위해서는 반드시 내 생각의 일정량을 비워내야만 한다. 더 나아가 들음은 무방비 상태를 뜻한다. 대화를 대결로 간주하는 한 사람은 상대의 말을 들으면서도 듣지 않는다. 상대방의 말을 들으면서 언제나 그 말을 받아 칠 다음 말을 준비하기 때문이다. 진정한 들음은 이런 방어적 태도를 그만두는 일이다. 상대가 무슨 말을 하던 그대로 다 받아들이려는 무방비야말로 진정한 들음의 조건이다. 상처 입을 가능성을 각오하고 그대로 자신을 드러내는 것, 이것 없이 들음은 가능하지 않다.

하나님은 죽음까지도 각오하고 인간에게 무방비 상태로 오셔서 자신을 드러내셨다. 그 하나님의 말씀인 성경은 달랑 한 권. 그리고 꿈이건 환상이건 하나님의 말씀은 잘 들리지 않는다. 어쩌면 하나님은 꼭 이렇게 말씀하시는 것 같다. "내 말은 이게 다다. 이제 난 할 말을 다 했으니 이제부터는 네 말을 들으마."

"너희의 귀는 지금 듣고 있으니 복이 있다."(마 13:16)

예수, 지옥에 가시다

어제 성금요일은 예수께서 십자가에 못 박혀 죽으신 것을 기념하는 날이었다. 그리고 이 날부터 사흘째 되는 날인 내일 주일은 주님의 부활을 기념하는 날이다. 그 가운데 성금요일과 부활절 사이인 오늘, 가장 큰 비극과 가장 큰 환희 사이에 끼인 이 토요일은 도대체가 존재감이 없는 날처럼 보인다. 교회에서 의미 있게 행하는 예식도 없다. 아무 색깔도 없어 보이는 이 무채색의 날에 어떤 의미를 부여할 수는 없을까?

뜻밖에도 교회가 함께 고백하는 사도신경에는 이 날과 관련된 언급이 있다. 유감스럽게도 대부분의 한국 개신교회에서 삭제해버린 문구이기는 하지만 원래 사도신경에는 개신교회의 사도신경 중 "본디오 빌라도에게 고난을 받으사, 십자가에 못 박혀 죽으시고, 장사한지 사흘 만에 죽은자 가운데서 다시 살아나시며…"에서 '장사한지'와 '사흘 만에' 사이에 생략된 부분이 있다. 그 말은 바로 이것이다. "그는 지옥에 내려가셨다."

미국이나 독일 등 한국 이외의 나라들은 물론 이 말을 생략하지 않았다. 그리고 한국에서도 가톨릭과 성공회만은 다음과 같이 예수께서 지옥에 가셨다는 언급을 각자의 사도신경 번역 안에 고스란히 간직하고 있다.

"본시오 빌라도 통치 아래서 고난을 받으시고, 십자가에 못 박혀 돌아가시고, 묻히셨으며, 저승에 가시어 사흘날에 죽은 이들 가운데서 부활하시고..."(가톨릭 사도신경) "본티오 빌라도 치하에서 고난을 받으시고, 십자가에 못 박혀 죽으시고, 묻히셨으며, 죽음의 세계에 내려가시어 사흘 만에 죽은 자들 가운데서 부활하시고..."(성공회 사도신경)

한국의 개신교회들이 이 말을 빼버린 데에는 물론 그럴 만한 이유가 있었을 것이다. 이 말이 가톨릭의 연옥교리를 연상시킨다는 염려도 분명 그 이유 중 하나일 것이다. 그러나 생략 없이 원래의 사도신경을 두고 볼 때, 예수님이 지옥에 내려가셨다는 것은 어떤 의미를 지닐 수 있을까? 신약에서도 가장 난해한 본문에 속하는 베드로전서 3:19은 "그는 영으로 옥에 있는 영들에게도 가셔서 선포하셨습니다."라고 설명하기도 했다. 그러나 정작 사도신경은 예수께서 왜 지옥에 내려가셨는지를 뚜렷하게 말하지 않는다. 그저 가셨다고만 할 뿐.

"지옥에나 떨어져라!" 누군가를 저주할 때, 또 그 저주가 영원하기를 바랄 때, 우리는 이런 말을 내뱉는다. 그 사람의 삶의 고통이 죽음 이후까지 계속되기를 바라는 것이다. 죽음이 삶의 고통이 끝나는 안식이 아니라 영원한 고통의 시작이라면, 죄인은 지옥에서 영원한 고통을 겪게 된다고 한다면, 어쩌면 예수께서 지옥에 가셨다는 말은 인간이 되신 하나님께서 인간의 고통을 끝까지 겪으셨다는 의미가 아닐까? 육의 고통이 끝나는 죽음 이후 영혼의 고통까지, 죄인이 겪어야 할 지옥의 고통까지도 겪으셨다는 의미는 아닐까?

비록 정답은 아닐지라도 예수께서 지옥에 가셨다는 말을 그렇게 묵상해본다면, 죽음 너머의 고통을 포함한 모든 인간의 고통을 스스로 겪으셨다고 묵상해본다면, 이 토요일은 또 다른 의미로 다가올 것이 분명하다. 지옥에 가는 고통까지 겪으신 주님의 사랑이라니, 하늘보다 높고 지옥보다 깊은 사랑이 아닌가.

"별것 아닌 것 같지만, 도움이 되는"

　고통 자체는 결코 유익이 아니며, 그 어떤 경우에도 그렇게 간주되어서는 안 된다. 만약 그랬다면 성경은 눈물과 고통 없는 세상을 천국으로 꿈꾸지 않았을 것이다. 하지만 고통 자체가 유익이 아닐지라도 고통이 유익하게 사용될 수는 있다. 예를 들어 고통을 겪은 사람은 똑같은 고통을 겪은 다른 이를 잘 위로할 수 있다. 당연한 말이지만 그는 그 고통을 잘 알고 있기 때문이다. 같은 이유로 고통을 겪는 사람은 같은 고통을 겪었던 사람으로부터 진심어린 이해와 위로를 얻는다. 그러나 만일 그렇다면 같은 고통을 겪어보지 않은 사람은 고통 받는 사람을 위로할 수 없는 것일까?

　지금도 주위를 둘러보면 감당할 수 없는 슬픔과 고통을 자주 보게 된다. 내 작고 평범한 인생이 결코 겪어보지 못한, 도무지 그 깊이를 알 수 없는, 절실한 위로를 필요로 하는 고통을 볼 때마다 우리는 쉬이 무력감과 자괴감에 빠지고 만다. 자식을 잃은 슬픔, 일터를 빼앗긴 고통, 집을 쫓겨난 비애, 이 모든 고통 앞에서 비교적 평범하고 멀쩡하게 살아가고 있는 내가 감히 어떻게 위로를 전할 수 있단 말인가? 하지만 다행히도 위로는 반드시 같은 고통의 경험으로부터만 오는 것은 아니라고 말하는 사람이 있다.

소설가 레이먼드 카버는 단편소설집 〈대성당〉 중 "별것 아닌 것 같지만, 도움이 되는"이라는 이야기를 통해 위로에 대한 색다른 관점을 들려준다. 평범하고 행복하게 살아가던 부부는 아이의 생일을 앞두고 생일 케이크를 빵집에 주문한다. 그러나 아이는 불의의 교통사고를 당하고 혼수상태에 빠져 며칠을 보내다 결국은 죽게 된다. 이를 알 리 없는 빵집 주인은 밤마다 케이크를 가져가라 독촉전화를 걸었고, 슬픔과 분노로 가득 찬 부부는 빵집 주인을 찾아가 화를 쏟는다. 사정을 알게 된 불쌍한 빵집 주인은 어쩔 줄 모르고 사과하고 부부에게 자신이 만든 따뜻한 빵을 대접한다. 그리고 부부는 신비하게도 위로를 받는다.

작가는 빵집 주인을 자식도 없이 외롭고 힘들게 중년을 보낸 사람으로 설정했다. 자식을 잃은 슬픔을 도저히 짐작조차 할 수 없는 그런 사람으로. 그런데 그가 자신만이 할 수 있는 방법으로 부부를 위로했을 때, 그리고 자신의 삶의 외로움을 길게 얘기했을 때, 그가 만든 빵을 먹고 그의 이야기를 들으면서 부부는 진정한 위로를 받았다. "내가 만든 따뜻한 롤빵을 좀 드시지요. 뭘 좀 드시고 기운을 차리는 게 좋겠소. 이럴 때 뭘 좀 먹는 일은 별것 아닌 것 같지만, 도움이 될 거요." 이 '별것 아닌 것 같지만, 도움이 되는'이라는 탁월한 번역의 원문은 'a small, good thing'이었다.

작가의 이야기처럼, 똑같은 고통을 겪지 못했다고 위로할 수 없는 것은 아니다. 그러니 좀 더 용기를 내보도록 하자. 작고 별것 아닐지 모르지만, 그래도 뭔가 도움이 되는 좋은 것, 나만의 그 무엇으로 누군가는 생각보다 엄청난 위로를 받을지 누가 알겠는가. 어차피 위로는 나로부터가 아니라 하늘로부터 오는 것, 내 작은 몸짓이 그 통로가 되면 그뿐이니까.

"슬퍼하는 사람은 복이 있다. 하나님이 그들을 위로하실 것이다." (마 5:4)

"예수가 싫은 게 아니다.
그의 미친 팬클럽이 싫을 뿐."

현재 한국의 기독교는 동성애 저지에 전력을 기울이고 있는 듯하다. 모든 기독교매체들은 동성애를 주제로 한 글들을 쏟아내고 메신저와 SNS에는 열심히 동성애와 관련된 글-보다 정확하게 말하자면 동성애 반대에 관한 글-들이 범람한다. 그러나 세상에서 이미 인심을 잃은 그리스도인의 이러한 열성은 그리스도인이 아닌 사람들의 눈에는 별로 고깝게 보이지 않는 모양이다. 트위터에 올라 온 다음 글들은 이러한 태도를 잘 보여주는 대표적인, 그리고 인상적인 몇몇이다.

"퀴어 축제 가면 동성애자 된다는 인간들이 정작 지들은 왜 매주 교회 가면서 예수님은 전혀 안 닮는지 이해가 안 된다."

"몇몇 기독교인들은 '차별받아 마땅한 존재'가 있다고 여겨 적극적으로 의견을 피력하는 모양이다. 그들은 아마도 '신께서 저들을 사랑하실 리 없다'고 철썩 같이 믿는 것 같은데, 사실 신은 모두를 사랑하시는 게 맞다. 당신들이 천벌 받지 않는 걸 보니 과연 그러하다."

"현대기독교가 동성애를 맹렬히 공격하는 이유는, '성경에 써 있기 때문'이 아니라, 더 이상 호통 치며 단죄할 만한 '만만한 죄악'이 별로 남지 않았기 때문이다. 자본주의의 해악을 외면하기로 한 교회가 '회개하라'는 기독교의 기본정신을 누구에게 외칠 수 있단 말인가."

날 것의 표현인 말들은 한국 기독교를 향한 현재 세상의 시선을 정확하게 대변한다. SNS에 빈번히 등장하는 교회에 대한 비판들이 이유 없는 비난이나 근거 없는 적의로만 느껴지지 않는 것은 그동안 한국의 기독교가 세상에서 보여준 모습 때문이다. 세상에 대한 봉사와 헌신으로 출발했던 한국의 기독교는 점점 자라면서 세상이야 어떻든 제 몸 하나 불리는 데에만 온 신경을 집중하는 모습이 되고 말았다. 그럼에도 사람들은 기대했고, 그만큼 실망도 컸다. 어쩌면 다음 한 줄은 한국의 그리스도인들에 대한 모든 실망과 비판을 가장 함축적으로 드러낸 것이 아닐까 싶다. "나는 예수를 싫어하는 게 아니다. 그의 미친 팬클럽을 싫어할 뿐." 이 간결하고도 충격적인 명문은 영국인들을 향해 일갈했던 마하트마 간디의 고급스런 다음 문장에 대한 완벽한 현재화가 아닐 수 없다. "나는 당신들의 그리스도는 좋아한다. 하지만 당신들의 그리스도인들은 좋아하지 않는다. 당신들의 그리스도인들은 당신들의 그리스도와 너무나도 다르다."

이제는 더 이상 교회의 말이 세상에 통하지 않는다. 그런데 이 지점에서 교회는 더 큰 실수를 저지르려 한다. 교회는 주님께서 최후의 순간까지도 피하시고 금하셨던 '힘'을 사용해 자신의 말을 주장하려 하고 있는 것이다. 매체를 통해, 로비를 통해, 압력을 통해 교회는 자신의 목소리를 힘으로 세상에 우겨넣으려 한다. 그러나 말이 통하지 않으니 힘으로 믿는 바를 강요한다면 세상과의 거리는 지금보다 더, 돌이킬 수 없을 만큼 심각하게 벌어질 수밖에 없을 것이다. 교회는 삼천오백 번이 넘게 전달된 한 대학생의 다음 트윗을 심각하게 받아들여야 할 필요가 있다. "헐 교수님 쩐다. '종교는 그 종교를 믿지 않는 자들을 대하는 태도에서 종교의 가치가 결정됩니다.'"

구원과 패전 처리

46억년 지구의 역사를 24시간으로 볼 때 인간이 등장하는 시간은 오후 11시 59분 55초라고 한다. 나아가 현 인류인 호모 사피엔스는 하루가 끝나기 고작 3초 전에 등장했다고 한다. 마크 트웨인은 문학가답게 지구와 인간의 역사를 다음과 같이 비교했다. "만일 에펠탑의 높이가 지구 생성 이후의 시간 길이를 가리킨다면 인간 출현의 역사는 에펠탑 꼭대기에 칠한 페인트 두께에 불과하다." 46억년의 시간을 진정으로 느끼고 안다는 것이 가능할까? 스스로의 존재를 뛰어 넘어 상상한다는 것은 누구에게도, 무엇에게도 불가능하다. 그러니 고작 100년도 못 미치는 생의 시간을 소유한 인간에게는 시간과 역사의 유구함을 그저 이렇게 비유적으로나마 상상해보는 것이 전부일 것이다.

인간의 역사만을 놓고 보더라도 역사의 굴곡은 대개가 인간의 수명보다 긴 흐름을 탄다. 역사의 단위는 수십 년, 수백 년을 넘어 수천 년에까지 이르곤 하는 것이다. 그러니 누구나 승리의 시대를 살고 싶어 하지만 모두가 승리의 시대를 살 수 있는 것은 아니다. 장중하게 굴곡을 따라 흐르는 역사 속에서 내가 살아가는 찰나의 시간이 구시대의 흑암과 쇠망의 역사에 놓이지 않았다면 다행인 것이고, 나아가 우연히도 빛으로 가득 찬 새 시대에 놓여 있다면 감사하고 또 감사할 뿐이다. 하지만 도도한 역사는 개인의 소망과 의지 따위는 아랑곳하지 않는다. 일찍이 노자는 세상에 던져진 인간은 그저 제사에 쓰였다가 무심히 버려질 추구(芻狗=지푸라기 개)에 불과할 뿐이라고 말하지 않았던가. "천지는 어질지 않아 만물을 추구와 같이 여긴다."(天地不仁 以萬物爲芻狗)

사정이 이럴진대 역사를 의식하며 살아가는 사람들에게 필요한 것은 바로 역사에 대한 감각이다. 지금 나는 어느 시대에 속해 있는가에 대한 감각, 이 감각은 역사의 발전을 믿고 그 싸움에 가담한 사람이라면 더욱 필요한 감각이다. 이 감각은 지금 내가 품고 있는 희망이 구시대에 대한 쓸데없는 희망인지 새 시대를 위한 의미 있는 희망인지를 가늠하게 해주고, 그 속에서 적절한 자신의 역할을 설정할 수 있게 해주기 때문이다. 야구의 예를 들어본다면 야구에서 중간계투로 나오는 투수는 둘 중 하나의 역할을 맡게 된다. 그는 어떻게든 이겨야 하는 경기를 구원하기 위한 구원투수이거나, 이미 승산 없는 경기를 정리하기 위한 패전처리투수다. 그리고 패전처리투수라면 투수는 어설픈 희망 놀이에 휘둘리지 말고 다음 경기를 위해 지금의 경기를 성실하게 잘 져야 한다. 결국 애매한 상황 속에서 올바른 것을 선택하는 능력은 경기의 흐름을 꿰뚫어 보는 감독의 감에 달려있다.

시대를 감지하는 눈 또한 이와 같다. 지금의 교회와 사회가 내뿜는 절망적인 신호들을 어떻게 해석하고 대응할 것인가? 농후한 절망의 징조들 속에서 모두가 의례히 희망을 찾고 말한다. 그러나 어쩌면 지금은 희망을 품는 것 자체가 적절한 것인지부터 따져야 할 때인지도 모른다.

모든 종교지도자들이 하나님의 이름으로 희망을 말했을 때 홀로 절망과 패배를 예언했던 선지자 예레미야처럼, 어쩌면 지금은 다음 경기를 위한 패전처리투수가 필요한 시대가 아닐까...?

"너희는 저녁때에는 '하늘이 붉은 것을 보니 내일은 날씨가 맑겠구나' 하고 아침에는 '하늘이 붉고 흐린 것을 보니 오늘은 날씨가 궂겠구나' 한다. 너희는 하늘의 징조는 분별할 줄 알면서 시대의 징조들은 분별하지 못하느냐?" (마 16:2-3)

나를 만든 신, 내가 만든 신

"제 생각에 신은 두 종류에요. 당신들을 만드신 신과 당신들이 만든 신이요." 우연히 보게 된 인도 영화 예고편에서 주인공인 외계인은 이렇게 말했다. 영화는 지구의 여러 종교들을 외계인의 시선으로 바라본 코믹 휴먼드라마인 듯싶었다. 영화 속 외계인이 말한 '당신들을 만드신 신'과 '당신들이 만든 신'은 참 종교와 거짓 종교, 보다 정확하게 말하자면 참 종교인과 거짓 종교인들을 가르는 정확한 기준처럼 보였다. 그렇다면 내가 만든 신과 나를 만든 신, 이 두 신의 차이는 무엇일까?

내가 만든 신은 언제나 나와 뜻이 일치한다. 내가 원하는 대로 신도 원하시고, 내 모든 죄악은 언제나 너그러이 용서 받는다. 이 신은 내가 죄를 저지를 수밖에 없었던 처지를 언제나 충분히 이해해주시기 때문이다. 그 정도야 괜찮다고, 그때는 너도 어쩔 수 없지 않았냐고, 다 이해한다고 말씀하신다. 이 신은 내 욕망도 잘 이해하신다. 내가 무언가를 왜, 얼마나 절실히 필요로 하는지 잘 알고 계시며 늘 나를 응원하신다. 이 신은 아늑하고 감미롭다.

그런데 나를 만든 신은 그렇지 않다. 이 신은 내 뜻과 일치하지 않는 경우가 태반이다. 아니, 일치하지 않는 정도가 아니라 심지어 정반대이기 일쑤다. 내가 원하는 것을 신은 혐오하시고, 내 모든 죄악은 쉽게 넘어가지 않는다. 어쩔 수 없었다는 변명은 치우라고, 너는 충분히 다를 수 있었고 그래야만 했었다고, 지나간 일로 끝날 수는 없다고, 신은 끊임없이 나를 질책하신다. 이 신은 불편하고 거칠며 씁쓸하다.

도대체 신을 믿고 산다는 것은 무슨 뜻일까? 그것은 기분이나 생각이 아니다. 신을 믿는다는 것은 존재를 던지는 일이다. 믿음이란, 뒷일과 앞날을 생각하지 않고, 있을지도 모를 후회를 고려하지 않은 채, 너는 이미 자유로이 날 수 있으니 나를 믿고 뛰어내리라는 신의 말씀 한 조각에 의지하여 천 길 낭떠러지 벼랑 끝에서 가차 없이 허공으로 몸을 내던지는 행위다. 그러니 종교인은 많아도 신앙인이 적은 것은 당연한 일이다.

사람들 앞에는 늘 두 신이 있다. 나는 어느 신 곁에 서 있는 것일까? 나를 만든 신? 아니면 내가 만든 신? 나를 만든 신을 믿고 있다고 생각했는데 실상은 내가 만든 신이라면? 인생은 언제나 갈림길이고, 유감스럽게도 선택은 언제나 하나만이다. 둘 중 하나. 신앙은 이렇게 단순한 모습이다. 재주 좋은 사람들이 이 단순함을 복잡하게 만들어 '선택'이라는 간단한 사실을 잘도 숨기곤 하지만 신앙은 언제나 간단하고, 단순하고, 명료한 선택이다. 그리고 나를 만드신 신은 결코 강요하지 않으신다.

> "주님을 섬기고 싶지 않거든, 조상들이 섬기던 신들이든지, 아니면 당신들이 살고 있는 땅 사람들의 신들이든지, 당신들이 어떤 신들을 섬길 것인지를 오늘 선택하십시오. 나와 나의 집안은 주님을 섬길 것입니다."(수 24:15)

힘 빼기

모든 운동에서 가장 중요하고 가장 어려운 것은 힘을 빼는 일이다. 아침에 가끔씩 하는 구기운동을 통해 경험하는 사실은 힘을 주면 더 잘 될 것만 같은데 오히려 공이 더 잘 나가지 않고 자세도 뻣뻣한 것이 멋스럽지도 않다는 것이다. 그러니 과제는 언제나 힘을 키우는 일보다는 힘을 빼는 일이 된다. 그런데 문제는 이게 도통 쉽지가 않다는 것이다. 빼고 싶어도 빠지지 않는 이 힘을 어쩌면 좋을까?

힘 빼기가 중요한 것은 비단 운동만이 아니다. 예술에서도 힘을 빼는 것이 중요하다고 대가들은 거듭 말하곤 한다. 무용처럼 몸으로 하는 예술은 말할 것도 없고, 음악이나 미술도 힘이 들어가면 작품을 망치게 되기 십상이다. 꼭 악기나 도구를 다루는 분야가 아니라도 왠지 힘이 들어간다 싶으면 모든 것은 여지없이 불편해진다. 본인도 불편할 뿐더러 불편함이 담긴 작품을 감상하는 사람도 불편해진다.

나도 모르게 들어가는 이 힘의 정체는 무엇일까? 운동에서 보자면 그것은 몸보다 마음이 앞서는 조급함, 한마디로 줄인다면 바로 '욕심'이다.

욕심은 언제나 힘이 들어가도록 만든다. 누리고자 하는 마음이 자연의 이치를 앞지르니 당연히 무리한 힘이 따를 수밖에 없는 것이다. 이렇게 부자연스럽게 끼어든 힘은 천하의 모든 말썽을 일으킨다. 예를 들어 노욕은 아마도 가장 추한 욕심 중 하나일 것이다. 자연스레 스러져감을 인정하지 못하고 어떻게든 끝까지 중심에 서서 버티려는 힘, 이것이 왜곡된 유교문화와 맞물려 나타나는 심각한 폐해를 이 사회는 고스란히 맛보고 있으니 말이다. 하지만 정작 위험한 욕심은 우리 눈에 잘 보이지 않는다. 그것은 '의욕'이라는 말 속에 숨어 있기 때문이다.

흔히 사람들은 의욕을 긍정적으로 생각한다. 그러나 의욕이 긍정적인 것은 그것이 신이 허락하신 테두리 안에 있을 때뿐이다. 넘치는 의욕은 욕심이 되고, 욕심은 힘을 부르며, 힘은 일을 망친다. 저 유명한 마르다와 마리아의 이야기(눅 10:38-42)는 교회에서 열심히 청소로, 식사로, 허드렛일로 봉사하는 신도들에게 좌절감을 안겨다 주곤 했다. 마치 예수께서 그런 봉사의 일들을 낮게 평가하신 것처럼 여겨졌기 때문이다. 그러나 주님이 자신을 대접하느라 정신없이 분주했던 마르다에게 하신 말씀은 마리아와 비교하여 누가 더 낫다는 말씀은 아니었을 것이다. 주님은 마르다의 의욕, 주님을 대접하겠다는 의욕이 도를 넘쳐 힘이 들어갔음을 알려주고 싶으셨는지도 모른다. "마르다야, 힘을 좀 빼렴."

힘 빼기는 모든 곳에서 중요하다. 말에서도, 글에서도, 심지어는 신앙에서도 그러하다. 삶의 모든 곳, 아니 삶 자체에서 힘을 빼지 않는다면 삶은 날로 굳어지고 뻣뻣해져 생기를 잃을 것이고, 마침내는 모두 부러져버릴 것이다. 그러한 날이 오기 전에, 아직 힘이 있을 때 힘을 빼자.

> 예수님이 마르다에게 대답하셨다. "마르다야, 마르다야, 네가 많은 일로 염려하고 걱정하는구나. 그러나 꼭 필요한 것은 한가지뿐이다."(눅 10:41-42)

끊임없이 부정하는 영

독일문학 중 최고 걸작에 속하는 〈파우스트〉는 요한 볼프강 괴테가 쓴 2부로 된 희곡이다. 작품은 영혼을 팔아서라도 인간의 한계를 뛰어넘어 신성에 도달하려는 인간의 욕망과 타락, 그리고 구원을 그린다. 주인공 파우스트는 악마 메피스토펠레스에게 자신의 영혼을 팔아 자신의 욕망을 이루려 했다. 흥미롭게도 악마 메피스토펠레스는 노학자 파우스트에게 처음 자신을 드러냈을 때, 그리하여 이 노학자가 너는 대체 누구냐는 질문을 던졌을 때 다음과 같이 자신을 소개한다. "나는 끊임없이 부정하는 영이다!"(Ich bin der Geist, der stets verneint!)

끊임없이 부정하는 영, 악마의 정체는 바로 이것이다. 그리고 이 악마는 성실하다. 누군가의 말처럼 악은 때와 장소를 가리지 않는다. 다만 대상을 가릴 뿐이다. 악마는 언제나 약한 대상, 흔들리는 대상을 노린다. 그리하여 끊임없이 부정하는 영은 부단히 이 세상에 좌절과 회의, 비난과 빈정거림을 생산한다. 이 영의 힘은 실로 대단하다. 인간의 내면을 파괴하고 세계를 오염시킨다. 이 영에 사로잡힌 인간은 이렇게 절망할 수밖에 없다. "오호라, 나는 곤고한 사람이로다. 이 사망

의 몸에서 누가 나를 건져내랴!"(롬 7:24)

이 끊임없이 부정하는 영에 대항하는 방법은 무엇일까? '긍정의 힘'이나 '하면 된다!' 같은 싸구려 구호로는 어림도 없다. 늘 해보아 알 듯 '넌 할 수 있다'는 무책임하고 근거 없는 확신도 통하지 않는다. 이상하게 들리겠지만, 어쩌면 최고의 방법은 대항하지 않는 것일지도 모른다. 이런 종류의 힘에 대해서는 대항하여 고군분투하는 것이 사태를 더 악화시킬 수도 있기 때문이다. 상대는 악마다. 상대가 악마라면 우리는 조지 버나드 쇼의 저 유명한 격언을 기억할 필요가 있다. "오래전에 깨달은 교훈이 있다. 돼지와 씨름하지 마라. 더러워질 뿐만 아니라, 돼지가 그것을 좋아한다." 부정(否定)하는 영은 또한 부정(不淨)하다.

그러니 부정하는 영과 싸우는 유일하고도 최선인 방법은 싸우는 것이 아니라 오히려 무시하는 것일지도 모른다. 실패 자체가 문제가 아니라 실패에 머무르는 것이 문제이듯이, 부정하는 힘과 싸우고 씨름하는 것이 아니라 부정에 머무르지 않고 가볍게 무시하여 넘어가는 것, 어쩌면 이것이야말로 우리에게 남겨진 단 하나의, 그러나 가장 효과적인 무기일지도 모른다. 과연 이것은 예수께서 실패를 다루시는 방법이었다. 굉장한 일들을 행하시고 고향으로 금의환향하신 예수는 마침내 고향에서도 야심찬 가르침을 설파하셨다. 그러나 그는 어이없이 배척당하고 만다. 대 실패, 부정하는 영이 이겼다. 그러나 성경은 예수의 좌절이나 실망을 전하지 않는다. "그들이 믿지 않음을 이상히 여기셨더라. 이에 모든 촌에 두루 다니시며 가르치시더라."(막 6:6) 그는 부정하는 영에 휘둘리지 않은 채, 잠시 이상하게 여기고는 곧 자리를 털고 일어나 뒤도 돌아보지 않고 다음 장소로 떠났다. 그렇다. 뒤를 돌아봤자 소금기둥만 될 뿐이다. 지옥 불이 되어버린 뒤는 내버려두고 하나님이 이끄시는 앞만 보고 걷는 것, 이것이야말로 끊임없이 부정하는 영에 잡히지 않는 유일한 방법일 것이다.

이것이 인간이라면

아우슈비츠에서 생존했던 유대인들 가운데에는 일반인들도 있었지만 특별한 지성을 소유했던 사람들도 있었다. 예를 들어 과학자이기도 했으면서 문학가이기도 했던 이탈리아 출신의 프리모 레비가 바로 그런 사람이다. 문학이란 말하자면 인간이 누구인지, 무엇인지에 대한 성찰이라고도 할 수 있다. 그러기에 "시간이 한 방울씩 흐른다."와 같은 문장을 쓸 수 있는 한 문학가가 홀로코스트의 참상을 전할 수 있게 된 것은 어찌 보면 신의 은총이요 섭리이리라. 프리모 레비는 그의 책에서 행악자를 고발하는 데 전력을 기울이지 않는다. 오히려 그는 인간을 성찰하고 있으며 바로 이 점이 그의 책을 다른 많은 참상의 보고서와 구별시킨다.

우리말로 번역된 프리모 레비의 아우슈비츠 생존기 제목은 〈이것이 인간인가〉이다. '도대체 인간이란 이런 것이란 말인가'의 의미를 담은 제목처럼 들린다. 그러나 이탈리아어 원제는 이것과는 다소 다르다. 원제 〈Se questo è un uomo〉를 번역하자면 아마도 이쯤 되지 않을까 싶다. "이것이 인간이라면." 만일 이것이 인간이라면 어떻다는 말일까? 작가는 있었어야 할 것만 같은 그 다음 말을 제목에 적지 않았다. '이것이 인간인가'

라는 말이 잔혹한 현실에 대한 절망의 탄식을 표현하는 말이라면, '이것이 인간이라면'이라는 가정은 이 절망 이후로 눈을 돌리게 한다.

주위에 들리는 소식은 온통 비인간, 몰인간의 소식뿐이다. 한 노인이 죽어가고 있는 마당에도 사람들은, 언론은, 방송은 정작 왜 그가 그 자리에 있었는지조차 묻지 않는다. 그저 흥분한 얼굴로 어느 쪽의 폭력이 더 큰 문제인지에 대해서만 열변을 토할 뿐이다. 하나님을 믿는 노인 농부는 쌀값이 개 사료 값보다 싼 형편을 탄식하며 농민이 농사로 살 수 있도록 제발 쌀값을 조금 올려달라는 말을, 농촌이 살아야 나라가 살지 않겠느냐는 말을 하고 싶어 서울로 올라왔다고 한다. 그러나 '잘 살게'가 아니라 '그저 살게만' 해 달라는 그의 말은 그가 병석에 누워있는 지금도 거의 들리지 않는다.

이것이 인간이라면, 당신은 어떻게 할 것인가? 어쩌면 프리모 레비는 그렇게 말하고 싶었던 것이 아닐까? 프리모 레비는 한 편의 시로 다음과 같이 말을 건네며 자신의 이야기를 시작한다. "따스한 집에서 안락한 삶을 누리는 당신, 집으로 돌아오면 따스한 음식과 다정한 얼굴을 만나는 당신, 생각해보라 이것이 인간인지. 진흙탕 속에서 고되게 노동하며 평화를 알지 못하고 빵 반쪽을 위해 싸우고 예, 아니오라는 말 한마디 때문에 죽어가는 이가."

오신 주님을 기억하며 다시 오실 주님을 희망하는 기다림의 절기와 함께 이제 교회력은 다시 시작될 것이다. 주님은 인간으로 오셨다. 이것이 인간인가? 이것이 인간이라도 희망을 잃지 않을 수 있는 모든 이유는 바로 이 사실에서부터 시작될 것이다.

> "그리스도 예수는 오히려 당신의 것을 다 내어 놓고 종의 신분을 취하셔서 우리와 똑같은 인간이 되셨습니다. 이렇게 인간의 모습으로 나타나 당신 자신을 낮추셔서 죽기까지, 아니, 십자가에 달려서 죽기까지 순종하셨습니다."(빌 2:7-8)

아버지의 가죽

　　1498년 네델란드의 화가 헤라르트 다비트(Gerard David)는 자신이 태어난 브뤼헤(Brugge)시로부터 그림을 한 점 의뢰받았다. 시는 시청사 건물에 걸어둘 그림을 고향 출신의 유명 예술가에게 부탁했던 것이다. 시측은 이 그림이 이곳에서 일할 공무원들에게 뭔가 교훈을 안겨줄 그림이기를 바랐던 모양이다. 그렇게 하여 이른바 시청사 '정의의 홀'에 걸릴 그림이 탄생하였으니 그것이 바로 〈캄비세스의 재판〉이라는 그림이다.

　　그림의 주인공 캄비세스 2세는 페르시아의 왕으로 6세기에 활동했던 인물이다. 그는 성경을 통해 우리가 잘 알고 있는 고레스왕의 아들이기도 하다. 그림에는 한 남자가 형벌을 받는 모습이 그려져 있다. 살아있는 사람의 팔과 다리, 가슴 복판의 가죽을 칼로 도려내고 있는 매우 잔인한 형벌의 그림이다. 심지어 왼쪽 다리는 거의 절반이나 가죽을 벗겨낸 채로 드러나 있는 모습이다. 도대체 이 사내는 누구고 얼마나 큰 죄를 저질렀기에 이렇게나 잔인한 형벌을 받고 있는 것일까?

　　형벌을 받고 있는 사람은 시삼네스라는 이름을 가진 재판관이었다고 한다. 시삼네스는 언젠가 뇌물을 받고 부정한 판결을 내렸는데 이 소식이 캄비세스왕의 귀에 들어갔다. 그리고 캄비세스왕은 산 채로 가죽을 벗기는 가장 잔혹한 형벌을 그에게 내렸다. 그가 가장 공정했어야 할 재판관이었다는 사실 때문이었다. 그러나 더욱 가혹하고 준엄한 형벌은 그가 죽은 다음에 계속되었다. 왕은 이 부정한 재판관의 가죽을 벗겨 재판관의 의자에 씌우고 다음에 임명할 재판관이 바로 그 의자에 앉게 만들었던 것이다. 그리고 왕은 시삼네스의 아들을 다음 재판관으로 임명했다.

다비트는 형벌과 의자 이 두 가지 사실을 한 그림 안에 모두 넣었다. 산 채로 가죽이 벗겨지는 전면의 아버지 모습 뒤 오른편 상단에 아버지의 가죽으로 덧씌워진 재판관의 의자에 앉아있는 아들의 모습을 자그마하게 그려넣었던 것이다. 아버지의 가죽 위에 앉은 아들, 화가는 이렇게 이 잔인한 이야기를 화폭에 담아 자신의 고향을 관리하게 될 공무원들과 법관들에게 준엄한 경계의 메시지를 보냈던 것이다.

이제 12월, 모든 모임과 기관, 부서와 조직들이 새로운 임원과 지도자들을 뽑게 되는 계절이다. 그런데 이 계절은 유감스럽게도 많은 사람들이 장(長) 자리에 욕심내는 모습을 드물지 않게 보게 되는 계절이기도 하다. 굳이 12월이 아니더라도 이 사회는 지금까지 언제나 우두머리 자리에 대한 천박한 욕심으로 가득 차 있었다. 아버지의 가죽 위에 앉을 각오. 어쩌면 한 무리의 장(長)이 된다는 것은 이 정도의 각오를 의미할 것이다. 적어도 그 정도의 경계를 마음에 품은 사람들만 감히 그 자리에 가고자 했으면 좋겠다.

> "무릇 많이 받은 자에게는 많이 요구할 것이요 많이 맡은 자에게는 많이 달라 할 것이니라."(눅 12:48)

버리지 못하는 이유

시간의 새로운 시작이 모든 것의 새로운 시작을 불러내는 절기, 지난 해를 보내고 새해를 맞는 이 절기에는 누구에게나 마치 의식처럼 반복되는 새로운 결심과 각오가 있기 마련이다. 그리고 새로운 마음가짐을 표현하는 데에는 뭐니 뭐니 해도 정리만큼 확실한 것도 없다. 그리하여 이맘때쯤이면 우리 모두는 관계나 일 같은 무형의 것을 정리하기도 하고, 책장, 수납장, 창고, 방, 집, 일터 같은 보이는 공간을 정리하기도 한다. 무언가를 정리한다는 것은 무슨 뜻일까? 정리란 단순히 버림을 의미한다 해도 과언이 아니다. 그렇다면 새로운 시작은 어떻게 하면 불필요한 것을 잘 버릴 수 있을까에 달려 있는 셈이다.

일본 최고의 정리 컨설턴트 곤도 마리에는 그녀의 책 〈인생이 빛나는 정리의 마법〉에서 정리는 곧 인생관의 문제라고까지 말한다. 소유의 방식이 곧 삶의 가치관을 나타내기 때문이라는 것이다. 그녀는 심지어 무엇을 갖고 있느냐는 어떻게 사느냐와 같다고까지 말한다. 더 나아가 곤도 마리에는 주변의 물건을 정리하면서 버릴까 말까를 결정하는 데 있어 매우 실제적이고도 독특한 제안을 한다. 일단 결정을 해야 할 물건을 손에 들고 자신의 마음을 들여다본다. 그리고 이 물건이 자신의 마음을 설레게 하는 지를 살핀다. 만일 그렇지 않다면 그것을 버린다. 즉, 손에 들었을 때 설레지 않는 물건은 버리라는 것이다. 이토록 감성적인 버림의 법칙을 알려주면서 그녀는 설레지 않으면서도 버리지 못하는 이유를 언급한다. 설레지 않으면서도 버리지 못하는 이유는 딱 두 가지뿐이다. 과거에 대한 집착이거나 미래에 대한 불안이거나.

이 현명한 정리 컨설턴트의 지혜는 단지 물건에만 해당하는 것이 아닌 듯하다. 소유하고 있는 물건뿐 아니라 마음속에 있는 온갖 지저분하고 더러운 것을 버리지 못하는 이유도 결국은 과거에 대한 집착과 미래에 대한 불안, 바로 이것 때문이 아니던가. 옛 사도의 궁극의 고백을 우리 모두는 잘 기억하고 있다. "나는 그리스도와 함께 십자가에 못박혔습니다. 이제 살고 있는 것은 내가 아닙니다. 그리스도께서 내 안에서 살고 계십니다."(갈 2:20) 우리 속에는 우리가 이리도 많건만, 사도는 내 안엔 내가 없다고 말한다. 누구나 알고 있는 지극히 단순한 진리가 있다. 하나님은 오직 빈자리에만 임하신다는 사실.

물건이든 마음이든 버리지 못한 지저분한 것들은 오직 질척대는 방해물만 될 뿐이다. 과거에 대한 집착과 미래에 대한 불안으로 버리지 못한 모든 것들은 결국 우리를 앞으로 나아가지 못하게 한다. 영적 결단에 있어서도 저 탁월한 정리 컨설턴트의 조언은 꽤나 유용해 보인다. 더 이상 마음에 설렘이 없다면 그것이 무엇이든 버리도록 하자. 과거에 기대어 지금을 인정받으려고도 말고, 미래가 걱정스러워 쌓아두려고도 말자. 단순히 버리고, 그 버린 빈자리에 임하실 하나님을, 그분의 은혜와 능력을 기대해보자.

"그러므로 더러움과 넘치는 악을 모두 버리고 온유한 마음으로 여러분 속에 심어주신 말씀을 받아들여야 합니다. 그 말씀에는 여러분의 영혼을 구원할 능력이 있습니다."(약 1:21)

절대로, '절대'는 안 된다

　"절대 권력은 선의의 목적으로 행사될 때에도 부패한다. 백성들의 목자를 자처하는 자비로운 군주는 그럼에도 백성들에게 양과 같은 복종을 요구한다." 길 위의 철학자 에릭 호퍼의 말이다. 이 호퍼의 경구는 스스로를 선한 목자로 자처하고 선한 목자의 미덕을 갖추려 애쓰는 목회자들조차 새겨들어야 할 말이 아닌가 싶다. 스스로를 선한 목자로 생각하는 순간 목회자는 자신도 모르게 자기가 대하는 교인들을 당연히 목자의 인도를 받아야 하는, 실제적으로 말하자면 목자의 명령을 따라야 하는 대상으로 전제하고 마는 셈이다. 이 점은 교인들도 마찬가지다. 스스로를 양으로 생각하는 순간 교인은 자신도 모르게 목자의 명령만 따르면 되는, 실제적으로 말하자면 아무런 비판 의식 없이 목사가 하라는 대로만 하면 신앙생활을 잘 하고 있는 것으로 믿는 수동적인 존재로 스스로를 전락시키고 마는 셈이다. 목사와 교인 간의 힘의 불균형. 목회(牧會)라는 한자어 속 '목'(牧)자는 이미 양을 친다는 뜻이 들어 있으니 어쩌면 이런 위험은 피할 수 없었던 것인지도 모른다.

　"너희들은 왕 같은 제사장들이다."(벧전 2:9) 만인사제직이라는 어려운 용어를 들이대지 않더라도 이 말씀이 목회자들만을 위한 말씀이 아니라는 사실은 누구나 안다. 말씀 속에 담긴 '너희들은' 누구나다. 즉, 그리스도 예수 안에 있는 모든 사람들은 다 제사장들이다. 물론 가톨릭은 이 점에 있어 생각이 좀 다르다. 가톨릭은 사제를 마치 구약의 제사장들처럼 하나님과 신도 사이를 중개해주는 매개자로 여긴다. 따라서 가톨릭교회의 사제는 하나님을 대신해 죄를 사면해주기도 하는 존재다. 당연히 사제와 신도 사이에는 확실히 다른 신분의 차별이 존재한다. 그러나 개신교는 다르다. 목사도 교인도 하나님 아래 다 같은 제사장들이다. 목사에게는 단지 목사라는 직분이 주어졌을 뿐이다. 세상의 최전선에서 그리스도의 영적 싸움을 싸우고 있는 교인들을 지원하는 직분, 목사라는 직분은 그 이상도 그 이하도 아니다. 비유하자면 전쟁에서 싸우다 돌아오는 군인들이 다시 보급을 받는 곳이 바로 교회인 셈이고, 그 보급소에서 무기를 공급해주고 다친 군인들을 치료하거나 원기를 북돋아 다시 전장으로 내보는 것이 목사의 임무인 셈이다. 생업 대신 이 신앙의 일을 전담하니 교인들이 그의 먹고 사는 것을 책임져 주는 것, 말하자면 목회자의 사례비란 그런 종류의 것이다.

힘의 불균형이 뭐 어떤가, 좋은 목자면 결국 양에게도 이익이 되고 서로 좋은 것 아닌가,라고 반문할 수도 있다. 그러나 선한 의도가 언제나 선한 결과를 가져다주지 않는 것을 우리는 이미 잘 알고 있고 잘 보고 있다. 인간은 생각보다 그리 선하지 않고, 인간 속에 도사리고 있는 악은 언제나 생각보다 힘이 세기 때문이다. 힘의 불균형이 문제인 이유는, 힘은 그 속성상 언제나 '절대'를 향하여 흐르기 마련이기 때문이다. 아무리 선의로 막아보려 해도 악의 힘은 항상 선의보다 같거나 크다. 시간문제인 셈이라는 얘기다. 빛나던 교회들과 목사님들이 무너져가는 모습을 언제까지 보고만 있을 것인가. 교회 안의 고른 힘이란 목사의 권위를 낮춘다거나 장로의 권력을 강화시킨다거나의 문제가 아니다. 고른 힘이란 힘 자체에 대한 비판이고 부정이며 거부다. 주님께서 광야의 시험에서, 제자도의 가르침에서, 십자가 위에서 보여주신 것도 바로 이것이 아니던가. 잊지 말아야 한다. 힘의 불균형은 반드시 '절대'로 흐르기 마련이고, 절대적인 힘은 선의의 목적으로 행사될 때에도 부패한다는 사실을.

"너희가 아는 대로 이방 사람들을 다스린다고 자처하는 사람들은 백성들을 마구 내리누르고 고관들은 백성들에게 세도를 부린다. 그러나 너희끼리는 그렇게 해서는 안 된다." (막 10:42-43)

용기란 어디에서 올까?

영화 〈그렇게 아버지가 된다〉로 가족에 대한 잔잔한 사색을 전해주었던 고레에다 히로카즈 감독의 신작이 개봉되어 상영되었다. 영화의 제목은 〈바닷마을 다이어리〉, 역시 삶에 대한 잔잔한 사색을 전해주는 이 영화의 원작은 요시다 아키미의 만화다. 외간 여자와 바람을 피워 어린 세 딸을 집에 남겨두고 떠나버린 아버지, 그리고 잠시 후 재혼하겠다며 역시 집을 나가버린 어머니, 성인이 된 세 자매는 부모가 떠난 집에서 여전히 함께 살고 있다. 그러던 중 아버지가 병으로 돌아가셨다는 소식을 듣고 장례식에 참석한 세 자매는 처음으로 배다른 여동생 스즈를 만나게 된다. 중학생인 스즈의 어머니는 이미 오래 전 병사했고 아버지는 최근 아이가 둘 딸린 여인과 재혼하여 스즈는 이들과 함께 살고 있던 터였다. 장례식을 마치고 집으로 향하는 기차에 오르며 맏언니는 홀로 된 스즈에게 갑작스레 함께 살지 않겠냐고 제안한다. 그러자 스즈는 즉시 함께 살겠다고 대답한다. 자기 어머니 때문에 파탄 난 집안의 생면부지 이복언니들인데도 스즈의 결심은 신속하고 간결했다. 대체 이 용기는 어디서 온 것이었을까?

예수를 알기 전의 바울은 학벌, 신분, 혈통, 인맥 등에 있어 소위 지금과 같은 갑을사회라면 슈퍼갑에 해당하는 사람이었다. 그럼에도 그는 그리스도 계시를 경험한 후 문자 그대로 목숨을 걸고 복음을 전하면서 살았다. "나는 수고도 더 많이 하고, 감옥살이도 더 많이 하고, 매도 더 많이 맞고, 여러 번 죽을 뻔하였습니다. 유대 사람들에게서 마흔에서 하나를 뺀 매를 맞은 것이 다섯 번이요, 채찍으로 맞은 것이 세 번이요, 돌로 맞은 것이 한 번이요, 파선을 당한 것이 세 번이요, 밤낮 꼬박 하루를 망망한 바다를 떠다녔습니다. 자주 여행하는 동안에는 강물의 위험과, 강도의 위험과, 동족의 위험과, 이방 사람의 위험과, 도시의 위험과, 광야의 위험과, 바다의 위험과, 거짓 형제의 위험을 당하였습니다. 수고와 고역에 시달리고, 여러 번 밤을 지새우고, 주리고, 목마르고, 여러 번 굶고, 추위에 떨고, 헐벗었습니다."(고후 11:23-27) 대체 이 용기는 어디서 온 것이었을까? 용기의 비밀은 아마도 바울 사도의 다음 고백에 숨겨져 있을 것이다. "나는 그리스도 때문에 모든 것을 잃었고, 그 모든 것을 배설물로 여깁니다."(빌 3:8)

모든 용기는 잃을 것이 없는 마음으로부터 온다. 그런 의미에서 바울은 더 이상 잃을 것이 없는 자였다. 그리고 반대로 모든 비겁은 그것이 아무리 알량한 것이라 할지라도 이미 가지고 있는 것을 지키고자하는 마음, 즉 잃을 것이 있는 마음으로부터 온다. 지금의 재물, 지금의 명예, 지금의 인맥, 지금의 신분, 지금의 자리를 잃고 싶지 않은 마음, 바로 이것이 사람을 비겁하게 만드는 것들이 아니던가. 잃을 것이 있는 마음은 또한 언제나 주저하기 마련이다. 영화에서 스즈는 생면부지의 언니들과 살 것은 그렇게 빨리 결정했으면서도 고등학교 진학을 앞에 두고는 고민하고 주저하며 선뜻 결정을 내리지 못하는 모습을 보인다. 이상하게 생각하는 언니에게 누군가 말해준다. 그때의 스즈는 선택을 위한 시간도 조건도 없어 고민의 여지도 없었던 것이라고. 처음의 스즈는 더 이상 가진 것이 없었고, 그로 인해 잃을 것도 없었다. 그러니 고민의 여지도 없을 수밖에 없었다. 이처럼 잃을 것이 없는 마음은 결정 또한 신속하고 간결하다. 지금 용기를 내지 못하고 주저하고 있다면, 나는 여전히 잃을 것이 두려운 것이다. 여전히 잃을 것이 있는 것이다. 바울의 잃어버린 마음을 배울 수는 없을까? 아마도 비결은 모든 것을 잃었다는 바울의 말 앞에 놓인 다음의 고백에 있을지도 모른다. "내 주 예수 그리스도를 아는 지식이 가장 고귀하므로, 나는 그 밖의 모든 것을 해로 여깁니다."

2%

2000년대 초반 "사랑은 언제나 목마르다."라는 카피로 성공적인 광고를 이끌었던 '2% 부족할 때'라는 음료수가 있다. 음료수 이름에 들어있는 이 2%는 도대체 뭘까? 이 퍼센티지는 인간의 신체를 구성하는 주요 성분 중 하나인 물과 관계가 있다. 몸을 구성하는 성분 중 하나인 물은 무려 신체의 70%를 차지한다. 그리고 만약 이 물의 양이 70% 아래로 내려가게 되면 인간은 치명적인 상태로 빠지게 된다. 물은 고작 5% 정도만 부족해도 인간을 혼수상태로 빠뜨리고, 그 부족량이 12% 정도까지 부족하게 되면 사망에까지 이르게 한다. 신체에 미칠 이 치명적인 상황을 방지하기 위해 몸이 비상 신호를 주는 지점은 2% 부족의 지점이다. 물의 양이 2% 부족할 때 신체는 인간으로 하여금 더 이상 물이 부족해지지 않도록 신속히 조치를 취하도록 신호를 보낸다. 즉, 인간은 갈증을 느끼게 되는 것이다. 음료수 이름의 의미는 바로 이것이었다.

아주 오래 전 대배우 한석규와 최민식 사이에서 당시 신인이었던 송강호가 조연으로 인상 깊은 연기를 펼쳤던 영화가 있었다. 헝그리

정신을 강조하며, 잠자는 개한테는 결코 햇빛은 비추지 않는다고 역설했던 영화 〈넘버 3〉. 영화에서 주인공 서태주의 애인 현지는 항상 태주에게 나를 몇 퍼센트나 믿느냐고 묻는다. 그때마다 태주는 늘 대답한다. 51%. 결정적으로 진지한 순간조차 태주는 51%라 말하며 어김없이 현지를 김새게 만들고는 한다. 그러나 영화의 막바지에서 태주는 현지에게 자신에게 있어서 51%가 무엇을 의미하는지 설명한다. 자신이 누군가를 51%를 믿는다는 것은 그를 100% 신뢰한다는 뜻이며, 누군가를 49% 믿는다는 것은 그를 결코 믿지 않는다는 뜻이라고. 51%와 49%의 차이, 공교롭게도 이 역시 2%다.

커다란 국면의 전환에 늘 커다란 에너지가 필요한 것은 아니다. 거대한 쇳덩어리로 팽팽하게 균형을 맞추고 있는 양팔 저울이 지극히 가벼운 깃털 하나로 중심을 잃고 기울어지는 것처럼, 인생의 중요한 태도나 흐름 또한 의미심장하고 대단한 사건으로부터가 아니라, 아주 사소하고 작은 일로부터 그 방향이 판가름이 나곤 한다. 그리고 그렇게 사소한 것으로부터 결정된 방향은 처음에 작게 갈라진 길이 종국에 이르러 완전한 반대의 방향을 향하는 것처럼 결정적이기도 하다. 그래서일까? 성경은 작은 일과 그에 따른 엄청난 결과에 대한 말을 의미심장하게 전하곤 했다. 지극히 작은 자에게 한 조그마한 행동의 방향이 천국과 지옥을 가르고(마 25:40.45), 천국은 이 세상의 씨앗 중 가장 작은 씨앗에 비교된다(막 4:30-32). 그리고 마침내 이 사소하고 변변치 않은 씨앗은 공중의 새들이 그 그늘에 깃들일 만한 나무가 된다.

그렇다면 우리가 고민하고 집중해야 할 지점은 거창한 계획이나 큰 틀이 아닐지도 모른다. 1%가 어느 쪽을 향하는가에 따라 51%와 49%가 결정되는 것처럼, 우리가 집중해야 할 것은 지금 눈앞에 놓인 지극히 작고도 사소한 결정일지도 모른다. 그리고 하나님 역시 우리에게 이런 식으로 경고를 내리시는 것이 아닐까? 마치 물 2%의 부족에서 갈증이 시작되도록 몸을 만드신 것처럼, 하나님은 우리 영혼의 파멸에 대한 경고 또한 커다란 사건이나 계기를 통해서가 아니라 아주 작은 흔들림으로 알려 주고 계시는지도 모른다. 그러니 우리는 선과 악에 대한 것이든, 은혜와 죄에 대한 것이든, 크고 대단한 것보다 작고 사소한 것으로 눈을 돌릴 필요가 있다. 큰 도성 소돔과 고모라의 멸망을 생각해보자. 이 대도시의 멸망을 결정했던 것은 흔히 생각하듯 거대한 죄악의 규모나 죄질의 심각성, 엄청난 수의 죄인들이 아니었다. 단 열 명의 의인의 부재, 멸망을 결정했던 것은 바로 그것이었다.

개와 돼지

　"민중은 개·돼지로 취급하면 된다." 정부기관 고위간부의 한 마디가 온 대한민국을 떠들썩하게 만들었다. 더구나 교육을 백년지대계(百年之大計)라고 천명한 국가의 교육을 책임지고 있는 사람의 입에서 "신분제를 공고화시켜야 한다."는 말과 함께 나왔으니 그 충격은 실로 엄청난 것이었다. 실언이라는 그의 변명은 구차했다. 실수라면 단지 마음속의 생각이 밖으로 흘러나오도록 한 것뿐이었을 것이다. 이 발언이 공분을 일으킨 가장 큰 이유는 이런 식의 생각이 단지 한 개인의 예외적 일탈이 아니라는 공감대 때문이다. 관리소장에게 "종놈"이라며 종놈은 주인이 시키는 것만 하면 된다고 욕설을 퍼부었던 강남 고급아파트 주민회장의 갑질도 불과 몇 달 전의 일이었다. 모든 것을 돈으로 판단하고 돈으로 계급을 가르는 사회에서 돈을 닮은 천박한 의식이 사회통념으로 자리 잡게 된 것도 이상한 일은 아닐지도 모른다.

　그러고 보니 개와 돼지를 하나로 묶은 소재의 애니메이션영화도 있었다. 2011년 연상호 감독이 만든 〈돼지의 왕〉이 바로 그것이다. 영화는 학교라는 공간의 비유를 통해 현 시대가 안고 있는 사회 문제를 충격적일 정도로 통렬하고 날카롭게 비판했다. 그 속에서 개는 강자로서 약자의 고기를 먹는 지배계급을 상징하고 있었고, 돼지는 강자에게 지배 받고 먹힐 수밖에 없는 약자의 계급을 상징하고 있었다. 개에게 먹힐 수밖에 없으며 미래에도 결코 개가 될 수 없는 돼지는 이 땅을 살아가는 모든 비참한 인생들에 대한 신랄한 은유였다. 여기서 개는 돼지와 하나가 되어 천민계급으로 취급당하지 않고 돼지를 지배하는 계급이 되었으니 개에게만은 사정이 다소 나아졌다고 할 수 있을까? 아니다. 어느 쪽에 속하든 결국 모든 인간이 개·돼지가 되고 말았으니 사정은 앞의 이야기보다 더 나빠졌다고 볼 수도 있을 것이다. 2년 후 연상호 감독은 이번엔 믿음에 대한 신랄한 비판을 던진 사회 고발성 애니메이션영화 〈사이비〉를 발표했다. 이제 막 개봉하게 될 그의 최초 실사영화 〈부산행〉 역시 그다운 문제의식을 충분히 담고 있을 테니 기대해도 좋지 않을까 생각된다.

그러나 무엇보다 우리에게 익숙한 개·돼지에 관련된 말은 단연코 예수님의 다음 말씀이다. "거룩한 것을 개에게 주지 말고 너희의 진주를 돼지 앞에 던지지 말아라. 그들이 발로 그것을 짓밟고 되돌아서서 너희를 물어뜯을지도 모른다."(마 7:6) 예수님도 이렇게 개·돼지를 언급하셨다. 하지만 아무리 나쁘다 해도 사랑해야 마땅한 인간을 개·돼지 취급하시다니, 어떻게 그러실 수가 있을까? 그러나 예수님의 이 말씀은 앞의 이야기들과 근본적으로 다른 점이 있었다. 예수께서 언급하신 개와 돼지는 진리를 무시하고 멸시하는 사람들이었다. 더 나아가 진리를 전하는 사람을 짓밟고 물어뜯을 만큼의 힘을 가진 사람들이었다. 실제로 예수께서는 이 개·돼지들에게 짓밟히시고 물어뜯기시지 않았던가. 예수님의 시선은 자신보다 아래라고 여기는 계층을 개·돼지로 취급했던 권력자의 시선이 아니라, 지위와 권력으로 진리를 외면하고 멸시하는 부류들을 향한 핍박 받는 저항자의 시선이었다. 그러니 만일 우리가 어쩔 수 없이 개·돼지를 입에 올려야 한다면 우리 역시 예수님의 본을 따라 아래를 향해서가 아니라 위를 향해서 그리 해야 할 것이다. 성경에 그려진 예수님은 온유하신 분이긴 할지언정 온순하신 분은 아니셨다. 그분은 권력자를 향해서 감히 무례한 욕지기를 내뱉으실 수 있으셨던 분이셨다. 거침없이 뻔뻔스럽게 진리를 가로막고 불의를 행하는 자들, 애꿎은 개와 돼지에게 실로 미안해해야 마땅할 인간들이다.

"뱀들아! 독사의 새끼들아! 너희가 어떻게 지옥의 심판을 피하겠느냐?" (마 23:33)

훈련과 유지

수전 손택은 전쟁의 고통을 보도하는 미디어의 위선적 성격과 방식을 파헤친 〈타인의 고통〉으로 우리에게 익숙한 작가다. 수많은 저작을 남긴 이 미국의 비평가이자 소설가는 글쓰기에 대해 다음과 같은 말을 남긴 적이 있다. "만약 글쓰기가 고작 나 자신을 표현하는 행위라고 생각했다면 나는 타자기를 내다버렸을 것이다. 글을 쓴다는 것은 그보다 훨씬 더 복잡한 행위다. 작가는 마치 운동선수처럼 매일매일 훈련해야 한다. 좋은 상태를 유지하기 위해 나는 오늘 무엇을 했던가?" 글쓰기나 말하기를 자신을 표현하는 행위라고 생각하는 보통의 사람들과 달리 그녀는 자신의 글쓰기를 단지 자신을 표현하는 것을 넘어 더 높은 가치에 다다르고 그것으로 자신과 타인에게 선한 영향력을 끼치는 것으로 이해하고 있었나보다.

그녀에 따르면 글을 쓰는 사람은 운동선수처럼 매일매일 훈련해야 하고, 글을 쓰기 위한 좋은 상태를 유지하는 것에 모든 주의를 기울여야 한다. 그런데 손택의 이 말은 단지 실제로 글을 쓰거나 말을 하는 일에 종사하는 사람들뿐 아니라 삶 속에서 그리스도의 향기를 내고 삶으로 진리를 전해야 하는 모든 신앙인들이 새겨들어야 할 말이 아닐까? 매일의 훈련과 좋은 상태를 유지하기. 영적인 삶에 대해서도 이 두 가지는 아무리 강조해도 지나치지 않을 듯싶다.

훈련은 머리가 아니라 몸에 생각을 새기는 일이다. 일상에서 드물지 않게 경험하듯 머리로 배운 것은 쉬이 잊을 수 있어도 몸으로 배운 것은 좀처럼 잊지 못한다. 끊임없고 주기적인 반복은 언제 어디서든 그 반복한 행동이 튀어나오게 만든다. 보통의 행동이 눈을 통해 전달된 상황을 뇌가 검토와 판단을 거쳐 손과 발에 명령을 내리는 절차를 통해 실행된다면, 반복 훈련된 행동은 뇌에서의 검토와 판단 과정을 생략한다. 그만큼 빠르고, 그러기에 검토와 판단의 과정에서 발생될지도 모를 유혹마저도 피할 수 있다. 훈련의 결정적 유익은 바로 이 점에 있다. 유혹에 대해 생각할 여지를 스스로에게 허락하지 않는다는 점.

그러나 훈련만으로는 부족하다. 훈련이 어떤 것을 강하게 만드는 것이라면 더욱 중요한 것은 강해진 그것을 유지하는 일이다. 좋은 상태를 유지하는 것은 결국 훈련의 최종적인 목표이기도 하다. 스포츠와 관련지어 말하자면 이것은 최상의 컨디션을 유지하는 일이다. 아무리 강하게 몸을 훈련시켰다 하더라도 결정적 순간에 최상의 상태가 아니라면 결국 실패할 수밖에 없다. 그러기에 선수들은 최상의 컨디션을 유지하기 위해 최선을 다한다. 자주 보게 되듯이 패배는 훈련에 실패한 선수보다는 컨디션 조절에 실패한 선수에게 더 자주, 더 치명적으로 일어난다. 이 최상의 상태를 유지하기 위해 필수적인 것이 바로 절제다. 시합 전날 절제하지 못 해 당일의 시합을 망친 예는 흔하며, 미래가 보장된 우수한 선수들이 절제에 실패해 몰락한 경우 또한 흔하다. 이 모든 것이 우리에게는 단지 몸에 관한 이야기만은 아니다. 그것은 마음과 영혼에 관한 이야기이기도 하다. 그러니 잠들기 전 스스로에게 물어야 할 질문은 바로 이것일 것이다. "좋은 상태를 유지하기 위해 나는 오늘 무엇을 했던가?" 이 말에 부끄러운 하루가 아니라면 적어도 그 하루만큼은 영적으로 실패한 하루는 아닐 것이다.

"몸의 훈련은 약간의 유익이 있으나 경건 훈련은 모든 면에 유익하니 이 세상과 장차 올 세상의 생명을 약속해 줍니다."(딤전 4:8)

The Winner Takes It All

　　1970년대부터 80년대까지 대중음악 세계를 지배했던 아바(ABBA), 세계적 인기도 인기지만 특히나 한국인들은 아바를 유별히 사랑했다. 어디서나 아바의 노래가 울려퍼졌던 아련했던 7080이랄까. 2000년대 독일에서 유학하던 시절에는 그 시절까지도 독일인들에게 절대적이었던 아바의 인기에 그저 놀랐던 일도 있었다. 히트곡들을 모아 하나의 뮤지컬을 구성하고도 남을 만큼 많은 노래를 선사했던 아바, 그들의 노래 중 "The Winner Takes It All"을 모르는 사람은 거의 없을 것이다. 전설의 후렴구는 이것이다. "The winner takes it all. The loser standing small beside the victory…" "승자가 모든 걸 차지하죠. 패자는 승리 옆에 초라하게 서있을 뿐…" The Winner Takes It All, 한마디로 하자면 승자독식(勝者獨食)이다.

　　지금은 올림픽의 계절, 브라질 국내의 복잡한 문제를 강제로 덮어두고 강행된 리우올림픽은 시작부터 탈도 많았다. 올림픽 반대 시위자들은 성화 봉송까지 방해하기도 했다. 나라가 이 꼴인데 엄청난 예산이 들어가는 올림픽이 말이 되는가, 말하자면 이런 내용의 이유 있는 반대였다.

그럼에도 불구하고 어쨌든 올림픽은 열렸고, 전 세계인의 이목은 이 만국체육대회에 집중되어 있다. 그리고 한국은 '10-10'의 목표로 올림픽에 선수들을 출전시켰다. 10-10은 최소 10개의 금메달과 전 세계 10위권 내 진입을 의미한다고 한다. 이 목표에서 은메달과 동메달은 안중에도 없다. 오직 1등이 되고자 하고, 1등만 기억되는 나라이고 보면 당연한 목표인 셈이다. 그야말로 승자독식의 정신으로 충만한 나라에 어울리는 목표가 아닌가.

여러 가지 문제에도 불구하고 올림픽 경기는 인간 한계의 도전을 감행하는 선수들로 인해 때때로 진한 감동을 안겨주기도 한다. 그리고 진정한 감동은 대개 금메달의 승자가 아니라 은이나 동, 또는 메달권에 들지 못한 사람들로부터 더 자주 나타나곤 했다. 며칠 전 한 중국 여성 수영선수가 보여준 유쾌한 감동도 바로 그런 종류의 것이었다. 결승에 진출하게 된 푸위안후이는 준결승전에서 자신의 기록을 뒤늦게 알고는 정말 깜짝 놀라며 "내가 그렇게 빨랐냐"고 활짝 웃으며 반문했다. 그리고는 자기는 태고의 힘을 다했다고, 지금으로 정말 만족한다고 시종일관 유쾌하게 말했다. 심지어 기자가 그럼 내일 결승에서도 희망이 있겠다는 말에 일말의 망설임도 없이 "없어요! 전 이미 엄청 만족했어요."라고 대답했다. 희망이 없다던 이 유쾌한 선수는 자신의 예상과는 다르게 다음 날 결승에서 동메달을 땄다. 은메달과의 차이는 불과 0.01초, 기자가 아쉽지 않냐고 물었을 때 그녀는 내 손이 너무 짧았나 보다며 웃었다. 그녀의 모습은 전 세계인의 마음을 뒤흔들었다. 승부의 논리에서 완전히 벗어난 태도, 승자독식의 논리에서 자유로운 한 인간의 영혼, 사람들은 가장 치열한 승부의 세계, 승자독식의 세계에서 역설적이게도 바로 이런 장면을 갈망하고 있었던 것이다.

누가 으뜸인가, 이 승자독식의 놀음은 세상뿐 아니라 이미 교회도 좀먹고 말았다. 교회는 서로를 비교하며 으스대고, 교회 안에서는 너도 나도 승자가 되라고 가르친다. 하지만 주님의 가르침은 그것과는 거리가 멀었다. "그러나 너희끼리는 그렇게 해서는 안 된다. 너희 가운데서 누구든지 위대하게 되고자 하는 사람은 너희를 섬기는 사람이 되어야 하고, 너희 가운데서 누구든지 으뜸이 되고자 하는 사람은 모든 사람의 종이 되어야 한다."(막 10:43-44) '승자독식'이란 단어는 원래 신앙의 사전에는 없는 말이었다. 한 공산주의 국가의 여성 스포츠맨이 다시금 우리의 마땅한 고민을 일깨워준다. 교회는 과연 주님의 가르침으로 다시 돌아갈 수 있을까?

죄에 대한 어떤 정의

"우리가 생각하고 있는 것처럼 도둑질을 한다거나 거짓말을 하는 그런 것이 죄가 아니었다. 죄란, 인간이 또 한 인간의 인생을 통과하면서 자신이 거기에 남긴 흔적을 망각하는 데 있었다."

죄를 정의하는 데에는 여러 가지 상징이나 은유가 사용되곤 한다. 사람들은 언어적 근원을 따져 과녁으로부터 빗나간 활에 비유해 죄를 표현하기도 하고, 하나님의 명예훼손과 관련지어 신학적으로 설명하기도 했다. 주기도문에서처럼 빛의 메타포도 자주 등장한다. 그런데 일본의 대표적 기독교작가 엔도 슈사쿠는 그의 작품 〈침묵〉 속에서 무심히 흘러가는 사건의 묘사 가운데 죄를 위의 말과 같이 정의했다. 이 장면은 일본 관리에게 사로잡힌 선교사 신부가 오두막에 갇힌 채 자신을 지키고 있는 파수꾼들을 바라보는 대목이다. 파수꾼들은 앞으로 닥칠 신부의 운명 따위는 거들떠보지도 않은 채 자기들끼리 웃고 떠들며 잡담을 나누고 있다. 그리고 신부는 바로 그들의 모습에서 사로잡힌 예수를 곁에 두고 불가에서 웃고 떠들던 사람들의 모습을 본다. 어쩌면 이다지도 타인에게 무관심할 수 있을까? 문학가가 죄를 떠올린 대목은 바로 이곳, 타인에 대한 철저한 무관심이었다. 그리고 그는 주인공의 입을 빌어 우리에게 죄에 대한 나름의 정의를 설파한다. 죄란, 인간이 또 한 인간의 인생을 통과하면서 자신이 거기에 남긴 흔적을 망각하는 데 있다고.

사람 인(人)이라는 글자를 두고 우리는 서로에게 기대고 있는 존재로 인간을 설명하곤 한다. 인간이란 그 누구도 다른 인생과 겹침 없이 홀로의 인생을 경영할 수 없는 존재다. 만들어지는 순간부터 타인과 탯줄로 연결되어 있던 인간은 세상에 태어나 탯줄로부터 벗어나는 순간 다시 관계라는 무수한 무형의 선들로 타인과 얽히게 된다. 인간은 그런 존재다. 알든 모르든 타인과 무수히 연결되어 있는 존재. 그렇다면 죄의 가능성은 이미 편만해있다고 해도 과언이 아니다. 무수히 서로 얽혀 통과해가는 인생들은 타인의 삶에 흔적을 남길 수밖에 없으며, 내 인생 또한 무수한 타인의 흔적이 남지 않을 도리가 없다. 마치 대도시 아스팔트 위에 갓 내린 흰 눈 위로 어지러이 겹쳐질 무수한 흙발자국처럼 우리는 서로의 인생길에 어지러이 끼어들고 말 수밖에 없는 것이다. '의도치 않은 상처'라는 흔해빠진 상투어야말로 이 사정을 가장 잘 드러내주는 말이 아닐까?

2014년 11월 집을 비워달라는 통고를 듣고 자살로 생을 마감한 한 독거노인은 각종 공과금과 장례비용까지 남겨 놓고는 따로 봉투를 마련해 10만원을 넣어두고 그 봉투 위에 이렇게 써 넣었었다. "고맙습니다. 국밥이나 한 그릇 하시죠." 노인은 그 아랫줄에는 더 큰 글씨로 이렇게 적었다. "개의치 마시고." 그것은 자신의 시신을 수습하게 될 사람들에 대한 배려였다. 개의치 마시고... 노인의 이 마지막 말은 지금도 여전히 먹먹한 울림을 준다. 내 인생을 불가피하게 통과하게 될 다른 인생에 대한 의식과 배려는 말하자면 이런 종류의 것이다.

신앙의 목표는 죄를 짓지 않는 것이 아니다. 이것은 불가능할뿐더러 행여나 그것을 시도하는 인간을 헛된 영적 교만에 빠지게 만든다. 신앙의 목표는 죄를 짓지 않는 것이 아니라, 죄에 대해 깨어있는 것이다. 내가 죄를 짓고 있다는 것에 대한 의식, 즉 죄에 대한 감수성이다. 문학가는 바로 이 점에 대한 훌륭한 지침을 죄에 대한 자신만의 정의를 통해 우리에게 선사한다. 죄에 대한 감수성을 예민하게 유지하기 위하여 우리는 다른 인간의 생을 통과하며 우리가 남긴 흔적에 민감하여야 한다. 당연하게도 이것은 과거에 대한 반성만을 의미하는 것이 아니다. 지금도 우리는 필연적으로 누군가의 생을 통과하며 끊임없이 크고 작은 흔적을 남기고 있을 것이기 때문이다.

저주와 각성

　김성중의 소설집 〈국경시장〉에 수록된 단편 〈쿠문〉은 동생의 재능을 시기한 한 여인의 이야기를 다룬다. 지성에 있어 자신보다 뒤쳐졌다 여겼던 여동생의 학문적 성공에 주인공은 마치 카인과도 같은 질투에 휩싸인다. 그러다 언니의 의도적 부주의로 동생은 사고를 당하고, 사고를 당한 동생은 몸과 정신이 불구가 되어 사회로부터 퇴출된 채 요양원에 지내는 처지에 놓이게 된다. 질투의 이유는 사라졌으나 죄책감의 짐을 지고 삶의 의미조차 상실된 중년의 주인공, 때마침 그녀 앞에 한 비밀스런 천재 청년이 등장한다. 이 청년의 비밀은 '쿠문'이라는 병이었는데 발견자의 이름을 딴 이 병은 다름 아닌 모든 분야에서 천재가 되는 병이었다. 이 병의 치명적 부작용은 수 년 내로 사망한다는 것. 환상적인 이야기 속에는 이렇게 재능에 대한 동경과 질투, 죄책감 등이 고루 배어있다.

　모든 질투는 가지고 있지 않은 사람이 지니는 부러움이 아니라, 덜 가진 사람이 지니는 부러움으로부터 시작된다. 어떤 면에서 아예 아무 것도 가지지 못 한 사람은 그 면에서 많이 가진 사람을 부러워할 수는 있겠지만 그 부러움이 질투로 이어지지는 않는다. 아예 없는 사람은 있다는 기분조차 모르기 때문이다. 그러므로 질투는 가지지 못 한 것에 대한 절망이 아니라, 언제나 덜 가진 것에 대한 절망이다. 일단 맛본 것에 대한 열망이지 전혀 모르는 맛에 대한 열망이 아니라는 것이다. 선과 악에 대해 아예 알지 못 했던 최초의 인간은 질투로 인한 괴로움 또한 몰랐다. 그러나 한 번 앎을 맛본 순간부터 인간은 신의 앎에 비견된 자신의 앎이 알몸과 같은 처지인 것을 즉시로 알게 된다. 그리고 자신의 알몸을 수치스럽게 바라보기 시작했다. 질투라는 저주에 빠져들고 만 것이다. 하나님의 사랑을 맛보아 알게 된 카인이 자신보다 더 많은 사랑을 받았다고 여긴 아벨을 질투한 것은 당연한 저주의 대물림이었다. 그리고 우리 또한 모두 카인의 후예로 이 질투의 저주 속에서 고통스럽게 살아가고 있다.

이 질투라는 저주의 고리를 끊을 수 있는 방법은 무엇일까? "천재가 되는 게 중요한 게 아니었다. 내가 왜 질투하는 인간이 되었는지, 결코 선택한 적 없고 되고 싶지 않던 모습의 노예로 살아야 했는지, 내가 왜 카인이 되어버렸는지를 알고 싶었다." 다행히도 소설 속의 주인공은 자신의 삶에 걸린 저주에 대해 각성하게 된다. 각성(覺醒), 각성이란 깨달아 깨어나는 것이다. 아, 내가 질투의 저주에 사로잡혀 있었구나, 하는 깨달음, 취한 잠에서 깨어나 병들어 불구가 된 자신의 영혼을 똑바로 바라보는 것, 질투라는 저주의 고리를 끊어버리는 일은 바로 이 각성으로부터 시작되어야 할 것이다.

어쩌면 이것은 우리가 '원죄'라고 부르는 것에 대한 두려움을 상기하는 일일 것이다. 원죄라는 말은 너무나 교리적인 것처럼 느껴지고, 이미 지나버린 태고의 이야기와 묶여 더 이상 나와는 상관없는 말처럼 들리는 말이다. 하지만 정말 그럴까? 우리는 원죄와는 아무런 상관도 없이, 그런 건 옛날이야기에나 있는 것처럼 살아가도 되는 것일까?

예수께서는 분명 십자가 위에서 죄에 대한 결정적인 승리를 이루셨다. 그러나 결정적 승리이지 완전한 승리는 아니다. 죄에 대한 완전한 승리는 주님이 다시 오실 때까지 유보되어 있다. 그때까지는 여전히, 원죄의 결과인 죽음이 우리의 삶을 짓누를 것이다. 우리는 여전히 원죄와 더불어 산다. 이 원죄에 대해 끊임없이 각성된 채로 있지 않는다면 우리는 언제든 쉽게 저주에 걸려들고 말 것이다. 원죄를 뜻하는 영어 'original sin'의 오리지널처럼 원죄는 늘 본래적이고, 날마다 독창적으로 우리를 괴롭히기 때문이다. 죄의 저주를 벗어나기 위한 첫 걸음으로서의 각성, 이 처절한 각성으로 하나님의 해결책에 이르렀던 바울의 외침을 우리는 언제나 기억해야 할 것이다.

"아, 나는 비참한 사람입니다. 누가 이 죽음의 몸에서 나를 건져 주겠습니까?" (롬 7:24)

복을 복 되게, 은혜를 은혜 되게

소설보다는 영화로 더 유명한 〈빠삐용〉에서 주인공은 포주를 살해했다는 누명을 쓰고 독방에 복역하던 중 환상 같은 꿈에 빠져든다. 여러 배심원과 심판관 앞에서 주인공은 무죄를 주장한다. "나는 포주를 죽이지 않았소." 그러자 심판관은 말한다. "그건 어느 정도 사실이지. 그러나 네 진짜 죄는 포주의 죽음과 무관해." 그렇다면 내 죄가 무엇인지를 묻는 주인공에게 심판관은 선언한다. "네 죄는 인간이 저지를 수 있는 최악의 죄지. 나는 너를 고발한다. 인생을 허비한 죄로!" 이 말을 듣자마자 주인공은 이내 분을 멈추고 스스로에게 되뇌기 시작한다. "유죄, 유죄, 유죄..."

오랜만에 만난 친구는 오랜 무너짐 가운데서 마침내 다시 일어서기 시작한 모양이었다. 그 이야기를 하던 중 친구는 몇 년간의 자신의 삶을 반추하며 이런 말을 했다. "난 내게 주어진 은혜를 잘 관리하지 못 했어." 은혜가 아니라 복이라고 했던가? 은혜든 복이든 그의 자조적인 성찰의 말은 큰 울림을 주었다. 나 또한 내게 주어진 은혜를 잘 관리하고 있었던 걸까? 저 영화의 주인공처럼 주어진 은혜를 너무나 당연시하여 허비해버린 것은 아닐까?

복과 은혜를 받는 것에 온 신경을 쓰고 있는 사람들은 자신들이 이미 얼마나 큰 복과 은혜를 받고 있는지 잘 깨닫지 못 한다. 늘 그런 법이다. 밖으로 눈을 돌려 가지지 못 한 것을 바라보는 한 인간은 제 안에 가진 것을 결코 보지 못 한다. 바울쯤 되는 위대한 성인도 "내 은혜가 네게 족하도다."(고후 12:9)라는 말을 듣게 되기까지 수많은 시간이 필요했으니 우리는 오죽하랴. 그러나 받은 복과 은혜를 깨닫지 못 하는 일 이외에 심각한 문제가 또 하나가 있으니 그것은 받은 은혜와 복을 잘 지키고 관리하는 일이다.

　복과 은혜는 받아야 할 무엇이 아니라 이미 받은 것을 깨달아야 할 무엇이다. 그러니 우리에게 더 중요한 것은 이 받은 복과 은혜를 잘 관리하는 일일 것이다. 그것은 복과 은혜를 소중이 여기는 일, 그리하여 복을 복되게 은혜를 은혜 되게 지키는 일이다. 그렇게 소중이 다루고 관리하지 않는다면 받은 복과 은혜는 헛되이 낭비되고 날아가 버리고 말 수도 있다. 그렇게 멸시된 복과 은혜는 삶 속에서 그 거룩한 힘을 잃어버리고 사람들에게 밟히고 말 뿐인 쓸모없는 소금처럼 되어버리고 말 수도 있다. 거룩해야 할 것이 그 거룩함을 잃어버렸을 때의 참담함은 이루 말할 수가 없다. 은혜의 사람이어야 할 사람이 은혜를 잃어버렸을 때의 참담함 또한 이루 말할 수가 없다. 그러니 이제라도 받은 복과 은혜를 소중히 여기도록 하자. 은혜는 과연 소중한 것이나, 그 소중함에 걸맞게 소중히 다루고 관리하지 않으면 금방 싸구려 은혜로 바뀌고 마니까.

> "거룩한 것을 개에게 주지 말고 진주를 돼지에게 던지지 말라. 그것들이 발로 그것을 짓밟고 돌아 서서 너희를 물어뜯을지도 모른다."
> (마 7:6)

겸손의 추억

　시간이 아무리 오래 지나도 젊은 시절 영혼에 충격을 주었던 말은 여전히 위력을 발휘하는 법이다. 그러니까 약 30년 전 읽었던 앤드류 머레이의 〈겸손〉이라는 소책자에 등장했던 마지막 구절이 내겐 그랬다. 겸손에 관한 여러 가지 이야기를 다한 후 마지막에 등장했던 저자의 기도 제안은 이런 식이었다고 기억한다. "한 달 간 당신 자신을 위해서는 아무 것도 기도하지 말고 오직 타인을 위해서만 기도해보라." 흐릿한 기억 속의 말이니 아마 원문은 분명 다소 다를 것이었다. 진정한 겸손과 자기 비움을 위해 자신을 위해서는 아무 것도 구하지 말라는 제안은 심비에 깊이 새겨졌다. 과연 자신을 위해 아무 것도 빌지 않는 것은 얼마나 큰 믿음을 전제로 한 말인가? 나를 위한 최선의 것은 선하신 하나님께서 이미 아시고 채우실 것이란 믿음 가운데, 오로지 타인을 위해서만 기도를 올리는 삶이야말로 그리스도의 겸손의 본을 참되게 따르는 길이 아니겠는가? 말하자면 그런 깨달음이었다.

문득 오래 전 손을 떠난 그 책의 구절을 직접 확인하고 싶은 생각이 들었다. 인터넷에서 검색해보니 책은 여전히 출판되고 있었다. 새로운 번역본 이외에 심지어 30년 전 번역본 또한 여전히 옛 모양 그대로 출판 중이었다. 마침 집 가까이 인터넷서점에서 운영하는 오프라인 중고서점에 새 번역본과 옛 번역본 한 권씩이 있는 것을 발견하고 거의 새 책에 가까운 옛 판을 집어 들었다. 새 판의 번역과 비교해보다 결국 옛 판의 번역을 선택했던 것이다. 좋은 번역이 늘 그렇듯 옛 판은 어휘와 말투는 비록 옛 옷을 입고 있었음에도 불구하고 문체가 정갈하고 명료했기 때문이었다. 그리고 마침내 마지막 장을 들추어 겸손을 위한 기도에 대한 제안을 30년 만에 직접 눈으로 다시 확인했다.

"나는 이제 여기에 모든 사람이 시험해 볼 수 있는 매우 착실한 시금석 하나를 제공하련다. 그것은 다음과 같이 시험하는 일이다. 일 개월 동안 세상 모든 일, 세상 이야기를 떠나라. 그대 자신에 관한 것은 무엇이건, 기도하는 일, 읽는 일, 논의하는 일을 중지하라. 전에 하여오던 생각 궁리를 끊어버리라."

'그대 자신에 관한 것은 무엇이건, 기도하는 일, 읽는 일, 논의하는 일을 중지하라.' 다행히도 기억은 크게 빗나가지 않았다. 19세기 남아프리카의 성자라 불리는 앤드류 머레이는 자신의 교만을 깨닫고 겸손을 구하는 기도에 앞서 이러한 마음과 삶의 태도를 요청했다. 나 자신에 대한 모든 것을 그칠 것. 심지어 나 자신을 위한 기도조차도.

우리가 매일 드리는 기도의 제목은 곧 우리 자신의 신앙 수준을 드러내는 리트머스 시험지와도 같다. 만일 그 제목이 온통 나 자신과 내 가족을 위한 것으로만 꽉 차 있다면 그 이기적인 모습이 딱 내 신앙의 수준이라는 말이다. 앤드류 머레이는 우리가 드리는 기도 제목들에서 나를 위한 것들이 점점 사라져 갈 때 우리의 기도와 신앙과 삶이 그리스도의 그것을 닮아간다는 사실을 알려준다. 그리스도께서 보여주시고 실천하신 겸손은 바로 그런 것이었다. 이 겸손에는 '나'가 설 자리가 없다. 버려야 할 것은 욕심이 아니라, 그 욕심을 지니고 있는 바로 나 자신인 것이다.

"나는 그리스도와 함께 십자가에 못 박혔습니다. 이제 살고 있는 것은 내가 아닙니다."(갈 2:20)

누구나 꼰대

"내가 겪어봐서 아는데..." 만약 이 말을 생각하거나 말한 적이 있다면 당신은 꼰대일 가능성이 매우 높다. 꼰대를 사전에서 찾아보면 "1.은어로, '늙은이'를 이르는 말. 2.학생들의 은어로, '선생님'을 이르는 말."이라고 나와 있지만 이 사전적 정의는 우리가 실생활에서 겪는 꼰대를 충분히 설명하지 못한다. 우리는 주로 나이를 무기로 천박한 참견질을 일삼는 사람들에게 경멸을 가득 담아 '꼰대'라는 단어를 사용하곤 한다. 이 꼰대의 정체는 대체 뭘까? 아마도 꼰대란 남들보다 우위에 있다는 전제로부터 나오는 모든 태도를 가리키는 말일 것이다. 내가 겪어봐서 이 사안에 있어서는 너보다 내가 더 잘 안다는 생각, 그래서 겪어보지 못해 잘 모르는 네 사정에 내가 참견을 해도 이건 오히려 네가 고마워해야 한다는 생각, 내가 겪어봤으니 난 충분히 그럴 자격이 있다는 생각, 이 모든 생각의 총합이 바로 꼰대가 아닐까? 그렇다면 우리는 우리 스스로가 경멸해마지 않는 꼰대에서 결코 멀리 떨어져 있지 않은 셈이다.

특히나 고통과 아픔의 문제에 있어서 우리는 무의식중에 꼰대짓을 일삼는 경향이 많다. 내가 겪은 종류와 비슷한 고통이나 아픔을 누군가 겪는 것을 보면 우리는 상대의 처지나 기분 따위 아랑곳없이 즉각적으로 개입하기 일쑤인 것이다. 물론 이 개입은 위로라는 선의에 바탕을 둔 행동이라고 굳게 믿으면서. 위로와 충고의 이름으로 가하는 참견이 과연 참 위로를 가져다줄까? 많은 경우 이 참견은 실제로 위로를 가져다주는 성공을 불러오기도 한다. 그러나 문제는 언제나 그런 것은 아니라는 점이고, 실패의 경우 그 대가는 쓰고도 참혹하다는 점이다. 같은 종류의 고통을 겪었다고 해서 과연 나는 그 사람의 아픔을 정말로 이해할 수 있는 것일까? 그럴 리가 없다. 고통으로 인한 아픔의 정도는 개인마다 다르고 사정마다 다르기 때문이다. 내가 이 정도쯤이야, 라고 생각하는 고통에 대해 차라리 삶을 끝내는 편이 낫다고 생각하는 사람도 있고, 나로선 참을 수 없는 고통을 대수롭지 않게 지나는 사람도 있다.

불멸의 첫 문장을 지닌 유명 소설들에 역시 자신의 이름을 올린 톨스토이의 〈안나 카레니나〉의 첫 문장은 어쩌면 이 사실에 대한 가장 또렷한 적시일 것이다. "행복한 가정은 모두 서로 닮았지만, 불행한 가정은 모두 나름나름으로 불행하다." 비록 비슷하게 보일지라도 모든 불행은 사람의 수만큼이나 다양하고 각색이다. 그러니 타인의 고통을 온전하게 이해한다는 것은 불가능한 일이다. 나는 나의 고통만을 알 수 있을 뿐이다. 설사 아주 비슷한 아픔을 겪었다 하더라도 사정은 크게 다르지 않다. 그런데도 누군가의 아픔을 잘 이해하고 있다는 생각, 이것이야말로 꼰대스러움의 시작일지 모른다. 그리고 이 꼰대스러움은 결코 나이를 따지지 않는다.

영적인 영역에서의 꼰대스러움은 더욱 참담하다. 예를 들어 목회자들은 다음과 같은 착각에 쉽게 빠지는 경향이 있다. "나는 모든 분야에 정통하다." 때로 착각은 강박의 형태를 띠기도 한다. "나는 모든 분야에 정통해야 한다." 이 착각이나 강박은 모든 사람들을 위로해야 하고 모든 사람들에게 바른 충고를 해야 한다는 선의에서 나왔을 것이 분명하다.

하지만 언제나 그렇듯 선의는 그 자체로 충분한 적이 거의 없다. 목회자가 모든 고통의 위로자가 되려고 한다면, 그는 실패를 지나 교만에 이르고, 결국 영적 꼰대가 되고 말 뿐이다.

나는 나의 고통만을 알 수 있을 뿐이고, 타인의 고통은 단지 미루어 짐작할 수 있을 뿐이다. 그리고 본질적으로 위로란 함께 있어줌으로부터 오는 것이지 이해해줌으로부터 오는 것은 아니다. 위로자이신 하나님은 바로 임마누엘의 하나님이시지 않은가. 이 사실들을 깊이 깨닫고 의식한다면 우리는 내 안의 꼰대성으로부터 가능한 한 멀리 떨어질 수 있을 것이다. 경계를 게을리해서는 안 된다. 선의를 가장한 내 안의 꼰대성은 알아채기가 매우 힘들기 때문이다.

"네 눈에서 티를 빼내 줄 테니 가만히 있거라."(마 7:4)

물러서서

　며칠 전 '평화산책'이라는 아름다운 이름을 지닌 한 시민합창단에서 합창연습을 할 기회를 얻었다. 평화산책은 어디든 평화가 빼앗긴 곳을 찾아다니며, 인간이라면 마땅히 저 실낙원의 저녁 즈음처럼 그 누구나 평화롭고 한가로이 삶을 거닐 수 있어야 한다는 사실을 노래로 전하는 시민합창단이다. 평화산책은 주로 거리에서, 농성장에서, 때로는 험악하고 거친 곳에서, 평화가 없는 곳이면 어디서나 아름다운 노래로 평화를 시위한다. 오스트리아에서 성악으로 학위까지 마치고 오신 지휘자님은 거의 평생의 사명으로까지 생각하시며 이 합창단을 이끌고 계시다. 점점 더 실력까지 더해가는 이 거리의 합창단을 곁에서 지켜보는 것도 흐뭇하고 기쁜 일인데 어쩌다 이렇게 연습의 자리까지 함께 하게 되다니 대단한 행운이 아닐 수 없었다.

　연습 도중 지휘자님은 한 대목에서 이렇게 요청하셨다. "여기서는 물러서서 소리를 내셔야 합니다." 물러서서라, 잠시 그 말이 가슴에 머물렀다. 합창의 음악을 표현하거나 지시하는 여러 말 중에 나는 이런 말은 처음 들었다고 느꼈다. 참 근사하지 않은가, 작게도 아니고 약하게도 아니고 힘을 빼고도 아닌 물러서서라니. 쉬는 시간의 대화에서 지휘자님은 이 말로 유학시절 사용했던 독일어 zurück에 해당하는 말을 우리말로 표현하고 싶으셨다고 했다. 뒤로 물러나는 것은 아니고, 뭔가 한국말로 '물러서서'는 좀 부족한 것 같은데, 그렇다고 딱히 적당한 말은 없고, 뭐가 있을까요,라시며. 사실 zurück은 영어의 back에 해당하는 단순한 단어다. 그러나 음악의 본고장에서 음악의 한 표현을 담당했을 때의 이 단어는 단순한 '뒤로'의 의미보다 더 깊고 다양한 의미를 전달하고 있음이 분명하다. 서양 음악의 역사가 묻어버린 단어를 간단하고 적당한 우리말로 쉬이 옮기는 것은 아마도 매우 어렵거나 불가능하지 않을까?

어쨌든 이상하게도 이 말은 내내 귓가에 맴돌았다. 그리하여 그 자리를 떠나서도 이 '물러서서'는 어떤 의미일까 곰곰이 생각해보게 되었다. 물러선다는 건 잠시 멈춘다는 것과는 다르다. 그건 마치 툭 쳤을 때 약간 움츠러들었다가 곧 다시 펴지는 어떤 꽃의 모습 같은 걸까? 여리디여린 무엇이 원래대로 다시 펴지기 전 약간 움츠러든 모습, 아마도 그런 느낌으로 노래하라는 뜻이었을까? 어쩌면 우리말의 '저어하다'라는 말의 분위기도 담겨 있는 것일까? 그 의미가 무엇이 됐든 '물러서서'라는 말은 꼭 노래에만 해당되는 것은 아니겠다 싶은 생각이 들었다. 당연한 보통의 일상을 반복할 때, 또는 특별하게 힘이 들어가야 하는 무언가를 시작할 때 어쩌면 이 물러서서란 말은 꽤 의미 있겠다 싶었다. 잠시 물러섰다 시작한다. 물러서서 바라보고, 물러서서 생각한다. 멈춰야 보이는 것도 있겠지만 물러서야만 보이는 것도 있다. 삶도, 사랑도, 믿음도, 자신도, 타인도, 물러서서 바라보면 그것은 늘 다른 모습이 되어 돌아오지 않던가. 물러서는 것은 멈추는 것도 아니고, 그렇다고 뒤로 가는 것도 아니다. 물러섬은 언제나 그 안에 다시 앞으로 나아감을 예감하고 있다. 어쩌면 물러섬은 앞으로 나아가기 위해, 아니, 그저 나아가는 것이 아니라 바르고 참되게 나아가기 위해 꼭 필요한 것일지도 모른다. 문득 노안이 시작되었다는 말을 고객이 기분 나빠할까봐 노안이라는 말 대신 '조절력 부족'이라는 말로 조심스럽게 바꾸어 사용하던 안경점 직원이 생각나 웃는다. 세월이 흘러 조절력이 부족해진 눈이 잘 보기 위해서는 조금 물러서야 하듯, 세월이 흘러 조절력이 부족해진 생각 역시 조금은 물러섬이 필요하겠다는 생각과 함께.

"그러나 예수께서는 때때로 한적한 곳으로 물러가셔서 기도를 드리셨다."(눅 5:16)

경건한 쓰레기

플래너리 오코너는 미국 남부의 고딕문학을 대표하는 여성 작가다. '고딕문학'이라는 단어는 그녀의 작품에 배어 있는 그로테스크하고 도발적이며 냉소적이고 폭력적인 분위기를 한 마디로 대변해주는 말이기도 하다. 안타깝게도 39세라는 젊은 나이에 아버지와 같은 병으로 요절하고 말았던 그녀는 문학사에 단 두 편의 장편과 30여 편의 단편만을 남겼음에도 불구하고 '헤밍웨이 이래 가장 독창적인 작가'로 불린다.

그녀의 작품 분위기로는 쉬이 짐작하기 어렵고, 모르고 보면 오히려 기독교에 대해 냉소적인 입장을 가진 것처럼 보이기도 하는 플래너리 오코너는 실상은 매우 독실한 가톨릭 신자였다. 그녀는 매일 아침 6시에 일어나 아침기도로 하루를 시작하고, 7시에는 성당으로 가서 아침예배를 드렸던 독실한 신앙인이었다. 우리말로 번역된 그녀의 첫 장편 〈현명한 피〉가 우리나라의 한 유명 기독교출판사에서 출간되었다는 사실은 그녀의 작품이 담고 있는 종교성을 잘 보여주는 증거라고도 할 수 있을 것이다.

그렇게 독실한 신앙인이었던 플래너리 오코너의 작품이 속으로는 심오한 신과 구원의 질문을 던지고 있음에도 겉보기엔 기독교를 비판하는 것처럼 보이는 것은 그녀가 자신의 신앙을 작품에 녹여 넣는 방식에 따른 것이었다. 그녀는 무리하고 얄팍한 선교의 방식으로 작품을 이용하지 않았다. 말하자면 그녀는 전도용 책자를 만든 것이 아니라 믿음의 문제를 인간보편의 문제로 표현한 셈이었다. 그녀의 이러한 태도를 가장 잘 드러내주는 말은 아마도 그녀의 다음 말일 것이다. "자신의 눈을 감고 교회의 눈을 가지고 보려고 하면 경건한 쓰레기가 나온다."

그런데 역설적이게도, 바로 이러한 태도가 신앙인으로서의 그녀의 정체성이 그의 작품 안에 깊이 배도록 만들었던 것처럼 보인다. 그녀의 작품이 일견 종교에 대해 냉소적인 입장을 가진 것처럼도 보이는 것 역시 그녀가 비판한 '교회의 눈'에 대한 비판 때문이었을 것이 분명하다. 아마도 그녀는 신 앞에 늘 흔들리며 늘 질문을 던지는 인간이 아니라, 기구화되고 고착화되어 정해놓은 답 이외에는 그 어떤 것이라도 정죄해버리는 종교에는 관심이 없었던 것이리라.

플래너리 오코너의 이런 태도와 비슷하게 독일의 반나치 신학자요 목사인 본회퍼는 이런 말을 한 적이 있다. "하나님 앞에서, 그리고 하나님과 함께, 우리는 하나님 없이 살아간다."(Vor Gott und mit Gott leben wir ohne Gott.) 그는 종교를 거치지 않고 하나님과 함께 살아가는 성숙한 신앙인의 삶을 말하고 싶었던 것일까? 본회퍼 목사가 말년에 천착했던 주제는 '종교 없는 기독교'(Religionsloses Christentum)였다. '무종교적 기독교'라고도 번역될 수 있는 이 말 속에 담긴 '종교'라는 단어는 어쩌면 플래너리 오코너가 말했던 '경건한 쓰레기'와 많이 닮아 있을지도 모르겠다.

우리는 지금 교회라는 이름으로 대체 얼마나 많은 경건의 쓰레기를 쏟아내고 있는 것일까? 우리는 너무나 자주 자명하고도 단순한 사실을 잊으며 산다. 우리 주 예수 그리스도는 종교가 아니라 진리라는 사실을. 우리는 교회를 통해서가 아니라 예수 그리스도를 통해서 하나님께 이른다는 사실을.

"나는 길이요 진리요 생명이다. 나를 거치지 않고서는 아무도 아버지께로 갈 사람이 없다."(요 14:6)

이름

　학생들과 함께 책을 읽는 작은 모임에서 겁도 없이 덜컥 호메로스의 〈일리아스〉를 정하고 말았다. 축약본도 아니고 원전을 번역한 양장본의 책은 800페이지가 넘는 들고 다니기조차 어려운 책이었다. 이 두꺼운 책을 할 일 많은 방학 두 달 동안 읽기로 감히 작정한 것이었다. (거의 같은 분량의 〈오뒷세이아〉까지 이 방학에 함께 해결하려고 했던 무모함은 곧 중간모임을 통해 그 비현실성이 드러났고, 〈오뒷세이아〉의 독서는 곧바로 겨울방학으로 밀려나고 말았다.)

　그리스연합군과 트로이와의 전쟁에 등장하는 모든 걸출한 영웅들의 이름은 아킬레우스와 헥토르 외 몇 명을 제외하고는 일일이 나열하기도 기억하기도 불가능하다. 때로는 한 페이지에만도 십여 명씩 언급되는 수많은 영웅들은 치열한 전투 가운데 서로 죽이고 죽는다. 이 싸움은 단지 모든 소동의 발단이 된 세상에서 가장 아름답다는 한 여인을 위한 것이 아니다. 영웅들은 누구를 위해서라기보다 각자 자신의 이름을 위해 싸운다. 명예(名譽), 이름에 대한 기림이야말로 목숨을 건 전투의 참 목적이다. 서사시의 주인공 아킬레우스는 처음에 선택권이 있었다.

평범하고 행복한, 그러나 이름 없이 살아가는 천수를 누리는 삶을 택할 것인지, 아니면 불멸의 명성을 가져다 줄, 그러나 필연적으로 단명하게 될 운명을 선택할 것인지. 아킬레우스는 후자를 택했고 결국 그의 이름은 지금까지 이어지고 있다.

신과 인간의 가장 큰 차이는 불멸성이다. 그리하여 그리스인들은 신을 불멸의 존재라 부르고, 인간을 필멸의 존재로 부른다. 인간이 신에 가까워질 수 있을까? 신에 가까워진다는 것이 불멸을 누리는 것일진대 방법은 있다. 그것은 바로 이름을 통한 불멸이다. 그리하여 그리스 인간 영웅들은 이름을 통하여 신의 불멸을 누리기 위해, 그것으로 신의 존재에 다가서기 위해 기꺼이 목숨을 내건다. 이들에게 가장 참을 수 없는 것은 명예가 손상되는 것, 즉 이름이 더럽혀지는 것이고, 어쩌면 가장 두려운 일은 자신의 이름이 그 누구의 기억에도 남지 않는 것이다. 이 생각은 무덤을 가리키는 그리스어 단어에도 잘 나타나 있다. 우리말의 무덤이나 한자어 묘(墓)가 죽은 이를 묻은 '장소'를 가리키는 데 비해 그리스어의 무덤은 '기억'이라는 단어로부터 유래한다. 그러니까 그리스인에게 있어서는 무덤이란 죽은 자의 시신이 안치된 장소가 아니라 죽은 자에 대한 기억이 머무르는 곳인 셈이다.

명예와 유명에 대한 집착에 긍정적인 면이 없는 것은 아니다. 명예를 소중하게 여기는 마음과 태도는 얼마나 귀하고 품격이 있던가. 하지만 이름을 향한 집착의 추악함 또한 우리는 잘 알고 있다. 아니, 어쩌면 우리는 이 추악함에 더욱 익숙하다. 이름을 알리고 싶다는 욕심, 유명해지겠다는 욕심을 온갖 선한 의도로 감싸고 스스로도 속인 채 유혹에 넘어가 패악을 저지르는 경우는 얼마나 많은가. 명예에 대한 탐욕이 당사자와 조직을 망치는 일 또한 얼마나 많은가.

인터넷과 영상매체의 기술발전은 유명해지는 길을 더욱 쉽고 빠르게 만들어 주었다. 그리고 지금 이 순간에도 모든 이들은 온라인상에 자신을 드러내고 알리기에 열심이다. 어쩌면 이 모든 노력 역시 불멸을 향한 노력일지도 모르겠다. 모든 사람이 이름을 남기려 애쓰고 있는 이때, 유난히 찬송가의 한 구절이 가슴에 다가오는 이유는 어쩌면 똑같이 이 욕망을 향하여 서 있는 내 모습에 대한 하나님의 충고일 것이다. "이름 없이 빛도 없이, 감사하며 섬기리다. 이름 없이 빛도 없이, 감사하며 섬기리다."

규율

"우리 모두 리얼리스트가 되자. 그러나 가슴속에 불가능한 꿈을 간직하자." 실존주의 철학자 장 폴 사르트르로부터 '20세기의 가장 완벽한 인간'이라는 칭송을 받은 체 게바라. 지난 학생들과의 독서 모임에서는 이 아르헨티나 의사 출신의 혁명가 체 게바라의 시집을 함께 읽었다. 시집이라고는 하나 본래적 의미의 시를 모아놓은 것은 아니고 체 게바라의 단상을 포함한 그의 짧은 글들을 시 형식으로 모아놓아 기획한 책이었다. 책의 여러 시 중 다음의 내용을 지닌 〈대장의 접시〉라는 글이 마음에 닿았다. 새로 온 취사병이 식량을 분배하면서 유독 대장인 게바라에게만 고기와 감자를 한 덩어리씩 더 주었다. 그러자 게바라가 취사병에게 접시를 집어던지며 호통을 쳤다는 얘기. 그를 부대에서 쫓아내고 나서 그는 자신의 시를 이렇게 끝맺었다. "그는, 단 한 사람의 호감을 얻기 위해 많은 사람들의 평등을 모독했다."

그의 철저했던 규율을 엿볼 수 있는 이 시를 읽고 한 학생은 게바라가 너무 심했다고 자신의 의견을 내놓았다. 물론 지켜야할 규율과 신념이야 이해하지만 어쨌든 대장을 향한 마음과 성의였는데 모욕을 주고 쫓아내기까지 하다니, 아무리 그래도 취사병에게 너무한 것 아니냐고. 나는 그 학생에게 다음과 비슷한 대답을 했다. "그건 그에 대한 조치 이전에 자신에 대한 조치였을 겁니다. 취사병에 대한 것이라기보다 유혹에 흔들리는 자신을 채찍질하기 위한 조치였겠죠." 분명 그랬을 것이다. 그의 분노는 많은 부분 필경 자신을 향한 것이었으리라. 취사병의 작은 특별대우에 흔들렸던 자신을 향한, 흔들릴지도 모를 자신을 향한. 충분히 대접을 받을 만한 행동을 했을 때, 너는 그 대접을 받아도 마땅해,라는 목소리는 얼마나 감미롭고 매혹적인가. 그러나 이 생각이야말로 신념을 위해 싸우는 사람에게는 금물이다. 하늘의 명령을 수행한 종은 자신이 이룩한 성과를 앞에 놓고 언제나 이렇게 대답해야 하기 때문이다. "우리는 쓸모없는 종입니다. 우리는 마땅히 해야 할 일을 하였을 뿐입니다."(눅 17:10)

비슷한 얘기를 예수님의 이야기 속에서도 발견할 수 있다. 예수께서 제자들에게 자신의 수난과 죽음에 대해 처음으로 말씀하셨을 때 수제자 베드로는 매우 강한 어조로 예수를 말렸다. "주님, 안됩니다. 절대로 이런 일이 주님께 일어나서는 안됩니다."(마 16:22) 그때 예수는 베드로를 똑바로 쳐다보시면서 말씀하셨다. "사탄아, 물러가라." 사탄이라니, 게바라의 이야기에서처럼 어쩌면 예수님은 늘 자신의 곁을 지키고 시중들었던 수제자에게 너무하신 것이 아닐까? 그러나 이 이야기를 예수께서 받으셨던 유혹의 이야기로 읽으면 사정은 달라진다. '받고 싶지 않은 죽음의 잔을 받지 않아도 될 수 있는 길이 혹시라도 있는 건 아닐까...?' 아마도 그래서 예수는 베드로에게 그렇게까지 심하게 말씀하신 것일 것이다. 베드로가 아니라, 자신이 들으라고. 사탄은 유혹하는 자, 유혹은 결코 사납거나 무섭지 않고, 달콤하고 강력하다. 그러니 이 달콤한 목소리를 떨쳐내기 위해서는 모질고 매정한 고함이 필요하다. "사탄아, 물러가라." 사역의 시작에 앞서 광야에서 유혹 받으셨을 때, 유혹하는 자의 유혹을 벗어나시면서 하신 예수의 마지막 고함도 바로 이것

이었다. "사탄아, 물러가라."(마 4:10)

체 게바라는 규율에 매우 엄격했던 사람이었다. 규율의 엄격함은 일차적으로 흐트러지기 쉬운 군인들을 통제하기 위한 것이었겠지만 보다 근본적으로는 자신을 통제하기 위한 것이었을 것이다. 차갑고 날카로운 규율, 흔들리는 자신을 향한 호통과 고함, 언제나 이 가운데 머물렀기에 아마도 그는 모든 영광을 뒤로 하고 이름 없이 빛도 없이 이국의 정글에서 자신의 최후를 맞이할 수 있었을 것이다. 규율, 삶 속에서 이것은 생각보다 중요하고, 생각보다 결정적이다.

말의 힘

　"태초에 말이 있었다. 그 말은 곧 하나님이었다."(요 1:1) 요한복음 시작에 대한 우리말 성경 번역은 다소 지나치게 예의를 차리고 신학을 곁들여 번역되어 있다. 그리하여 '말'은 '말씀'이 되었다. 그러나 예의와 신학을 빼고 쓰인 대로 번역한다면 요한복음의 처음은 아마도 위와 같이 될 것이고, 어쩌면 이 해석이야말로 원래 요한복음이 이 구절을 통하여 말하고자 하는 바를 보다 명확하게 보여줄 수 있을 것이다.

　"그게 말이 되니?" 소리가 말이 되는 과정은 매우 신기하고 기적적인 과정이다. 물리적 떨림인 소리가 공기를 통해 퍼져나가 귀로 전달된다. 그리고 뇌로 전달된 이 물리적 파동은 정교한 논리적 작용을 거쳐 제한된 의미로 파악된다. 물리적 소리가 의미를 지닌 말이 되는 것이다. 찰나의 시간에 벌어지는 복잡한 논리적 작용을 통하여 소리는 말이 된다. 그러므로 말이 된다는 말은 논리적으로 맞는다는 뜻이 된다. 그리하여 고대 그리스 철학자들은 '말'을 뜻하는 그리스어 '로고스'를 논리, 이성을 가리키는 뜻으로도 사용하였다. 심지어 그들은 이 말을 사물의 존재를 한정하는 보편적인 법칙으로까지 생각했다.

"만물은 말을 통하여 지은 바 되었다."(요 1:3) 이것은 말은 힘이 있다는 선언이다. 가장 처음으로 하나님은 '말'을 하셨다. "빛이 있으라." 그리고 그 즉시로 이 세상은 창조되었다. 말은 생각보다 엄청나고 무서운 힘을 지니고 있다.

그러니 우리는 나를 향한 말을 끊임없이 조심해야 한다. "난 늙었으니 너희들이 해." 일상에서 단순히 농으로 던지는 말일 테지만 이 말은 말을 내뱉은 자를 그렇게 규정하고 그렇게 매어둔다. 가장 하지 말아야 할 농담 중 하나다. "참 잘하시네요." 이 말에 한국인의 십중팔구는 예의상 "아니에요."라는 겸양의 말을 한다. 이 대목은 외국인들이 가장 이해하지 못 하는 부분이기도 하다. 그저 고맙다고 말하는 편이, 그런 말을 들어 기쁘다고 말하는 편이, 더 잘하도록 하겠다고 말하는 편이 오히려더 나을 것이다. 농담이든 예의든 부정적인 말은 어떤 식으로든 삶에 영향을 끼치기 때문이다. 말에는 힘이 있기 때문이다.

타인을 향한 말도 마찬가지다. "맨날 그래." "넌 언제나 그 모양이야." 자주, 많이 그럴 수야 있겠지만 분명히 매일과 항상은 아닐 것이다. 그러나 상대를 향해 그렇게 던지는 말은 그 사람을 옭아매고 그 사람을 지배하며 때로는 그 사람을 재기불능의 상태로 빠뜨리기도 한다. 말은 힘이 있기 때문이다. 창조를 가능케 하는 말은 파멸 또한 가능케 한다.

모든 마음의 병 또한 어찌 보면 갇히고 맺힌 말이다. 영, 혼, 육은 인간을 구성하는 세 요소라기보다는 한 인간을 바라보는 세 가지 측면이다. 영, 혼, 육이 하나인 인간이기에 마음의 병은 즉시 몸의 병이 된다. 결국 마음의 병의 치료는 말을 밖으로 꺼내는 일이다. 영화 〈몬스터 콜〉은 이 유일한 치유의 길을 분명하게 보여주는 매우 아름다운 동화다. 끊임없이 이야기를 요구하는 환상 속 괴물 앞에서 마침내 주인공 소년은 자신의 솔직한 심정을 '말'로 말한다. 그렇게 응어리는 말로 나오고 드디어 상처는 치유된다. "그 말 안에는 생명이 있었다."(요 1:4) 말은 생명 또한 가져다준다.

"말이 육이 되어 우리 가운데 거하셨다."(요 1:14) 예수 그리스도는 육이 된 말, 이렇게 말은 하나님이 우리 곁에 계신 수단이 된다. 하나님은 말로 천지를 창조하셨고, 말로 그 창조를 유지시키시며, 말로 우리와 함께 하신다. 그리고 그 말을 우리에게도 선사하셨다. 그러니 말을 가벼이 여기지 말자. 말에는 힘이 있다.

"우리는 이 혀로 주님이신 아버지를 찬양하기도 하고, 또 이 혀로 하나님의 형상대로 지음을 받은 사람들을 저주하기도 합니다. 또 같은 입에서 찬양도 나오고 저주도 나옵니다. 나의 형제자매 여러분, 이렇게 해서는 안 됩니다."(약 3:9-10)

아기 예수를 죽인 사람

　"책임질 필요가 없는 남의 아기에 대해서는 그 덕담이 더욱 풍성하고 후해집니다. 대통령감, 장군감, 재벌감, 박사감, 법관감 아닌 아기는 아마 없을 것입니다. 그러나 아무도, 예수님을 믿는 이조차도, 아기가 장차 예수님을 닮기를 원치 않습니다. 만일 남의 아기를 보고 너 앞으로 예수님처럼 살아라, 하면 덕담이 아니라 악담이 될지도 모르겠습니다.

　우리는 어쩌면 남의 아기는 몰라도 내 아기만은 예수님처럼 살까 봐 두려워하고 있는지도 모르겠습니다. 그래서 타고난 아기 예수의 천진성이 꽃피기 전에 잘라버리려고 작심을 합니다. 얻어맞는 아이가 될까 봐 먼저 때리길 부추기고, 행여 말석에 앉는 아이가 될까 봐 양보보다는 쟁취를 가르치고, 박해받는 이들 편에 설까 봐 남을 박해하는 걸 용기라고 말해주고, 옳은 일을 위해 고뇌하게 될까 봐 이익을 위해 한눈팔지 않고 돌진하기를 응원합니다.

　모든 아기들은 태어날 때 아기 예수를 닮게 태어났건만 예수님을 닮은 어른은 참으로 드뭅니다. 있을 리가 없지요, 우리가 용의주도하게 죽였으니까요.”

이 글은 우리말을 참 아름답게 다루는 작가 박완서가 〈우리 안에 공존하는 동방박사와 헤로데〉라는 제목으로 쓴 글의 일부다. 작가는 신생아실의 충만한 생명의 기운을 묘사하면서 아이들을 향한 덕담으로 주제를 이끈다. “그들처럼 되어라.” 성공을 상징하는 모든 직업군들이 덕담의 대상이 된다. 그런데 정작 예수님을 구원자로 믿는 사람들에게 예수님은 덕담의 대상이 되지 못 한다. “예수님처럼 살아라.”라는 말이 덕담이 아니라 악담이 된다는 아이러니, 작가는 예수님을 믿는다 하면서도 정작 예수님의 삶을 살기는 꺼려하는 우리 모두를 잔잔한 언어로 통렬하게 비난한다. 그리고 마침내 작가는 우리 모두가 우리 안에 있는, 우리의 자녀들 안에 있는 예수님을 죽였다고 서늘하게 말한다. 그것도 용의주도하게.

작가의 말처럼 우리 안에는 꺼질 것 같은 아기 구세주의 목숨을 보호하기 위해 잔인한 왕의 명령을 무시했던 동방의 박사들보다 예수를 죽이려고 혈안이 되었던 헤롯이 더 많은 자리를 차지하고 있는지도 모른다. 아기 예수를 기리고 기다리는 절기 속에서 스스로를 동방박사로 생각하고 싶은 우리가 사실은 헤롯에 가까운 마음과 행동을 하며 살아가고 있다니, 이 얼마나 서늘하고 무서운 진실인지.

사람들은 예수님을 믿고만 싶을 뿐 그 삶을 따라 살고 싶어 하지는 않는다. 이천 년 전이나 지금이나 사정은 다르지 않다. 구세주의 탄생을 고대하며 삶의 먼 길을 돌아 마침내 아기 예수를 찾고 경배하며 기뻐했던 동방박사들과, 자신의 자리를 보전하고자 수많은 무고한 생명을 해쳐서라도 구세주를 처치하려 했던 헤롯 중에서, 지금의 나는 과연 어떤 사람일까? 아기 예수를 죽이려던 바로 그 헤롯처럼 지금도 나는 내 안에 계신 아기 예수를 죽이려 애쓰고 있는 것은 아닐까? 그 삶을 살기 무섭고 싫어서, 용의주도하게 자신을 속이며, 태초의 가인처럼 그렇게 끊임없이 마음속의 살인을 시도하고 있는 것은 아닐까? 아기 예수를 기다리는 시간 속에서 가장 먼저 돌이켜봐야 할 회개의 마음은 어쩌면 이것일지도 모르겠다.

"헤롯은 박사들에게 속은 것을 알고 몹시 노하였다. 그는 사람을 보내어 그 박사들에게 알아 본 때를 기준으로 베들레헴과 그 가까운 온 지역에 사는 두 살짜리로부터 그 아래의 사내아이를 모조리 죽였다."(마 2:16)

그냥

　그냥. 이것은 이유나 근거를 찾는 거창한 질문을 단 한 순간에 정지시키고 무력화시킬 수 있는 마법의 주문이다. 끊임없이 이유를 찾는 머리의 모든 시도와 작동을 순식간에 철거해버리는 신비한 주문이기도 하다.

　"왜 좋아?" 곰곰이 생각해보면 주로 이유를 묻는 이 질문에는 한 가지 큰 문제가 숨겨져 있다. 만일 누군가를 좋아하는 데 어떤 이유가 있다면 언젠가 파스칼이 지적했던 것처럼 우리는 그 누군가를 그 자체로 좋아하는 것이 아니라, 엄밀하게 말하자면 그가 속성, 즉 그의 어떠함을 좋아하는 것이다. 잘생겨서, 착해서, 생각이 맞아서, 가족이라서... "왜 좋아?"라는 말에 이와 비슷한 그 어떤 대답이라도 하는 순간, 우리는 이미 함정에 빠져든 셈이다. 나는 순수하게 '그'를 좋아하는 것이 아니라 그의 '어떠함'을 좋아한 것이기 때문이다. 그렇다면 과연 그 어떤 이유도 없이 누군가를 사랑하는 것이 가능하기는 할까? 파스칼의 대답은 인간은 그럴 수 없다는 것이었다.

"왜 해?" 이 질문이 지금 하고 있는 행동의 목적을 묻는 질문을 뜻한다면 이것은 암묵적으로 다음의 사실을 의미한다. 지금 하고 있는 일이나 행동은 무언가 다른 것을 위한 도구로 사용되고 있는 것, 그 자체를 목적으로가 아니라 다른 궁극의 목적을 위한 수단으로서 지금의 일을 행하고 있다는 것. 어떤 일을 대할 때 자체의 목적으로 대할 것인가, 다른 목적을 위한 수단으로 대할 것인가에 대하여 교부 아우구스티누스는 '향유'와 '사용'이라는 말을 사용하여 설명했다. 그에 따르면 향유란 그 자체 때문에 사랑하는 것으로 우리를 행복하게 만드는 것이고, 사용이란 그 자체 때문에 사랑하는 것이 아니라 내가 사랑하는 다른 것에 무언가를 관계시키는 것에 불과하다. 모든 일을 수단으로 사용하는 삶은 지치고 고달프며 재미없다.

"어떻게 해야 할까?" 비슷하게 머리를 복잡하게 만드는 질문이다. 이 질문은 수많은 결심과 계획 앞에서 우리를 곤혹에 빠뜨리는 질문이기도 하다. 20세기 현대무용의 거장 마사 그레이엄은 1990년 한국을 방문한 적이 있다. 1894년생인 대무용가가 90세가 넘는 고령을 휠체어에 싣고 공항으로 들어오는 순간 수많은 기자들이 질문을 던졌다고 한다. 무용을 잘하려면 어떻게 해야 하는가, 한국의 무용학도들을 위해 해줄 말은 없는가? 천재로부터 나오는 촌철살인의 가르침을 기대한 이 간절한 질문들에 노년의 그녀는 짧은 세 마디를 던지고 공항을 떠났다고 전해진다. "Just do it." "그냥 해."

수천의 사람들을 보고 제자들은 걱정이 태산이었다. 그들은 고민 끝에 최선의 해결책을 들고 예수께 나아갔다. "아무리 생각해봐도 안 되겠습니다. 사람들을 해산시켜서 각자 먹을 것을 찾게 하십시오." 이에 대한 주님의 대답은 다소 어처구니가 없다. "그냥, 너희가 먹을 것을 주어라." 그러자 주님을 이해할 수 없는 제자들은 다시 머리를 쥐어짜기 시작했다. "아니, 아무리 생각해봐도 안 됩니다. 이 사람들 다 먹이려면 돈이..." 아마도 주님이 원하셨던 대답은 분명 이런 종류의 것이 아니었을 것이다.

우리의 머리는 지금도 항상 이유와 목적을 생산해내기 위해 분주하다. 그런데 모든 인간의 문제 역시 머리에서 비롯되지 않던가. 걱정도 근심도 고민도 모두 머리로부터다. 왜 좋은가, 왜 하는가, 어떻게 해야 하는가? 이 모든 질문에 대하여 '그냥'이라는 대답은 때로 모든 방편과 수단을 없애고 그 자체를 목적으로 바라보게 만드는 힘, 문제를 순식간에 단순화시키는 힘을 보여주기도 한다. 그 자체로 목적인 것에는 찾아야 할 논리적 이유가 없고, 그 자체로 목적인 것에는 비로소 재미가 있다. 게다가 이 '그냥'은 유혹에서 벗어나는 방법으로도 탁월하다. 거창한 이유나 수단, 절차 없이 '그냥' 발을 빼는 것, 어쩌면 이것이야말로 우리를 둘러싼 유혹에서 도망갈 수 있는 가장 효과적인 방법일지도 모른다. 거창한 이유는 언제나 교만과 자만을 불러일으킬 뿐이다. 그러니 새해에는 이 '그냥'과 좀 친해지는 것도 괜찮지 않을까? 머리를 멈추게 만드는 이 신비한 단어, 어쩌면 '그냥'은 심지어 믿음에 가까운 단어일지도 모르겠다.

설화(舌禍)

　한 여성 검사의 성폭력 피해 인터뷰가 한국사회를 뒤흔들었다. 그녀는 제도에 의해, 인습에 의해 거의 언제나 말을 빼앗겨버리고 마는 성폭력 피해자들에게 결코 그들의 잘못이 아니라고 말할 용기를 얻기까지 8년이 걸렸다고 했다. 그런데 정작 그녀가 이 용기를 내게 된 계기로 밝힌 사건은 더욱 충격적이었다. 그 계기란 바로 해당 성폭력 가해자가 기독교인이 되면서 세례를 받을 때 했던 간증이었기 때문이다. "가해자가 최근에 종교에 귀의를 해서 회개하고 구원을 받았다고 간증을 하고 다닌다는 이야기를 들었습니다. 저는 회개는 피해자들에게 직접 해야 된다는 말을 전해드리고 싶습니다." 그녀는 정확하게 이렇게 말했다.

　이 대목에서 많은 사람들이 이청준의 단편 〈벌레 이야기〉를 각색한 이창동 감독의 영화 〈밀양〉의 한 장면을 떠올렸다. 아이를 유괴한 후 살인을 저질러 감옥에 수감 중인 범인이 면회를 온 아이의 어머니 앞에서 아주 평온한 얼굴로 이제 자신은 감옥에서 하나님을 믿고 회개하여 하나님께 용서 받았노라고 말하던 바로 그 장면을.

"사람은 마음으로 믿어서 의에 이르고, 입으로 고백해서 구원에 이르게 됩니다."(롬 10:10) 그리스도인들은 이 말을 너무 쉽고 간단하게 받아들였다. 엄청난 구원에 이를 그 존재가 떨리는 고백을, 박해의 시대에 어쩌면 목숨을 걸었어야 했을 그리스도에 대한 고백을 단순한 세치 혀의 놀림으로 이해해버리고 만 것이다. 구원이 혀로 충분하다는 생각은 자연스럽게 회개 또한 혀로 충분하다는 생각으로 이어졌다. 그리하여 그렇게 혀로 쉽게 이루어진 회개와 그렇게 쉽게 선언되고 분배된 구원의 결과를 우리는 마침내 똑똑히 지켜보게 되었다.

여성 검사와 인터뷰를 진행했던 앵커는 며칠 후 한 코너에서 현실의 죄를 변명하고 합리화하는 값싼 회개를 비난하며 성경의 아골 골짜기 이야기를 언급했다. 그것은 죄를 회개했음에도 불구하고 결국 죽임을 당한 아이성의 아간 이야기였다. "제가 진실로 주 이스라엘의 하나님께 죄를 지었습니다."(수 7:20) 실제로 아간은 자신의 죄를 고백했었다. 그러나 이렇게 자신의 죄를 다 고하고 회개했지만 아간은 결국 돌로 쳐 죽임을 면하지 못했다. "너는 어찌하여 우리를 괴롭게 하느냐?"(수 7:25) 여호수아는 아간을 이렇게 비난했다. 이 말로 여호수아는 하나님께만 죄를 지었다는 아간의 생각도 비난한 것일까? 어쩌면 그가 용서받지 못했던 것은 자신의 동포들에게 지은 죄를 고백하지 않아서였을까? 분명한 이유는 모르나 이 성경의 이야기가 전해주는 분명한 점은 이것이다. 입의 회개가 자동으로 용서로 이어지는 것은 아니다.

교회가 세상에게 회개를 가르치는 것이 아니라 세상이 교회에게 회개를 가르치는 아이러니를 교회는 스스로 자초했다. 값싼 혀의 회개의 남발로 말이다. 회개는 결코 죄의 세탁이 아니다. 말로 한다는 회개는 입으로가 아니라 삶으로 말하는 것이어야 하지 않을까? 설화(舌禍),

혀로 이룩한 모든 회개와 구원이 결국 혀의 화가 되어 교회를 덮쳤다. 행함이 없는 입만의 믿음을 비난하면서, 자신의 믿음을 만족스럽게 여기는 신자들을 조롱했던 야고보서 기자의 말은 분명 지금의 우리를 향한 말일 것이다.

"그대는 하나님께서 한 분이심을 믿고 있습니다. 잘하는 일입니다. 그런데 귀신들도 그렇게 믿고 떱니다."(약 2:19)

이유의 개수

어떤 선택의 기로에 들었을 때, 특히나 그것이 복잡한 가치판단을 포함한 문제이고 그 속에서 과연 해야 할지 해서는 안 될지를 결정해야 할 때, 그 결정의 올바름을 간단하게 판별하는 방법이 있다. 그것은 바로 그 결정이 무엇이든 그 결정을 위한 이유의 개수를 헤아려보는 것이다.

구체적으로 예를 들어보자면 윤리적으로 어떤 일을 하지 말아야 한다고 판단할 때, 하지 말아야 할 이유는 단 하나만 필요하고 단 하나로 충분하다. 이미 첫 번째 이유에서 하지 말아야 할 이유를 확정지었다면 두 번째 이유는 고려하거나 생각할 필요가 없기 때문이다. 첫 번째 이유로 모든 것은 이미 충분하다. 그 행동이 옳지 않은 한 가지 이유만으로도 하지 말아야 할 이유는 충분하게 결정된 것이다.

그러므로 만일 내 속에 이유가 여럿이라면 혹시나 변명이 아닐지 반드시 의심해볼 필요가 있다. 이유가 많다는 것은 변명을 위한 자기합리화일 가능성이 크기 때문이다. 이런 종류의 이유들은 많기도 하거니와 모두가 논리적으로 보이기까지 하다. 이기적인 결정 앞에 선 인간이란 스스로를 속일 정도로 얄팍해져 자기합리화를 위해 필요한 이유들을 끊임없이 생산해내기 때문이다. 그러니 이유가 여럿이라면, 그러면서도 모두 논리적으로 보인다면, 아마도 자기합리화를 위한 변명일 것이 분명하다.

단순함은 윤리적 결정에 있어 필연적이다. 그리고 윤리적 결정에서의 올바른 이유는 언제나 첫 번째로, 즉시, 떠오르는 법이다. 첫 번째 마음의 소리는 거의 언제나 옳으며, 이 소리는 하나님의 소리를 닮아 있다. '마음'이라는 단어가 상징하는 것처럼 이 소리는 우리의 생명을 유지시키는 심장으로부터 오는 소리다. 철학자 칸트가 그 자체가 목적인 무조건적 명령, 즉 정언명령(定言命令)이라고 근사하게 불렀던 것처럼, 이 소리는 논리적이라기보다는 직관적이다. 그리고 우리는 이 심장의 소리를 '즉시' 들을 필요가 있다.

만일 '즉시'라는 때를 놓친다면, 언젠가 말한 것처럼 바로 그 순간부터 재빨리 머리가 작동하기 시작한다. 심장에서 놓친 말이 신속히 머리로 올라가 여러 가지 이유를 생산해내는 것이다. 그리하여 결국 머릿속에서는 이성을 거친 여러 가지 논리적인 이유들이 생성되기 시작한다. 이것이 바로 이상과 현실을 동시에 고려하여 반영한 대타협의 결정이 출현하는 과정이다.

복음서 중 특히나 마가복음은 '곧'이라는 단어를 유달리 많이 사용한다. 원어로 살펴보자면 1장에서만 무려 11번이나 사용될 정도다. 성령은 '곧' 예수를 광야로 몰아내고, 시몬과 안드레는 '곧' 그물을 버려두고 예수를 따르며, 주님은 '곧' 야고보와 요한을 부르신다. 이상하리만치 반복적으로 자주 등장하는 '곧'은 모든 결정과 사건에 그 어떤 인간적 생각도 개입되어 있지 않다는 인상을 준다. 제자들의 결단은 숙고의 시간을 거쳐 일어난 머리의 결정이 아니라 즉시로 일어난 심장의 결정으로 묘사된다. 모든 것이 단순하게 결정되고 단순하게 일어난다. 우리의 삶은 이 첫 번째 복음서의 묘사와도 같은 단순함에 더 많은 자리를 내 줄 필요가 있다. 많은 이유가 필요한 일이라면 많은 변명이 필요한 일일지도 모른다. 이유의 개수를 줄이고 조금은 더 단순해지도록 애쓰도록 하자.

"실상 필요한 것은 한 가지뿐이다."(눅 10:42)

잃어버린 마음들을 찾아서

　교회에 다니는 사람이라면 누구나 '가나안 신도'나 '가나안 성도'라는 말을 한번쯤은 들어본 적이 있을 것이다. 이 말은 교회를 잘 다니다가 어떤 이유로든 교회 나가는 일을 중단한 교인들을 일컫는 말로 '안나가'를 거꾸로 사용한 다소 희화적인 표현이다. 물론 이 표현은 교회의 공식적인 용어는 아니다. 교인들이 격의 없는 자리에서 농담 삼아 사용하는 말로 공식적이거나 격식을 갖춘 자리에서는 주로 '낙심자'(落心者)라는 표현을 사용하곤 한다.

　낙심자에 들어있는 한자어 落心은 글자그대로 마음이 떨어져버렸다는 표현이다. 이렇게 마음이 떨어져버린 이유, 교회 나가기를 중단한 이유는 실로 다양하다. 그것은 때로 신앙과 무관하기도 하고 때로는 신앙과 직결되기도 한다. 신앙과 무관한 가장 큰 이유로는 아마도 인간관계를 들 수 있을 것이다. 예를 들어 인격과 신앙이 미처 성숙하지 못 한 교인들은 교회에서 맺게 되는 인간관계에서 갈등을 경험하면 쉽게 교회 나가기를 중단하곤 한다. 그러나 이런 경우는 신앙과 무관하기에 오히려 쉽게 해결되기도 한다. 인격이 자라거나 갈등이 해결되면 다시 쉽게 교회에 나오게 되기 때문이다. 사실 이런 경우는 교회에서 만나는 사람이나 사건이 문제지 '교회에 나오는 일 자체'는 문제가 되지는 않는 경우다.

이에 반해 신앙 자체가, 교회 자체가 이유가 되는 경우는 보다 치명적이다. 어쩌면 지금 한국교회가 심각하고 겪고 있는 낙심자의 문제는 바로 이 경우에 해당할 것이다. 등록교인과 출석교인의 차이가 단지 한 주 한 주에 따른 개인적 사정이 아니라는 사실을 우리는 잘 알고 있다. 더 이상 인구의 사분의 일, 천 만 그리스도인을 말할 수 없다는 사실 역시 우리는 암묵적으로 잘 알고 있다. 교회의 교인명부에 기입되어 있었던 교인들 중 꽤 상당수가 이미 마음이 떨어져버려 교회를 떠났다. 문제는 이 사태가 개교회 각각의 목회자들의 태도에 기인했다기보다 한국교회 전체의 태도와 성향에 기인한 것이라는 점에서 더욱 절망적이다.

'냉담자'(冷淡者). 개신교와 달리 가톨릭에서는 교회 다니기를 중단한 사람들을 냉담자 또는 냉담 교우라고 부른다. 冷淡이라는 말이 지닌 쌀쌀함과 차가움은 교회에 대한 적극적인 반감이 들어있는 것 같은 인상을 준다. 낙심자가 수동적이고 피해자 같은 느낌인 반면 냉담자는 보다 능동적이고 공격적인 느낌이 드는 것이다. 그래서인지 가톨릭교회는 냉담자라는 표현을 다소 순화된 '쉬는 교우'등으로 바꾸어 사용하기도 한다고 한다. 냉담자라는 말을 처음 들었을 때, 어쩌면 이 말이야말로 현재 한국교회 낙심자들의 상황, 즉 교회가 한 번 품었으나 잃어버리고만 마음들을 가장 적절하게 표현한 말이 아닌가 하는 생각이 들었다. 싸늘하게 식어버린 교회에 대한 마음을.

하지만 희망이라면 희망일까? 한국교회의 냉담자들은 신앙 자체를 중단한 사람들이라기보다는 교회 나가는 것만을 중단한 사람들인 경우가 많은 것처럼 보인다. 신앙을 버린 것이 아니라 교회를 버린 사람들이기에 이들은 교회에는 나오지 않지만 방송이나 매체를 통하여 설교를 듣기도 하고 개인적인 영역에서 신앙인으로서의 삶을 살아가기도 한다. 마치 자신을 올바로 돌봐줄 목자를 찾지 못 한 양들처럼 이리저리 유리하면서. 어쩌면 이 냉담자들은 한국교회의 본모습을 드러내주는 거울 같은 존재들이다. 이 잃어버린 마음들을 더 자세히 들여다보고, 그 이유에 대해 더 고민하며 성찰하는 일이야말로 교회가 더 이상의 참사를 막는 유일한 길이 아닐까?

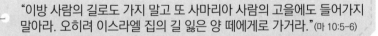

"이방 사람의 길로도 가지 말고 또 사마리아 사람의 고을에도 들어가지 말아라. 오히려 이스라엘 집의 길 잃은 양 떼에게로 가거라." (마 10:5-6)

에이지스플레인 (agesplain)

얼마 전 운동을 하는 동호회에 새로운 회원이 가입하셨다. 50대 후반의 이 신입회원은 사람들과 빨리 친해지고 싶으신지 회원들에게 친밀하게 다가가 자주 말을 거셨다. 여기까지는 좋았는데, 사람들과의 대화에서 이 신입회원이 끊임없이 사람들의 나이를 묻는 소리가 들렸다. 그 소리를 듣자 괜스레 눈살이 찌푸려졌다. 말을 건 대부분의 회원들이 그분보다 명백하게 나이가 적었기 때문이었다. 결국 나이로 우세를 취하려는 대단히 한국적인 모습이었다.

우리나라에서는 유난히 나이를 통한 우월감을 드러내는 일이 많다. 나이가 많은 것이 자랑이라도 되는 양, 나이를 먹으면 지혜와 인격과 권위가 시간과 함께 저절로 쌓이기라도 하는 양 나이가 많다는 사실 하나로 유세를 떠는 모습이 전혀 드물지 않다. 그리하여 싸움의 마지막은, 그것이 말싸움이든 주먹다짐이든 늘 '너 몇 살이야'로 끝나기 십상이다. 물론 이 말을 뱉는 사람은 당연히 싸움에서 불리하게 된 나이가 많은 쪽이다.

장유유서(長幼有序)라는 말이 있다. 사전에는 "오륜(五倫)의 하나로 어른과 어린이 사이의 도리는 엄격한 차례가 있고 복종해야 할 질서가 있음을 이른다."라고 표기되어 있다. 유학을 중국보다 더 신봉하는 우리나라는 이 말을 이데올로기처럼 다듬어 내면화시키고 모든 분야에 적용해왔다. 나이 어린 사람은 나이 많은 사람의 말을 들어야 한다. 후배는 선배의 말을 들어야 하고, 손아래동생은 손위형제나 자매의 말을 들어야 한다. 말의 옳고 그름보다 더 중요한 것은 序, 즉 나이의 차례요 서열이기 때문이다.

그러다보니 나이가 많은 사람은 나이 어린 사람을 동료나 벗으로 보지 못하고 지도하고 가르쳐야 하는 대상으로만 보게 된다. 그리고는 끊임없이 지도와 가르침의 강박 아래서 끊임없이 이 가르침을 시전하려고 한다. 남성이 끊임없이 권위적인 태도로 여성에게 가르치듯 설명해주려는 태도를 맨스플레인(mansplain)이라는 말로 표현하여 비판하는 요즈음, 나이 많은 이들이 보여주는 이러한 태도는 가히 에이지스플레인(agesplain)이라고도 불러도 무방할 정도다.

그런데 나이를 두고 유세하는 이러한 태도가 진정 우리나라 유교의 고유한 전통이었을까? 뜻밖에도 한국 유교사상의 중심이었던 퇴계 이황의 태도는 이와 전혀 다른 모습을 보여준다. 퇴계 이황이 자신보다 무려 26살이나 어린 고봉 기대승과 나누었던 서신들은 나이를 초월한 존중과 존경을 보여준다. 나이만의 차이가 아니라 당시 성균관 대사성으로서 국립대학 총장의 자리에 있던 이황이 이게 갓 과거에 급제한 청년에게 보인 존중과 배움의 자세는 실로 놀라움을 금할 수 없게 만든다. "처음 만나면서부터 견문이 좁은 제가 박식한 그대에게서 도움 받은 것이 많았습니다. 하물며 서로 친하게 지낸다면 도움 됨이 어찌 이루 말할 수 있겠습니까?" 첫 만남 이후의 두 번째 편지에서부터 이황은 깍듯하게, 그리고 순수하게, 한참 어린 사람의 지식과 지혜에 존경과 예를 표한다. 이러한 태도가 깊이 배어있으니 이 편지의 말미, "오직 이 시대를 위해 더욱 자신을 소중히 여기십시오."라는 말은 결코 꼰대의 충고가 아니라 나이 어린 동료에 대한 연륜 깊은 애정의 충고로 들린다. 서신을 통한 두 사람의 진지한 학문적 논쟁과 애정은 퇴계가 세상을 떠날 때까지 13년간이나 지속되었다고 한다.

어디 세상에서뿐일까, 교회 안에서도, 교단 안에서도 나이를 통한 에이지스플레인은 너무도 만연하다. 언제까지 존경은 늘 어린 사람의 몫이고, 가르침은 늘 나이 든 사람의 몫이어야 할까? 적어도 교회에서만큼은 존경과 가르침이 나이를 초월했으면 좋겠다. 퇴계와 고봉 같은 이들이 더 많았으면 좋겠다.

"아무리 나이가 많아도 신하의 직언을 듣지 않는 왕은 어리석다. 그보다는 가난할지라도 슬기로운 젊은이가 더 낫다."(전 4:13)

3부

세습 삼총사

다른 평화

국가, 민족, 지역, 계급... 모든 곳에 분쟁과 갈등이 있으며 어디에서도 평화는 보이지 않는다. 밖에서 뿐일까? 내 안에서도 역시 평화는 보이지 않는다. 세상은 평화 원하지만 전쟁의 소문 더 늘어간다는 옛 복음성가의 노랫말은 더욱 더 절실해지기만 한다. 사람들은 어디서나 평화를 갈망한다. 그러나 여기서 미처 주의 깊게 생각해보지 않는 것이 있으니 평화에도 여러 종류의 평화가 있다는 사실이다. 이것이야말로 결정적인 문제인데도 말이다. 따라서 평화를 원하는 마음 이전에 중요한 것은 이것이다. 도대체 우리는 '어떤' 평화를 원하는가?

〈전쟁과 평화〉. 톨스토이의 이 작품 제목은 아마도 사람들이 평화를 이해하는 방식을 가장 잘 보여주는 예라고 할 수 있을 것이다. 사람들은 언제나 평화를 전쟁의 대척점에 놓인 것으로 이해한다. 평화는 전쟁이나 분쟁, 갈등이 그친 상태라는 것이다. 즉, 이 평화는 전쟁이 끝나면, 다시 말해 승자가 결정되면 이루어진다. 결국 이 평화는 힘의 승리가 가져다주는 평화이고 그 힘이 다른 힘보다 강한 한에서만 유지될 수 있는 평화다. 이 전통적인 서양의 평화 이해는 역사 속에서 '팍스 로마나'(Pax Romana), 즉 '로마의 평화'라는 말 속에 각인되었다. 로마제국이 폭력적 힘으로 정복 전쟁을 끝낸 후 이룬 로마의 평화는 또 다른 힘의 승자가 나타날 때까지 로마의 힘에 의해 유지되었던 평화이기도 했다. 힘이 가져다주고 힘으로 유지되는 힘의 평화, 이것이 서구세계가 이해하는 평화의 본질이다.

그렇다면 이것이 평화에 대한 유일한 이해일까? 서양과 달리 동양은 평화에 대해 다소 다른 이해를 지니고 있었던 것이 분명하다. 동양이 지녔던 평화에 대한 이해는 '平和'라는 한자어에 잘 나타나 있다. 平和의 '平'자는 물 위에 뜬 물풀의 모양을 본 따 만든 상형문자로 꼭 평평한 저울의 모양처럼 생겼다. 이어서 '和'자는 두 개의 한자, 즉 입 구(口)와 벼 화(禾)로 이루어져 있다. 그렇다면 동양의 세계가 이해했던 평화에 대한 태고의 이상은 평화란 모든 사람의 입에 골고루 평등하게 쌀이 돌아가는 상태인 셈이다. 전쟁이 그친 것만으로는 부족하다. 이 평화는 올바른 분배를 통해서만 실현되는 평화다. 올바른 분배란 결국 정의, 다시 말해 동양의 평화는 분배의 정의가 실현된 평화, 즉 정의를 품은 평화다.

이 평화에 대한 태고의 동양적 이해는 성경의 이해와도 닮았다. 사도 바울은 주님이 오실 날이 언제인지를 묻는 신자들에게 그 때가 갑작스럽게 임할 것에 대해 다음과 같이 말한 적이 있다. "사람들이 '평안하다, 안전하다' 하고 말할 그 때에 아기를 밴 여인에게 해산의 진통이 오는 것과 같이 갑자기 멸망이 그들에게 닥칠 것이니 그것을 피하지 못할 것입니다."(살전 5:3) 평화와 안전. '팍스 에트 세쿠리타스'(Pax et Securitas). 이 구호는 당시 로마제국의 모토요 복음이었다. 그러나 바울은 제국이 주장하고 보증하는 평화와 안전을 거부한다. 그는 다른 평화를 믿고 있었던 것이다. 평화를 만드는 자(peacemaker)는 복이 있다(마 5:7)고 주님은 말씀하셨다. 이 평화가 어떤 식으로든 분쟁만을 없애는 평화, 힘으로 얻어지는 평화일 리 없다. 이 평화는 정의를 실현하는 평화, 정의를 품은 평화다. 하나님의 자녀들이라 불리게 될 사람들은 바로 이 평화를 몸소 누리고 만들어 나가는 사람들이다. 우리의 평화, 주님이 주시는 평화는 결단코 다른 평화여야 한다. 주께서 분명히 말씀하신 것처럼.

"나는 너희에게 평화를 주고 간다. 내 평화를 너희에게 주는 것이다. 내가 주는 평화는 세상이 주는 평화와는 다르다. 걱정하거나 두려워하지 말라."(요 14:27)

"오직 죽은 물고기들만
물결을 따라 헤엄친다."

　격언과 속담들은 나라마다 어느 정도 차이를 보이게 마련이다. 인간이 지닌 보편적 본성에 근거한 비슷한 속담들도 물론 많지만 각각의 나라가 지니고 있는 다양한 가치관과 문화, 사상 등이 반영된 색다른 격언들도 이에 못지않게 많기 때문이다. 독일에서 처음으로 인상 깊게 만난 독일식 격언은 거리에 진열된 엽서에 프린트 된 다음의 글귀였다. "현실이 파괴할 수 있는 것보다 더 많은 꿈을 자신의 영혼에 지니고 있는 자, 그는 진정한 부자다." 곱씹을 만한 이 문장은 왠지 모르게 독일스러운 느낌을 주었었다.

　두 번째로 만난 격언은 아이가 다니던 예술학교에서였다. 예술학교란 말하자면 시에서 운영하는 음악 미술 학원이었다. 거의 최하위 소득층인 유학생의 신분으로서 독일 사회 곳곳에서 누린 복지의 혜택은 이곳에서도 마찬가지였다. 피아노 선생님과의 일대일 레슨을 포함하여 소그룹 미술반을 다니면서도 국가의 교육비 지원 덕에 거의 학원비를 내지 않고 다녔으니 말이다. 바로 여기서 그 격언을 만났다. 학원 건물의 엘리베이터 내부는 온갖 낙서와 그라피티로 가득 차 있었는데 바로 그

엘리베이터 안에서 내 삶에 새겨질 두 번째 독일 격언을 만난 것이다. 그 격언은 이것이었다: "오직 죽은 물고기들만 물결을 따라 헤엄친다."

우리는 어려서부터 다음과 같은 처세의 지침을 들으며 자란다. "모난 돌이 정 맞는다." "가만히 있으면 중간은 간다." "사람 많은 쪽으로 줄을 서라." 결국 튀지 말고 시류에 따라 흐르라는 말이다. 그러나, 물결을 따라 흐르는 것은 오직 죽은 물고기들뿐이다. 세상 속에서 하나님의 나라를 살아가는 그리스도인, 살아계신 하나님의 영으로 살아가는 사람이라면 당연히 세상의 물결, 세속적 가치관과 문화를 거슬러 헤엄쳐야 하지 않을까?

그리스도인은 세상을 지배하는 탐욕과 죽음의 문화에 대항하여 싸워야 한다. 삶을 짓누르는 절망, 비관, 포기, 회의, 냉소, 조롱, 비아냥의 기운과 싸워야 한다. 싸우지 않으면 그저 죽은 물고기처럼 물결에 따라, 시류에 따라 흘러가버리고 말기 때문이다. 아무 것도 하지 않고 가만히 있는 것은 중간을 의미하는 것이 아니라 멸망을 의미하기 때문이다. 저 유명한 달란트의 비유(마 25:14-30)에서 주인에게 벌을 받은 악하고 게으른 종은 결국 아무 것도 하지 않은 종이었다. 최후의 심판(마 25:31-46)에서 저주를 받은 자들도 악을 행한 이들이 아니라 선을 행하지 않은, 즉 아무 것도 하지 않은 사람들이었다. 안식일에 관한 논쟁에서 예수님은 이 점을 분명히 하셨다. 예수님은 "안식일에 선을 행하는 것과 악을 행하는 것, 생명을 구하는 것과 죽이는 것, 어느 것이 옳으냐?"(막 3:4)는 질문을 통해 악을 행하는 것이 악이 아니라 선을 행하지 않는 것이 악이라고, 생명을 구하지 않는 것은 곧 생명을 죽이는 것이라고 말씀하신다. "그러므로 사람이 해야 할 선한 일이 무엇인지 알면서도 하지 않으면 그것은 그에게 죄가 됩니다."(약 4:17) 성경의 가르침은 한결같다.

끊임없이 싸워야 하는 이유는 거창한 대의를 위해서만이 아니다. 영화 〈도가니〉의 한 대사는 또 다른 싸움의 이유를 말해준다. "우리가 싸우는 건 세상을 바꾸기 위해서가 아니라 세상이 우리를 바꾸지 못하게 하기 위해서예요." 싸움은 결국 나를 지키기 위해서인 것이다.

"여러분은 죄와 맞서서 싸우지만 아직 피를 흘리기까지 대항한 일은 없습니다."(히 12:4)

살인의 추억

우리는 태초의 살인을 기억하고 있다. 동생 아벨을 살해했던 형 가인의 살인. 이 끔찍한 이야기는 공교롭게도 기쁨이 넘쳤어야 할 감사 제물 이야기와 함께 시작된다. 제각각 제몫의 한 해 소출을 하나님께 감사하며 바쳤던 제물이었다. 농사를 지었던 가인은 땅의 수확 중 가장 좋은 소출을 드렸으리라. 양을 치던 아벨은 양의 첫 새끼를 바쳤다고 한다. 그런데 이상한 일이 일어났다. 하나님은 아벨의 제물은 받으셨으나 가인의 것은 거부하셨던 것이다.

도대체 왜? 많은 학자들이 이 문제를 가지고 씨름했다. 성경이 그 이유에 대해 분명한 설명을 하고 있지 않았기 때문이다. 그리하여 학자들은 그 이유에 대한 실마리를 가인과 아벨의 이름의 뜻으로부터 유추해내기도 했고, 아담으로 인해 저주 받았던 땅과 농사를 연관시켜 거부의 이유를 설명하려고도 했다. 모두 짐작이었고 그러기에 무엇 하나 만족스럽지 못했다.

그렇다면 생각을 달리할 필요가 있지 않을까? 이유가 분명치 않다는 것은, 이유를 명시하지 않은 것은 이유가 중요하지 않기 때문일지도 모른다. 이유야 어떻든 상관없는 것이다. 어쩌면 이 살인 이야기에서 중요한 것은 거부당한 '이유'가 아니라 거부당했을 때의 '반응'이리라. 보다 정확하게 말하자면 단순히 거부당했을 때의 반응이 아니라, 나는 거부당했지만 내 옆의 사람은 인정받았을 때의 반응이다.

순서도 중요하다. 앞서 아벨의 것은 인정받았으나 그 다음 나의 것은 거부당했다. 가인의 자존심은 구겨질 대로 구겨졌으리라. 동생 앞에서 이런 망신이라니. 망신은 분노로 이어졌고, 분노는 살인을 낳았다. 우발적이고 충동적인 살인이 아니었다. 얼마의 시간이 흘렀는지는 모르나 형은 동생을 들로 불러냈고 거기서 형은 동생을 죽였다. 계획적인 살인이었다.

가정을 해보자. 만약 하나님이 가인과 아벨의 제물 모두를 받으셨다면? 당연히 그 끔찍한 살인은 일어나지 않았을 것이다. 둘 다 거부하셨다면? 마찬가지로 살인은 일어나지 않았을 것이다. 이야기와는 반대로 만약 하나님이 가인의 제물은 받으시고 아벨의 제물은 거부하셨다면? 형 가인은 동생 아벨의 실패를 위로했을 것이고 아마도 형제간의 우애는 더 깊어졌을지도 모른다. 가인과 아벨에 대한 이야기의 핵심은 바로 이 지점에 놓여 있다. 비교로 인한 열등감.

이 가인은 바로 나다. 아벨이 죽은 이상 우리는 모두 가인의 후예가 아니던가. (여기서 나는 가인의 후손이 아니라 셋의 후손이라 주장한다면 우리는 또다시 이야기의 핵심을 놓치게 된다.) 가인의 마음은 너무나 익숙하다. 끊임없이 타인과 비교하고 끊임없이 열등감을 느끼면서 우리는 언제나 마음속으로 '너만 없으면 나는 행복할 텐데'라고 가인처럼 말한다. '너만 없으면'이라는 생각은 본질적으로 살인의 마음과 다르지 않다. 누군가를 미워하는 마음은 결국 그가 없어졌으면 좋겠다는 마음과 같으며 살인은 그 마음을 그저 실행으로 옮긴 것에 불과하니까. 그렇게 가인의 이야기는 나의 이야기가 되고, 살인의 추억은 현재의 사태가 된다. 죽임이 넘쳐나는 세상에서 죽임을 멈추는 일의 시작은 정작 내 안에서부터 일어나야 할지도 모른다.

"자기 형제자매를 미워하는 사람은 누구나 살인하는 사람입니다. 살인하는 사람은 누구나 그 속에 영원한 생명이 머물러 있지 않다는 것을 여러분은 압니다." (요일 3:15)

신앙의 수준

　오래전, 지금은 이름조차 기억나지 않는 어떤 크리스천 잡지에서 읽었던 유머가 있었다. 배경은 미국의 야구 경기. 타석에 들어선 타자가 홈플레이트를 툭툭 친 후 그 위에 십자성호를 그었다. 그는 그리스도인이었던 것이다. 그러자 이를 지켜보던, 역시 그리스도인이었던 포수가 갑자기 자리에서 일어나 화를 내며 그 성호를 발로 지운 후 타자에게 이렇게 말했다. "이봐, 자네와 내가 동시에 기도하면 하나님이 누구 편을 드시겠나? 하나님은 그냥 게임이나 즐기시게 놔두지?"

　수능의 폭풍이 또 다시 나라를 뒤덮었다. 모든 종교단체들은 이 특별한 계기를 맞아 정성어린 기도를 모은다. 수험생을 위한 '특별' 기도들이 교회와 사찰에 넘쳐난다. 아니, 어디 종교인들뿐이랴. 서울대에서 만들었다는 일명 '서울대 초콜릿'은 이미 부적의 지위에 올랐다. 수험생을 자녀로 둔 모든 부모의 염원이 매서운 찬바람을 뚫고 하늘 끝까지 닿을 기세다. 그런데 문득 이 스펙터클한 기도의 대향연에서 저 유머에 등장한 투수와 포수의 모습이 아른거린다. 이렇게들 열심히 기도하는

데 하나님은 과연 누구의 손을 들어주어야 한단 말인가? 누구를 떨어뜨리고 누구를 붙여야 한단 말인가?

우리가 간절하게 드리는 기도의 제목들은 정확하게 나의 신앙 수준이 어디쯤인지를 알려주는 바로메타가 된다. 우리가 드리는 모든 기도제목에서 나와 가족을 위한 기도제목을 모두 제하고 남는 것이 바로 우리의 수준이라는 것이다. 모든 이기적인 기도제목을 버리고 남는 것, 순수하게 이타적인 간절한 기도의 마음, 바로 그것이 내 신앙의 수준이다. 과연 얼마나 남을까? 아니, 남기는 남을까?

신학생들과 수업을 할 때마다 던지는 질문이 있다. "여러분이 목사가 될 사람이라면 적어도 이렇게 기도해야 하지 않을까요? 주님, 저는 지옥에 보내셔도 좋으니 대신 하나님을 모르는 저 불쌍한 사람들을 천국으로 보내주십시오." 이것은 구원론에 관련된 조직신학적 질문이 아니다. 신앙은 본질적으로 이타적이어야 하지 않은가에 관한 물음이다. 바울이 자기 민족이 구원을 받을 수 있다면 자신은 저주를 받아 그리스도에게서 끊어질지라도 한이 없겠다고 말했을 때(롬 9:3), 모세가 백성들을 위해 하나님께 탄원하며 그들의 죄를 사하지 않으실 바에는 차라리 주의 책에서 자신의 이름을 지워달라고 간청했을 때(출 32:32), 그들이 보여주었던 것이 바로 이것이었다. 신앙의 수준이란 이런 것이다.

교회가 신자들에게 하나님께 칭얼대는 모습을 장려하다니, 속된 말로 쪽팔리는 일이다. 오늘의 기독교는 신앙의 자존심을 회복할 필요가 있다. 크신 은혜와 사랑과 정의의 하나님을 고작 램프의 요정으로 만들어서야 되겠나? 내가 믿는 진리를 이렇게 수준 낮은 것으로 만들어서야 되겠나? 언제까지 징징대며 젖먹이 아이처럼 하나님께 칭얼거릴 참인가? 언제까지 나만 천국 가면 그만일 텐가? 주님께서 친히 기도의 문구까지 일러주신 기도는 이런 식의 기도들이 아니었다. 나는 그만 어른으로 자라야 하고, 이제 나의 신앙은 나야 어찌 되든 상관없으니 저들을 살펴주시라는 호기로움이 필요하다. 그때에야 세상은 교회를, 교인을 다시 보게 될 것이다.

"그러므로 너희는 '무엇을 먹을까?' '무엇을 마실까?' '무엇을 입을까?' 하고 걱정하지 말아라. 이런 것들은 모두 믿지 않는 사람들이 애써 구하는 것이다."(마 6:31-32)

사람은 무엇으로 사는가?

　서양 사람들은 유머를 삶의 가장 중요한 가치 중 하나로 생각한다. 한 독일 의사가 간 조직 검사를 한다며 주사기로 내 간의 일부를 떼어 낸 적이 있었다. 그는 그 조직이 담긴 작은 병을 내 눈 앞에 흔들며 눈을 찡긋한 후 아파하는 나에게 이렇게 말했었다. "걱정 마세요. 남은 게 더 많으니까요." 독일 유학생활 동안 만난 여러 재치 중 단연 으뜸은 다니던 신학교 학생식당 위에 걸린 글귀였다. "사람은 빵으로만 사는 것이 아니다." 식당 입구 위에 그렇게 쓰여 있었다. 예수께서 시험을 당하시고 먹는 것으로, 물질적인 것으로 인간을 구원하지 않겠노라 결심하며 던진 그 비장한 말. 과연 독일스럽네.. 그런 느낌이었달까?

　사람이 빵으로만 사는 것이 아니라는 예수의 말씀은 우리가 잘 알고 있는 것처럼 신명기서의 인용이다. 모세는 백성들이 하나님께서 약속하신 땅으로 들어가기 직전 요단강 도하를 앞둔 상황에서 백성들에게 당부하며 이 말을 했다. 그는 이 말을 '만나'와 연결 지어 말했다. 하나님께서 광야에서 너에게 만나를 먹이신 이유를 아니? 그건 사람이 빵으로만 사는 것이 아니라는 사실을 알게 하기 위해서야,라고.

만나는 아무것도 없는 광야에 하루도 빠짐없이, 아침마다 신비하게 이슬처럼 내린 꿀맛 나는 가루였다고 한다. 이스라엘 백성이 광야 방랑 내내 이 만나를 먹고 살았다는 것은 무슨 뜻일까? 그들이 날마다 기적의 음식을 체험하며 살았다는 뜻일까? 그렇다면 만나는 우리네 인생에서도 역시 하나님의 놀라운 기적을 날마다 체험하게 되리라는 상징일까? 아마도 만나의 진정한 의미는 그 이름으로부터 찾을 수 있을 것이다.

하늘에서 내린 신비한 양식 만나의 이름은 이스라엘 백성들이 처음 만나를 보았을 때 서로를 향해 물었던 질문에서 유래되었다. 즉, '만나'는 단순히 모르는 것을 만났을 때의 질문인 '뭐지?'(What?)에 해당하는 히브리어인 것이다. 그러므로 만나를 먹고 살았다는 의미는 다름 아니라, 그것이 무엇인지 알지 못하는 것을 먹고 살았다는 뜻이다. 아는 것이 아니라 알지 못하는 것으로 살아가는 것, 보이는 것이 아니라 보이지 않는 것으로 살아가는 것, 만나의 의미는 바로 이것이다.

우리는 끊임없이 알고 있는 것으로 살아가려고 한다. 이미 잘 알고 있고 잘 보이는 것으로 살아간다는 것, 물질에 기대어 살아간다는 것은 본디 그런 것이다. 아무도 보이지 않는 것으로, 알지 못하는 것으로 살아가려고 하지 않는다. 개인도 교회도 모두 마찬가지다. 바로 지금, 예수께서 이기셨던 유혹을 교회는 이기지 못한다. 구원은 이미 잘 알고 있고 잘 보이는 물질과 함께라는 착각이 바리새인과 사두개인들의 누룩처럼 온 교회와 그 안에 있는 사람들의 마음을 부풀게 했다. 그러나, 사람은 그런 것으로 살아갈 수 없다고 하나님은 말씀하신다. 사람은 하나님의 입에서 나오는 모든 말씀으로 살아야 한다고 하신다. 모든 말씀이다. 싫은 말, 찌르는 말, 거북한 말, 피하고 싶은 말, 이 모두를 포함한 모든 하나님의 말씀으로 살아간다는 것은 결국 모르는 것으로 살아가야 한다는 것을 의미할 것이다. 사람은, 빵으로만 사는 것이 아니다.

"주님께서 당신들을 낮추시고 굶기시다가 당신들도 알지 못하고 당신들의 조상도 알지 못하는 만나를 먹이셨는데, 이것은 사람이 빵으로만 사는 것이 아니라 주님의 입에서 나오는 모든 말씀으로 산다는 것을 당신들에게 알려 주시려는 것이었습니다."(신 8:3)

복은 이제 그만 받기로 해요.

송구영신예배를 드린 후의 소감을 적은 한 친우의 글을 읽었다. 그녀
는 교회에서 사모님과 헤어지며 주고받은 인사말에서 작은, 그러나 귀중
한 깨달음을 얻었던 모양이다. "새해 복 많이 받으세요." 요 며칠 새 수
없이 건넸을 이 누구나의 새해인사를 그녀가 사모님께 건넸을 때, 그녀
는 뜻밖의 답인사를 들었다고 한다. "복된 자 되십시다." 이 조용한 인사
는 그녀의 영혼을 고요히 흔들었다. 그리고 그녀는 하나님을 의지하고
사는 사람이라면 복을 받기보다는 나 자신이 누군가의 복이 되어야 한다
는 깨달음에 가닿았다.

"너는 네가 살고 있는 땅과 네가 난 곳과 너의 아버지의 집을 떠나
서 내가 보여 주는 땅으로 가거라. 내가 너로 큰 민족이 되게 하고 너에
게 복을 주어서 네가 크게 이름을 떨치게 하겠다. 너는 복이 될 것이다.
너를 축복하는 사람에게는 내가 복을 베풀고 너를 저주하는 사람에게는
내가 저주를 내릴 것이다. 땅에 사는 모든 민족이 너로 말미암아 복을 받
을 것이다."(창 12:1-3)

아브라함이 아직 아브람이었을 때, 그는 익숙한 모든 것으로부터 떠나라는 명령을 받았다. 낯선 곳으로 가라시던 하나님이 그에게 주신 약속은 이런 것들이었다. "너는 복이 될 것이다." "너를 축복하는 사람에게 내가 복을 베풀겠다." "모든 민족이 너로 말미암아 복을 받을 것이다." 놀랍게도, 하나님은 아브라함아, 너에게 복을 주겠다 말씀하시지 않으셨다. 복을 받는 것은 아브라함 자신이 아니라 그가 만나게 될 사람들이었다. 그렇다면 모든 것을 버리고 떠난 아브라함 역시 복 받기 위해 그리 한 것이 아닌 셈이다. 그는 다른 이의 복이 되기 위해 하나님을 믿은 것이었고, 하나님은 이 믿음을 소중히 여기셨다.

"복된 자 되십시다." 다양한 종류의 복을 받기 위해 하나님을 믿는 세상의 소란 속에서 이 조용한 인사는 아브라함이 받았던 약속을 다시금 떠올리게 한다. "너는 복이 될 것이다." 그렇다. 하나님을 의지하는 사람은 누군가의 복이 될 것이다. "어디서 이런 복덩이가 굴러왔지?" 사람들이 우리를 보고, 우리를 만나고, 우리를 겪고 마침내 해야 할 말은 바로 이것일 터이다. 우리는 그렇게 세상의 복이 될 것이다.

그러니 복은 이제 그만 받기로 하자. 내 은혜가 네게 족하다, 하나님은 이미 이렇게 말씀하시지 않았던가. 이미 충분히 받았으니 더 받을 생각일랑 이제 그만 하도록 하자. 그렇다고 주겠다고도 말자. 남에게 무언가를 주겠다는 생각 속에 나도 모르는 교만이 움트기는 얼마나 쉬운가. 내 가진 알량한 것으로 수혜자의 자리에서 베풀 생각 따위는 치우고, 그리스도께서 그러셨던 것처럼 그저 나 자신을 내어주어 스스로 다른 이의 복이 되도록 하자. 아브라함에게 찾아와 말씀하셨던 하나님은 지금도 동일하신 분이시다. 그분은 저 옛날 아브라함을 찾아가셨던 것처럼 오늘도 자신이 택하신 사람들을 찾아와 말씀하신다. 익숙하고 낯익은 곳, 안전하고 편안한 곳을 떠나 복이 필요한 이들의 복이 되라고. 하나님께서 선물로 주신 또 한 번의 새해, 나는 그렇게 누군가의 복이 되었으면 좋겠다.

절실함이 이긴다

드라마의 한 대목. 어머니의 재능을 천부적으로 이어받은 유명 요리사의 딸은 누군가와의 요리 대결을 앞두고 있다. 그녀는 아마도 내심 승리를 장담하고 있는 것 같았다. 하지만 누가 이기겠냐는 딸에게 어머니는 무심하게 네가 질 거 같다고 말한다. 이유를 묻는 딸에게 어머니는 또 다시 무심하게 말한다. 왜냐하면, 상대는 절실하니까. 너는 그에 비하면 많이 가졌으니까.

검술 세계의 두 고수 간 싸움을 상상해본 적이 있었다. 목숨을 건 사람과 제 목숨을 지키려는 사람이 싸울 때, 실력이 비슷하다면 누가 이길지 짐작하기 어렵지 않다. 그러나 둘 다 목숨을 걸고 싸울 때는 어떨까? 이 경우 아무 것도 잃을 것이 없는 사람과 반드시 지켜야 할 것이 있는 사람이 싸운다면? 아마도 반드시 지켜야 할 것이 있는 사람이 이기지 않을까? 왜냐하면, 그는 상대보다 절실할 테니까.

정치가 무너지고, 경제가 무너지고, 교육이 무너지고, 교회가 무너진다고들 난리다. 그리고 해결책을 찾기에 모두 분주하기는 하다. 세미나에,

특강에, 집회에, 독서에... 그러나 힐링의 약발도 그리 시원치 않고, 온갖 특단의 처방도 그리 신통치 않다. 무엇이 문제일까? 어쩌면 처방의 문제가 아니라 절실함이 부족한 것은 아닐까?

한 시민운동가가 방송에 나와 이 사회의 변혁을 토로하면서 이런 말을 한 적이 있었다. 지금은 유명한 사람들이 감옥에 들어가 주어야 한다고. 영향력이 있는 사람들이 불의에 저항하고 불의한 세상의 감옥을 채워준다면 어떻게 세상이 바뀌지 않겠냐고 말이다. 상상해본다. 모든 교회의 최고 지도자들이 이 불의한 땅의 감옥을 채운다면, 그들이 들어가고 남은 자리가 어찌 천국이 되지 않을 수 있을까. 그러나 불행하게도 소위 '유명하다'는 사람들은 그리 절실한 것처럼 보이지 않는다.

며칠 전 문득 예수님의 말씀들이 새롭고 놀랍게 다가왔다. 아니, 한 인간이 이천 년 전에 어떻게 이런 말들을 할 수 있었을까? 시대를 초월하고 인간의 영혼을 쪼개는 이런 말들이 어떻게 가능했을까? 그러다 결국 이런 생각에 다다랐다. 그는 매 순간 자신의 말에 목숨을 걸었던 것이다.

성경은 그가 원래는 신과 동일했으나 자신을 비워 인간이 되었다고 전한다. 인간이 되어 죽음을 향해 나아갔다고 말이다. 그는 이미 가진 모든 것을 넘어 자기 자신까지도 비웠다. 왜냐하면, 가진 자는 절실할 수 없기 때문이다. 세상의 구원을 위해 그는 스스로를 절실함으로, 절박함으로 내몰았다. 어쩌면 지금 먼저 우리에게 필요한 것 역시 해결책이 아니라 이 절실함일지도 모른다. 절실함, 스스로를 비우고 가진 것을 버려야 간신히 얻어질 그 절실함 말이다.

> "누구든지 자기 목숨을 구하고자 하는 사람은 잃을 것이요, 나 때문에 자기 목숨을 잃는 사람은 찾을 것이다." (마 16:25)

연대(連帶)

　지난 한 주 기독교 개론 수업시간을 위해 같은 영화를 무려 네 번이나 보았다. 영화는 꾸준히 현대사회의 문제를 제기해온 벨기에의 형제 감독 다르덴 형제가 만든 〈내일을 위한 시간〉이란 영화였다. '내일을 위한 시간'이라는 몹시 추상화된 우리말 제목과는 다르게 프랑스어 원제 'Deux jours, une nuit'는 영어로 'Two Days, One Night', 즉 1박 2일을 의미한다. 영화의 줄거리는 간단하다. 우울증으로 잠시 휴직한 산드라는 복직을 앞둔 금요일 오후 청천벽력 같은 소식을 듣는다. 그녀의 휴직 동안 사장은 나머지 16명으로 회사를 경영할 수 있을 것이라 판단했고, 모든 사원에게 천 유로의 보너스를 지급하는 대신 산드라를 해고하겠다며 이에 대한 투표를 실시했다. 산드라의 해고를 반대한 사람은 단 세 명. 다행히 투표가 공정치 못했다는 것을 빌미로 산드라는 사장에게 월요일 재투표에 대한 허락을 얻어낸다. 주어진 시간은 주말의 이틀뿐. 이 1박 2일 동안 산드라는 모든 동료들을 찾아가 자신에게 투표해 줄 것을 부탁한다.

　천 유로는 백만 원이 조금 넘는 돈이다. 많지도 않고 적지도 않은, 누구에게는 1년 치 가스비와 전기세가 되는, 무시하기 어려운 액수다.

돈을 포기하고 동료의 복직에 손을 들 것인가, 아니면 절박한 생활고를 해갈해줄 돈을 선택할 것인가? 우울증으로 힘들어하면서 보너스의 포기를 부탁하는 주인공의 심리적 압박과 다양한 인간군상의 모습을 보여주는 16명 동료들의 모습 속에서 영화는 당신이라면 어떻게 할 것인가를 묻는다. 한 마디로 요약하자면 영화는 지금의 현실이 강요하는 약육강식의 세계에서 여전히 인간일 수 있는 방법은 무엇일까에 대한 질문이다.

결론적으로 말하자면 산드라는 싸움 속에서 점점 강해져간다. 그리고 이때 그녀를 결정적으로 강하게 만든 요인은 바로 연대였다. 비록 소수지만 전력과 진심으로 자신을 지지해주는 연대, 산드라는 이 '함께'라는 감정으로 고독한 싸움을 위한 힘을 얻는다. 야만적인 세상의 약육강식의 법칙을 이겨낼 수 있는 힘은 이것밖에는 없다. 다르덴 형제는 자신들의 영화에 대해 이렇게 말했다. "자식이 좋은 학교에 들어가서 친구보다 더 잘 사는 것이나 성공하는 것보다 연대가 중요하다는 점을 영화에서 말하고 싶었다." 똑같은 영화를 네 번씩이나 보면서 나는 학생들에게 그 의미가 조금이나마 전달되기를 바랐다.

"연대를 구하여 고립을 두려워하지 않는다." 1960년대 말 저항운동에 참여했던 일본의 대학생들은 이 구호로 자신들의 심장을 달궜다. 고립 속에서 두려워하지 않고 싸울 수 있는 용기는 오직 연대로부터 가능하다. 예나 지금이나 질문은 한결같다. 함께 지금보다 조금씩 가난할 것인가, 아니면 남이야 어떻든 나 혼자 내 삶을 유지할 것인가? 문제의 정답은 처음 교회의 모습에 이미 나와 있었다.

> "많은 신도가 다 한 마음과 한 뜻이 되어서 아무도 자기 소유를 자기 것이라고 하지 않고 모든 것을 공동으로 사용하였다. 사도들은 큰 능력으로 주 예수의 부활을 증언하였고 사람들은 모두 큰 은혜를 받았다. 그들 가운데는 가난한 사람이 한 사람도 없었다."(행 4:32-34)

표절

　예기치 못한 한 유명 작가의 표절 시비로 인해 문학계는 지금 몹시도 술렁거리고 있다. 하지만 그것이 드러난 분야가 다소 낯설 뿐, 이 사회에서 표절은 더 이상 낯선 단어가 아니다. 교수와 국회의원을 넘어 얼마 전에는 한 대형교회 목사가 표절 문제로 교계를 흔들었으니 말이다. 심각하고 구린내 나는 것은 표절 그 자체보다 오히려 그에 대한 표절자들의 반응이었다. 어떤 나라에서는 차기 유력한 대권주자였던 장관까지도 경질되는 사안에 대해 이 나라의 표절자들은 그 정도 가지고 뭘 그러느냐는 식의 저열한 도덕성을 곧잘 드러냈다. 만연한 표절은 비단 학위나 유명인과 관련해서만 일어나는 일은 아니다. 오래 전 동료 목사님과 함께 설교 작성에 대해 서로 얘기를 나누다 충격을 받았던 적이 있었다. 그러니까 그분은 유명 설교자의 설교문에서 좋은 구절을 발견하면 자기 설교에 거리낌 없이 사용한다는 것이었다. 물론 인용에 대한 아무런 언급도 없이. 그게 왜 문제가 되는지 순진하게 반문하는 그의 모습에, 보다 정확하게는 그 순진함에 경악했던 기억이 있다.

　그것이 무엇이든, 유형이든 무형이든, 자기 것이 아닌 것을 자기 것인 체하는 것. 법적 도덕적 문제를 떠나 표절의 본질은 나 자신을 실제의 나보다 더 나은 나로 가장하는 속임수다. 그리고 이 속임수는 바로 죄의 본질과 잇닿아 있다. 창세기에 등장하는 에덴동산의 이야기는 죄의 기원을 알려주는 이야기가 아니라 죄의 본질을 알려주는 이야기다. 즉, 아담과 하와의 타락이야기는 어떻게 해서 죄가 인간 세상에 들어오게 되었는지에 관한 설명이라기보다는, 지금 인간을 짓누르고 있는 죄의 본질은 무엇인가에 대한 은유인 것이다. 그에 따르자면 죄의 본질은 하나님처럼 되고 싶은 피조물의 욕망이었다. 유혹은 몹시도 단순했다. 나는 실제의 나보다 훨씬 더 나은 나라는 교만. 죄의 본질은 그것이었다. 그리고 이 교만은 마치 속절없이 열리고 만 판도라의 상자처럼 내 안과 밖의 모든 불행을 초래하고 말았다.

그런 의미로 조금 더 깊고 넓게 보자면 어쩌면 우리 모두는 신을 표절하며 살아가고 있는지도 모른다. 피조물이면서 창조주인 척, 유한자이면서 무한자인 척, 내재자이면서 초월자인 척, 그렇게 하나님의 것을 내 것인 척하면서 우리는 지금도 끊임없이 신을 표절하며 살아가고 있는지도 모른다. 20세기 초, 지독하게 천진하고도 낙관적인 이성 예찬이 신학마저도 좀먹고 있었을 때, 이에 대항했던 신학자 칼 바르트는 전도서의 다음 말로 그의 모든 신학을 갈음했었다. "하나님은 하늘에 계시고 너는 땅 위에 있다."(Gott ist im Himmel und du auf Erden.)(전 5:2) 우리의 교만을 그치게 하고, 우리의 삶 속에서 신을 표절하는 것을 그만두게 할 말은 어쩌면 지금도 여전히 이 말이 아닐까?

뱀이 여자에게 말하였다.
"너희는 절대로 죽지 않는다. 하나님은 너희가 그 나무 열매를 먹으면 너희의 눈이 밝아지고 하나님처럼 되어서 선과 악을 알게 된다는 것을 아시고 그렇게 말씀하신 것이다."(창 3:4-5)

상처의 유통기한

　바로 며칠 전, 대통령의 동생은 위안부 문제에 대한 사과를 일본에 요구하는 것은 부당하다고 말했다. 일본의 정치지도자들이 A급 전범의 위패가 있는 야스쿠니 신사를 참배하는 것에 대한 항의 또한 내정간섭이라고 말했다. 한국사회에서 사용하는 '친일'에 대한 개념도 혼동한 채 친일이 뭐가 나쁘냐는 식으로까지 말했다. 이 모든 언동은 238명 중 이제는 채 50명 남짓 남은 위안부 할머니들의 깊은 상처에 다시금 굵고 거친 소금을 문지른 것과 다름없었다.

　마침 시중에는 〈우먼 인 골드〉라는 영화가 상영 중이다. 가족의 유물이었던 클림트의 유명한 초상화를 돌려받으려고 오스트리아 정부를 상대로 싸웠던 한 할머니에 대한 이야기이다. 그러나 영화는 단지 유명한 그림을 차지하려는 노욕에 관한 이야기가 아니다. 나치 치하에서 사랑하는 이들을 잃고 미국으로 도망쳐온 할머니는 당시 나치에 강탈당했던 가족의 유물인 이 그림, 사랑하는 숙모와의 추억을 담은 이 그림을 오스트리아 정부로부터 돌려받고자 한다. 영화 초반, 일처리를 위해 함께 오스트리아로 가자는 친구 아들 변호사에게 그곳에서 겪은 트라우마 때문에 자신은 결코 다시 그곳으로 돌아가지 않겠다고 할머니가 말하는 장면이 있다. 이해할 수 없는 젊은 변호사는 묻는다. "50년이나 지났잖아요." 그러자 할머니는 대답한다. "50년이 길다고 생각하니?"

상처에는 유통기한이 없다. 50년이 흐르든, 100년이 흐르든, 치유되지 않은 상처는 언제고 되살아나 처음과 똑같은 강도로 영혼을 아프게 한다. 더 나아가 이 상처라는 것은 시간만 흐른다고 해서 없었던 듯 연기처럼 사라지는 법도 없다. 모든 상처는 마땅한 위로와 적절하고도 정당한 처치가 있어야만 아물 수 있기 때문이다. 70년이 넘게 지났어도 여전히 '위안부'라는 단어조차 버겁고 고통스러울 여인들에게, 유통기한이 없는 상처를 안고 존엄을 위한 최소한의 사과를 요구하며 살아가고 있는 여인들에게 대통령의 동생은 해서는 안 될 말을 하고 말았다.

타인의 상처에 대한 무심한 발언은 놀랍도록 흔하다. 우리는 얼마나 자주, 또 얼마나 쉽게 타인의 상처를 건드리고 있는지. 이쯤이면 꽤 나았으리라 지레짐작하면서 무심히도 상처를 들쑤시는 일은 또 얼마나 많은지. 어쭙잖게 치유한답시고 이리저리 상처를 헤집어 놓는 일 또한 얼마나 잦은지. 상처를 대면할 때, 우리는 혀의 말이 아니라 먼저 몸의 말이 필요한 것은 아닐까 생각할 필요가 있다. 세 치 혀를 놀리기보다 묵묵히 침묵 가운데 곁에 머무르는 것이 상처에는 오히려 적절한 도움이 될지도 모르니 말이다. 그리고 보니 하나님께서 우리를 위로하시는 방식 또한 과연 이런 식이 아니던가.

> "그런데 혀는 불이요, 혀는 불의의 세계입니다. 혀는 우리 몸의 한 지체이지만 온 몸을 더럽히며 인생의 수레바퀴에 불을 지르고 결국에는 혀도 지옥 불에 타버립니다. 들짐승과 새와 기는 짐승과 바다의 생물들은 어떤 종류든지 모두 사람이 길들이고 있으며 길들여 놓았습니다. 그러나 사람의 혀를 길들일 수 있는 사람은 아무도 없습니다. 혀는 걷잡을 수 없는 악이며 죽음에 이르게 하는 독으로 가득 차 있습니다."(약 3:6-8)

각오

　방학이라 한국을 방문한 독일 사는 지인의 아이들에게 영화 〈암살〉
을 보여줬다. 외국에서 학생으로 사는 아이들이니 조금이라도 더 한국 역
사를 알았으면 좋겠다는 마음에서였다. 영화가 그럭저럭 흘러가고 있었
을 때 갑작스럽게 대사 하나가 마음을 쳤다. "나도 독립운동 하는 사람들
좋아해. 그런데 넌 안 했으면 좋겠어." 친일파 아버지의 딸로 호의호식하
며 자란 쌍둥이 언니가 아기 때 헤어져 독립군으로 활동하고 있는 쌍둥
이 동생을 처음 만나 한 말이었다. 이상하게도 이 말은 수 년 전 고려대를
자퇴하며 남겼던 김예슬 양의 글 한 대목을 기억나게 했다.

　그녀는 '자격증 브로커'와 '취업학원'으로 전락해버린 지금의 대학
을 비판하면서 소위 생각 있던 사람들마저 자신에게 이렇게 조언하더
라며 다음과 같이 말했다.
　……"성공해서 세상을 바꾸는 '룰러'가 되어라", "네가 하고 싶은 것
을 해. 나는 너를 응원한다", "너희의 권리를 주장해. 짱돌이라도 들고 나
서!" 그리고 칼날처럼 덧붙여지는 한 줄, "그래도 대학은 나와야지"……
　그녀는 자신을 향해 쏟아지는 조언들 속에서 희망은커녕 더 큰 절망
을 발견했을 뿐이었다.

표현은 달랐어도 영화의 대사와 자퇴생의 글은 닮은 내용을 지니고 있었으니, 그것은 바로 '타협'이었다. 옳은 길은 알지만 그 길을 선택하지 않는 것, 선택하지 않은 것을 선택하지 못했다고 믿는 것, 정말 어쩔 수 없었다고 스스로를 위로하는 것, 타협은 언제나 그런 모양으로 우리를 감싼다.

예수께서 받으신 광야의 시험 역시 어찌 보면 이 타협과의 싸움이었다. 전혀 결과물이 나오지 않을 것처럼 보이는 효율 제로의 길 앞에서 예수는 다른 대체재를 고민하셨다. 물질과 기적과 힘. 그러나 우리가 잘 알고 있듯이 주님은 효율과 타협하지 않으시고 옳은 길을 걸으셨다. 그분은 말씀하셨다. "사탄아, 물러가라!" 이것은 유혹을 향한 말일 뿐만 아니라, 분명 자신을 향한 각오의 말이기도 했으리라.

타협에 대항할 수 있는 것은 오직 '각오'뿐이다. 신앙은 결국 각오다. 그리고 나는 이 각오에 관한 한 가장 아름다운 문장 하나를 만화가 김한민의 〈카페 림보〉에서 만난 적이 있다. 그는 이렇게 적었다. "각오란 무엇인가? 그것은 두 가지 능력이다. 예상보다 훨씬 나쁜 상황도 삼키는 능력. '닥쳐 보니 이 정도인 줄 몰랐다'는 말을 수치로 여기고 입 밖으로 안 꺼내는 능력."

"그러자 엘리야가 그 모든 백성 앞에 나서서, 이렇게 말하였다. '여러분은 언제까지 양쪽에 다리를 걸치고 머뭇거리고 있을 것입니까? 주님이 하나님이면 주님을 따르고, 바알이 하나님이면 그를 따르십시오.' 그러나 백성들은 한 마디도 그에게 대답하지 못하였다." (왕상 18:21)

칼을 쓰는 사람은 모두 칼로 망한다.

얼마 전 미국의 대법원은 동성애결혼을 합법적으로 인정했다. 이를 계기로 아마도 여러 동성 커플들이 마침내 혼인신고를 했을 터였다. 그런데 며칠 전 켄터키에서 작은 사건이 일어났다. 한 여성공무원이 공직 이행 명령을 거부하고 신앙 상의 이유로 동성 부부에게 결혼증명서를 발급하지 않았던 것이다. 결국 그녀는 5일간 구속되었다가 다른 동료 공무원들의 결혼증명서 발급을 방해하지 말라는 조건으로 석방되었다. 동성애에 대한 복잡한 기독교 내의 찬반논쟁이 뜨겁고, 공무원 신분인 이 여인의 행동에 대해 여러 가지 찬반의견이 있을 터이지만, 어쨌든 여기까지는 옳든 그르든 자신의 신념에 따라 피해를 감수한, 따라서 그 점에 한해서라면 존중받을 만한 한 인간의 이야기로 볼 수도 있었다. 문제는 바로 그녀의 석방 이벤트에서 쏟아져 나왔다.

구치소 앞에 무대가 마련되었다. 그리고 차기 대권을 노리는 공화당의 한 대권후보자가 구치소 밖으로 나오는 그녀를 소개하여 무대 위로 올렸다. 그녀의 용감한 행동이 이 땅의 정치인과 목사, 일반인들을 깨울 것이라고 믿는다며, 함께 킴 데이비스를 맞아달라고 요청하는 대권후보자의 멘트와 함께 마침내 그녀가 무대로 올라오는 동안 영화 록키의 주제가였던 'Eye of the tiger'가 흘러나왔다. 천여 명의 지지자들이 그녀를 환영했다. 동성애를 반대하는 교계의 지도자들과 단체들에게 킴 데이비스는 마치 교리수호의 아이콘이 된 듯 했다.

문제는 먼저 엉뚱한 곳에서 튀어나왔다. 'Eye of the tiger'의 작곡자가 분노했던 것이다. 그는 자신은 결코 노래 사용을 허락한 적 없고 그런 의견에 동조하지도 않는다며 이를 문제 삼겠다고 했다. 물론 이것도 문제는 문제다. 하지만 본질적인 문제는 좀 더 다른 곳에 있을 것이다. 어쩌면 진짜 문제는 한 인간의 천진함에서 일어났을 법한 사건이 이제는 여러 힘들에 의해 이용되고 다른 힘을 억누르는 또 다른 힘으로 작용하게 되었다는 사실이 아닐까? 이제 그녀는 더 이상 피해자가 아니다. 국가권력의 억압에 의한 희생자도 아니다. 그녀는 록키처럼 승리자가 되었다.

지금의 교회의 모습에서 가장 통탄할 것은 교회가 세상의 힘을 지니고 그 힘을 휘두르고 있다는 사실이다. 중세의 교회가 힘으로 타락하고 무너져가는 것을 보아 놓고도 교회는 그것으로부터 아무것도 배우지 못한 것처럼 보인다. 하긴 올더스 헉슬리는 이런 말을 하기도 했다. "역사가 가르쳐주어야 하는 가장 중요한 교훈은, 사람들이 역사가 주는 교훈으로부터 거의 아무것도 배우지 않는다는 사실이다." 기독교라는 종교는 순교자의 피로 자라나 피어난 꽃이었다. 칼에 베여 일어난 신앙이었건만, 이제는 칼로 베는 종교가 되고 말았다.

물론 십자가의 승리라는 말이 있기는 하다. 그러나 십자가의 승리라는 말은 신비의 말이다. 왜냐하면 이 승리는 전혀 승리처럼 보이지 않는 승리이기 때문이다. 심지어는 실패처럼 보이는 승리이기 때문이다. '내가 세상을 이겼다'고 외치신 주님은 그 말을 마치시고 십자가에 달리신 주님이시다. 주의하자. 신앙의 역설을 놓쳐버린 자리에서는 언제나 천박함이 자란다.

"그 때에 예수께서 그에게 말씀하셨다. 네 칼을 칼집에 도로 꽂아라. 칼을 쓰는 사람은 모두 칼로 망한다."(마 26:52)

내일(來日)

날을 가리키는 우리말 중에 오늘이 지난 다음날, 즉 내일(來日)에 해당하는 순우리말이 없다는 사실은 이상함을 넘어 놀랍기까지 하다. 어제와 오늘이라는 순우리말도 있는데, 더 나아가 이틀 뒤와 사흘 뒤를 가리키는 모레와 글피도 순우리말인데 어째서 내일만큼은 한자어일까? 원래는 있었는데 오래전 언젠가부터 유독 이 단어만 한자어로 쓰이게 된 것일까? 그럴 리가. 어쩌면 우리 조상들의 머릿속에는 아예 내일이라는 것이 없던 것일지도 모르겠다. 모름지기 말이란 것은 머릿속에 들어있는 것들로부터만 만들어지는 법이니까.

"너희들은 내일만 보고 살지, 난 오늘만 산다. 내일만 사는 놈은 오늘만 사는 놈한테 죽는다." 한 액션영화에서 주인공은 악당에게 이렇게 말했었다. 내일을 생각한다는 것조차 사치가 될 만큼 삶이 너무나 참담한 지경이라 그런 것이었을까? 정확한 이유야 알 턱이 없지만 어쩌면 우리 조상들은 이 액션영화의 주인공과 비슷한 생각으로 살아간 것일지도 모른다.

성경에도 내일과 관련된 무척이나 유명한 구절이 있다. 바로 이 구절. "그러므로 내일 일을 위하여 염려하지 말라. 내일 일은 내일 염려할 것이요, 한 날 괴로움은 그 날에 족하니라."(마 6:34) 그런데 가만, 내일 일은 내일 염려하라니, 그럼 결국 나는 매일 매일 염려하고 사는 셈이 아닌가? 당연하게도 예수님의 말씀은 그런 것이 아니었다. 이 구절이 이런 오해를 불러일으킨 것은 어처구니없게도 오역 때문이었다.

다행히도 우리가 지금 사용하는 개정판에는 이 오역을 바로 잡아 이 주옥같은 예수님의 말씀을 다음과 같이 올바로 번역했다. "그러므로 내일 일을 위하여 염려하지 말라. 내일 일은 내일이 염려할 것이요, 한 날의 괴로움은 그 날로 족하니라." 그렇다. 나는 내일과 상관이 없다. 내일 일은 내가 아니라 내 알 바 아닌 내일이 염려할 것이다. 내일? 우리 조상들이 그러했던 것처럼 나는 내 머릿속에 그런 것을 넣어두지 않으련다.

나는 내일이 아니라 어제를 살았고 오늘을 산다. 그러기에 늘 삶은 감사일 수밖에 없다. 어제를 이끄신 하나님과 오늘을 이끄시는 하나님을 보면서 살아가고 있기 때문이다. 내일은? 나는 모른다. 하나님이 주신 것은 내일이 아니라 어제였고 오늘이니 그저 감사하며 살아갈 뿐이다.

감사의 계절이다. 독서의 계절이라고도 부르는 이 감사의 계절, 한 권의 책으로 조르주 베르나노스의 〈어느 시골 신부의 일기〉를 골라보는 것은 어떨까? 사람들은 그를 실존주의 문학가라고 부른다. 실존(實存), 실제로 있음이라니, 이 얼마나 오늘과 닮았나. 소설은 남들 보기에 그 어떤 의미 있는 성과도 내지 못한 작은 시골 신부의 목회일기다. 언제나 신 앞에서 자신을 질책하며 짧은 생을 살았던 이 초라한 신부의 마지막 말은 어쩌면 내일을 모르고 살아가는 사람의 감사를 가장 잘 보여주는 것이리라. "아무려면 어떤가? 모든 것이 은총이니."

"오늘이나 내일 어느 도시에 가서 일 년 동안 거기에서 지내며 장사하여 돈을 벌겠다 하는 사람들이여, 들으십시오. 여러분은 내일 일을 알지 못합니다. 여러분의 생명이 무엇입니까? 여러분은 잠깐 나타났다가 사라져버리는 안개에 지나지 않습니다."(약 4:13-14)

극단

프랑스의 철학자 파스칼은 이런 말을 한 적이 있다. "사람은 어느 한 극단으로 쏠림으로써가 아니라 두 극단에 동시에 닿음으로써 자신의 위대함을 보여준다."

세상을 살다 보면 모두들 어느 쪽이냐고 묻는다. 정치든, 인맥이든, 심지어 신앙이든, 사람들은 늘 내가 어느 쪽에 서 있는지 알고 싶어 한다. 그렇게 나와 너를 가르고, 그렇게 너는 나의 적이 된다. 사람들은 이런 식으로 극단에 갈라서서 서로의 저쪽 끝을 증오한다.

요한의 묵시 속에서 예수는 한 교회를 질책하시며 이렇게 말씀하셨다. "나는 네 행위를 안다. 너는 차지도 않고 뜨겁지도 않다. 네가 차든지 뜨겁든지 하면 좋겠다. 네가 이렇게 미지근하여 뜨겁지도 않고 차지도 않으니 나는 너를 내 입에서 뱉어 버리겠다."(계 3:15-16) 이것 또한 극단에 관한 이야기이다. 얼음과 불의 이야기. 그러나 놀랍게도 주님은 어느 쪽이 옳다고 말씀하시지 않는다. 두 극단 모두를 인정하시고, 두 극단 모두를 기대하신다.

몇몇 장면만 파편처럼 남은 한 옛 미국영화에서 엄격한 장로교 목사의 아들은 자유분방한 감리교인 여인과 사랑에 빠져 여인의 식구들은 집으로 초대했다. 한 집에 모여든 너무나도 다른 미국의 두 신앙 전통은 놀랍게도 아름다웠다. 장로교적 경건과 감리교적 자유, 영화를 보면서 신앙 전통의 차이란 무엇이 더 옳은가의 문제가 아니라 하나님이 나를 어디로 부르셨는지의 문제일 뿐이라는 생각이 들었었다.

문제는 늘 미지근함이다. 둘 중 그 어느 쪽에도 서 있지 않으면서 자신은 중용을 지키고 있는 것이라고 생각하는 착각은 얼마나 흔한가? 결국 그 어떤 책임도 지지 않은 채 양쪽을 다 비아냥거리며 우쭐대는 위선은 또 얼마나 얄팍한가?

예수님은 언제나 극단적이었다. 그런데 이상한 것은 이 극단이라는 것이 한 쪽만의 극단이 아니었다는 사실이다. 그는 혁명가들에게는 극단적인 보수 온건파였던 반면, 종교지도자들에게는 극단적인 진보 강경파였다. 모든 쪽으로부터 욕을 먹으셨던 주님은 차기도 하고 뜨겁기도 했다. 미지근했더라면 보존했을 목숨이 무사했을 리가 없었다.

하나님을 지극히 사랑했던 저 철학자의 말처럼 사람은 어느 한 극단으로 쏠림으로써가 아니라 두 극단에 동시에 닿음으로써 자신의 위대함을 보여준다. 증오와 혐오로 충만한 이 세상에 당장 필요한 것은 다른 극단에 대한 인정과 존경, 그리고 다른 극단에 닿으려는 노력이 아닐까?

사족이긴 하나 파스칼은 정치적 목적이나 명예를 위해 살인까지도 용납한 종교지도자들을 향해 다음과 같이 말했다고도 한다. "생명의 위협을 받지 않는데도 명예나 재산의 상실을 두려워하여 살인을 허용하거나 묵인하는 법률은 결코 없습니다. 신부님, 신앙이 없는 사람들도 그렇게는 하지 않습니다." 그의 마지막 말을 조금 바꾸어 읽어 보았다. "목사님, 신앙이 없는 사람들도 그렇게는 하지 않습니다." 잠시 먹먹해졌다.

"너는 차지도 않고 뜨겁지도 않구나. 네가 차든지 뜨겁든지 하면 좋으련만."(계 3:15)

함수율(含水率)

　소설가 김금희는 자신의 아버지로부터 들었던 함수율의 이야기를 〈아이들〉이라는 그의 이야기 속에 집어넣었다. 바다를 건너 목재들을 실어 나를 때는 나무들을 뗏목처럼 묶어 바다 위로 끌고 온다는 얘기를 들은 아이는 아빠에게 묻는다. 그럼 나무들이 계속 젖어 가라앉을 텐데 어떻게 그 먼 바다를 건너올 수 있느냐고. 그때 아빠는 아이에게 함수율에 대해 말해준다. 나무들마다 함수율이라는 것이 있어서 어느 정도 물을 흡수하면 더는 젖지 않는다고, 나무들마다 품을 수 있는 수분의 양은 처음부터 정해져 있는 것이라고. 마지막으로 아빠는 쉽고도 결정적인 예를 딸에게 들려준다. "너도 어느 정도 밥을 먹으면 숟가락을 놓잖아, 그것과 같은 이치지." 아이는 자라면서 이 말을 가슴에 담아둔다. 어른이 된 아이는 절망에 맞닥뜨려질 때마다 아무리 젖더라도 썩지는 않을 것이라고, 가라앉지는 않을 것이라고 스스로를 위로한다.

　아무리 무겁고 거대한 나무라도 자신 안에 품을 수 있는 물의 양은 한정되어 있어 결코 물에 젖어 바다에 가라앉지 않는다는 사실에 신기해했던 소설가는 이 사실이 인생에도 적용된다는 사실을 깨달았다. 그 어떤 고통과 아픔이 찾아오더라도 나는 부서지지 않고 이 바다를 건너 끝내 저 항구에 다다를 수 있을 것이라는 믿음과 희망을 아버지의 함수율로부터 배웠던 것이다. 그러나 단지 함수율뿐일까? 모든 것이 나름의 정해진 경계가 있다. 그 어떤 경우에도 결코 넘을 수 없는 경계가. 하나님의 창조는 경계 지음과 다름이 없었다. 하나님은 빛과 어둠을 나눠 경계를 정하셨고, 물과 궁창을 나눠 경계를 정하셨고, 땅과 물을 나눠 경계를 정하셨다. 그리고 나눠진 것들은 하나님이 정하신 경계를 결코 넘어서지 못했다. "주님은 경계를 정하여 놓고 물이 거기를 넘지 못하게 하시며 물이 되돌아와서 땅을 덮지 못하게 하십니다."(시 104:9) 혼돈의 상징인 물은 결코 하나님이 정하신 경계를 넘어 땅을 삼키지 못한다.

우리는 하나님이 만들어 놓으신 이 경계를 신뢰할 필요가 있다. 절망은 결코 우리를 완전히 삼키지 못할 것이다. 고통과 혼돈의 바닷물이 우리의 발목을 휘감고, 허리를 뒤흔들며, 가슴을 짓누를 때도 우리를 완전히 적시어 가라앉히지는 못할 것이다. 아무리 바닷물이 몸을 뚫고 들어올지라도 하나님께서 우리 삶에 정해놓으신 함수율은 이 절망의 바다가 우리의 삶을 완전히 적시어 익사시키지 못하도록 할 것이기 때문이다. 하나님이 정하신 이 함수율을 믿을 수만 있다면 우리는 젖을지 언정 결코 빠지지 않고 무사히 항구에 다다를 수 있을 것이다.

그럼에도 자꾸만 물속에 빠져버리는 이유는 무엇일까? 두려움 때문이다. 잘 알다시피 모든 동물은 물에 뜬다. 인간이라고 예외일 리 없다. 그럼에도 익사가 드물지 않은 것은 오직 두려움 때문이다. 심지어 인간은 허리 깊이의 물에서조차 익사하기도 한다. 두려움에 사로잡힌 인간은 자신이 절대적으로 안전하다는 사실을 알아채지 못하기 때문이다. 이처럼 두려움은 하나님의 질서를 보지 못하게 하고, 은총의 자취를 알아채지 못하게 만든다. 물에 뜨는 유일한 길은 두려움을 거두고 몸을 온전히 물에 맡기는 것뿐이다. 믿음이란 바로 그런 것이다.

"그러나 베드로는 거센 바람이 불어오는 것을 보고 무서움에 사로잡혀서 물에 빠져 들어가게 되었다. 그 때에 그는 '주님, 살려 주십시오' 하고 외쳤다. 예수께서 곧 손을 내밀어서 그를 붙잡고 말씀하셨다. '믿음이 적은 사람아, 왜 의심하였느냐?'"(마 14:30-31)

필요한 만큼

　폴란드 출신의 사회인류학자 브로니슬라브 말리노프스키는 뉴기니 지역 현지 조사를 맡게 되어 트로브리앤드 군도 원주민들과 생활하게 된 적이 있었다. 당시 유럽은 1차 세계대전의 회오리 가운데 있었고, 우연히 식인종 부족의 노인과 이야기를 나누게 된 말리노프스키는 자연스럽게 노인과의 대화에 이 세계대전을 소재로 올렸다. 마침 전쟁으로 인한 전사자 수에 대한 이야기가 나왔고 식인종 노인은 인류학자에게 이렇게 물었던 모양이다. "그렇게 많은 고기를 어떻게 다 먹을 수 있습니까?" 말리노프스키는 노인의 질문에 기가 막혔을 터였다. 그는 이 야만적인 부족의 사람에게 이렇게 대답했다. "유럽에서는 같은 인간끼리 서로를 먹지 않습니다." 그러자 식인종 노인은 공포에 질려 놀라며 이렇게 반문했다고 한다. "그럼 아무런 이유도 없이 그냥 야만적으로 사람을 죽인다는 말입니까?"

　〈늑대와 춤을〉이라는 옛 영화에도 이와 비슷한 이야기가 나온다. 문명인과 야만인의 구도로 인디언을 바라보았던 던바 중위는 인디언들과의 만남을 통해 점점 그들에 대한 생각을 고쳐나가게 된다. 그러던 어느 날 주인공은 인디언들과 버펄로 사냥을 가던 길에 거대한 무리의 버펄로 시체 떼를 발견한다. 그것은 백인들이 사냥해 가죽만을 벗기고 버려둬 썩어가고 있었던 버펄로의 시체 떼였다. 생존을 위해 꼭 필요한 고기만큼만 버펄로를 사냥해서 돌아온 인디언들은 축제를 열고, 주인공은 한없는 부끄러움 속에 침울해한다. 시체 떼를 발견한 장면에서 주인공은 백인 사냥꾼들의 탐욕에 치를 떨며 이렇게 독백했었다. "누가 이런 짓을 했을까? 영혼이 없는 자들의 소행이었다."

두 이야기는 서로 닮았다. 이것은 인간을 잡아먹는 야만인이라고 생각했던 원주민에게서 정작 문명인이라 자부하던 자신이 속한 세상이야말로 야만의 세상임을 깨닫게 된 아이러니 이야기 또는 야만의 이야기이며, 인디언 부족을 미개인으로 치부하던 자신의 인종이야말로 돈에 눈이 먼 영혼 없는 미개인임을 깨닫게 된 아이러니 이야기 또는 야만의 이야기이다. 전투에서 적을 죽이고 그 고기를 먹는 식인종들은 그들의 의식(儀式)을 따라 그렇게 한다. 버펄로를 사냥해 가죽을 벗기고 고기를 먹는 인디언들은 자신의 생존을 위해 그렇게 한다. 그러나 권력과 돈을 탐하는 문명인들은 권력과 돈을 얻기 위한 수단으로 살해하고 죽인다. 탐욕은 한계를 모르기에 '필요한 만큼'이란 말 또한 모른다.

지금은 과연 야만의 시대다. 일견 지성과 문명이, 영성과 문화가 고도로 발전한 것 같이 보이지만 사람들은 이미 '필요한 만큼'이라는 말을 잊어버렸다. 그리하여 목적과 수단은 뒤바뀌고 권력과 돈을 위한 욕망이 모든 곳을, 심지어는 가장 그래서는 안 되는 곳마저 지배하고 말았다. 교회와 성직이 사고 팔리며, 거룩한 자리는 필요에 따라서가 아니라 욕망에 따라 분배된다. 이런 야만의 시대에서는 평범함마저 경이롭게 보인다. 그렇다면 우리 안과 밖의 야만을 막을 방법, 잃어버린 영혼을 다시 찾을 길은 없는 것일까? 버펄로 사냥 축제에서 인디언은 이렇게 말한다. "기적 같은 나날이다. 다만 신에게 감사할 뿐이다.

사냥은 그만하면 됐다. 필요한 만큼 고기를 얻었다." 진정한 기적을 체험하고 참 감사를 신께 드리는 비결, 그것은 어쩌면 저 '필요한 만큼' 이라는 말 속에 숨어 있을지도 모른다.

"나는 어떤 처지에서도 스스로 만족하는 법을 배웠습니다."(빌 4:11)

한 번도 안 일어난 일은 있어도
한 번만 일어난 일은 없다.

살아생전 독설가로 유명세를 떨쳤고 마침내 죽은 후에는 "우물쭈물 하다가 내 이럴 줄 알았지."라는 기상천외한 묘비명을 남긴 아일랜드의 극작가 조지 버나드 쇼는 역사에 관해 다음과 같은 말을 한 적이 있다. "우리가 역사로부터 배우는 교훈은 인간은 역사로부터 그 어떤 것도 배우지 않는다는 사실이다." 하지만 실제로 이 말을 먼저 한 사람은 독일의 철학자 헤겔이었다. 헤겔의 말은 이랬다. "역사와 경험이 가르치는 것은 이것이다. 국민들과 정부들은 역사로부터 그 어떤 것도 배우지 않았다는 사실." 역사에 관한 버나드 쇼의 말도 사실은 이 헤겔의 말을 인용한 것이었다.

어느 누구에게나 감추고 싶고 기억하기 싫은 기억이 있기 마련이다. 자신이 저질렀던 실수나 부끄러운 잘못을 사람들 앞에 드러내고 싶은 사람은 아무도 없다. 감출 수만 있다면 감추고자 하는 것이 인지상정일 것이다. 또한 자신이 당했던 부당한 일이나 치욕을 늘 기억하고 싶은 사람도 없다. 할 수만 있다면 기억에서 지우고 어떻게든 눈을 돌려 잊어버리고 싶은 것 또한 인지상정이다. 이 점은 민족이라고 다를 바 없다. 개인에게서와 마찬가지로 어느 민족에게나 감추고 싶고 기억하기 싫은 역사가 있다. 자신의 과오라면 감추고 싶을 것이고 자신의 굴욕이라면 기억하기 싫을 것이다. 그러나 이렇게 감추고 피하기만 한다면 결국 저 독설가의 말대로일 뿐이다. 역사로부터 아무것도 배우지 못하는 비참한 민족이 될 뿐이라는 것이다.

그리하여 용감하고 지혜로운 민족은 과감히 자신의 잘못을 드러내고, 제대로 용서를 구하며, 그 어떤 피해를 감수하고서라도 피해자에 대한 책임을 다하고자 한다. 더 나아가 자신의 과오가 결코 시야에서 사라지지 않도록 반드시 그 흔적을 후대로 남겨 교훈으로 삼는다. 또한 자존감이 강한 민족은 자신이 당한 불의와 치욕 역시 과감하게 드러내고 당당하게 그것과 맞서 싸운다. 특히 수치와 치욕에서 눈을 돌리지 않는 일은 무엇보다 중요하다. 받은 불의와 모욕은 드러내고 맞서 싸우지 않는 한 언제까지나 그 피해자를 괴롭히고 짓누르는 힘이 있기 때문이다.

이 점은 최근에 더욱 더 첨예화된 일본군 위안부 문제에서 보다 확실해진다. 사람들이 이 사실을 공개적으로 알게 된 것은 놀랍게도 해방 직후가 아닌 해방 후 거의 오십 년이나 지나서였다. 만일 1991년 8월 14일 김학순이라는 여인이 자신의 실명을 걸고 일본군 성노예 생활의 실상을 증언하지 않았더라면, 그녀가 자신의 치욕을 공개적으로 드러내지 않았더라면, 그로 인해 받을 더 깊은 상처를 우려하여 계속해서 그 수치 가운데 숨어살았더라면, 우리는 지금도 이 사건의 진상을 모르고 있을지도 모른다.

그녀는 어떻게 그런 엄청난 결정을 할 수 있었던 것일까? 요즘 유행하는 표현으로 말하자면 이유는 다음과 같을 것이다. 한 번도 안 일어난 일은 있어도 한 번만 일어난 일은 없으니까. 다시금 같은 역사가 반복되지 않도록, 자신이 겪은 일을 다시는 후손이 겪지 않도록 노인은 용기를 냈던 것이리라. 하나님의 백성이 된 이스라엘 역시 그랬다. 자신들이 겪었던 노예 생활의 치욕과 모멸감을 그들은 결코 잊지 않고 영원토록 후세에 전했다. 그것을 끊임없이 드러내고 전하는 가운데서 그들은 하나님의 은혜를 발견하고 고백했다. 그들은 결코 잊지 않았다. 유난히 잊기를 강요하는 요즈음 우리는 미국의 철학자 조지 산타야나의 경고를 다시금 기억할 필요가 있다. "역사를 기억하지 못한 자, 그 역사를 다시 살게 될 것이다."

돈에 대한 어떤 기준

감리교의 창시자 존 웨슬리에 대해서는 소득과 구제(救濟)에 관련해 다음과 같은 이야기가 전해진다. 웨슬리의 연소득이 30파운드였을 때 그는 2파운드를 가난한 사람들을 위해 사용하고 남은 28파운드로 일 년 생활비를 삼았다고 한다. 지금에야 채 6만원도 안 되는 액수지만 웨슬리 시절에만 해도 30파운드는 독신남자 한 사람이 한 해 동안 살아갈 수 있을 만큼의 액수였다. 그 다음해 웨슬리의 소득은 60파운드로 두 배 늘었다. 소득이 두 배로 늘었으니 마음씨 좋은 웨슬리는 가난한 사람들에게 주었던 돈 역시 두 배 늘려 4파운드를 나누어주었을까? 아니다. 여기서부터 구제(救濟)에 관한 웨슬리의 이상한 셈법이 등장한다. 그는 4파운드를 가난한 자들에게 주고 나머지 36파운드로 일 년을 산 것이 아니었다. 웨슬리는 작년과 마찬가지로 28파운드로 생활하고 나머지 32파운드를 가난한 자들에게 나누어주었다. 그리고 그 다음해 수입이 90파운드로 늘었을 때 역시 웨슬리는 생활비로 28파운드를 쓰고 나머지 전부를 가난한 사람에게 나누어주었다. 네 번째 해 이제는 수입이 120파운드로 늘었지만 역시 그는 28파운드만 생활비로 쓰고 나머지 전부를 가난한 사람에게 나누어주었다.

우리의 삶에 가장 치명적인 유혹은 돈의 유혹이라 해도 과언이 아니다.

얼마나 많은 사람들과 모임들이 그리도 쉽게 돈에 넘어지고 병드는지 우리는 지나치게 자주 발견하고 만다. 그러니 신앙의 이름 아래 행하는 모든 결단 중에서도 돈에 대한 결단은 가장 어렵고 가장 중요한 결단이 아닐 수 없다. 그리고 바로 이 순간, 돈을 사용하는 방식에 있어 웨슬리는 의미심장한 기준을 우리에게 소개하고 있다. 웨슬리는 말한다. 돈을 사용할 때 중요한 기준은 다른 사람을 위해 얼마를 쓰는가가 아니라 자신을 위해 얼마를 쓰는가라고. 돈과 관련해 일생을 두고 결심할 것은 타인을 위해 얼마 이상을 쓰겠다가 아니라, 나 자신을 위해 얼마 이상은 쓰지 않겠다는 결심이라고.

"나는 주머니가 회개하지 않는 사람의 회개를 믿을 수 없다." 돈에 관한 한 이처럼 자신에게 철저했던 웨슬리이기에 그는 이런 말을 할 수 있는 목사였다. 그는 소득이 1,400파운드가 넘었을 때에도 역시 30파운드로 살았다고 한다. 그는 단 한 번도 100파운드 이상을 가져 본 적이 없었다고 기록했다. 71세 때 웨슬리는 이런 말도 남겼다. "내가 만일 10파운드를 내 뒤에 남겨 놓고 죽는다면 당신과 모든 인류는 나를 대적하여 나는 도둑과 강도처럼 살고 죽었다는 증언을 하게 되는 것이다." 88세의 일기로 세상을 떠났을 때 과연 그의 삶은 그의 말과 다르지 않음이 증명되었다. 웨슬리는 뛰어난 신학을 전개하지도 않았고, 엄청난 설교를 베풀지도 않았다. 그러나 그는 영국 산업혁명의 어두운 그림자였던 비참한 노동자들과 함께 하면서 그들에게 마약과도 같은 값싼 위로를 전하지도 않았고 부자들에게 환영 받는 타락한 영적 지도자가 되지도 않았다. 그는 언제나 날카롭게 돈을 비판했고 그 기조를 끝내 놓치지 않았다. 그가 가난한 노동자들에게 커다란 영적 감동을 주고 심지어 개신교의 중요한 한 종파의 창시자가 될 수 있었던 것도 이러한 그의 결단과 태도를 빼놓고는 생각할 수 없는 일이다. 우리는 돈에 대한 웨슬리의 태도를 지금 다시 곱씹을 필요가 있다. 결국 돈에 대한 신앙의 결단에 있어 결정적인 문제는 다음과 같은 것일 것이다. 평생 남을 위해 얼마를 쓸 것인가가 아니라 평생 나를 위해 얼마를 쓸 것인가의 결정, 남을 위해 많이 쓰겠다가 아니라 나를 위해 적게 쓰겠다는 결단, 바로 이런 종류일 것이다.

내일이라는 미신

　대표적인 기독교문학가 C. S. 루이스는 〈스크루테이프의 편지〉라는 재미나고도 유익한 작품을 우리에게 남겼다. 이 책은 노련한 악마 스크루테이프가 이제 막 신참으로서 인간을 유혹하는 일을 맡게 된 젊은 조카 악마 웜우드에게 보내는 조언과 충고의 편지 모음이다. 이 스크루테이프의 여러 조언 중에는 미래와 관계된 다음과 같은 조언이 담겨 있다. "미래에 대하여 – 한마디로 말해서 모든 것들 중에서 미래는 영원과 '최소의' 유사성을 지니고 있다. 미래는 그중 가장 철저하게 세속적인 시간이다. 왜냐하면 과거는 냉각되어 더 이상 흐르지 않으며 현재는 영원의 광선으로 밝게 빛나고 있기 때문이다. 그러므로 우리는 이제까지 창조적 진화, 과학적 인본주의, 공산주의 등의 사고체계를 모두 전적으로 장려해왔으며 이러한 개념은 인간들의 관심을 세속성의 핵심인 미래로 집중시키도록 되어 있다. 따라서 모든 악의 대부분은 미래에 뿌리를 박고 있다. 감사의 눈은 과거를 바라보고, 사랑의 눈은 현재를 바라본다. 그러나 공포와 탐욕과 육욕과 야심의 눈은 미래를 바라보는 것이다."

　노련한 악마는 인간의 눈을 미래로 돌리도록 조언하고 있다. 바로 그곳이 인간의 모든 걱정과 염려의 원천이기 때문이라는 것이다. 이 경험 많은 악마의 말에 따르면 미래는 영원과 가장 최소한의 유사성을 지니고 있는 것, 즉 하나님의 속성을 닮은 영원과 가장 거리가 먼 것이다. 그의 말처럼 실제로 과거와 미래라는 것은 가공의 시간이라 해도 과언이 아니다. 우리가 지나고, 느끼고, 파악하고, 알 수 있는 시간은 오직 현재뿐이기 때문이다. 위대한 신학자 아우구스티누스 역시 이 점에 대해 다음과 같은 말을 한 적이 있다. "그러나 이제 나에게 명확히 드러나 밝혀진 것은 미래의 시간이나 과거의 시간이란 없다는 것입니다. 그러므로 우리가 과거, 현재, 미래라는 세 가지의 시간이 있다고 말하는 것도 적당치 않습니다. 아마 '과거 일의 현재', '현재 일의 현재', '미래 일의 현재'라는 세 가지의 시간이 있다고 말하는 것이 옳을 것입니다." 그럼에도 불구하고 우리는 끊임없이 내일이라는 미신을 믿고 살아간다. 그리고 이처럼 내일이라는 미신을 섬기는 우상숭배의 현실 속에서 모든 염려와 괴로움이 내일로부터 흘러나와 현재를 짓누른다.

"그러므로 내일 일을 위하여 염려하지 말라. 내일 일은 내일이 염려할 것이라."(마 6:34) 개역의 현재 개정판은 옛 판의 오역 '내일 일은 내일 염려할 것이라'를 드디어 이렇게 제대로 원문에 맞게 고쳐 놓았다. 이 말씀은 먹고 마시는 세속의 걱정일랑 일절 하지 말라는 긴 연설의 결론이기도 했다. 그러니 만일 옛 오역처럼 이 말이 '내일 일은 내일 염려하라'는 말이었다면 결국 매일 염려하라는 말이 되고, 이는 도무지 염려하지 말라는 앞의 말씀과는 영 어긋나는 결론이 되었을 것이다. 본문은 분명히 다음과 같다. "내일 일은 네가 아니라, '내일이' 염려할 것이다!" 이 결론의 말씀이 의미하는 바는 분명하다. 모든 염려의 근원인 내일을 오늘로부터 지우라는 것이다. 그럴 때에야 비로소 그 다음 말씀 또한 명확해진다. "한 날의 괴로움은 그 날로 족하니라." 내일의 괴로움이 결코 오늘로 흘러들어오게 하지 말라는 것이다. 당연하게도 이 말은 미래에 대한 기대나 소망이 무의미하다는 뜻이 아니다. 오직 염려와 괴로움의 근원인 있지도 않은 미신적 내일을 경계하라는 말씀이다. 굳이 호라티우스의 저 유명한 격언 '카르페 디엠'(carpe diem)을 새삼스레 떠올릴 필요가 있을까? 허상의 내일을 지우고 영원과 잇닿아 있는 현재를 붙들자. 하나님을 만날 시간은 바로 지금뿐이다. 영원과 맞닿아 있는 지금이라면 대체 무슨 염려가 있을 수 있을까. 그러니 내일 일은, 내일이 염려하게 하자.

원숭이와 설탕

〈원숭이와 설탕〉이라는 시 속에서 김남주 시인은 인디언들이 원숭이를 잡는 방법을 다음과 같이 소개한다. 인디언들은 야자열매에 원숭이의 손이 들어갈 만한 구멍을 내고 그 안에 설탕을 넣어 높은 나뭇가지에 매어 둔다. 곧 원숭이는 야자열매 속으로 손을 넣어 자기가 좋아하는 설탕을 움켜쥐지만 작은 구멍 탓에 쥐어진 손은 빠지지 않는다. 사람이 접근해도, 접근해서 위협해도, 심지어는 막대기로 괴롭혀도 원숭이는 끝까지 쥔 손은 놓지 않은 채로 도망치려고 헛되이 기를 쓴다. 인디언들은 이런 방식으로 손쉽게 원숭이를 포획한다. 시인의 말을 따르자면 원숭이는 "결국 인디언이 쏜 화살을 맞고서야 죽고 나서야 주먹을 펴고 설탕을 놓는다".

어리석은 원숭이가 죽은 이유는 어쩔 수 없는 죽음을 피할 수 없었기 때문이 아니라 언제든 선택할 수 있었던 생명을 선택하지 않았기 때문이라는 단순한 사실은 우리의 삶 속에 얼마나 많은 것을 말해주는가. "그러나 설탕덩이를 거머쥔 원숭이의 주먹손은/아무리 용을 써도 빠지지 않는다/뻘뻘 땀이 흐르도록 팔이 빠지도록 잡아당겨도 빠지지 않는다/설탕을 놓아버리면 쉽게 손을 뺄수 있으련만……/그러나 어찌 그 좋은 것을 감히 포기하랴/사람이 접근해서 손짓 발짓으로 위협해도/막대기로 빨간 똥구녕을 쑤셔대도 막무가내인 것이다" 시인이 그리고 있는 원숭이의 모습이 우리 삶의 모습과 몹시도 겹친다.

"오늘 내가 당신들에게 내리는 이 명령은 당신들이 실천하기 어려운 것도 아니고 당신들의 능력이 미치지 못하는 것도 아닙니다. 이 명령은 하늘 위에 있는 것이 아니므로 당신들은 '누가 하늘에 올라가서 그 명령을 받아다가 우리가 그것을 듣고 지키도록 말하여 주랴?' 할 것도 아닙니다. 또한 이 명령은 바다 건너에 있는 것도 아니니 '누가 바다를 건너가서 명령을 받아다가 우리가 그것을 듣고 지키도록 말하여 주랴?' 할 것도 아닙니다. 그 명령은 당신들에게 아주 가까운 곳에 있습니다. 당신들의 입에 있고 당신들의 마음에 있으니 당신들이 그것을 실천할 수 있습니다. 보십시오. 내가 오늘 생명과 번영, 죽음과 파멸을 당신들 앞에 내놓았습니다."(신 30:11-15)

모세는 생명의 길이 얼마나 가기 쉬운 길인가를 백성들에게 설명하려고 무던히 노력했다. 생명을 얻는 길은 마치 원숭이가 손에 쥔 설탕을 툭 놓아버리는 것처럼 간단하고 쉽다고 모세는 말하고 싶었던 모양이다. 그러니 생명으로 이르는 길은 매우 복잡해 반드시 누군가의 특별한 지도가 필요하다거나, 생명에 이르기까지는 너무나 큰 힘이 들어 특별한 훈련을 필요로 한다는 식의 설교는 모두 공허한 교설에 불과하리라. 생명에 이르는 길을 선택하는 유일한 방법은 단지 언제든 피할 수 있는 죽음의 길을 선택하지 않는 것뿐이다. 그 간단한 선택을 지독히도 어렵게 만드는 설탕으로부터 손을 떼는 것뿐이다.

"유혹에 빠지지 않도록 기도하여라."(눅 22:40)

홈스테이 인생

　"겨우 수 십 년의 인생, 좀 긴 홈스테이가 다시 시작된다고 생각하면 되잖아요." 어떤 애니메이션영화에서 한 천사 같은 존재의 입으로부터 다시 한 번 삶의 기회가 주어진 소년을 향해 이 대사가 흘러나왔을 때, 이 말은 결코 가볍지 않은 떨림을 가져다주었다. 홈스테이. 그래, 인생이란 게 그런 거지. 마치 잠시 머물다 떠나는 홈스테이처럼 그렇게 잠시 살아가다 잠드는 거지. 이런 생각을 하면서 '홈스테이'라는 단어의 의미를 좀 더 곱씹어 보았다. 말하자면 홈스테이는 남의 집에 잠시 머무는 것이다. 남의 집이니 가구나 살림도구 따위를 사들일 필요도 없고, 잠시 사용만 하다 적당한 시간이 되면 그저 떠날 테니 특별히 정을 붙일 이유도 없다. 평균을 다 살아도 80년에 불과한 인생, 이제 그 평균을 다 살아낸다 해도 벌써 절반을 훌쩍 넘긴 나이가 되었다. 이 이야기를 20대 청춘들에게도 들려주면서 이렇게 말을 덧붙였다. "이렇게 네 번만 지나가면 끝이라는 거죠." 어떻게 지나왔는지도 모를 순식간의 20년일 터이다. 그렇게 네 번이면, 평균수명을 다 살게 된다 해도 그렇게 네 번이면 끝이 날 인생이다.

성경은 이 홈스테이 인생을 다른 말로 표현한다. 이른바 나그네 인생. "사람을 겉모양으로 판단하지 않으시고 각 사람의 행위대로 심판하시는 분을 여러분이 아버지라고 부르고 있으니 여러분은 나그네 삶을 사는 동안 두려운 마음으로 살아가십시오."(벧전 1:17) 나그네의 삶은 어떤가? 나그네의 삶 역시 홈스테이 인생처럼 가벼운 삶이다. 애당초 나그네에게 큰 짐이란 불가능하다. 먹고 자는 것을 절대적으로 타인의 친절에 기댈 수밖에 없는 존재, 기댈 친절을 얻지 못한다면 그저 굶고 노숙해야 하는 존재, 나그네는 이 불안과 위험을 대가로 딱 그만큼의 자유를 누리며 살아간다. 그러니 성경이 우리를 향해 나그네라고 부르는 것은 결코 가볍지 않은 부름인 셈이다.

영혼의 모든 타락과 멸망은 이 나그네이기를 포기한 순간부터 찾아온다. 내세(來世)에 담긴 한자어 그대로 '오는 세상'을 믿지 않고 이 세상에서 모든 것을 누리려는 순간, 내가 머물고 있는 거처가 홈스테이가 아니라 내 집이라고 생각하는 순간, 흐르지 못하는 저 강물처럼 삶은 냄새를 풍기며 썩어 들어가기 시작한다. 내 집이라고 생각하니 채워야 할 것도 많고 필요한 것도 많다. 내 집이라고 생각하니 관리할 것도 많고 신경 쓸 것도 많다. 내 집이라고 생각하니 내 집에 유하고자 하는 사람에게 대가를 요구하고 그를 감시한다. 홈스테이 인생을 포기하는 순간, 자유를 내려놓은 딱 그만큼의 불안과 근심을 안고 살아간다.

성령은 바람이라고 주님은 말씀하셨다. "바람은 불고 싶은 대로 분다. 너는 그 소리는 듣지만 어디에서 와서 어디로 가는지는 모른다. 성령으로 태어난 사람은 다 이와 같다."(요 3:8) 이것은 예수님의 언어유희였다. 헬라어에서는 바람이나 성령이나 매한가지 똑같은 단어이기 때문이다. 바람은 나그네처럼 언제나 자유롭다. 우리는 조금 더 바람처럼 자유로워질 필요가 있다. 트윈폴리오의 노래로 익숙한 〈바람만이 아는 대답〉의 원곡자 밥 딜런이 이제 막 노벨문학상을 수상했다. 그리고 그의 노래 〈Blowing in the wind〉의 한결같은 후렴구를 우리는 잘 기억하고 있다. "친구여, 그건 바람만이 알고 있다네. 바람만이 그 답을 알고 있다네." 자유로운 바람은 언제나 모든 문제의 해답을 알고 있을 것이다. 겨우 수 십 년의 인생, 이제 좀 긴 홈스테이가 다시 시작된다고 생각한다면 자유로운 나그네로 살아가기가 한결 수월해질지도 모르겠다.

두 나라의 국민

"두 왕국이 있다. 하나는 하나님의 왕국이고, 다른 하나는 세상의 왕국이다." 종교개혁자 마틴 루터의 이 말은 이후 '두 왕국론'이라 불리는 신학 주제로 정착되었으며 신학의 역사에서 복잡한 논쟁을 불러 일으켰다. 물론 여기서 그 복잡한 논쟁을 다루려는 것은 아니다. 단지 이 말과 함께 하나님의 왕국과 세상의 왕국이라는 이중성을 동시에 살아가고 있는 우리의 실존을 잠시 생각해보고자 할 뿐이다.

며칠 전 세상이 바뀌었다. 부패한 권력이 법의 심판을 받고 국민은 새로운 정부를 세웠다. 이제 세상은 분명 조금은 더 나은 모습으로 변화될 터이다. 그러나 그럼에도 불구하고 현실 정치로부터 연유한 여러 문제들은 어김없이 우리 앞에 다시 나타날 것이며, 그 가운데 어떤 종류의 불의는 여전히 힘을 발휘할 것 역시 분명하다.

루터의 용어를 빌려 말하자면 그리스도인들은 동시에 두 왕국을 살아가는 사람들이다. 우리는 이 세상의 왕국을 살아가면서 하나님의 왕국을 살아가고 있는 것이다. 하나님의 은혜를 입어 하나님 나라의 백성이 된 후에도 여전히 우리는 대한민국의 국민이다. 그리스도인인 우리는 제한적인 의미에서 하나님 나라를 이미 살고 있으나 궁극적으로 완전한 하나님의 나라는 주님의 재림으로 이루어질 것임을 믿는다. '이미'와 '아직' 사이에 놓인 우리는 그러므로 늘 양쪽에 반쪽씩을 걸치며 살아가는 인생인 셈이다. 이 이중적인 우리의 실존은 현실을 바라보는 우리의 눈을 결정해준다.

그 말은 우리가 아무리 선한 정부를 만난다 할지라도 여전히 이곳은 하나님의 완전한 나라가 아니라는 사실을 의미한다. 아무리 선한 정부라 할지라도 악이 전무할 수는 없다. 그러므로 그리스도인들은 모든 정부에 대해 비판적일 수밖에 없다. 그리스도인이 판단해야 하는 기준은 현실이 아니라 하나님 나라이기 때문이다. 완전한 하나님의 나라는 언제나 '아직'이니 우리는 끊임없이 불의를 찾아내 싸워야 할 것이다. 악한 정부야 물론 더 말할 나위도 없다. 악한 정부에 대한 대항은 성경의 표현 그대로 '피 흘리기까지'(히 12:4)여야 할 것이다.

이 대목에서 우리는 로마제국에 세금을 바치는 문제로 예수를 시험했던 사건을 떠올려보는 것도 좋겠다. 카이사르에게 세금을 바치는 것이 율법에 적법한 것이냐는 교활한 질문에 대해 예수는 황제의 초상이 새겨진 동전을 앞에 놓고 카이사르의 것은 카이사르에게 돌려주고 하나님의 것은 하나님께 돌려드리라고 말했다. 예수는 악의적인 질문에 대해 주제를 극단화시킴으로써 질문 자체의 근거를 박살내는 전략을 자주 사용하셨다. 어쩌면 이것도 그런 종류의 대답이었을지도 모른다. "너희는 율법 운운하면서 로마제국에 세금을 바치는 게 율법에 허락되었냐고 묻느냐? 그렇게 하나님의 율법을 중요시한다면 우상이 새겨진 화폐 자체를 아예 사용하지 말아야 하는 것 아니냐? 이 위선자들아!" 하나님을 순전하게 섬겨야 하는 것은 맞으나 또한 동시에 불가피하게 하나님 나라가 아닌 현실을 살아가는 것이라고, 어쩌면 예수는 당신의 대답으로 이런 말도 함께 하신 것인지도 모른다.

두 나라와 관련해 베드로전서의 기자는 그리스도인의 실존을 '나그네', 즉 '이방인'으로 선언한다. 정치적 현실을 살아가는 그리스도인에게 이 말이 의미하는 바는 분명하다. 그 어떤 정부에게든 우리는 늘 낯설게 보여야 하는 사람들이고, 그 어떤 정부든 우리는 늘 그 정부를 불편하게 만들어야 하는 사람들이고, 그 어떤 정부 아래서든 우리는 언제나 타향살이의 심정과 태도로 살아갈 수밖에 사람들이라는 것. 본향을 그리워하는 영원한 타향살이 신세, 우리는 그렇게 두 나라의 국민인 것이다.

"사랑하는 여러분, 나는 나그네와 거류민 같은 여러분에게 권합니다. 영혼을 거슬러 싸우는 육체적 정욕을 멀리하십시오."(벧전 2:11)

자유 유지비

　며칠 전 결혼식 주례를 서게 된 일이 있었다. 결혼식이 있기 몇 달 전 내게 주례를 부탁한다는 제자에게 나는 먼저 내 걱정을 전했었다. 아니, 신랑과 신부 측 교회에도 목사님들이 계실 텐데, 양측 부모님들이 다니는 교회도 그렇고, 내가 해도 괜찮은 건가? 그 말에 제자는 그런 건 걱정 마시라고, 모든 순서는 다 신랑 신부 당사자가 알아서 결정한다고 대답했다. 신랑 신부 입장도 동시입장으로 함께 걸어 들어오는 걸로 정했다고도 했다. 이렇게 당사자들이 자유롭게 결정할 수 있었던 가장 큰 이유는 나중에 알게 되었다. 모든 결혼식 비용을 결혼 당사자들이 부담했던 것이었다. 그러기에 정말로 주례를 맡기고 싶은 사람에게 주례를 맡기고 순서도 자신들의 마음에 따라 형편에 맞게 결정하는 그들이었던 것이다. 그들의 이런 모습을 보면서 나는 '이러므로 사람이 그 부모를 떠나서 그 둘이 한 몸이 될지니라'(막 10:7-8)라는 성경의 말씀을 곰곰이 되새겨보았다. 정신적으로 부모를 떠나 독립된 어른으로 함께 맺어지는 진정한 결혼의 시작이구나 싶었던 결혼식, 그들이 설계했던 결혼식은 작고 아름답고 은혜로웠다.

자유란 언제나 희생과 포기의 대가를 치른 만큼, 더도 덜도 아닌 딱 그만큼만 주어진다. 위의 예처럼 가장 가깝게는 부모로부터의 자유가 그렇다. 자녀로서 삶에 대한 자유로운 선택과 결정은 언제나 부모로부터 받고 있는 금전적 혜택의 포기 정도에 달려 있는 것이다. 이 자유의 성격은 부모로부터의 자유뿐 아니라 모든 자유에도 해당되는 말이다. 자유는 공짜가 아닐 뿐더러 언제나 값비싼 대가를 요구한다. 하지만 자유는 얻는 데에만 대가를 치르는 것도 아니다. 자유는 그것을 유지하는 데에도 지속적이며 상당한 유지비를 요구한다.

자유로운 인간은 매 상황마다 스스로 선택과 결정을 내려야한다. 그리고 이것은 결코 간단한 일이 아니다. 따라서 사람들은 어떻게든 이 선택을 남에게 미루고자 한다. 일상의 예로 함께 식사 메뉴를 정할 때 "아무거나."라는 말은 일견 자신의 주장을 낮추고 상대방의 취향을 존중하는 것처럼 보이지만 사실은 귀찮고 어려운 결정을 상대방에게 넘겨버리는 비겁한 말이다. 아무리 사소한 결정이라도 결정은 이렇게 힘겹고 에너지가 드는 일이다. 그런데 자유는 이 결정을 누군가에게 맡기지 않고 바로 나 스스로가 내리는 일이 아니던가. 그러니 이 자유라는 것은 지속적으로 매우 번거롭고 힘겨운 대가를 치러야만 겨우 유지될 수 있는 성질의 것이다.

어쩌면 자유는 얻는 것보다 유지하는 것이 더 어려운 것인지도 모른다. "누가 우리에게 고기를 먹이려나? 이집트에서는 우리가 참 좋았었는데."(민 11:18) 과연 노예들이 고기를 즐기면서 살았을까? 그럴 리가 없음에도 불구하고 이스라엘백성들은 현실의 어려움 속에서 있지도 않은 환상을 떠올리며 자신들의 자유를 포기하려고 했다. 거의 죽음과 맞바꾸었다 해도 과언이 아닐 대가를 치르고 얻은 자유이건만, 이 자유를 유지하기에 지친 백성들은 다시 노예가 되는 편이 낫겠다고 스스로를 세뇌시킨다. 에리히 프롬의 〈자유로부터의 도피〉는 바로 이 사실에 대한 신랄한 분석이다. 인간은 실제로는 자유를 그다지 원하지 않는 존재라는 것이다. 자유란 결정의 짐을 져야 하는 힘겨운 일이기 때문이다.

정부의 교체와 함께 청문회를 비롯한 첨예한 정치 이슈들이 미디어를 달구는 시절, 우리는 이 자유의 성격을 다시 돌아볼 필요가 있다. 대통령을 선출하고 국회의원을 뽑는 것이 더 이상 정치에 아무 신경도 쓰지 않고 판단과 결정을 미루고 넘겨버리는 것을 의미한다면 이것은 거의 자유의 포기와도 같지 않을까? 대의민주주의의란 내게 주어진 결정의 자유를 대표자에게 완전히 넘겨버리고 더 이상 신경 쓰지 않는 것이 아니라 끊임없이 그들이 대리자로서의 역할을 하고 있는가를 신경 쓰고 감시하는 일이다. 마치 자유의 유지비처럼 이것은 귀찮고 에너지가 드는 일이다. 하지만 정치에서든, 신학교에서든, 교회에서든, 우리는 이 귀찮은 유지비를 끝까지 포기하지 않아야 한다. 하나님께서 비싼 값을 치르고 선사해 주신 자유를 버리고 다시 노예로 돌아갈 수는 없기 때문이다.

한반도 세습 삼총사

"미국 상원의 채플 목사였던 리처드 핼버슨 목사는 이렇게 말했습니다. '교회는 그리스로 이동해 철학이 되었고, 로마로 옮겨가서는 제도가 되었다. 그 다음에 유럽으로 가서 문화가 되었다. 마침내 미국으로 왔을 때, 교회는 기업이 되었다.' 그리고 대형교회의 세습을 비판한 영화 〈쿼바디스〉의 김재환 감독은 이렇게 덧붙입니다. '교회는 한국으로 와서는 대기업이 되었다.'" 대한민국 뉴스의 한 대표 앵커는 요즘 한창 이슈가 되고 있는 대형교회의 세습 문제를 정면으로 다루고 나서 이런 말로 뉴스를 마쳤다.

한반도에는 세습을 하는 대표적 세 집단이 있다는 우스갯소리가 있었다. 첫 번째는 북한이고 두 번째는 재벌, 그리고 마지막이 바로 대형교회라는 우스우면서도 우습지 않은 이야기. 그리고 보면 이 세 그룹 모두는 가장 한국적인 동시에 한반도를 망치는 대표적 집단이기도 하다. 첫 번째 당사자는 정치적으로, 두 번째 당사자는 경제적으로, 세 번째 당사자는 종교적으로. 이 셋, 왠지 예수님이 겪으셨던 광야의 세

시험의 분야와도 묘하게 겹친다. 이 세 집단은 또 하나의 공통점이 있으니 세습 자체를 정당하다고 주장함과 동시에 그 세습의 절차마저 정당하다고 주장한다는 점이다. 북한은 부자세습을 모든 인민의 의지라고 주장하고 민주적인 선거의 결과라고 주장한다. 한국에만 존재하는 기업 형태인 재벌(재벌은 영어로도 chaebol이다)도 부자세습을 전 기업과 주주들의 의지이며 의총을 걸친 역시 민주적인 절차의 결과라고 주장한다. 대형교회 역시 부자의 세습은 모든 교인들의 뜻이며 교인 총회의 민주적 의결을 거쳐 결정된 것이라고 주장한다. 한반도의 세습 삼총사는 모든 면에서 닮아 있다.

중세에 이르기까지 왕의 아들이 왕을 이어받는 전통은 그것이 가장 최선이라서라기보다는 그것이 불가피한 폭력과 전쟁 없이 왕위를 이어나갈 수 있는 거의 유일한 방법이었기 때문이다. 가장 강하고 가장 덕이 높으며 가장 지혜로운 자가 왕이 되는 것이 최선이겠지만 이런 경우에는 자신이 바로 그 사람이라고 주장하는 자들의 난립과 끊임없는 전쟁을 피할 수 없을 것이다. 왕의 아들이 왕이 되는 것은 말하자면 차악이었던 셈이다. 그러나 인간 의식과 역사가 발전한 지금은 최고 권력자는 대중으로부터 권력을 이양 받은 대표자로 간주되는 시대다. 이런 세상에서 한반도에 사는 우리는 아들이 그 누구보다 현명하고 그 누구보다 강하기에 아버지의 자리를 이어받아야 한다는 미개의 실상을 목도하며 살아가고 있다. 그것도 세 분야에 걸쳐서.

이 셋에게 있어 가장 나쁜 것은 세 집단 모두 사유할 수 없는 공동의 것을 가족의 사유로 만들 수 있다고, 그래도 된다고 여긴다는 점이다. 나라도, 기업도, 교회도 사유의 대상이 될 수 없으며 되어서도 안 된다. 모든 타락과 착취는 바로 공적인 것의 사유화로부터 시작되기 때문이다. 하물며 그것이 영적인 것에 관한 것이라면 그 참담함이야 이루 말 할 수 없으리라. 그렇다면 어떻게 이것을 고칠 수 있을까? 어쩌면 고치는 것이 아니라 버리는 것이 이 문제에 대한 유일한 해결책일 수도 있지 않을까 생각해본다. 고칠 수 없는 것이라면 버리는 것이 맞다. 어쩌면 지금은 어떻게 버릴까를 고민해야 할 시점인지도 모르겠다.

"그런데 너희는 어찌하여 나의 처소에서 나에게 바치라고 명한 나의 제물과 예물을 멸시하느냐? 어찌하여 너는 나보다 네 자식들을 더 소중하게 여기어 나의 백성 이스라엘이 나에게 바친 모든 제물 가운데서 가장 좋은 것들만 골라다가 스스로 살찌도록 하느냐?" (삼상 2:29)

4부

사랑의 정체

톨레랑스 (tolérance)

톨레랑스는 다양한 인종과 문화와 사상이 혼재되어 있는 프랑스가 가장 중요하게 여기는 사회적 가치이자 덕목이다. 우리말로 '관용'이라 번역되는 이 톨레랑스의 성격을 가장 잘 드러내는 문장은 아마도 프랑스의 계몽주의 철학자 볼테르의 다음 경구일 것이다. "나는 당신의 말에 찬성하지는 않지만, 당신이 그런 말을 할 권리를 위해서는 목숨을 걸고 싸울 것이다." 실제로 이 문장은 볼테르가 직접 한 말이 아니라 그의 전기 작가로부터 유래된 말이라는 설이 정설이다. 그러나 비록 볼테르가 직접 한 말은 아니라 하더라도 이 문장은 볼테르의 관용 사상을 상징적으로 잘 드러내는 문장으로 인정되어 그의 이름과 함께 회자된다. 이 톨레랑스의 정신은 이미 프랑스를 넘어 전 세계에서 현대사회의 덕목으로 자리를 잡고 있다. 전체주의적 획일주의가 아닌 다름을 인정하고 포용하는 정신이야말로 다양성이 발현되는 현대사회가 가장 필요로 하는 덕목임에 틀림없기 때문이다.

교회에서든 사회에서든 하나가 되어야 한다는 소리는 심심치 않게 들린다. 하나가 되어야 한다는 것, 맞는 말이다. 그러나 '하나 됨'은 너무도 쉽게 오해를 불러일으키고, 일단 오해가 자리 잡으면 그 피해는 실로 치명적이다. 가장 흔한 오해는 바로 '하나 됨'을 '같아짐'으로 착각하는 것이다.

예전에 재미있게 보았던 일본드라마 중 〈체인지〉라는 드라마가 있었다. 내용은 이렇다. 초등학교의 교사였던 아사쿠라 케이타는 정쟁(政爭)의 소용돌이 속에서 35세 최연소 총리의 자리에 오른다. 원래 꼭두각시의 역할을 기대했던 정치가들의 예상을 빗나가 그는 진정으로 국민을 위하는 총리의 모습을 보여준다. 그 중 미무역통상대표와의 마찰을 보여주는 장면에서 총리는 미대표에게 이런 말을 한다. "전 초등학교 5학년 선생님이었습니다. 애들은 시도 때도 없이 싸워요. 그럴 때마다 제가 항상 했던 말이 있습니다. 상대방에게 하고 싶은 말을 하고 상대방이 하는 말도 잘 들어보고 서로 충분히 생각해 보자고. 그러면..." 바로 그 순간, 보좌관이 끼어든다. "서로 잘 이해하게 된다는 거죠?" 그러나 총리는 보좌관을 바라보며 다른 말을 한다. "아니요, 상대방과 자신이 다르다는 걸 깨닫게 됩니다. 똑같은 사람이라고 생각하니까 조금이라도 자신의 생각을 부정하면 짜증내고, 누군가 혼자 다르게 행동하면 따돌리거나 싸움을 하고... 하지만 세상에 똑같은 사람은 없듯이 모두 다 각각의 생각과 사정이 있는 거죠. 그래서 전 아이들이 자신과 상대방이 다르다는 걸 이해해 줬으면 했습니다. 그런 뒤에 어떻게 말해야 자신의 생각이 상대방에게 전해질까, 어떻게 해야 상대방을 설득할 수 있을까 하는 것을 생각하라고 말해줬습니다. 외교도 똑같다고 생각합니다." 케이타 총리는 대화를 나누게 하는 목적이 화해나 이해가 아니라 서로 다르다는 사실을 알게 하기 위해서라고 말한다. 나와 똑같다고 생각하니까 받아들이지 못하고 싸우게 된다고. 케이타의 이 말을 듣고 난 후 한동안 그 의미를 곰곰이 씹었다.

사람들은 어디서나 강박관념처럼 '같아야 한다'는 노이로제에 걸려 있다. 그러나 신앙도, 사상도, 습관도, 문화도 사람의 수만큼 다양하고 사람의 수만큼 다르다. 강박은 언제나 싸움을 부르고, 하나 됨은 결코 같아짐이 아니건만 좀처럼 이 강박에서 헤어날 줄을 모른다. 사실 다름에 대한 정신 톨레랑스의 우리말 번역 '관용'은 그리 적절한 번역이 아니다. 한자어 '관용(寬容)'은 '너그러이 용서한다, 용납한다'는 뜻이기 때문이다. 이에 반해 톨레랑스는 영어 단어 'tolerate'가 보여주는 것처럼 '싫은 것을 참는 것'을 의미한다. 즉, 톨레랑스는 너그러이 용서하고 받아들인다는 뜻이 아니라 싫은 것을 참는다는 뜻이다. 다름을 인정한다는 것은 결국 싫은 것을 참는 것과 다름이 없다. 바로 이 능력, 싫은 것을 참는 능력이야말로 하나 되게 하는 능력이다. 개인에게도 사회에게도.

고린도전서 13장. 사랑의 찬가를 노래하는 우리는 언제나 이렇게 노래를 시작한다. "사랑은 언제나 오래 참고..." 사랑의 시작이 오래 참음이라는 것, 이것은 결코 우연이 아니다.

한 달란트의 무게

　마치 철이 되고 때가 되면 서는 장처럼 교회 주일학교에서도 철 따라 달란트 시장이 열리는 곳이 많다. 칭찬 받을 만한 선행으로 모은 종이 달란트를 고사리 같은 손으로 가지고 온 아이들은 행복에 겨워 평소 갖고 싶었던 물건들을 달란트 시장에서 구입한다. 이 주일학교의 풍습은 잘 알다시피 마태복음 25장에 나오는 달란트 비유에서 시작된 것이다. 이 달란트 시장에 대해서는 여러 가지 이유로 찬반의 의견이 존재하지만 성서학을 전공한 사람으로서 달란트 시장을 볼 때마다 드는 생각은 찬반과는 조금 다른 지점이다. 달란트 시장이 이 비유의 의미를 올바르게 이해하는 데 오히려 방해가 된다고 하면 좀 지나친 말일까?

　교회의 달란트 시장에서 통용되는 달란트의 거래를 보다 보면 달란트의 가치가 몇 천, 몇 만 원 쯤 된다는 인상을 갖게 되기 마련이다. 그러나 실제로 달란트는 고대에 무게를 측정하는 단위로 1달란트는 약 26-36킬로그램의 무게에 해당한다. 그러니 이 정도로 금의 무게를 환산한다면 마태복음에 등장하는 금 1달란트는 노동자의 15년 이상의 품삯, 대략 5억 원쯤 된다고 할 수 있다. 이 환산이 정확한 계산은 아닐지라도 금 35킬로그램 정도의 무게가 주는 금전적 가치는 충분히 짐작하고도 남음이 있다. 결국 달란트 비유에 있어서 가장 결정적인 사실은 가장 적게 받은 자도 이미 넘치도록 충분히 많은 것을 소유하고 있다는 점인 것이다. 그러기에 재능을 뜻하는 talent가 이 달란트에서 유래했다면 재능과 관련하여 이런 해석도 가능하다. 당신이 하나님께 받은 재능이 아무리 사소한 것처럼 보일지라도 당신은 실상 엄청난 것을 소유하고 있는 것이다. 하지만 교회에서 아이들이 들고 다니는 종이 달란트 몇 장에서 이런 무게가 느껴질 리는 없지 않을까?

　보잘것없이 적게 가지고 있는 것 같지만 사실 우리는 충분히 많이 소유하고 있다. 하지만 이런 사실은 눈에 잘 들어오지 않는다. 주위를 돌아보면 내 경제적 상황은 초라하기 그지없으니까. 그러나 조금만 더 눈을 돌려보면 어떨까? 흥미롭게도 내가 도대체 얼마나 부자인지를 알려주는 인터넷 사이트가 있다. 바로 Global Rich List(www.globalrichlist.com)라는 사이트다. 화폐 단위로 원을 선택하고 내 연 수입을 입력하면 사이트는 간단하고 신속하게 내가 세계에서 몇 퍼센트에 해당하는 부자인지를 알려준다. 예를 들어 연 수입 3천만 원을 입력했다고 치자. 그러면 사이트는 당신이 세계에서 0.97% 안에 드는 부자임을, 더 나아가 당신의 월급이면 아제르바이젠에서는 143명의 의사들에게 월급을 줄 수 있음을 알려준다. 연 수입이 4천만 원이라면 세계에서 0.45%, 5천만 원이라면 0.24%에 드는 부자가 된다. 여기서 그의 찔림이 우리의 허물 때문이며 그의 상함이 우리의 죄악 때문(사 53:5)이라는 성경의 논리를 세계경제윤리에도 적용해본다면 어떨까? 타인이 적게 가진 것이 내가 많이 가지고 있기 때문이라면, 나는 죄인임을 피할 도리가 없다. 어딘가의 누군가가 굶고 있는 것이 지금 여기서 내가 많이 먹고 있기 때문이라면, 나는 심판을 피할 도리가 없다. 나는 주님께서 주신 한 달란트를 여전히 손아귀에 쥐고 놓지 않고 있기 때문이다. 그 무거운 한 달란트를.

"주님, 우리가 언제 주님께서 굶주리신 것이나 목마르신 것이나 나그네 되신 것이나 헐벗으신 것이나 병드신 것이나 감옥에 갇히신 것을 보고도 돌보아 드리지 않았다는 것입니까?" – "내가 진정으로 너희에게 말한다. 여기 이 사람들 가운데서 지극히 보잘 것 없는 사람 하나에게 하지 않은 것이 곧 내게 하지 않은 것이다." (마 25:44-45)

가족의 탄생

　함께 헬라어 스터디를 하시다 지금은 잠시 스터디를 멈추고 복지사가 되기 위한 과정 중에 계신 분이 오랜만에 다시 스터디 자리를 찾아주셨다. 반가움을 나누고 이런 저런 얘기를 나누던 중 그분은 교회라는 곳이 결국 사람을 발라내는 곳이 아니냐며 답답해하셨던 자신의 경험을 들려주셨다. 가난한 자라고 발라내고, 소수자라고 발라내고, 소외된 자라고 발라내고, 그렇게 발라내고 남은 비슷한 사람들끼리만 모인 것이 교회 같다는 말에 공감하지 않을 수 없었다. 그러다 대화는 가족이라는 주제로 이어졌다. 우리는 왜 우리나라는 그렇게 피에 연연하는지, 가족이라는 게 꼭 핏줄이 아닌 다른 형태의 결합으로도 충분히 가능할 뿐 아니라 인정받을 만하고 바람직하다는 의견을 깊은 공감과 함께 주고받았다. 마지막으로 나는 과거에 이 주제와 관련된 〈가족의 탄생〉이란 영화를 무척 재미있게 보았다고 말씀드렸다. 마침 그분도 얼마 전 가족형태에 관한 수업시간에 그 영화를 참 좋게 보신 참이었다.

서로 다른 주제 같지만 교회와 가족은 분명 함께 얽히는 지점이 있다. 우리가 그 속에서 서로를 형제자매라고 부르는 교회는 말하자면 가족이라는 상징으로 일체감을 느끼는 곳이기도 하기 때문이다. 한 천부(天父) 아래 있는 교회는 한 가족이라는 상징의 시작은 분명 좋은 의미에서였다. 그런데 어느새 이 '우리는 한 가족'이라는 생각이 배타적 의미를 지닌 가족주의로 흐르고 만 것 같다는 안타까움을 피할 길이 없다. 부적절하다 느끼는 타인을 발라내고 비슷한 사람들끼리만 가족주의로 진하게 뭉친, 그래서 외부인은 비집고 들어가기 어려운 그런 모임처럼 된 것은 아닌가 하는 그런 안타까움을.

지금의 교회들을 가만히 살펴보면 구성원들의 성향이 이질적이고 다양한 교회를 찾기가 그리 쉽지 않다는 사실을 쉽게 발견하게 된다. 스스로에게 물어보자. 우리 교회의 교인들은 대개 비슷한 교육수준, 비슷한 경제수준, 비슷한 문화수준, 비슷한 정치성향, 비슷한 신앙성향을 지닌 사람들로 구성되어 있지 않은가? 우리가 우리 교회를 자랑하며 내세우는 '가족 같은 교회'라는 말이 혹시 그런 공통점에 기반을 둔 것은 아닐까?

우리가 남이냐, 피는 물보다 진하다, 피는 못 속인다, 결국 가족밖에 없다. 이 모든 말들은 피의 인연, 즉 혈연(血緣)을 중요시하는 가족의 결속을 강조하는 말들이다. 이 말들은 좋은 의미로도 사용될 수 있지만 이기적이고 배타적인 가족주의 속에서는 한없이 부정적인 결과를 낳는 말들이기도 하다. 교회가 낯설고 거친 사람들, 거북스러운 사람들을 다 발라내고 비슷비슷한 사람들만 모인 가족이라면, 과연 교회는 그리스도의 교회라고 부를 수 있는 곳일까?

교회 역시 혈연(血緣)으로 맺어진 가족인 것은 맞다. 교회란 그리스도의 피로 맺어진 '사람들'이기 때문이다. 그러나 이 새로운 가족의 탄생은 비슷한 사람들끼리 맺어진 가족이 아니었다. 철저하게 이질적인 사람들로 맺어진 가족이었다. 노예와 자유인이, 여자와 남자가, 유대인과 헬라인이 하나로 섞인 가족이었다. 부석거리고 낯선 사람들이 하나로 모인 가족이었다. 그리스도의 피로 맺는 혈연은 그랬었다. 이 그리스도의 가족은 지금도 그러해야 하지 않을까?

"누가 내 어머니이며, 내 형제들이냐? 보아라, 내 어머니와 내 형제자매들이다. 누구든지 하나님의 뜻을 행하는 사람이 곧 내 형제요 자매요 어머니다." (막 3:33-35)

사람 욕심

마음과 마음이 서로 아름답게 만나 서로의 말하지 않은 부분까지
헤아리고 아무런 오해도 없이 상대를 이해하는 일. 그런 일은 결코 일
어나지 않는다. 만일 일어난다 하더라도 그것은 기적이라 이름 붙여도
좋을 만큼 드물게, 극히 제한된 시간과 공간에서만 일어날 뿐이다. 마
음과 마음은 언제나 부딪히고, 한쪽의 선의는 자주 오해되며, 미처 말
하지 않은 것들은 아무도 알아주지 않는다. 그러나 우리는 이러한 사
실을 선뜻 받아들이지 못한다. 그러기에 언제나 오해를 풀려고 애쓰고
답답한 이 마음을 알아 달라 강변한다. 삶의 대부분이 이처럼 이해하고
이해 받으려는 부단한 노력으로 채워져 있다 해도 과언이 아닐 만큼.

그런데 어쩌면 이 모든 노력은 실상 욕심에서 비롯된 것일지도 모
른다. 사람 욕심 말이다. 우리는 언제나 타인에게 좋은 인상을 끼치려
노력하며 살아간다. 태어나면서부터 몸에 익히는 예절 교육은 타인을
위해서이기도 하지만 한편으로는 나 자신이 타인에게 좋은 사람으로 남
기 위한 것이기도 하다. 타인에게 좋은 사람으로 각인되기 위한 부단한

노력이 명예와 자부심으로 귀결된다면 대단한 자랑거리가 아닐 수 없다. 어느 누구에게나 좋은 사람이라 칭찬 받는 삶이란 얼마나 아름다운가?

사정이 이렇다보니 인간관계에 있어서 우리의 모든 노력은 어떻게든 상대에게 좋은 사람으로 각인되고자 하는 것에 집중된다. 심지어 관계가 깨져 헤어지는 마당에도 좋은 사람으로 기억되기를 원할 정도니 이 집착은 실로 놀라울 지경이다. 좋은 사람으로 남고자 하는 강박, 타인이 나를 좋은 사람으로 봐야 한다는 강박은 오해 받는 일을 참지 못하게 만들고 서먹한 관계를 견디지 못하게 만든다. 불편해진 어색한 관계를 빨리 해결하고자 하는 노력도 어쩌면 누구에게나 좋은 사람이 되고픈 이 열망 때문인지도 모른다. 사람을 얻고자 하는 마음, 즉 사람 욕심 때문에. 이 욕심에 사로잡히게 되면 누군가에게 좋지 못한 사람으로 남는 것을 견디지 못한다. 그리고 모든 에너지를 관계를 회복하는 데에 집중하기 시작한다.

그러나 처음 말했듯 사람 사이에 벌어지는 오해와 갈등은 반드시 어느 한쪽이 문제가 있어서 벌어지는 일이 아니다. 불완전하고 타락한 피조물의 마음들이 빚어내는 일들은 말 그대로 애써도 어쩔 수 없는 일이 태반이다. 그리하여 마침내 이 사실을 겸허히 받아들이고 사람 욕심을 버리면 미처 보지 못했던 사실이 눈에 들어오기 시작한다. 이제껏 내가 쓸데없이 막대한 에너지를 낭비하고 있었다는 사실이. 불가능한 관계를 개선하기 위해 헛되이 소모했던 에너지를 조금만 방향을 돌려 이미 얻어진 아름다운 관계에 쏟는다면 그 효과는 경이로울 만큼 대단하다. 나를 싫어하는 사람에게 쏟는 에너지의 십분의 일, 아니, 백분의 일만 나를 좋아하고 믿는 사람에게 쏟는다면 그 열매는 놀랍도록 풍성해지고 삶은 담박에 달라진다. 일찍이 헬렌 켈러는 이런 말을 한 적이 있다. "선한 이들이 악마와 싸우느라 얼마나 많은 시간을 소모하는지 놀라울 따름이다. 만약 그들이 같은 양의 에너지를 자신의 동료들을 사랑하는 데만 쓴다면, 악마는 자기만의 권태의 경주 속에서 죽어버리고 말 것을." 방향은 이다지도 중요하다. 누구에게나 좋은 사람이기를 멈추자. 몇몇에게만 그런 사람이라도 인생은 충분히 족하다.

"하늘 아래 벌어지는 일을 살펴보니, 모든 일은 바람을 잡듯 헛된 일이었다."(전 1:14)

명사와 동사

"누가 나의 이웃인가?"

신학자는 대들 듯이 예수에게 물었다. 그는 이 말이 실어 나르는 생각 속에 치명적인 독이 들어있다는 사실을 당연히 깨닫지 못했다. 이 질문 속에는 '나'라는 독이 시퍼렇게 살아있다는 사실을. 누가 '나'의 이웃인가? 이 질문 속에서 세계의 중심은 나다. 철저한 나 중심의 세계관. 누군가 '나의'라는 범주에 들면 그땐 이웃으로 간주해주겠다는 오만함. 독의 정체는 바로 이것이었다. 그러나 이 질문에는 다른 독이 하나 더 들어있었으니 그것은 바로 '~이다'의 세계였다. "내 이웃은 ~이다." 정의(定義)의 세계. 이 논리의 세계에서 '이웃'은 영원한 명사(名詞)다. 따라서 누가 내 이웃인지를 결정하는 것은 내 이웃의 범주에 들어가는 명사들을 찾는 일이 된다. 가까운 사람, 아는 사람, 불쌍한 사람, 누구든 내 이웃의 범주에 들어 있는 것이 확인되면 그때에야 비로소 도움의 손길을 내밀 수 있다.

"누가 강도 만난 자의 이웃이 되었는가?"

이번에는 예수가 신학자에게 물었다. 조용히, 그러나 단호하게. 예수는 이 질문으로 신학자의 처음 질문을 잔인하게 부숴버렸다. "질문이 틀렸어. 이웃 사랑에서 중심은 '나'가 아니라 '강도 만난 자'야. 세상으로부터 치명타를 맞고 도움이 필요한 자가 중심이라는 말이지." 말하자면 예수는 그렇게 말했다. 그리고 계속해서 이렇게 말한 셈이기도 했다. "한 가지 더 말하자면 이웃은 '~이다'가 아니라 '되다'의 문제야. 'be'가 아니라 'become'이라는 말이지. '이웃'이란 단어는 명사의 세계가 아니라 동사의 세계에 속하는 단어란 말이다." 이렇게 예수는 다음의 사실을 분명히 했다. 이웃 사랑에 관해서라면 나의 이웃이 누구인지가 문제가 아니라 내가 이웃이 되어주고 있는지가 문제라는 사실. 정의(定義)의 문제가 아니라 당연하게도 실천의 문제라는 사실.

"사랑은 동사다."

Love is a verb. 많은 사람들이 즐겨 인용하는 이 말은 곱씹어 볼 때마다 새로운 맛이 나는 말이다. 실로 그러하다. 사랑은 명사가 아니라 동사다. 그것이 이웃 사랑이라면 더욱 그러하다. 이웃 사랑은 도움이 필요한 자에게 이웃이 되어주는, 움직이는 사랑이다. 이웃 사랑을 위해 나의 이웃을 찾고 있다면, 찾으려 한다면, 나는 여전히 명사의 세계에 머물러 있는 셈이다. 나는 어서 빨리 이 명사의 세계에서 탈출하여야 한다. 사랑은 동사고, 예수도 동사다.

"너는 이 세 사람 가운데서 누가 강도 만난 사람에게 이웃이 되어 주었다고 생각하느냐?" 그가 대답하였다. "자비를 베푼 사람입니다." 예수께서 그에게 말씀하셨다. "가서, 너도 이와 같이 하여라."(눅 10:36-37)

오해

마지막 만찬의 자리에서 예수는 다가오는 최후를 절감하며 제자들에게 마지막 당부를 남기셨다. "내가 너희를 돈주머니와 자루와 신발이 없이 내보냈을 때에 너희에게 부족한 것이 있더냐? 하지만 이제는 돈주머니가 있는 사람은 그것을 챙겨라. 또 자루도 그렇게 하여라. 그리고 칼이 없는 사람은 옷을 팔아서 칼을 사라."(눅 22:35-36) 물론 이것은 상징적인 의미의 말이었다. 칼을 구해 지니라니, 칼을 쓰는 자는 칼로 망한다고 하셨던 그분이 아니시던가. 그러나 지독히도 세속적이었던 제자들은 예수의 말씀을 오해했다. 당장 가지고 있던 칼을 두 자루 꺼내며 스승에게 말했다. "여기 칼 두 자루가 있습니다." 예수께서 대답하셨다. "족하다."(눅 22:38) '족하다', '넉넉하다', '충분하다', '그만 하면 되었다' 등으로 번역된 예수의 이 대답은 두 자루면 그것으로 충분하다는 뜻이 아니었다. 이 맥락에서 가장 적절한 번역은 아마도 이것이 될 것이다. "됐다." '그만 하자', '이젠 질렸다'와 같은, 체념과 절망의 말로서의 '됐다'.

예수께서는 평생 오해를 받으며 사셨다. 그의 곁에 있는 그 누구도 예수께서 가시는 고난 받는 메시아의 길을 이해하지 못했다. "당신은 그리스도십니다"라고 고백했던 수제자 베드로조차 이제는 알아듣겠지 생각하고 말씀하신 예수의 고난이야기에 귀를 막았다. 성경은 드러내 놓고 이 말을 하신 예수를 심지어 베드로가 '꾸짖었다'고 기록한다.(막 8:32의 '항변하다, 항의하다'로 완곡하게 번역된 헬라어단어는 사실 다음 절의 '꾸짖다'와 같은 단어이다.) 가족도, 친구도, 그 어느 누구도 예수를 이해하지 못했다. 최후의 만찬 자리에서조차도 오해는 어김없이 등장했다. 예수가 이제 끝이라 생각했을 때, 제자들은 이제 시작이라 생각했다. 그러기에 제자들은 천진하게도 당장 도래할 영광을 떠올리며 누가 더 큰가를 다투었다. 최후의 죽음을 앞에 놓고 괴로워하던 스승 앞에서. 이런 상황에서 칼이 두 자루 떡하니 나왔을 때 주님의 심정은 어떠했을까.

주님만큼이야 하겠냐마는 우리 역시 삶 속에서 수많은 오해를 받으며 살아간다. 억울한 일을 당할 때의 고통, 오해를 받을 때의 괴로움은 아무리 겪어도 결코 익숙해지지 않는다. 이럴 때마다 예수께서 받으셨던 오해를 기억해보면 어떨까? 물론 이것은 주님의 오해에 나의 오해를 비교하면 내 고통이 하찮아지거나 초라해진다는 의미에서가 아니다. '나의 고통'에는 언제나 다음의 법칙이 따르기 때문이다. "손톱의 무게가 바위의 무게를 이긴다. 이것이 나와 남의 차이다." 나의 오해 가운데 주님의 오해를 기억한다는 것, 아마도 이것은 우리가 받는 오해를 주님이 받으신 오해에 포개어본다는 것에 가까울 것이다. 이렇게 주님의 고난을 묵상하는 사순절은 우리가 받은 오해를 그가 받은 오해에 덧대어보는 시간인지도 모른다. 하나님은 오해와 억울함의 고통 가운데 죽임을 당한 예수를 잊지 않으셨다. 그 오해와 억울함을 뚫고, 모두가 이제 끝이라 생각했을 때, 하나님은 이제 시작이라 생각하셨다. 예수께서 묵묵히 받아들이신 오해는 놀랍게도 구원을 위한 초석이 되었다. 우리의 오해와 억울함을 주님의 그것에 덧댄다면, 어쩌면 우리도 주님과 함께 그 신비를 통과할지도 모른다. 죽음을 넘어 하나님의 새로운 시작을 맞을지도 모른다.

> "그는 죽는 데까지 자기의 영혼을 서슴없이 내맡기고 남들이 죄인처럼 여기는 것도 마다하지 않았다." (사 53:12)

나무와 열매

　최후의 심판. 예수는 의인들에게 자신이 주릴 때, 목마를 때, 나그네 되었을 때, 벗었을 때, 병들었을 때, 옥에 갇혔을 때 그들이 사랑을 베풀었노라 말했다. 그들은 반문했다. "우리가 언제 그러신 걸 보고 사랑을 베풀었습니까?" 예수의 대답은 이랬다. "지극히 작은 자 하나에게 한 것이 내게 한 것이다." 한편, 너희는 그렇지 않았다는 질책을 받은 저주 받은 사람들은 예수께 이렇게 따져 물었다. "우리가 언제 그러신 걸 보고도 그렇게 안 했다는 말입니까?" 예수는 대답했다. "지극히 작은 자 하나에게 하지 아니한 것이 곧 내게 하지 아니한 것이다."

　만일 이 이야기를 읽고 이제부터라도 의식적으로 주위에 불쌍한 사람들이 있나 잘 보고 사랑을 베풀어야지, 하고 생각한다면 우리는 이야기의 본질에서 벗어나게 된다. 이야기가 말하고자 하는 핵심은 '지극히 작은 자'는 결코, 어떠한 경우에도 보이지 않는다는 사실이기 때문이다. 지극히 작은 자는 불의한 자들에게 보이지 않았다. 그러나 이 지극히 작은 자는 의인들에게도 역시 보이지 않았다. 지극히 작다는 바로 그 말처럼, 그들은 너무나 작아서 아무에게도 보이지 않는다.

그러니 사랑은 결국 의식의 문제가 아니라 무의식의 문제다. 저주 받은 자들은 자신도 모르게 무의식적으로 사랑을 베풀지 않았고, 의인들은 자신도 모르게 무의식적으로 사랑을 베풀었다. 사랑은 의식적으로 행하는 무엇이 아니라, 무의식적으로 내게서 일어나는 무엇이다. 달리 표현하자면 사랑은 나의 의지를 통해 행하는 무엇이 아니라, 나의 어떠함으로부터 흘러나가는 무엇이다. 최후의 심판 이야기를 통해 예수는 이렇게 말씀하고 계시는지도 모른다. "하나님은 네가 무엇을 한 인간인지가 아니라, 네가 어떠한 인간인지로 너를 심판하실 것이다."

저 유명한 성령의 9가지 열매 역시 비슷한 이야기다. 이 이야기는 사랑, 희락, 화평, 오래 참음 등등과 같은 성령의 열매들을 맺기 위해 의식적으로 애쓰라는 얘기가 아니다. 놀랍게도 원문에서 '성령의 열매'의 '열매'는 복수가 아닌 단수다. 즉, 성령의 열매들이 아니라 이 모든 것은 단하나인 성령의 열매인 것이다. 핵심은 이것이다. "그러니 좋은 나무가 되어라." 열매는 나무만 좋다면 자연스럽게 열리는 무엇이지, 애쓰고 노력해서 열리게 하는 것이 아니다.

결국 성경의 윤리는 '선한 일을 행하라'가 아니라, '그런 일들이 자연스레 흘러나오는 선한 사람이어라'라는 명령이다. 그러니 우리는 끊임없이 주의해야 한다. 나의 행함으로 나를 괜찮은 인간으로 평가하고 착각하는 일을 말이다. 악에 대항하고 있다는 사실이 너를 선한 자로 만들지는 않는다는 헤밍웨이의 말처럼, 내가 무엇을 하고 있는지가 내가 어떠한 사람임을 말해주는 것은 아니다.

"좋은 나무가 나쁜 열매를 맺을 수 없고, 나쁜 나무가 좋은 열매를 맺을 수 없다."(마 7:18)

누구나의 송곳

현재 전 세계적으로 쓰이는 시각장애인용 점자인 6점 점자를 발명한 사람은 19세기 프랑스인 루이 브라유(Louis Braille)이다. 그리하여 영어권에서는 지금도 '점자'를 발명자의 이름을 따 'Braille'로 부른다. 1809년에 프랑스 파리 인근의 시골마을에서 태어난 브라유는 3살 때 말안장과 마구 등을 만들던 아버지의 작업실에서 송곳으로 오른쪽 눈을 찔렸다. 불행히도 감염된 상처는 왼쪽 눈으로도 번져 브라유는 그만 장님이 되고 말았다.

영특했던 브라유는 파리왕립맹아학교에 다니던 12살 때 처음으로 점자를 접했다. 당시 사용하던 최초의 점자는 군사적 목적을 위해 설계된 것으로서 12개의 점 체계를 지닌 점자였다. 너무도 복잡했던 이 점자를 브라유는 그의 나이 16살 때 6점으로 줄여 개량한다. 학교 당국의 금지에도 불구하고 학생들은 몰래 이 편리한 브라유식 점자를 익혔고 서로에게 보급했다. 그렇게 현대의 점자는 세상에 그 모습을 드러내게 되었다. 브라유의 점자는 점의 수가 적어 간편하고 체계가 잘

짜여 있었을 뿐 아니라 읽고 쓰는 것이 동시에 가능하여 시각장애인들에게 큰 도움이 되었다. 브라유는 그의 나이 20살 때 일반 문자뿐만 아니라 수학 기호와 음악 기호 등 문자로 사용될 수 있는 거의 모든 것을 점자화하여 공표했다.

이렇게 대단한 업적을 남겼음에도 불구하고 살아 있을 당시 브라유는 홀대를 받아 그가 생을 마감하기 전에 얻은 자리라고는 맹아학교의 교사직뿐이었다고 한다. 그는 유년 시절 맹아학교의 열악한 환경으로 인해 얻은 지병으로 고생했고, 일생을 독신으로 지내다 43살 젊은 나이에 결핵으로 세상을 떠났다. 암울하고 불행한 삶이었다. 생존 당시 거의 인정을 받지 못했던 브라유는 그의 사후 100년인 1952년 프랑스 정부의 인정을 받아 프랑스의 국가적 영웅들이 묻히는 팡테옹으로 유해가 이장되었다. 브라유의 유해가 팡테옹으로 옮겨질 때, 16살까지 그의 점자로 공부해 대학에 들어갈 수 있었던 헬렌 켈러도 그 자리에 있었다고 한다.

전 세계 시각장애인에게 소통의 수단을 가져다주었던 이 점자 발명의 기적은 아이러니하게도 브라유에게 치명적인 상처를 안겨준 날카로운 송곳으로부터 시작되었다. 송곳은 브라유에게 고통과 좌절을 가져다주었지만, 송곳이 다시 그의 손 안에서 점필로 변해 현재에 이르기까지 전 세계의 시각장애인들에게 어둠 속 빛을 가져다주는 도구가 되었다. 눈을 찌른 송곳이 글자를 새기는 송곳으로, 어둠을 가져다준 송곳이 빛을 가져다주는 송곳으로 변했던 것이다.

누구에게나 송곳은 있다. 과거에 나를 찔렀던, 지금 나를 찌르고 있는, 미래에 나를 찌를 나의 송곳. 이 송곳은 하나님으로부터일까? 그럴

리가 없다. 하나님은 우리의 삶 속에 불행을 일으키시는 분이 아니시기 때문이다. 오히려 하나님은 까닭 모르게 일어난 불행을 다시 행복으로 조제하시려 무던히 애쓰시는 분이시다. 빛이 있으라! 어둠을 빛으로 바꾸는 것, 불행을 축복으로 바꾸는 것, 바로 그것이 그분의 새로운 창조다. 지금도 나를 찌르고 있는 나의 송곳, 이 고통스런 송곳은 그렇게 언젠가 주님의 손 안에서 나와 타인을 위한 빛이 될 수도 있을 것이다.

"하나님을 사랑하는 사람들, 곧 하나님의 뜻대로 부르심을 받은 사람들에게는, 모든 일이 서로 협력해서 선을 이룬다는 것을 우리는 압니다."
(롬 8:28)

절실함

길 위의 철학자라 불리는 미국의 사회 철학자 에릭 호퍼는 정규 교육을 받지 못한 채 평생 떠돌이 노동자로 살았다. 정규 교육을 받지 못한 그를 소위 철학자의 반열에 올려놓은 발판은 방대한 양의 독서와 사색이었다고 한다. 인간에 대한 깊은 사색. 그렇게 그는 20세기 미국 사상에 중요한 발자국을 남겼다.

그가 그렇게 많은 책을 읽게 된 직접적인 계기는 뜻밖에도 어린 시절 사고 때문이었다. 그는 다섯 살 때 어머니와 함께 계단에서 떨어지는 사고를 겪었다. 이 사고로 결국 그의 어머니는 2년 뒤에 죽고 말았고, 호퍼 자신 역시 2년 후인 일곱 살 때 시력을 잃게 되었다. 그런데 놀랍게도 잃었던 시력이 그가 열다섯 살 때 기적적으로 되살아났다. 하지만 호퍼는 이 회복을 일시적인 것이라 믿었고, 그리하여 그때부터 엄청나게 책을 읽어대기 시작했다. 얼마 후 다시 시력을 잃게 될 것이니 다시 눈이 멀기 전에 읽을 수 있는 모든 것을 읽어둬야지, 그는 이렇게 생각하며 눈이 혹사당하는 것도 개의치 않고 정신없이 책을 읽었다는 것이다. 이 어린 시절의 엄청난 독서가 그의 지성을 위한 자양분이 되었을 것임은 분명하다.

절실함. 그를 키운 것은 아마도 팔 할이 절실함이었을 것이다. 앞으로 볼 수 있는 날이 얼마 남지 않았다는 마음은 얼마나 봄에 애탈 것이며, 앞으로 들을 수 있는 날이 얼마 남지 않았다는 마음은 얼마나 들음에 애탈 것이며, 앞으로 만날 수 있는 날이 얼마 남지 않았다는 마음은 얼마나 사람에 애탈 것이며, 앞으로 살 날이 얼마 남지 않았다는 마음은 얼마나 생에 애탈 것인가. 끝도 없이 펼쳐진 수천의 날을 마치 한 장의 종이로 압축한 것처럼, 그렇게 절실한 마음의 사람들은 바로 그 하루라는 종이 한 장에 자신의 전 삶을 피로 새겨 넣을 것이다.

성경은 하나님에 대한 인간의 절실함을 자주 말한다. 절실함으로 하나님을 만났던 사람들의 응답을, 나를 간절히 찾는 자가 나를 만날 것이라는 하나님의 목소리를 성경은 끊임없이 우리에게 전한다. 그러나 이 절실함은 오직 하나님을 향한 인간의 것만일까? 그렇지 않다. 믿음이 쌍방향이듯 절실함 또한 쌍방향이다. 우리는 흔히 하나님을 향한 우리의 믿음만을 생각하는 경향이 있다. 그러나 '믿음'이란 관계의 표현, 어느 한 쪽만의 일방적 믿음으로 '관계'가 이루어질 리 없다. 그러니 우리는 반드시 기억해야 할 것이다. 하나님과 우리의 관계가 믿음과 신뢰의 관계라면 거기에는 반드시 우리를 향하신 하나님의 믿음이 담겨 있음을.

인간에 대한 하나님의 절실함. 성경은 이 절실함을 세상을 떠나기 직전에 드려진 예수의 기도로 보여준다. 마침내 세상을 떠나기에 앞서 예수는 하나님께 간절한 기도를 드리며 자신의 말을 이 세상에 남긴다. (요 17:6-11) 남기는 말, 그것은 말 그대로 예수의 유언(遺言)이었다. "나는 그들을 위하여 빕니다. 나는 세상을 위하여 비는 것이 아니고 아버지께서 내게 주신 사람들을 위하여 빕니다." 세상을 그렇게 사랑하신다는 주님도 떠나는 마지막 순간에는 남겨진 사람들이 애타게 눈에 밟히셨던 모양이다. "나는 이제 더 이상 세상에 있지 않으나 그들은 세상에 있습니다." 남은 자들을 향한 애타는 마음으로 주님은 간절하게 하나님을 향해 부르짖는다. "거룩하신 아버지, 그들을 지켜주십시오!"(요 17:11) 그렇게 이 말은 이 세상에 남은 우리 모두를 위한 말이 되었다. 그러니 잊지 말기로 하자. 우리는 하나님의 절실함을 입은 사람들임을.

병죽(病竹)

우리는 세상을 살면서 누구나 저마다의 상처를 안고 살게 된다. 어렸을 때는 주로 가정에서 상처를 받기 십상이다. 부모로부터, 형제와 자매로부터, 친척으로부터 전 인생을 짓누를만한 큰 상처를 받은 사람들을 우리는 적지 않게 본다. 그리고 다 자라고 나서는 사랑하는 사람으로부터, 친구로부터, 배우자로부터 다시금 큰 상처를 겪게 된다. 그러나 이 모든 것은 받는 상처만을 생각했을 때의 일이고 실상 나 또한 받은 만큼 똑같이, 아니 때로는 더 얹어서 타인에게 상처를 주고 있는 모습을 발견하고 소스라치게 놀랄 때도 많다.

그와 나 모두가 아직은 한참 젊었을 때, 많은 상처를 받고 자란 친구가 한번은 내게 이런 말을 한 적이 있었다. "상처는 대물림이 된다." 자신의 상처를 늘 안고 살았던 그는 자신이 읽은 책의 이 구절에 너무나 깊이 공감했다. 상처는 대물림이 된다. 무서운 말이지만 사실이다. 상처받은 사람은 자신도 모르게, 자신의 의도와는 전혀 상관없이 타인에게, 그것도 내가 가장 사랑하는 사람들, 아내나 남편이나 자녀에게 지울 수 없는 상처를 다시 넘겨주게 되기 때문이다.

상처가 없는 사람은 세상에 아무도 없다. 우리 모두 죄 많은 세상에서 많은 죄를 지으며 살아가고 있기 때문이다. 그런데 이 피할 수 없는 상처를 겪는 데 있어 두 가지 종류의 사람이 있다. 하나는 상처에 지배당하는 사람, 다른 하나는 상처를 넘어서는 사람. 꿈을 꿀 수 없는 사람은, 앞으로 나아갈 수 없는 사람은 바로 이 상처에 지배당하며 사는 사람이다. 명심해야 한다. '상처 받은 삶'과 '상처가 지배하는 삶'은 다르다. 그러니 상처를 받지 않도록 노력할 것이라 아니라 상처에 지배당하지 않도록 노력해야 할 것이다. 상처가 우리의 삶을 지배하도록 내버려두지만 않는다면, 우리를 짓누르던 고통과 상처는 우리 삶 속에서 종종 새로운 축복의 의미를 갖게 되기도 하니 말이다. 마치 대금이라는 악기처럼.

대금(大笒)은 그 깊은 소리로 우리의 영혼을 울리는 악기다. 이 대금은 쌍골죽으로 만드는데 쌍골죽이란 모두 병든 대나무, 즉 병으로 자라지 않은 대나무라고 한다. 이른바 병죽(病竹), 다른 대나무들이 모두 위로 곧게 자랄 때, 구부러지고 속으로 병들며 자라는, 아픔을 안고 자라는 대나무가 바로 쌍골죽이다. 속살이 얇은 다른 보통 대나무들과 달리 속살이 두터운 병죽은 악기에 가장 적합한 대나무가 된다. 이 병죽은 고작 만 개 중 한 개 꼴이다. 그래서 사람들은 심마니들이 산삼을 찾듯이 이 병죽을 찾아다닌다. 가까이서는 잘 보이지도 않아 사람들은 멀리서 대죽 옆에 있는 우그러진 대나무를 찾는다고 한다. 사람들은 이 병죽을 불로 편다. 그렇게 병죽은 가장 단단한 대나무가 된다.

대금이 내는 아름다운 떨림의 소리를 요성(搖聲)이라고 한다. 가야금의 농현(弄絃)과 같은 의미다. 한에 짓눌리는 것이 아니라 한을 가지고 노는 소리, 대금은 바로 자신의 상처로부터 그 아름다운 천상의 소리를 낸다. 신앙도 이와 같지 않을까? 아무짝에도 쓸모없는 열등감, 교만, 상처, 고통으로 어그러진 병죽 같은 우리의 삶을 가지고 하나님은 놀랍게도 자신의 노래를 위한 악기를 만드시니 말이다. 누군가 그랬다. 아름다운 눈꽃은 바람 받는 쪽에서만 핀다고.

"그뿐만 아니라 우리는 환난을 자랑합니다. 우리가 알기로 환난은 인내력을 낳고, 인내력은 단련된 인격을 낳고, 단련된 인격은 희망을 낳는 줄을 알고 있기 때문입니다." (롬 5:3-4)

"오 거룩하신 주님, 그 상하신 머리"

"바흐가 없었다면 신은 권위를 잃었을 것이다.", "바흐가 없었다면 신은 삼류가 되었을 것이다." 루마니아 출신의 프랑스 문인 에밀 시오랑의 말이다. 모든 악보의 끝에 의례히 '오직 하나님께만 영광을'이라고 적어 넣을 만큼 깊은 신앙심을 지녔던 바흐는 모든 복음서의 수난이야기를 가지고 수난곡을 만들었었다. 그러나 유감스럽게도 오늘날 남아 있는 것은 〈마태수난곡〉과 〈요한수난곡〉 두 곡에 지나지 않는다. 이 중 〈마태수난곡〉은 규모의 크기, 극적인 구성력 등에 있어 바흐의 전 작품 가운데서도 두드러질 뿐만 아니라 모든 종교곡 가운데서도 탁월한 작품으로 평가 받는 작품이다. 작품은 이중의 합창단과 이중의 오케스트라로 편성된다. 테너는 복음사가(내레이터)의 역할을, 베이스는 예수의 역할을 맡으며, 합창은 군중과 청중의 역할을 맡는다. 모든 성경의 말씀을 음악적 내레이션과 음악적 연기로 재현하고, 중간 중간에 묵상과 명상을 위해 솔로곡과 코랄이라 불리는 합창 찬송곡을 삽입한다. 성경이야기와 중간 중간의 묵상으로 이루어진 이 대규모 칸타타는 거의 3시간 반에 이르는 대작이다.

〈마태수난곡〉은 마태복음 26-27장, 즉 예수의 잡히심에서 십자가에 못박히시고 무덤에 안치되심까지의 내용으로 구성된다. 이렇게 〈마태수난곡〉은 "예수께서 이 말씀을 다 마치시고 제자들에게 이르시되, 너희가 아는 바와 같이 이틀이 지나면 유월절이라 인자가 십자가에 못박히기 위하여 팔리리라 하시더라."(마 26:1-2)로부터 시작하여, "빌라도가 이르되 너희에게 경비병이 있으니 가서 힘대로 굳게 지키라 하거늘 그들이 경비병과 함께 가서 돌을 인봉하고 무덤을 굳게 지키니라."(마 27:65-66)로 끝이 난다. 우리 찬송가에도 이 〈마태수난곡〉 중 하나가 들어있는데 찬송가 145장 "오 거룩하신 주님"이 바로 그것이다. "이에 총독의 군병들이 예수를 데리고 관정 안으로 들어가서 온 군대를 그에게로 모으고 그의 옷을 벗기고 홍포를 입히며 가시관을 엮어 그 머리에 씌우고 갈대를 그 오른손에 들리고 그 앞에서 무릎을 꿇고 희롱하여 이르되 유대인의 왕이여 평안할지어다 하며 그에게 침 뱉고 갈대를 빼앗아 그의 머리를 치더라."(마 27:27-30) 찬송가 145장은 바로 이 다음에 나오는 묵상의 합창 찬송곡이었다.

바흐가 라이프치히 성토마스 교회에 음악 담당 악장으로 재직해 있던 시절에는 성금요일의 저녁기도에 수난곡을 연주하는 관습이 있었다고 한다. 바흐는 〈요한수난곡〉을 완성하고 나서 몇 년 후인 1729년 성금요일에 〈마태수난곡〉을 완성해 라이프치히에서 초연했다. 불행히도 초연 후에는 당시에는 낯선 음악 형식으로 인해 많은 비난을 받았다고 한다. 도대체 이 곡이 뭐가 되려고 하냐는 둥, 오페라 코미디 같다는 둥, 한 마디로 불경하다는 비난을 받았던 것이다. 가장 깊은 신앙을 표현하고 있다고 평가받는 작품이 불경하다고 비난받았다니, 역사의 아이러니가 아닐 수 없다. 그렇게 대중에게 버림받았던 이 위대한 음악은 너무나 우연히도, 푸줏간 고기를 싸는 데 사용되었던 대가의 악보를 알아본 멘델스존에 의해 발견되어 초연으로부터 꼭 100년째에 해당하는 1829년에 베를린에서 공연되어 오늘날 우리에게 전해졌다.

염세주의자요 허무주의자였던 에밀 시오랑뿐 아니라 심지어 신은 죽었다고 선언했던 니체조차 바흐의 〈마태수난곡〉에 대해서는 1870년 4월 30일 쓴 편지에서 다음과 같이 말했다고 한다. "이번 주에 나는 신성 바흐의 마태수난곡을 세 번 들었습니다. 매번마다 똑같이 측량할 수 없는 놀라움에 사로잡혔습니다. 기독교로부터 완전히 멀어져버린 사람에게 이 음악을 듣는 것은 마치 복음을 듣는 것 같습니다. 고행의 길이 아닌 음악의 길로 의지의 부정을 나타냅니다." 하나님을 찾는 길은 여러 가지가 있다. 묵상의 길에도 여러 가지가 있다. 거룩한 사순절의 기간 하나님의 계시를 가득 담은 바흐의 음악과 함께 하나님께서 열어주신 신비의 길을 걸어보는 것도 좋지 않을까?

당연히, 당연한 것은 없다.

지하철이나 버스 등의 대중교통수단을 이용하다 보면 여러 가지 광고를 만나게 된다. 이런 광고들은 학원이나 병원 선전 같은 상업광고로부터 지하철 매너나 사회적 배려에 관한 공익광고까지 그 종류도 실로 다양하다. 이런 광고들을 보고 있자면 독일에 살 때 보았던 인상적인 지하철 광고 하나가 떠오르곤 한다. 그것은 장애인과 관련된 다음과 같은 공익광고였다. "장애인이 아니라는 것이 일해서 얻어진 대가는 아니다."(Nicht Behindert sein ist kein Verdienst.) 승강장에 정차해 있던 지하철에 커다랗게 쓰여 있던 이 문구는 처음 보았을 때 여러 가지를 생각나게 했던 말이었다. 그리고 이것은 여러 문제가 있음에도 불구하고 독일이라는 나라가 지니고 있는 힘과 장점을 엿볼 수 있었던 문구이기도했다. 이 말은 먼저 장애와 비장애를 가르는 인식의 차별에 대한 경고였다. 지난달에 있었던 '장애인의 날'을 몇몇 뜻있는 사람들은 '장애인 차별 철폐의 날'이라 불러야 마땅하다고 했다. 말하자면 저 광고의 문구는 바로 그런 뜻을 품은 말이었을 것이다. 그러나 이 말은 차별에 대한 경고를 넘어 내가 장애자가 아니라는 것이 당연하다고 생각하며 살아가는 사람들에게 울리는 경종이기도 했다.

우리는 많은 것을 당연하다고 생각하며 살아간다. 공기, 물, 사람, 생명. 그러나 과연 당연한 것이 있을까? 학창시절 창조과학회와 관련된 한 미국인 교수님의 특강을 들었던 적이 있었다. 진화론의 이론적 문제점을 지적하면서 그분은 이런 말씀을 하셨다. 가만히 내버려두면 만물은 원래 카오스로 가는 것이 정상이다. 그러면서 그 교수님은 진화에 의해 지금의 생명과 인류가 생겨날 확률은 커다란 고물상을 허리케인이 덮쳤을 때 그 속에서 비행기가 조립되어 나올 확률과 같다는 말씀도 하셨다. 이론의 정확성을 떠나 그 예는 거의 30년이 지나서도 기억에 남을 만큼 꽤나 재미있었던 이야기였다. 강연 도중 마이크가 문제가 생기자 강사는 재치 있게 자신의 논지를 다시 한 번 언급했다. "이것 보십시오. 가만 두면 모두 상하고 망가집니다."

나중에 찾아보니 "장애인이 아니라는 것이 일해서 얻어진 대가가 아니다."라는 말은 독일의 6대 대통령이었던 리하르트 폰 바이츠제커의 말 중 일부분이었다. 그 말을 포함한 전문은 이러했다. "장애인이 아니라는 것은 정녕 일해서 얻어진 대가가 아니다. 오히려 그것은 우리 모두가 언제라도 잃을 수 있는 선물이다."(Nicht behindert zu sein ist wahrlich kein Verdienst, sondern ein Geschenk, das jedem von uns jederzeit genommen werden kann.) 우리 모두가 언제라도 잃을 수 있는 선물, 전체로 보니 뜻은 더욱 강렬했다. 당연히 이 말은 장애를 지닌 사람들은 신으로부터 선물도 받지 못한 불행한 사람들이라는 뜻이 아닐 것이다. 이것은 내가 알지도 못하는 사이에 누리는 모든 것을 노력으로 얻은 것처럼 당연하게 여기는 마음을 경고하는 말임이 분명하다.

아름다운 모든 것은 그저 하나님의 은혜로, 선물로 주어진 것이다. 독일에서 상가를 거닐다보면 가끔씩 'Gratis'라는 글귀를 만나게 된다. 거저 가져가라는 뜻이다. 재미나게도 이 독일어 단어는 은혜를 뜻하는 라틴어 'Gratia'에서 파생된 것이다. 거저 얻은 선물, 은혜의 의미를 이렇게 정확하게 보여주는 예도 아마 없을 것이다. 그렇다면 다른 것은 몰라도 적어도 내가 노력하여 얻은 것만큼은 그래도 당연한 것이 아닐까? 성전에 올라가며 드리는 다음 시편은 이 물음에 대한 대답 또한 들려준다. "주님을 경외하며 주님의 명에 따라 사는 사람은 그 어느 누구나 복을 받는다. 네 손으로 일한 만큼 네가 먹으니 이것이 복이요 은혜이다."(시 128:1-2) 축복은 특별한 어떤 것이 아니다. 손으로 일한 만큼 먹을 수 있는 것, 이것이 하나님의 복이요 하나님의 은혜다. 당연히, 당연한 것은 없다.

깨진 유리창 이론

어느 주일 담임목사님의 설교로부터 재미있는 이론을 알게 되었다. 이름하여 '깨진 유리창 이론'. 이론의 근원은 1969년 미국 스탠퍼드 대학의 사회심리학자 필립 짐바르도 박사의 실험으로 거슬러 올라간다. 짐바르도 교수는 치안이 허술한 골목에 두 대의 자동차를 보닛을 열어 놓은 채로 일주일을 방치했다. 똑같이 보닛을 열어 놓았지만 두 자동차 사이에는 실험을 위한 작은 차이가 있었다. 즉, 둘 중 한 자동차의 창문을 조금 깨 두었던 것이다. 그러나 일주일이 지났을 때 이 작은 차이는 엄청난 결과의 차이를 가져왔다.

유리창이 온전한 자동차는 일주일 동안 그 어떤 해나 변화도 겪지 않았던 반면, 차장이 깨진 차는 방치된 지 10분 만에 배터리가 없어지고 말았다. 곧이어 타이어가 모두 도난당했고, 차는 낙서와 쓰레기 투기로 더럽혀지기 시작했으며, 차는 급격한 속도로 파손되기 시작됐다. 그렇게 일주일이 지났을 때 이 깨진 유리창의 차는 거의 고철 상태가 될 정도로 파괴되고 말았다. 단지 유리창을 조금 깨 놓았을 뿐인데 유리창이 멀쩡했던 차와는 오염과 파괴와 약탈의 정도에 있어 엄청난 차이를 보이고 만 이 실험은 그 후 '깨진 유리창 이론'(Broken Window Theory)이라는 이름으로 알려지게 되었다.

이 이론은 범죄학자 조지 켈링 박사가 엄청난 범죄율을 기록했던 1980년대 뉴욕 지하철에 실제로 적용하여 더욱 유명해지게 되었다. 지하철 흉악범죄를 줄이기 위한 대책으로 그가 제안했던 것은 다름 아니라 뉴욕 지하철을 뒤덮고 있었던 낙서를 깨끗하게 지우는 일이었다. 범죄를 단속해야지 한가하게 낙서나 지울 때냐는 교통국 직원들의 반대를 무릅쓰고 교통국장은 켈링 교수의 제안을 받아들여 무려 5년에 걸쳐 완전히 낙서를 지웠다. 그리고 그 결과는 놀라웠다. 낙서를 지우기 시작하고부터 흉악범죄 발생률이 줄어들더니 최종적으로는 뉴욕 지하철의 중범죄 사건이 75%나 줄어들게 되었던 것이다.

깨진 유리창 이론은 거창하게도 사회이론이라는 이름을 지니고 있지만 이 사태는 실상 우리가 일상에서 늘 겪는 일이기도 하다. 조금만 지저분하고 쓰레기 한두 개가 떨어진 곳이면 금방 쓰레기가 쌓이기 일쑤고, 쓰레기통을 찾아 버리겠다고 손에 꼭 쥐고 있던 휴지를 어느 길가에 두세 개 떨어져 있는 휴지 곁에 쉽게 던져버리던 일 또한 흔하다. 그리고 길거리에서 흔히 볼 수 있는 이 모습들은 우리 마음속에서도 늘 일어나고 있는 중이다. 그렇다. 우리를 무너뜨리는 것은 엄청난 죄나 커다란 악이 아니다. 우리 영혼의 파멸은 아주 작은 오물, 아주 사소한 악으로부터 시작된다. 잘못된 작은 습관 하나, 아무렇지도 않게 마음 한 구석에 남아 있는 쓰레기 한 조각, 이 작은 것들은 순식간에 더러운 모든 것을 끌어들이고 존재의 모든 것을 무너뜨리기에 충분한 조건을 마련한다.

그러니 신앙생활에서 가장 중요하고 전력해야 할 목표 중 하나는 아마도 마음의 사소한 쓰레기가 '남아 있지 않게' 만드는 일일 것이다. 아예 낙서가 생기지 않게 하거나 유리창이 깨지지 않게 하는 일은 불가능하다. 이런 일이 가능할 거라는 생각으로 이를 목표 삼아 집중한다면 결국 가망 없는 영적 완벽주의에 빠지게 되고 말 것이다. 우리의 실제적인 목표는 손쓸 도리 없이 생겨나는 낙서나 깨진 유리창을 끊임없이 '즉각' 지우고 보수하는 일이다. 그 주위가 더 지저분해지지 않게, 더 큰 악이 모이지 않게, 생긴 즉시 영혼의 더러운 낙서를 지우고, 마음의 창을 보수해야 하는 일, 그것이야말로 우리가 할 수 있는 가장 효과적인 최선이 아닐까?

"바빠서 못 하는 일은
시간이 있어도 못 합니다."

영국의 시인이자 수필가인 찰스 램(Charles Lamb, 1775-1834)에
관한 일화다. 그는 1792년 영국 동인도 회사에 취직해 그곳에서 25년
간 직장생활을 했다고 한다. 그러니까 그의 작품들은 대개 이 직장생활
의 기간 동안 나온 셈이다. 직장생활과 글쓰기를 병행하고 있었으니 글
쓰기는 대부분 퇴근 후에나 가능했다. 뛰어난 창작의 능력을 지닌 사람
에게 마음대로 책을 읽고 글을 쓸 충분한 시간이 보장되지 않았다. 일에
지치고 돌아온 후에나 겨우 난 짬으로 읽고 쓸 수 있다는 상황은 작가에
게는 꽤나 답답한 상황이었을 것이다. 그래서 그는 늘 정년퇴직을 기다
렸던 모양이다. 마침내 돌아온 마지막 출근 날, 뛸 듯이 기뻐하는 찰스
램에게 그의 마음을 잘 알던 젊은 여직원은 이렇게 진심어린 축하를 전
해 주었다고 한다. "선생님, 정년퇴직 축하드립니다. 밤에만 작품을 쓰
시다가 낮에도 시간이 생기셨으니 작품이 더욱 빛나겠네요." 그 말에 대
한 찰스 램의 재치 있는 응수. "햇빛을 보고 쓰는 글이니 별빛만 보고 쓴
글보다 더 빛이 나는 건 당연하겠지요." 그러나 그 후 3년이 지난 어느
날 찰스 램은 그 여직원에게 다음과 같은 편지를 보냈다고 한다. "사람
이 하는 일 없이 한가한 것이 눈코 뜰 새 없이 바쁜 것보다 얼마나 못 견

딜 노릇인지 이제야 알게 되었답니다. 바빠서 글 쓸 새가 없다는 사람은 시간이 있어도 글을 쓰지 못 하는군요. 할일 없이 빈둥대다 보면 자기도 모르는 사이에 스스로를 학대하는 마음이 생기는데 그건 참으로 불행한 일입니다. 좋은 생각도 일이 바쁜 가운데서 떠오른다는 것을 이제야 깨달았습니다. 아가씨는 부디 내 말을 가슴에 깊이 새겨두고 언제나 바쁘고 보람 있는 나날을 꾸며나가기 바랍니다."

조금만 시간이 더 주어진다면 지금보다 훨씬 더 잘할 것 같은 일은 얼마나 많은가. 그러나 찰스 램의 이야기는 우리에게 귀중한 사실을 상기시켜준다. 바빠서 못 하는 일은 시간이 있어도 못하며, 오히려 거추장스럽고 방해가 된다고 여기고 있는 나의 바쁨이 역설적이게도 지금의 일을 지탱시켜주는 원동력일지도 모른다는 사실. 바빠서 못 하는 것이 아니라, 희한하게도 바쁘니까 그나마 이 정도라도 하고 있는지도 모를 일이다. 곰곰이 생각해보자. 정말 충분히 시간이 주어지면 내가 하고 싶다고 생각하는 그 일을 정말 잘하게 될까? 시험기간이 닥치면 의례히 들곤 하던 독서에 대한 열망이 막상 시험을 지나면 순식간에 사라져버리는 경험처럼, 어쩌면 시간은 그저 내 게으름에 핑계를 대기 위한 구실에 지나지 않을지도 모른다.

실제로 우리의 거의 모든 핑계는 대개 시간으로 소급된다. 중요한 일을 못 하는 이유도 시간이고, 삶의 풍요로움을 제대로 누리지 못 하는 이유도 시간이다. 관계에 소홀한 이유도 시간이고, 그리하여 망쳐진 관계를 회복하지 못 하는 이유 또한 시간이다. 신앙에 관련된 핑계도 역시 시간이 대부분이다. 시간이 없어서 성경을 못 읽고, 시간이 없어서 기도를 드리지 못 한다. 시간이 없어서 사회와 교회에 봉사도 못 한다. 그러나 정말 시간이 없어서일까? "바빠서 글 쓸 새가 없다는 사람은 시간이 있어도 글을 쓰지 못하는군요." 찰스 램의 편지 구절은 시간이 없다고 핑계 대는 우리를 아프게 찌른다. 그러나 그는 동시에 시간이 없어 제대로 못 하고 있다는 자책에 빠진 우리를 위로하기도 한다. "좋은 생각도 일이 바쁜 가운데서 떠오른다는 것을 이제야 깨달았습니다. 언제나 바쁘고 보람 있는 나날을 꾸며나가기 바랍니다." 하나님의 오묘한 피조물인 시간, 어쩌면 삶에서 일어나는 모든 일의 진정한 문제는, 설령 그렇게 보인다 할지라도, 그 어떤 경우에도 이 시간의 있고 없음에 달려 있는 것은 아닐 것이다.

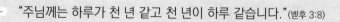

"주님께는 하루가 천 년 같고 천 년이 하루 같습니다."(벧후 3:8)

말이 아니라, 행동으로

　투표장에 여성들은 배제된 채 남성들만 들어갈 수 있는 사회를 상상할 수 있을까? 여러 분야에서 양성평등이 절실히 요청되고 있긴 하지만, 우리는 적어도 선거권이나 피선거권에 있어서만큼은 남녀의 차별이 없는 사회를 살아가고 있다. 그러나 남성과 여성 모두 동등한 권리로 투표하고 있는 이 당연한 사실이 말 그대로 당연하게 된 것은 근대 민주주의가 시작된 영국에서조차 불과 채 100년도 되지 않은 일이다. 얼마 전 상영했던 〈서프러제트〉라는 영화는 참정권을 얻기 위해 싸웠던 영국 여성들의 이야기를 담고 있다. 영화 제목인 '서프러제트'(suffragette)는 바로 남성과 동등한 선거권을 얻기 위해 투쟁했던 여성 참정권 운동가를 가리키는 말이었다.

　역사를 살펴보면 유리한 강자들은 불리한 약자들에게 늘 예의를 갖춰 평화롭게 자신들에게 부탁하라고 말한다. 그럼 한번 양보를 생각해보겠다고. 그러나 성경의 선지자들의 외침을 통해 보더라도 강자들은 단 한 번도 스스로 양보해본 적이 없다. 여성 참정권 운동의 시작 역시 평화적이었다. 여성들은 평화적으로 부탁하고 간청했으나 남성들은 거절하고 묵살했다. 1883년과 1892년 여성 참정권을 위해 제출된 법안을 남성 의원들이 모두 부결시켰던 것이다. 정치적 발언은 남편이나 아버지를 통해 하면 된다고 말하면서. 평화적인 방법으로는 아무 것도 얻을 수 없다는 것을 깨달은 절망한 여성들은 '남자들의 언어'인 폭력을 사용할 수밖에 없다는 결론에 도달한다. 이때 등장한 이 여성 참정권자들, 즉 서프러제트들의 구호 중 하나가 바로 "DEEDS, NOT WORDS.", 즉 "말이 아니라, 행동으로."였다.

1913년 6월 4일 드디어 여성 참정권 역사에 한 획을 긋는 사건이 일어난다. 그 어떤 처절한 노력에도 불구하고 아무도 여성들의 이야기를 들어주지 않자 당시 41세였던 에밀리 데이비슨(Emily Wilding Davison)은 국왕과 세계의 주목을 끌 수 있는 런던의 경마대회를 주목하게 된다. 그리고 그녀는 그 경마대회에서 "여성에게 투표권을!"이라고 외치며 전속력으로 질주하는 왕실의 말을 향해 자신의 몸을 던졌다. 큰 부상을 당한 그녀는 결국 4일 후 사망했으나 이 사건은 영국 내뿐 아니라 전 세계에 커다란 반향을 불러 일으켰으며 전 세계 여성 참정권 운동에도 지대한 영향을 미쳤다. 하지만 영국이 여성에게도 남성과 차별 없는 투표권을 부여한 것은 그로부터도 15년이나 지난 1928년 7월에서였다. 특히 지금 현재 우리가 경험하고 있는 것처럼, 역사는 당연한 것이 당연한 것으로 받아들여지는 일이 얼마나 당연하지 않은가를 여실히 보여준다.

서양의 묘비들에서 의례히 그런 것처럼 에밀리 데이비슨의 묘비에도 성경 구절이 적혀 있다. 바로 이 구절이다. "사람이 자기 친구를 위하여 자기 목숨을 내놓는 것보다 더 큰 사랑은 없다."(요 15:13) 성경을 보면 예수께서는 이 말씀을 제자들에게 하신 다음 곧바로 그들을 향해 말씀하셨다. "너희는 나의 친구다." 과연 자기 친구들에게 진정한 영혼의 자유를 선사하기 위해 자신의 목숨을 내놓았던 예수, 에밀리 데이비슨의 친구들은 자신들에게 자유와 권리를 선사했던 그녀의 희생적 죽음 속에서 주님의 희생을 떠올렸던 모양이다. 성경 구절로 시작된 그녀의 비문은 이름과 생몰년도를 지나 다음 구절로 끝을 맺는다. DEEDS, NOT WORDS. 말이 아니라, 행동으로. 그렇다. 모든 의미 있는 변화는 말이 아니라 행동을 통하여 온다. 대림절, 오신 주님에 대한 고백은 무엇일까? 그것 또한 하나님이신 말씀이 말로만 남지 않고 육신이 되는 행동을 감행하였기에 우리에게 구원이 이루어졌다는 고백이 아닐까.

죄와 빚

　한자어 죄(罪)는 아닐 비(非)와 그물 망(罒)으로 이루어져 있다. 그러니까 중국인들은 죄를 법의 그물망에 잡힐 만한 그릇된 일로 이해한 것이다. 하지만 기독교에서 죄에 대한 은유로 가장 유명한 것은 뭐니 뭐니 해도 과녁을 빗나간 화살이다. 실제로 히브리어에서는 '죄'를 가리키는 말의 원뜻이 바로 그것이었다. "이 모든 사람 가운데서 뽑힌 칠백 명 왼손잡이들은 무릿매로 돌을 던져 머리카락도 빗나가지 않고 맞히는 사람들이었다."(삿 20:16) 사사기의 이 구절은 '죄짓다'를 뜻하는 히브리어 동사 'אטח'(하타)가 원래의 뜻인 '빗나가다'로 쓰인 곳이다. 그러니까 구약의 의미에서 죄는 원래의 목적을 벗어난 상태, 또는 그것으로 인한 결과라는 의미가 된다. 창조의 원래 목적을 벗어난 상태를 우리가 원죄라고 부르는 것처럼 말이다.

　신약의 헬라어에서 '죄'를 뜻하는 'ἁμαρτία'(하마르티아) 역시 원래는 '빗나가다'라는 의미를 지닌 동사로부터 파생되었다. 그러나 신약에서는 죄에 대해 빗나감의 은유와는 다른 은유를 즐겨 사용하는데 그것은 바로 '빚'이라는 은유다. 형제가 자기에게 진 죄를 몇 번까지 용서해

줘야 하냐고 물었던 베드로에게 주님은 일곱 번씩 일흔 번을 말씀하신 후 왕에게 만 달란트 빚진 종의 비유(마 18:23-35)를 들려주셨다. 그리고 한 바리새인이 예수의 발에 눈물을 흘리고 향유를 부었던 여인을 죄인으로 정죄했을 때 역시, 주님은 더 많이 탕감 받은 자의 비유를 말씀하시며 여인의 죄 사함 받음을 선포하셨다. "둘이 다 갚을 길이 없으므로 돈놀이꾼은 둘에게 빚을 없애주었다. 그러면 그 두 사람 가운데서 누가 그를 더 사랑하겠느냐?"(눅 7:42)

하지만 신약에서 죄와 용서에 대한 빚과 탕감의 메타포가 결정적 빛을 발하는 곳은 무엇보다 〈주기도문〉에서다. "우리가 우리에게 죄 지은 자를 사하여 준 것 같이, 우리 죄를 사하여 주시옵고."(마 6:12) 상당한 의역인 이 문장을 원문에 따라 직역해 보자면 다음과 같다. "우리도 우리에게 빚진 자들을 탕감하여 준 것 같이, 우리의 빚들을 탕감해 주시옵고." 이처럼 예수님은 죄를 빗나간 과녁보다는 빚으로 표현하신다. 하나님께 지은 죄는 하나님께 갚아야 할 빚이고, 타인에게 지은 죄는 타인에게 갚아야 할 빚이라는 것이다. 그렇다면 죄에 대한 감각 역시 죄책감이라는 표현보다는 부채감이라는 표현이 더 적절할 것이다. 부채(負債), 빚을 '지다'(負)라는 표현처럼 무거운 짐을 짊어진 상태와 기분, 죄를 지었다는 것은 바로 그런 것이라는 의미다. 그러니 죄의 용서가 빚의 탕감이라면 이 얼마나 홀가분한 일이 될 것인가, 전 인생을 짓누르는 빚을 탕감 받은 자의 삶은 얼마나 큰 기쁨으로 가득 찰 것인가.

탕감의 대상이 사람이 아니라 빚이듯이, 용서의 대상 역시 사람이 아닌 죄라는 것도 음미해 볼 만한 대목이다. 사람을 사하는 것이 아니라 죄를 사하는 것이라면 이때 사람의 자리는 무엇일까.. 이처럼 빚과 탕감의 은유는 죄와 용서에 대한 다양하고 새로운 관점을 가능케 한다. 곰곰이 따져보면 죄 사함과 빚 탕감의 모티브는 비단 신약에서만이 아니었다. 단 한 번이라도 지켜졌더라면 인간에게 지상최대의 축복과 해방의 경험을 선사했을 대대적인 빚 탕감의 해 희년, 이 희년의 선포는 바로 대속죄일에 일어났다. 아마도 이것은 영혼의 죄 사함은 물질적인 빚 탕감과 떼어놓고 생각할 수 없다는 하나님의 뜻이 아니었을까? 어쩌면 주기도문의 빚 역시 죄에 대한 은유만이 아니라 직접적인 물질의 빚 또한 포함하고 있는 것이 아닐까? 어찌 되었든 우리는 죄를 용서 받은 자들, 값을 수 없는 빚을 탕감 받은 자들이라고 성경은 우리에게 말한다. 그렇다면 죄가 무엇이든, 용서의 이유는 언제나 이것으로 충분할 것이다.

"이 악한 종아, 네가 애원하기에 나는 너에게 그 빚을 다 탕감해 주었다. 내가 너를 불쌍히 여긴 것처럼 너도 네 동료를 불쌍히 여겼어야 할 것이 아니냐?"(마 18:32-33)

달빛 아래선 모두 블루

한 유명 앵커가 자유를 향한 민족의 저항정신을 기념하는 3·1절마저 갈등의 장이 되어버린 현실을 탄식하면서 '달빛 아래선 모두 블루'라는 제목으로 자신의 소회를 전했다. 앵커는 이 말을 며칠 전 오스카 작품상을 받은 영화 〈문라이트〉에 등장하는 대사라고 소개했다. 백인 중심주의로 가득 찼던 작년의 아카데미시상식과는 완전히 다르게 올해의 아카데미시상식은 트럼프의 인종, 외국인차별정책에 반대하여 외국인과 흑인들을 중심에 세웠다. 아카데미 최초로 흑인 남녀가 동시에 조연상 수상자가 되었고, 외국어영화상을 받은 이란 감독은 연대의 의미로 시상식에 불참했다. 많은 참여자들이 직간접적으로 트럼프의 차별정책을 비난했고, 올해의 작품상 역시 흑인이 중심인 영화였다. 그리하여 사람들은 올해 아카데미시상식을 가장 정치적인 오스카시상식이라고도 불렀다.

작품상을 받은 배리 젱킨스 감독의 〈문라이트〉는 후보작 중 가장 적은 예산으로 만든 영화였으며 흑인 감독에 의한 흑인들만의 영화라고 불릴 만 한 영화였다. 영화는 그동안 매체를 통해 익숙해진 흑인에 대한 이미지로 흑인을 다루거나 바라보지 않고 인간 자체로 흑인들을 응시한다. 그리하여 영화를 보고 난 후 약간의 과장을 섞은 느낌은 이랬다. '어쩌면 이 영화는 흑인들에게 덧입혀진 익숙한 이미지들을 따라 흑인들을 소모하지 않고 그들을 피와 살을 지닌 인간, 영혼과 감성을 지닌 온전한 인간으로 그린 최초의 영화일지도 모르겠다.' 여태껏 백인들의 왜곡된 시선을 통해서만 봐왔던 흑인들의 삶, 고통, 고뇌, 기쁨, 절망을 오롯이 볼 수 있는 영화, 할리우드가 마침내 흑인들을 온전한 인간으로 바라보게 될 때까지는 이토록 긴 세월이 필요했다.

앞서 언급한 앵커는 '달빛 아래선 모두 블루'라는 말을 영화에 등장하는 대사라고 말했지만 사실과는 조금 빗나간 멘트였다. 영화 속에 나오는 대사는 그것과는 다소 다르기 때문이다. 어린 주인공에게 마치 아버지 같은 존재였던 한 사내는 자신의 어릴 적 이야기를 주인공에게 들려준다. 어릴 때 달만 뜨면 미친 사람 마냥 맨발로 이리저리 뛰어다니던 자기에게 지나가던 할머니가 이렇게 말해주었다고. "달빛 속에선 흑인 아이들도 파랗게 보이지."(In moonlight black boys look blue.) 이 대사는 그 자체로 이 영화가 원작으로 삼고 있는 역시 흑인인 터렐 앨빈 매크레이니의 희곡 제목이기도 하다. 비록 앵커의 인용이 대사 그대로는 아니었지만 달빛 아래서는 모두가 블루라는 말은 분명 영화의 주제로부터 크게 벗어난 말은 아닐 것이다.

모든 차별은 언제나 구별에서부터 시작된다. 모든 구별이 언제나 반드시 차별로 이어지는 것은 아니지만, 차별이 언제나 구별로부터 시작되는 것은 분명하다. 구별은 덧붙여진 가치판단과 함께 점점 더 분명해지고 강화되어 마침내 차별이 된다. 그러므로 내 안에서 일어나는 차별을 없애기 위한 가장 효과적이고 궁극적인 방법은 마음속에서 구별 자체를 없애는 일일 것이다. 흑인과 백인의 구별을 없애고 한 인간으로 바라보는 것, 여성과 남성의 구별을 없애고 한 인간으로 바라보는 것,

더 나아가 인간과 동물의 구별을 없애고 한 생물로 바라보는 것, 생물과 무생물의 구별을 없애고 하나의 지구로 바라보는 것. 따지고 보면 인간으로 오신 하나님께서 예수를 통하여 인간에게 선사해주신 것도 이와 다르지 않은 것이었다. 모든 구별 없이 하나님 안에서는 모두가 하나이고 평등한 세상, 애초의 구원은 그런 성격을 지닌 것이었다.

"유대 사람도 그리스 사람도 없으며, 종도 자유인도 없으며, 남자와 여자가 없습니다. 여러분 모두가 그리스도 예수 안에서 하나이기 때문입니다."(갈 3:28)

내가 바로 그 사람이다.

"네가 모든 일을 걱정해야 하는 존재라도 되는 것처럼 굴지 마.
소년이 뭐라고 말을 했지만 알아들을 수가 없었다. 뭐라고?
소년이 고개를 들었다. 눈물에 젖은 더러운 얼굴. 그렇다고요. 제가
그런 존재라고요."

코맥 매카시의 소설 〈로드〉(The Road)의 한 장면이다. 감히 '감히
성서에 비견되는'이라는 수식어가 붙기도 하는 〈로드〉는 수많은 상징과
은유가 숨 막힐 정도로 가득 찬 수작이다. 그런데 소설을 읽다 보면 '성
서에 비견되는'이라는 수식어가 단지 이 작품의 문학성에만 관계된 것
이 아니라 어쩌면 내용과도 관계가 있으리란 생각이 든다. 왜냐하면 이
이야기 안에서는 신의 부재가 편재한 묵시적 세계 속에서 처절하게 신
의 흔적을 찾으려는 노력을 읽을 수도 있기 때문이다. 한 유명 문학평론
가는 이 작품에 대해 "희망이 없을 때 희망은 가장 숭고해진다"라는 표
현과 함께 자신의 말을 더하기도 했다.

묵시록적인 재난이 휩쓸고 지나간 후 황폐하기 이를 데 없이 재로
뒤덮인 세상에서 한 남자는 아들을 보호하기 위해 필사적이다. 추위와
굶주림과 싸우며 남자는 생존을 위해 막연히 따스한 남쪽으로 향하기

로 한다. 그러나 가장 위험한 것은 추위와 굶주림이 아니다. 그것은 바로 인간, 먹을 것이 없어진 후 서슴없이 인육을 먹기 시작한 인간들이다. 위의 장면은 자신들의 식량을 탈취했던 도둑을 쫓아가 잡은 후 총으로 위협해 옷을 모두 벗기고 얼어 죽을지도 모를 상태로 도둑을 방기한 채 다시 길을 떠난 상황에서의 대화다. 남자는 집요하게 도와주자는 아들을 야단친다. 저런 악한에게 동정이 가당키나 하냐며, 어쩌면 우리가 죽을 수도 있었다며, 그러면서 남자는 마지막으로 소리쳤던 것이다. "네가 모든 일을 걱정해야 하는 존재라도 되는 것처럼 굴지 마."(You're not the one who has to worry about everything.) 그러자 소년은 눈물에 젖은 더러운 얼굴로 말한다. "그렇다고요. 제가 그런 존재라고요."(Yes I am. I am the one.)

신과 인간, 믿음과 희망과 사랑에 대한 은유와 역설로 가득 찬 소설은 세상이 끝장난 바로 그곳에서 선한 소년의 입을 빌어 불신과 절망을 넘어선 희망을 감히 말한다. I am the one. 내가 바로 그 사람이라고. 어쩌면 남자의 말은 우리 모두의 말일지도 모른다. 왜 굳이 나여야 하는가, 누군가 다른 사람이 있을 것 아닌가, 나 하나 살기도 힘든데 어떻게 다른 사람을 돌아볼 수 있단 말인가, 나는 신이 아니다, 내가 신처럼 세상 모든 일을 걱정해야 하는가? 이런 질문에 대한 하나님의 대답은 아마도 소년의 그것과 다르지 않을 것이다. "그렇다. 네가 바로 그 사람이다." 소설 속에서 선한 소년이 사람이 착한지 아닌지를 판단하는 기준은 사람을 먹는가 먹지 않는가였다. 소년은 아무리 배가 고파도 우리는 사람을 먹지 않을 것이라고 끊임없이 아버지에게 확인한다. 현대사회에 대한 이 얼마나 서늘한 은유인지. 다른 이의 삶을 갈취해 배 부르는 사람이 넘치고, 다른 이의 영혼을 갈취해 배 부르는 사람이 넘치는 이 묵시적인 현실세계에서도 소년의 대답은 여전히 유효해 보인다. 내가 그 모든 일을 걱정해야 하는 사람인가? 그렇다. 내가 바로 그 사람이다.

> "주님께서 가인에게 물으셨다. '너의 아우 아벨이 어디에 있느냐?' 그가 대답하였다. '모릅니다. 제가 아우를 지키는 사람입니까?'"(창 4:9)

값싼 힐링

언젠가 본회퍼는 값싼 은혜를 말한 적이 있다. 진정한 희생과 삶의 변화 없이 쉽디 쉬운 죄의 용서를 남발하며 시장의 세일품목처럼 은혜를 뿌려대는 교회가 그리스도의 값비싼 은혜를 얼마나 값싼 것으로 만들어버렸는가에 대한 비판이었다. '소통'이라는 단어와 더불어 모든 주제와 제목에 유행처럼 딸려 있는 '힐링'이라는 단어를 보며 자신은 죽음으로까지 그리스도의 값비싼 은혜를 지키려 했던 본회퍼의 말을 생각해본다. 이것이야말로 값싼 힐링이라 불려 마땅한 남발이 아닌가.

치유라는 것이 얼마나 어려운지 우리는 며칠 전 TV에서 보았다. 이미 역사적 평가가 완결되었음에도 불구하고 끊임없이 도발되고 왜곡되고 폄훼되어 왔던 광주 5.18은 새로운 정부와 함께 비로소 광주가 지켜냈던 민주주의 정신을 재확인하는 행사를 진행할 수 있었다. 아마도 그 행사에서 가장 감동적인 장면은 5.18을 생일로 둔 여인이 딸이 태어난 것을 보고자 광주로 들어왔다가 사흘 만에 집에서 총탄을 맞아 숨진 자신의 아버지를 기리는 장면이었을 것이다. 차라리 자신이 태어나지 않았더라면 아버지 어머니는 행복하게 살아계시지 않았을까 눈물을 흘리며 말하던 여인이 추모사를 마치고 자리로 돌아갈 때, 대통령은 그녀를 뒤쫓아 가 그녀를 안아주고 함께 울었다. 미리 연출됐을 리 없는 이 장면은 보는 사람 모두의 눈시울을 적셨다. 안겨 있던 여인은 대통령의 품에서 서럽게 엉엉 울어댔다. 나중에 그녀는 마치 우리 아빠 같았다고 그때의 소감을 전했다.

그녀의 나이는 정확히 37세다. 광주는 지금으로부터 정확히 37년 전의 일이었으니까. 37년이나 지났는데도 많은 유가족 참석자들은 행사 내내 눈물을 훔쳤다. 그렇게 오랜 시간이 흘렀음에도 상처는 여전히 아물지 않았고 치유는 여전히 요원했던 것이다. 어쩌면 그녀 역시 마찬가지였을 것이다. 국가에 의해 살해당했던 그녀의 아버지의 죽음은 37년 동안 그녀를 괴롭히고 짓눌렀을 것이다. 그런데 드디어, 여인은 아버지를 죽였던 국가로부터 진심으로 사죄를 받고 위로를 받은 것처럼 보였다. 아마도 이제야 비로소 감히 치유를 말할 수 있으리라.

케네스 로너건 감독의 〈맨체스터 바이 더 씨〉는 올해 아카데미 시상식에서 각본상과 남우주연상을 수상한 영화다. 영화는 어떤 종류의 아픔에 있어서는 힐링이라는 것이 얼마나 어려울 수 있는지, 심지어 감히 그 단어를 머릿속에 떠올리고 받아들이는 것조차 얼마나 저어되고 힘이 들 수 있는지를 담담하게 보여준다. 광주의 아픔을 그려낸 한강의 소설 〈소년이 온다〉에서처럼, 담담함이 전해주는 소리 없는 비통을 영화는 가장 역설적인 아름다운 풍광과 함께 보여준다. 누가 과연 그 상처 받은 남자에게 위로 받으라고 감히 쉽게 말할 수 있을까.

우리는 너무나 쉽고 값싼 힐링 무더기에 둘러싸여 산다. 힐링의 유행 시대. 유감스럽게도 교회 역시 그다지 달라 보이지는 않는다. 마치 값싼 은혜처럼 교회가 힐링마저 값싸게 남발해버린다면 과연 상처 받은 자들은 어디로 가야 할까? 하나님을 '치료자'라 칭한 성서의 의미가 지금 새롭다. 진정한 치유는 누구나 쉽게 줄 수 있는 것이 아니라 오직 하나님으로부터라는 사실. 어쩌면 이에 대한 진정한 성찰과 고백만으로도 값싼 힐링의 대열풍은 다소 수그러들지도 모르겠다.

"나는 주 곧 너희를 치료하는 하나님이다."(출 15:26)

사랑의 빚

우리나라에서는 〈내 사랑〉이라는 제목으로 상영 중인 영화 〈Maudie〉
는 캐나다의 화가 모드 루이스에 관한 영화다. 전문적인 미술교육을 받
지 않고 특정 유파에도 속하지 않은 채 자신만의 세계를 표현한 일군의
화가들을 가리키는 나이브 아트(naive art) 화가들은 그 작품의 경향상
소박파(素朴派)로 불리기도 하는데 모드 루이스는 바로 이 나이브 아트
화가다. 심한 관절염으로 신체적 어려움을 안고 살아가던 모드는 식구
들의 거의 강제적인 간섭으로 집안에만 틀어 박혀 지내다가 집을 탈출
하겠다는 마음으로 홀로 사는 한 남자의 집에 가정부로 들어가게 된다.
모드는 결국 대인관계 능력이 거의 전무한데다 무식하고 심지어 폭력적
이기까지 한 그 남자와 결혼하여 그 집에서 함께 살아가게 된다. 그리고
이 남자는 그녀로 인해 변해간다.

남편 에버렛은 식구들조차 거들떠보지 않았던 모드의 예술을 유일
하게 인정하고 지원한다. 비록 이해하지는 못할지언정 에버렛은 그녀
의 작품과 화가로서의 그녀를 존중한다. 그리고 동시에 남자는 자신도
모르는 사이에 사랑이라는 것을 배운다. 그러다 모드의 유명세로 인해

부부는 크게 다투게 되고 모드는 집을 나와 잠시 친구 집에 머무르게 된다. 그때 모드를 찾아온 에버렛은 아내에게 두려웠던 자신의 심정을 솔직하게 전한다. 이 투박한 남편은 아내에게 자기를 떠나지 않았으면 좋겠다고 말한다. 그리고는 왜 그런 생각을 하냐는 아내에게 이렇게 대답한다. "왜냐하면 당신은 나보다 훨씬 더 잘하니까."(Because you can do much better than me.)

그 순간, 영화는 사랑이라는 것의 정체를, 사랑이라는 마음의 본질을 똑똑히 보여주고 있는 것만 같았다. 주인공 모드는 거의 장애에 가까운 질병을 안고 살아가고 있는 여자다. 어쩌면 남편은 실제로도 그런 것처럼 자신이 그녀를 보살피고 있다고 생각할 수도 있었을 것이다. 즉, 그는 내가 당신에게 뭔가를 주고 있으니까 나도 호혜에 대해서 어느 정도는 권리를 주장할 수 있어,라고 충분히 생각할 수도 있을 법했다. 그런데, 남자는 그러지 않았다. 남자는 오직 그녀로부터 받는 것만을 생각했던 것이다. 당신은 나보다 훨씬 더 잘한다는 말은, 내가 없어도 당신은 잘해 나갈 것이고, 아니 어쩌면 나 없이 더 잘해 나갈 수 있을 것이라는 고백이다. 이 사랑의 두려움은 오직 받은 사랑만을 생각했을 때 느낄 수 있는 두려움이다. 사랑은 결국 내가 준 것이나 주고 있는 것을 바라보는 것이 아니라, 철저하게 내가 받은 것, 받고 있는 것만을 바라보는 마음이다. 인간관계에 어설프고 엉성하기 짝이 없는 남자는 이렇게 사랑의 가장 고결한 정점을 보여준다.

바울은 이 사랑의 정체를 '사랑의 빚'이라는 말로 표현한다. 받은 사랑은 늘 빚이고 이 빚은 유감스럽게도 결코 갚아질 수 없는 성질의 것이라는 것이다. 그러므로 내가 사랑을 받고 다시 내가 사랑을 준다고 해서 서로에게서 사랑의 채무가 탕감되는 것은 아니다.오히려 나는 너의 사랑을 빚졌고 너 역시 나의 사랑을 빚진 것이다. 사랑은 갚아질 수 없기에 계속 주고받는다면 빚은 계속 쌓여만 간다. 이처럼 주고받는 사랑은 서로의 사랑을 갚는 것이 아니라 서로를 향한 사랑의 빚만 늘려갈 뿐이다. 갚을 길 없이 쌓여만 가는 사랑이 빚, 이것이 사랑의 정체이고 사랑의 성질이다. 하지만 우리는 늘 준 사랑에만 더 눈이 가지 않던가? 대체 진정한 사랑함이 가능한 방법은 무엇일까? 바로 그것을 영화 속 투박한 남자는 보여주었던 것이다. 그것은 오직 받는 사랑만을 바라보는 길뿐이라고.

"서로 사랑하는 것 외에는 아무에게도 빚을 지지 마십시오. 남을 사랑하는 사람은 율법을 다 이룬 것입니다."(롬 13:8)

술꾼 먹보

술꾼 먹보. 이것은 살아생전, 아니, 정확하게 말하자면 지상에서의 살아생전 예수님의 별명이었다. 다른 곳도 아니고 바로 성경에서 전하는 예수님의 별명이다. 별명이 너무 충격적이었던지 우리말 성경은 이를 다소 순화시켜 다음과 같이 완곡하게 번역했다. "먹기를 탐하고 포도주를 즐기는 사람."(마 11:19; 눅 7:34) 그러나 성서의 헬라어 원문은 먹기를 탐한다든지 포도를 즐긴다든지 하는 서술적 묘사가 아니라 각각 분명한 한 단어, 즉 적절하게 번역할 때 '먹보'와 '술꾼'으로 번역될 단어로 표현하고 있다. 우리의 주님은 술꾼 먹보셨던 것이다.

'술꾼'이라는 단어는 예수님과 포도주가 관련된 본문들을 설명하면서 사실 예수님은 지금의 의미에서처럼 술을 마신 게 아니었다는 식의, 예수님 당시의 팔레스타인에서는 포도주가 술이 아니라 음료수였다는 식의 어설픈 변명조차 여지를 남기지 않는 확실하고도 분명한 뜻을 지닌 단어다. 그러니까 주님은 술에 대해 현재 대부분의 한국 교회들이 취하고 있는 소극적 입장과는 매우 다른 태도를 지니셨던 것이 분명하다. 술꾼 먹보라는 말이 비록 금욕주의자 세례 요한과 비교하면서 예수를 비난했던 사람들의 입에서 나온 것임에도 주님은 그 말을 부정하지 않으셨다. 다소 악의적인 과장은 있을지 모르나 본질에 있어서 틀린 말은 아니라는 태도인 것이다.

포도주는 술이 아니라는 변명은 유치하고 천진하다. 내가 독일에서 오래 살았다는 사실을 알게 되면 사람들은 가끔 이런 말을 하곤 한다. "독일 사람들은 맥주를 물처럼 마신다면서요? 맥주는 술도 아니라던데." 천만에, 독일에서도 맥주는 분명히 술이다. 이 맥주를 유럽의 여러 수도원들은 자체적으로 주조했고, 종교개혁자 루터 또한 맥주를 즐겼다. 심지어 그는 맥주와 천국에 관한 삼단논법 농담까지 남겼다. "맥주를 많이 마시는 사람은 잠을 잘 자게 되고, 잠을 자는 동안 사람들은 죄를 짓지 않으며, 죄를 짓지 않는 사람은 천국에 갈 수 있다."

예수께서 술을 잘 드시고 즐겨 드셨으리라는 사실은 한국 교회들을 다소 당황스럽게 만들 만한 것이긴 하겠지만 예수님의 기적을 살펴보아도 요한복음이 묘사한 예수님의 첫 번째 기적은 잔칫집에 떨어진 술을 대신 기적이었다. 물론 이 기적이 신학적 의미와 상징으로 충만한 기적임은 틀림없지만 그 이야기의 틀이 혼인잔치에 손님들에게 술을 제공한 것이라는 사실 또한 간과해버릴 수 없는 사실이다. 하지만 예수께서 술꾼 먹보였다는 사실보다 더 결정적으로 중요한 것이 있으니, 그것은 과연 그분이 누구와 음식을 먹고 술을 마셨느냐 하는 것이다.

세리와 죄인의 친구. 이것이 예수님의 두 번째 별명이었다. 이 별명은 술꾼 먹보의 정체를 분명하게 보여준다. 예수께서 식사와 술자리를 함께 하신 사람들은 민족 반역자나 몸을 파는 여인들처럼 혐오와 배척의 대상이 되었던 소수자들이었다. 종교와 사회가 버리고 혐오하는 사람들, 예수님의 바로 이런 사람들의 친구였다. 그렇다면 예수님은 그들의 죄를 죄가 아니라고 여겼던 것일까? 그런 언급은 어디에도 없다. 그분은 단지 그들의 죄를 보시기보다 혐오받고 배척받는 그들의 처지를 보셨던 것이리라. 죄를 보시고 선과 악을 가르는 이는 오직 하나님뿐일 테니까. 하나님의 아들은 버림받고 차별받고 혐오받는 사람들을 묵묵히 찾아가 그들과 먹고 마시고 즐기신다. 사람들이 자신을 어떻게 생각할지는 상관조차 안 하면서. 지금 종교와 사회가 혐오하는 사람들은 누구일까? 그들이 누구일지 짐작하기도 어렵지도 않고, 예수님이 누구와 친구로 함께 계실지 짐작하기도 어렵지도 않은 씁쓸하고 쓸쓸한 시절이다.

향수

얼마 전부터 아내가 선물한 향수를 사용하기 시작했다. 그다지 강한 향도 아니고 향이 오래 가지도 않아서 큰 용기와 부담 없이 사용할 수 있는 향수였다. 아침에 대충 뿌리고 나서지만 냄새도 나지 않아 이내 잊어버리고 마는 향을 크게 의식한 적도 없었다. 그런데 어느 날 뜻밖의 일이 일어났다. 놀랍게도 나는 알지 못 하는 누군가가 내 향수의 향을 맡고 좋다고 궁금해 하며 무슨 향수인지를 다른 사람에게 물었다는 것이다.

사람들은 자신에게서 나는 냄새를 알지 못 한다. 이 사실을 가장 크게 체감한 것은 10년이 넘는 독일 생활 속에서였다. 마늘 냄새를 유독 싫어하는 독일인들 사이에 살면서 마늘과 관련하여 겪은 여러 가지 수모와 난처함의 이야기는 유학생들 사이에서는 차고도 넘친다. 독일인들과 함께 직장생활을 하는 분이 마늘을 빼고 김치를 담그는 것도 보았고, 비자 연장 때문에 외국인 담당 공무원을 만나야 할 일이 있을 때는 두 달 전부터 마늘을 끊는다는 우스갯소리도 들었다. 그렇게 마늘을 자주 안 먹다 보니 한국에 잠시 들를 일이 있을 때 공항에서 마늘 냄새가 느껴지는 신기한 일을 경험하기도 했다. 더 신기한 것은 그 전까지는 음식으로 인해 몸에서 나는 냄새를 전혀 의식하지 못하고 살아왔다는 사실이었다.

자신의 몸에서 나지만 자신은 알아채지 못하는 냄새, 어쩌면 우리의 삶이 풍기는 냄새도 이와 닮아 있을지도 모르겠다. 우리 자신은 알지 못하지만 다른 사람은 알고 있는 몸의 냄새처럼 우리 삶의 냄새도 그렇게 나만 모르는 냄새일지도 모른다. '냄새'가 다소 가치중립적인 의미로 사용되는 단어라면 '향기'는 좋은 냄새를 가리키는 말이다. 그리고 '악취'는 나쁜 냄새를 가리키는 말이다. 나의 삶이 내는 것은 이 셋 중에 무엇일까? 아니, 그러고 보니 하나가 더 있다. '무취', 아무 냄새도 내지 않는 삶 말이다.

"좋은 냄새든, 역겨운 냄새든 사람들도 그 인품만큼의 향기를 풍깁니다. 많은 말이나 요란한 소리 없이 고요한 향기로 먼저 말을 건네오는 꽃처럼 살 수 있다면, 이웃에게도 무거운 짐이 아닌 가벼운 향기를 전하며 한 세상을 아름답게 마무리할 수 있다면 얼마나 좋을까요?" 〈향기로 말을 거는 꽃처럼〉이라는 제목의 수필에서 이해인 수녀님은 이렇게 말씀하셨다. 한 해의 마지막에 서면서 내 삶이 이 한 해에 남긴 냄새는 무엇일까 생각해본다. 향기였을까, 악취였을까, 아니면 이도저도 아닌 무취였을까?

향수의 용도는 자신을 위한 것이라기보다는 오히려 타인을 위한 것일 게다. 삶의 향기 또한 향수를 닮았을 것이다. 타인에게 향기를 전하는 삶은 과연 얼마나 아름다울까, 자신도 모르는 채 자신으로부터 흘러나오는 향기를 밴 삶은 과연 얼마나 축복받은 삶일까? 그러고 보니 향수는 내 몸 자체에서 나는 향이 아니라 다른 향기를 빌어 내는 향이다. 어쩌면 그리스도의 향기도 그런 것이겠다. 그리스도라는 향수를 빌어 내 몸에서 나게 하는 향기, 타인을 위한 향기. 조금이라도 이 향기를 낼 수만 있다면 얼마나 좋을까?

"우리는 구원을 얻는 사람들 가운데서나 멸망을 당하는 사람들 가운데서나 하나님께 바치는 그리스도의 향기입니다." (고후 2:15)

공동의 책임

　지난주 1월 20일은 오드리 헵번이 세상을 떠난 날이었다. 〈티파니에서 아침을〉, 〈로마의 휴일〉, 〈사브리나〉, 〈마이 페어 레이디〉 등의 영화를 통하여 청순한 아름다움을 세상에 각인시켰던 그녀는 말 그대로 세기의 연인이었다. 하지만 그녀의 아름다움은 그녀의 영화 경력에서보다 영화계를 은퇴한 이후에 더욱 빛을 발했으니, 그다지 행복하지 못했던 결혼생활 속에서도 그녀는 유니세프 친선대사로 활동하며 그녀의 남은 생을 가난한 나라의 아이들을 헌신적으로 돕는 일에 모두 바쳤던 것이다. 그녀는 어린 시절 전쟁의 참혹함 속에서 받았던 유니세프의 도움을 평생 잊지 않고 그 도움을 고스란히 돌리기 위해 애썼다. 노년의 그녀는 진정한 아름다움이 무엇인지를 세상에 밝고 분명하게 보여주었다.

　그런 그녀가 세상을 떠난 날을 기억하는 즈음 매체들은 그녀의 화려한 생전의 삶을 쏟아내느라 정신이 없었다. 그러던 중 그녀의 외모에 대한 칭송이 주를 이루던 한국의 매체와는 다른 목소리를 우연히 한 독일 공영방송국의 페이스북 페이지에서 보게 되었다. 독일의 공영방송은 오드리 헵번의 유명한 여러 말 중 처음 보는 단 하나의 말을 인용하며 그녀를 기억하고 있었다. 그 말은 바로 다음의 말이었다. "나는 공동의 죄를 믿지 않습니다. 하지만 공동의 책임은 믿습니다."(I don't believe in collective guilt, but I do believe in collective responsibility.)

공동의, 집단의 죄를 믿지 않는다는 그녀의 말은 곱씹어볼 만하다. 우리는 흔히 어떤 잘못이나 문제, 죄에 대한 비난의 대상을 찾을 때 쉽사리 개인이 속한 집단을 함께 상정하곤 하기 때문이다. 한 아랍인이 테러를 저지르면 모든 아랍인이 테러범으로 간주되곤 하는 것처럼, 이런 식으로 죄의 주체로 정해진 집단은 대부분 혐오의 대상으로 떨어져버리고 만다. 한 외국인 노동자가 잘못을 저지르면 모든 외국인 노동자에게 비난이 쏠리거나, 공무원 한 사람이 잘못하면 모든 공무원에게 비난이 쏠리거나 하는 일들을 우리는 어렵지 않게 경험하지 않았던가. 그런 맥락에서 공동의 죄를 믿지 않는다는 헵번의 삶의 태도는 지금의 사회에도 적지 않은 교훈을 준다. 나아가 책임에 대한 문제에 있어서는 그것이 철저하게 공동의 것이어야 한다는 헵번의 말은 더욱 큰 의미를 지닌다. 그녀의 말은 사회가 해결해야 할 문제의 책임을 개인에게 돌리는 경향이 강한 우리 사회로서는 더욱 새겨들어야 할 대목이다.

일례로 언젠가 아이들을 집안에 두고 부모 모두 맞벌이로 직장에 나간 사이 아이들이 화재로 변을 당한 비극이 있었다. 그리고 얼마 후 국가는 다음과 같은 공익광고 문구를 내걸었다. "아이를 혼자 두지 마세요." 충격이었다. 사회가 책임져야 할 맞벌이 부부 자녀의 보육 문제를 개인의 책임으로 돌려버리고 마는 비겁한 행동이라고 느껴졌기 때문이었다. 이 끔찍한 사회적 무개념의 문구는 놀랍게도 아동성폭력에 관한 공익광고에 또 다시 등장했다. 이와는 극명하게 대조적으로 스웨덴이 40년 전에 주창한 구호, "모든 아이는 모두의 아이"는 헵번의 말이 어떤 의미인지를 분명하게 전해준다.

개인화되고 개교회화 되어버린 한국의 교회는 더 늦기 전에 복음의 공공성을 회복할 필요가 있다. 공동의 사회적 책임을 자각하고, 나아가 사회에 그 책임을 일깨울 필요가 있다. 더 늦어져 세상이 너희는 우리에게 말할 자격이 없다고 멸시하기 전에.

"너희가 그들에게 먹을 것을 주어라."(막 6:37)

"너희는 세상의 소금이다. 소금이 짠 맛을 잃으면 무엇으로 그 짠 맛을 되찾게 하겠느냐? 짠 맛을 잃은 소금은 아무데도 쓸 데가 없으므로 바깥에 내버려서 사람들이 짓밟을 뿐이다."(마 5:13)

손가락

비록 교단은 다르지만 독일 유학생활에서부터 형처럼 돌봐주시던 목사님이 계셨다. 지금은 본인이 속한 교단 신학교의 교수로서 나라면 학생들에게 저렇게까지 할 수 있을까 싶은 정도로 후학들을 위해 애쓰고 계시다. 서로의 바쁜 생활 속에서 한동안 만나지 못하다가 최근 오랜만에 목사님을 만나 회포를 풀 기회를 가졌다. 이런 저런 이야기를 나누던 중 목사님은 자신이 목사가 되려던 결심을 자신의 어머님과 나누던 얘기를 들려주셨다. 목사가 되겠다는 아들은 오랜 세월 신앙의 연륜을 쌓아 오신 어머님께 조언을 구하고 싶으셨다고 한다. 마음을 가다듬고, 어쩌면 자신에게는 모든 평신도를 대표했을 노년의 어머니로부터 목회에서 가장 중요한 지침을 기다리는 순간 일성으로 떨어진 어머님의 말은 다음과 같았다고 한다. "아야, 설교는 짧아야 한다잉."

다소 우스갯소리 같기도 했던 어머니의 말을 듣고 마음이 풀린 목사님은 목회할 때 가슴에 담아야 할 다른 중요한 건 없냐고 물으셨고, 그러자 어머님은 이번에는 목사님께 다음과 같이 물으셨다고 한다. "아야, 열 손가락 가운데 깨물면 가장 아픈 손가락이 뭔지 아냐?" 아, 목회를 할 때 모든 교인들을 다 자식처럼 소중하게 여겨야 한다는 말씀이시구나, 하는 짐작으로 목사님은 누구나 다 아는 그 대답을 어머님께 드렸다고 한다. "모든 손가락이 다 아프죠." 그러자 어머님은 뜻밖에 이런 대답을 주셨다고 한다. "아니다, 다친 손가락이 제일 아프다."

그렇지, 자식들도 마찬가지지, 교인들도 그렇고... 어머님의 말씀은 목사님의 가슴에 깊이 내려앉은 말씀이 되었다고 하셨다. 그러면서 목사님은 목사로서의 자신의 삶을 돌아보면서 다음과 같은 말을 덧붙이셨다. "마땅히 다친 손가락을 먼저 돌봐야 하는데, 엄지손가락 눈치를 보느라 그걸 못하네요..." 다친 손가락이 가장 아프다는 노인의 지혜와, 엄지손가락 눈치를 보느라 그 지혜를 따르기 어려웠다는 중년 목사의 회환의 고백은 내내 마음을 떠나지 않았다.

엄지손가락 눈치를 보느라 다친 손가락을 돌볼 수 없다는 말은 단지 목회자만의 상황은 아닐 것이다. 이 상황은 교회에서 책임을 맡은 모든 이들이 동일하게 겪는 문제이기도 하다. 아니, 이 문제는 단지 교회 안만의 문제가 아니라 교회 밖 삶 모든 영역에서의 문제이기도 하다. 엄지손가락의 눈치를 보느라 다친 손가락 돌아보지 못하는, 돌아보지 않는 일이 어찌 교회 안에서만의 문제일 수 있을까? 힘이 있는 사람의 눈치를 보느라 제일 약한 사람, 상처 입은 사람을 돌보지 못하는 나약함과 비겁함을 우리는 언제나 자신에게서 발견하곤 한다.

그러고 보니 예수님의 삶은 늘 다친 손가락을 돌보는 삶이었다. 바리새인들을 위시한 종교지도자들과 온 백성들이 내쳤던 로마제국의 부역자 세금징수원들, 몸을 파는 여인들, 그밖에 '죄인'이란 딱지를 붙여 증오했던 배척 받는 소수자들을 예수님은 찾으시고 돌보셨다. 그분은 엄지손가락의 눈치를 보지 않고 늘 다친 손가락들에게 주저 없이 다가가셨다. 우리가 예수님을 믿을 뿐만 아니라 따른다고도 고백한다면,

우리의 삶은 마땅히 이 예수님의 삶에 더 가까워질 필요가 있지 않을까? 좀 더 용기를 내서, 엄지손가락 눈치를 보는 일을 그만두고, 다친 손가락을 향해 나아가는 삶을 결심할 필요가 있지 않을까?

"건강한 사람에게는 의사가 필요하지 않으나 병든 사람에게는 필요하다. 나는 의인을 부르러 온 것이 아니라 죄인을 부르러 왔다."(막 2:17)

베들레헴 난민

난민을 한자로 찾으면 두 가지가 발견된다. 첫 번째 난민은 한자로 亂民이라고 쓴다. 어지러울 亂자를 쓴 이 난민은 '무리를 지어 다니며 안녕과 질서를 어지럽히는 백성'이라는 뜻을 지닌다. 그리고 한자로 難民이라고 쓰는 두 번째 난민이 있다. 이 난민은 어려울 難자를 사용하여 '전쟁이나 재난으로 곤경에 빠진 사람'을 뜻한다. 최근 대한민국을 논란의 중심으로 이끈 제주도의 난민은 말하자면 두 번째의 난민이다. 이들이 엄연히 이 두 번째의 난민임에도 사람들은 이들을 첫 번째의 난민, 즉 무리를 지어 다니며 안녕과 질서를 어지럽히는 사람으로 간주하고 대우한다.

이유는 다양하다. 그들은 잠재적 범죄자이고, 잠재적 일자리약탈자이며, 잠재적 세금포식자라는 것이다. 잠재적인 이유들이 실제적인 인간들의 목을 조른다. 그러나 어떤 그리스도인들에게는 이런 것들보다 더 중요하고 결정적인 이유가 있다. 그것은 바로 그들이 이슬람교도라는 사실이다. 그들은 이 땅에 들어서는 것을 반드시 막아야 할 그리스도교의 적이라는 것이다.

타종교에 대한 일부 그리스도인들의 살기어린 공격적 적대감을 보고 대할 때마다 어느 대학의 교수가 강의시간에 학생들에게 했다는 말이 떠오르곤 한다. 아마도 무척 감동적이었던지 그 말을 들은 학생은 그것을 자신의 소셜미디어에 소개했다. 그것은 다음과 같은 말이었다. "종교는 그 종교를 믿지 않는 자들을 대하는 태도에서 종교의 가치가 결정됩니다." 역사적으로도 충분히 확인된 이 말에 따르자면, 지금 우리 종교의 가치는 그다지 높다고 자신할 수 없는 것처럼 보인다.

국제법상 난민이란 '인종, 종교, 국적 또는 특정 사회 집단의 구성원 신분 또는 정치적 의견을 이유로 박해를 받을 우려가 있다는 충분한 이유가 있는 공포로 인하여 국적국 밖에 있는 자로서 그 국적국의 보호를 받을 수 없거나 또는 그러한 공포로 인하여 그 국적국의 보호를 받는 것을 원하지 아니하는 자'를 뜻한다. 한국은 이미 6.25전쟁 중이던 1951년 난민협약에 가입하고 주요 내용을 법제화한 나라다. 그러나 2017년 현재 한국의 난민인정률은 고작 1.51%다.

난민은 다른 말로 망명자라고도 한다. 亡命者, 영어의 refugee가 그저 도망자를 의미한다면 한자어는 거기에 '목숨'(命)을 더해 이들의 처지를 보다 분명하게 전한다. 그들은 목숨 때문에 도망 나온, 더 이상 돌아갈 고국이 없는 사람들이다. 세계 속에서 이들은 가장 보잘 것 없는 사람들이며, 가장 작은 자들이다. 다행히도 이 작은 자들에 대한 환대를 요청하는 또 다른 그리스도인들의 목소리도 있다. 이들은 성경 속 여러 주인공들이 이방인과 난민이었음을 상기시키면서, 특별히 '박해의 공포로 국적국의 보호를 받을 수 없어' 국적국을 떠나야 했던 가장 중요한 한 인물을 언급한다. 바로 아기 예수를. 상상해본다. 왕의 박해를 피해 목숨을 보존하고자 이집트 망명길을 떠났던 이 베들레헴 난민 가족이 이들이 도착한 낯선 땅 낯선 종교의 사람들로부터 지금 우리가 말하고 있는 이유들로 배척 받았더라면 과연 어떻게 됐을까?

스스로도 난민의 삶을 사셨던 주님은 우리에게 이런 말씀을 남기신 적이 있다. "내가 진정으로 너희에게 말한다. 여기 이 사람들 가운데서 지극히 보잘 것 없는 사람 하나에게 하지 않은 것이 곧 내게 하지 않은 것이다."(마 25:45) 그리고 선택은 언제나처럼 지금 우리 앞에 있다.

나인 너

기억에 어렴풋이 남아는 있으나 더 이상 정확한 출처를 알 수 없는 이야기들이 있다. 아마도 내용은 틀림없이 상당히 각색된 채로 기억에 남아 있을 그런 이야기들 말이다. 이제 소개할 '나와 너'에 관한 내 기억 속의 이야기 같은 것이 바로 그렇다. 탈무드에서였을까? 정말로 더 이상은 그 기원과 출처를 기억해낼 수 없는, 아주 아주 오래 전에 읽었던 옛 이야기는 다음과 같은 형태로 기억에 남아 있다.

한 남자가 여자에게 구애를 한다. 남자는 여자의 집을 찾아가 사랑을 고백하고 문을 열어줄 것을 청한다. 여자는 남자에게 당신은 누구냐고 묻는다. 남자는 자신의 이름을 말하나 여자는 문을 열어주지 않는다. 남자는 간절한 구애를 계속한다. 그러나 결과는 늘 같다. 여자는 남자에게 당신은 누구냐고 묻고, 적절한 대답을 찾지 못한 남자는 번번이 실패하고 만다. 그러던 어느 날, 여자가 남자에게 또 다시 당신은 누구냐고 물었을 때 마침내 남자는 다음과 같이 대답한다. "나는 당신입니다." 그 대답을 들은 여자는 마침내 문을 열고 남자와 뜨겁게 포옹한다.

기억 속의 이야기는 나와 너의 경계를 넘어선 사랑을 아름답게 들려준다. 아니, 이 이야기는 나와 너의 경계를 넘어선 사랑의 이야기가 아니라 사랑이란 본디 그런 성질의 것이라는 이야기일 것이다. 나와 너의 경계가 없는 상태, 나는 너이고 너는 나인 상태, 사랑의 정체는 아마도 바로 그런 것일 것이다. 그렇다면 사랑의 반대편에 놓인 증오는 결국 나와 너의 경계를 뚜렷하고도 날카롭게 가르는 일로부터 출발할 것이다. 과연 그렇다. 너는 나와 다르다는 생각, 너는 결코 내가 될 수 없다는 생각은 모든 미움의 씨앗이고 정체다.

많은 이가 아무 생각 없이 타는 전철 한 번 타기 위해 엄청난 무게의 전동휠체어와 몸을 리프트에 곡예처럼 맡겨야 하는 장애인들이 최근 벌어진 리프트 추락 참사에 항의하기 위해 단체로 지하철 타기 시위를 벌였다. 그러나 이동할 수 있는 최소한의 권리를 위한 이 몸부림에 대해 불편을 끼친다고 욕을 퍼붓는 비장애인들에 대한 기사를 우리는 동시에 읽는다. 최근 난민에 관한 사회적 논란의 바탕에도 이와 크게 다르지 않은 생각이 자리 잡고 있는 것처럼 보인다. 찬반에 대한 각각의 옳고 그름에 앞서 나와 다른 너에 대한 증오가 여과 없이 드러난다. 이 사태에 대해 누군가 이런 식의 촌철살인의 글을 남긴 것을 본 적이 있다. "한국에는 인종차별이 없는 게 아니라 차별할 인종이 아직 없었던 것뿐이다."

"모든 아이는 모두의 아이다." 보육의 문제가 첨예한 국가의 문제로 대두되었을 때 스웨덴은 이 구호 아래 하나로 뭉쳤다고 한다. 나의 아이, 너의 아이가 아니라 모두가 나의 아이라는 이 생각은 나와 너의 경계를 허무는 저 옛이야기와 닮아 있다. '나' 앞에 있는 '너'에 대하여 '나인 너'를 발견하지 못하는 한, 언제까지나 '남인 너'로만 대하는 한, 우리는 결코 증오의 굴레에서 벗어날 수 없을 것이다. 기억하자. 그리스도의 사랑의 궁극인 성육신의 신비란 우리가 되신 하나님, 즉, "나는 너이며, 너는 나이다."라고 말씀하시는 하나님이라는 사실을.

"그 날에 너희는 내가 내 아버지 안에 있고 너희가 내 안에 있으며 또 내가 너희 안에 있음을 알게 될 것이다."(요 14:20)

이진경

1967년에 태어나
연세대학교 경제학과 졸
감리교신학대학교 대학원 졸
독일 Kirchliche Hochschule Wuppertal/Bethel 박사(Dr. theol.),
신약학 전공.

몽상가와 이방인으로 세상을 살아가고 싶은 비정년 교육노동자.
그리고 종교인. 현재는 협성대학교 교목 및 교수로 기독교의 이해
등을 가르치고 있다.

경건한 쓰레기

초판 1쇄 2023년 3월 17일

■ 저　자　이진경
■ 발행처　엠오디
■ 발행인　윤상훈
■ 디자인　(주)엠오디그래픽스
■ 주　소　서울시 강남구 강남대로106길 17
　　　　　02) 333-4266

ISBN 979-11-970302-6-0

정가 15,000원